岭南文献丛书　左鹏军◎主编

梁鼎芬词校注

〔清〕梁鼎芬 著
廖宇新 校注

中山大学出版社
SUN YAT-SEN UNIVERSITY PRESS

·广州·

版权所有　翻印必究

图书在版编目（CIP）数据

梁鼎芬词校注/（清）梁鼎芬著；廖宇新校注．—广州：中山大学出版社，2021.11
（岭南文献丛书/左鹏军主编）
ISBN 978-7-306-07251-1

Ⅰ.①梁… Ⅱ.①梁…②廖… Ⅲ.①词（文学）—注释—中国—清后期 Ⅳ.①I222.852

中国版本图书馆 CIP 数据核字（2021）第130243号

LIANG DINGFEN CI JIAOZHU

出 版 人：王天琪
策划编辑：嵇春霞　徐诗荣
责任编辑：罗雪梅
封面设计：曾　斌
责任校对：麦晓慧
责任技编：靳晓虹
出版发行：中山大学出版社
电　　话：编辑部 020-84110283，84113349，84111997，84110779，84110776
　　　　　发行部 020-84111998，84111981，84111160
地　　址：广州市新港西路135号
邮　　编：510275　传　　真：020-84036565
网　　址：http://www.zsup.com.cn　E-mail：zdcbs@mail.sysu.edu.cn
印 刷 者：佛山家联印刷有限公司
规　　格：787mm×1092mm　1/16　19.125印张　350千字
版次印次：2021年11月第1版　2021年11月第1次印刷
定　　价：78.00元

如发现本书因印装质量影响阅读，请与出版社发行部联系调换

岭南文献丛书

出版说明

一、本丛书是继"岭南学丛书""岭南文化丛书"之后，华南师范大学岭南文化研究中心策划出版的又一套岭南文化研究系列著作，旨在从文献整理与研究角度反映本基地研究人员近年取得的学术成果，为岭南文化研究提供有价值的基本文献及参考资料。

二、本丛书涵盖岭南各时期重要作者的代表性著作，但根据岭南文献的时代特点及本丛书的主要学术领域，大致以明清两代至民国时期的文学文献为主，尤以诗词文献为中心，必要时兼及其他时期及其他领域或文体，以突出本丛书之选题特色与主要用意。

三、本丛书所依据底本，以早、全、精为遴选原则，选择各书最佳版本，以其他版本为参校本；同时，以相关总集所收作品、别集所录相关文献为参校本；对于未曾刊行或集外散佚之作，亦着力搜求并以集外作品形式编入集后，力图呈现作者创作全貌。

四、本丛书根据文学文献整理的一般原则进行校勘：凡有讹、脱、衍、异文等情况则出校，以备参考；校勘记置于各篇（首）作品之下，以便复核。

五、注释以注明典故、人名、地名、典章制度、疑难词语为主。原作援引古人字句者注明书名出处；人名注其生平简况，暂无从考订者，予以说明；古今地名相异者注其今名，古今同名者一般不注，难以考证者亦予以说明；疑难词语注其词意，并适当征引文献以为例证。同篇中同一词语，前注后不注；异篇中同一词语，后出者注明参阅前篇篇名，以便查检。

六、为便于阅读，校勘、注释符号置于所注字词之后，唯释整句者置于句末。校勘记用圆括号标出，注释用方括号标出，以示区别。原书作者正文中所作自注及其他说明文字，仍置于原位置，而以不同字体字号区别。书中所附与他人唱和等文字，随原作排列，不予改动。

　　七、本丛书一律使用现代简体字，在不影响阅读理解的前提下，原书繁体字、异体字、俗体字等均改为通用简体字；避讳字及其他特殊用字，均改为现代规范简体字。

　　八、原书序、跋、题词、传记等均置于原处，按原次序排列，以保持原书面貌；编校者所编作者年表、所汇集他人评论与评语等相关文献资料，分类归入集末附录，以备研究参考。

　　九、本丛书所收各种著作基本遵循上述原则，以示丛书体例要求的统一性；同时，根据各书具体情况，可以有所变通，以体现各书的不同特点及各书校注者的研究特色，以反映本丛书价值特色、方便读者阅读使用为目标。

目　　录

凡　例 ··· 1

前　言 ··· 1

款红楼词 ·· 1

  红窗睡（亭子帘垂花暗落） ··· 2
  一片子（系马樱桃下） ·· 3
  金莲绕凤楼（人影围花花围马） ···································· 4
  临江仙（帽影鞭丝人比玉） ··· 6
  月上海棠（人间解道春花好） ······································· 7
  卜算子（万叶与千枝） ·· 8
  青门引（霞脸红微） ··· 9
  百字令（无憀有恨） ·· 11
  浣溪沙 ·· 13
    其一（并载金台二月天） ··· 13
    其二（欲问花前第几春） ··· 14
    其三（摊破红笺篆碧螺） ··· 15
  红娘子（三四春红片） ·· 16
  绮罗香（锦段明装） ·· 17
  蝶恋花（醑淡春晴初酒里） ·· 19
  前调（忆昔年时人海里） ··· 21
  前调（忆昔荷香香雾里） ··· 22
  前调（忆昔高楼明镜里） ··· 24
  菩萨蛮（开帘但见伤心月） ·· 26
  前调（禅心错比沾泥絮） ··· 27
  前调（团圞一昔心头热） ··· 28
  百字令（海风吹梦） ·· 29
  浣溪沙（才信飘摇到此时） ·· 30

忆王孙（儿家生小住溪边）……………………………………31
蝶恋花（又是阑干惆怅处）……………………………………32
满江红（岁月骎骎）………………………………………………35
前调（流转人间）…………………………………………………37
醉桃源（碧霞一抹早莺啼）……………………………………39
江南好（鸳鸯好）…………………………………………………40
菩萨蛮（闭门自有深山意）……………………………………41
一剪梅（违世心情绝世姿）……………………………………43
小桃红（但惜花飞尽）……………………………………………44
菩萨蛮（茶烟袅尽箫声歇）……………………………………45
浣溪沙（只有桃花比旧红）……………………………………46
前调（儿女神仙反自嫌）…………………………………………47
四和香（正气歌成诗更烈）……………………………………48
金缕曲…………………………………………………………………50
　　其一（正是清秋节）……………………………………………50
　　其二（寥落平生意）……………………………………………52
清平乐（人生如客）………………………………………………53
醉太平（黄童画痴）………………………………………………54
台城路（片云吹坠游仙影）……………………………………55
点绛唇（梦雨丝风）………………………………………………58
梦江南（西湖好！怀抱入秋开）………………………………59
前调（西湖好！霜雪助奇芬）…………………………………60
前调（西湖好！士女说凄凉）…………………………………61
前调（西湖好！绝爱水心亭）…………………………………62
水龙吟（新来欲说相思）………………………………………63
长亭怨慢（空盼到、黄花时候）………………………………65
浪淘沙（一箭惜年芳）……………………………………………66
踏莎行（可笑浮生）………………………………………………67
江南好（家园好！最好暮春时）………………………………68
前调（家园好！最好暮秋时）…………………………………69
点绛唇（一鹤翩跹）………………………………………………70
踏莎美人（细瓣霏黄）……………………………………………71
惜红衣（红叶飘残）………………………………………………73

2

词牌	页码
浣溪沙（湖草湖花日日香）	76
前调	77
其一（才说当时泪暗倾）	77
其二（杜牧清词未算狂）	77
采桑子（香风吹醒游仙梦）	79
前调（人间不合长相见）	80
前调（交疏放绿人初静）	82
前调（儿家不合西厢住）	83
添字采桑子（问君何事人间世）	84
踏莎行（浅岸平桥）	85
满宫花（折芙蓉）	86
红窗月（素琴清酌）	87
醉太平（烟绡露条）	88
浣溪沙（苔网零星绣厣廊）	89
前调（客意飘烟不为风）	90
天仙子（一抹春痕轻绣碧）	91
冒马索（荠风尘）	93
淡黄柳（匆匆又别）	95
秋千索（银河一水西风锁）	97
梅梢雪（天寒日落）	98
南乡子（身世托青萍）	99
前调（中夜听悲歌）	101
浣溪沙（卧雨江边听水流）	102
忆王孙（填词使酒倦疏狂）	104
前调（秋声别馆旧论诗）	106
前调（天涯两别已三霜）	107
浪淘沙（唱彻大江东）	108
水龙吟（匆匆七载重来）	109
浣溪沙（几缕盘香一盏茶）	111
前调（柳外轻雷起玉塘）	112
前调	113
其一（花也红丫草绿尖）	113
其二（鹧鸪前头急自呼）	113

前调（春梦来时在那厢）	115
前调（门外桃花比旧红）	116
前调（又听蝉声曳别枝）	117
海棠春（妍华一树霞衣举）	118
浪淘沙（翠叶剪琉璃）	119
采桑子（绿香一影红帘底）	120
前调（一帘梦雨潇湘景）	121
浣溪沙（春月栖魂在那厢）	123
菩萨蛮（湘帘影窣阑干绿）	124
八归（花开犹昔）	125
长亭怨慢（更谁识、天涯芳树）	127
绿意（湘华梦影）	129
少年游（碧苔如梦酒醒时）	131
红窗听（心事一春谁得见）	132
临江仙（花发小园临户见）	133
菩萨蛮（着人春色浓如酒）	134
浪淘沙（清泪滴红笺）	135
玉楼春（红摧绿刬风光好）	136
满庭芳（新泪如潮）	137

集外词 139
    蝶恋花 140
        其一（昨夜兰釭红对馆） 140
        其二（乍可《玉台新咏》就） 141
    菩萨鬘（霞边绰绰香风起） 142
    前调（凤皇花细穿珠吐） 145
    前调（人前翻远天涯近） 147
    貂裘换酒（对此茫茫甚） 148
    念奴娇（浮生无谓） 151
    前调（悲歌无益） 153
    浣溪沙（红玉新奁画缥囊） 156
    凤蝶令（南返樯乌早） 157
    浪淘沙（红泪泫银笺） 159

念奴娇（几丛缃玉） ……………………………… 160
菩萨蛮 …………………………………………… 162
  其一（芳春如梦愁时节） ………………… 162
  其二（霜文翠照横晨夕） ………………… 163
  其三（曼延更奏鱼龙戏） ………………… 164
  其四（无端横海天风疾） ………………… 165
  其五（钦鸩违旨谁能捍） ………………… 168
  其六（莺衔蝶弄红英尽） ………………… 169
  其七（缥缥鸾凤扶云下） ………………… 170
  其八（璇宫夜半惊传烛） ………………… 171
  其九（峨峨一舰浮东海） ………………… 172
  其十（冤禽填海知何日） ………………… 174
浣溪沙（一点愁心万点苔） ……………………… 176
摸鱼儿（叹从来、登朝叠叠） …………………… 177
菩萨蛮（年年抛得红芳瘦） ……………………… 179
蝶恋花（独立苔阶钗自整） ……………………… 180
菩萨蛮（佳儿名入梅花社） ……………………… 181
金缕曲（我说君须听） …………………………… 183
水龙吟（年时恩怨重重） ………………………… 185
五福降中天（桃花一实三千岁） ………………… 187
祝英台近（雨无憀） ……………………………… 191
前调（梦初醒） …………………………………… 193
临江仙（满地落花春去也） ……………………… 194
浣溪沙（花里箫声梦里人） ……………………… 195
苏幕遮（剪儿风） ………………………………… 196
一剪梅（翠丝红影荡帘波） ……………………… 197
菩萨蛮（人天隔断蘼芜路） ……………………… 198
高阳台（月上花梢） ……………………………… 199
祝英台近（好春归） ……………………………… 200
菩萨蛮 …………………………………………… 201
  其一（芳兰庭院秋阴静） ………………… 201
  其二（读书感世真英绝） ………………… 202
梦江南（西湖好！风义激人群） ………………… 204

满江红（云净天高） ………………………………… 205
前调（莽莽乾坤） …………………………………… 206

附录一 《欵红楼词》序跋 …………………………… 208
附录二 挽辞悼文（摘录） …………………………… 213
附录三 梁鼎芬年谱简编 ……………………………… 216
参考文献 ………………………………………………… 261
后　记 …………………………………………………… 268

凡　　例

一、本书以叶恭绰于1932年刊刻的《欵红楼词》墨刻本（简称"叶刊墨刻本"）为底本。《欵红楼词》收词共计一百零四首。另从《词学季刊》（下称《词学季刊》本）、《同声月刊》（下称《同声月刊》本）、杨敬安辑《节庵先生遗稿》（简称"杨辑本"）、江庸著《趋庭随笔》等辑得集外佚词（除去重复者）四十四首，目前所得梁鼎芬词共计一百四十八首。以叶恭绰刊刻《欵红楼词》红印本，叶恭绰编《全清词钞》《广箧中词》，陈永正选注《岭南历代词选》，钱仲联主编《中国近代文学大系：诗词集》及《词学季刊》本、《同声月刊》本、杨辑本等作为参校本。

二、本书编次一仍叶刊墨刻本，他本所采集佚词，编为集外词，并作校注。注释中标明创作年份，其未能详考年代者，暂付阙如，以俟高明。部分词作校注后附有评语。将词集序跋、挽词悼文及作者年谱简编作为附录，附于全书之后。年谱简编以吴天任《梁节庵先生年谱》为基础，结合其他史料文献编辑而成。

三、本书采用分词校注，有校勘，则先出校记，置于每首词后。凡底本有讹误、脱漏、衍文者，校改均作说明；凡底本与诸校本异文两通者，不改底本，出异文校记以供参考；凡底本不误而诸本有误者，酌出校记。底本中出现的异体字、俗体字，一般改为通行字，确有必要者则予以保留。底本中残缺之字，本书以"□"标出。作者自注或别注于词中文字，本书以楷体标出。

四、本书校注主要包括词中涉及的人物、地名、典故、史实、本事、名物等。少数人名、本事、典故，限于见闻，未能考出者，只能存疑备考，予以说明。异篇中同词同义，一般前注则后不注，人名重出者，则简要注明。凡难解句、歧义句及关键句，对整句进行释意。

前　　言

一、梁鼎芬生平及著作

（一）生平简介

梁鼎芬（1859—1920），谱名福承，字伯烈，一字星海，号节庵。早岁自命藏山、夕厂，中年号冬厂、病翁，晚年称葵翁、葵霜，民国后号清士、痛夫，世称节庵先生。斋号有栖凤楼、毋暇斋、葵霜阁等。广东番禺（今广州市）人。光绪二年（1876），十八岁以国子监生身份入京应顺天乡试，中式举人，师从著名学者、岭南大儒陈澧读书，与文廷式、于式枚、陈树镛等相砥砺、交好。光绪六年（1880），二十二岁应会试，中进士，授翰林院庶吉士，随后被授职编修。中法战争时期，他因弹劾重臣李鸿章而被清政府追论妄劾，交部严议，虽终被降五级调用，却以直声而闻名天下。梁鼎芬辞官回粤后，受到时任两广总督张之洞的赏识和器重，于光绪十二年（1886）被邀请出任广东惠州丰湖书院讲席。从此，梁鼎芬开始进入张之洞幕府，为他兴办教育、洋务事业。梁鼎芬运筹帷幄、尽心竭力、建立功劳，成为张之洞幕府的重要高参、得力助手。梁鼎芬曾先后主讲于惠州丰湖书院、肇庆端溪书院、广州广雅书院、湖北两湖书院、南京钟山书院等，所到各处以建立书藏为己任，掌教丰湖，创设"书藏"；掌教端溪，创设"书库"；掌教广雅，扩充"冠冕楼"；又捐书焦山书藏，设立"梁祠图书馆"等，对兴办近代教育事业做出了极大的贡献。《清史稿·梁鼎芬传》称张之洞"言学事惟鼎芬是任"①。光绪三十三年（1907），张之洞上奏请奖梁鼎芬办理学务的成绩，赞其"学术纯正，待士肫诚，于教育事体大纲细目擘画精详，任事多年，勤劳最著"②。梁鼎芬在中法、中日战争的失败与打击

---

① 赵尔巽等撰：《清史稿》卷四七二《梁鼎芬传》，中华书局1977年版，第42册，第12822页。
② 张之洞：《请奖梁鼎芬片》（光绪三十三年七月二十八日），载苑书义、孙华峰、李秉新主编《张之洞全集》卷七十，河北人民出版社1998年版，第3册，第1816页。

和丧权辱国条约的签订等时势影响下，积极投身于洋务运动，逐渐认同"中学为体，西学为用"的主张。他积极参与张之洞所推行的洋务新政，并为其出谋划策。光绪二十一年（1895），梁鼎芬陪同康有为抵达上海，参与强学会，议定章程，但常秉承张之洞的意旨，通过汪康年，对《时务报》的宣传进行干预，后《时务报》改为官报。光绪二十四年（1898），梁鼎芬经张之洞授意参与创办《正学报》。同年，梁鼎芬担任《昌言报》主笔。戊戌政变后，对康有为、梁启超大加攻击。光绪二十七年（1901），梁鼎芬复官，从直隶州知州累迁至湖北按察使兼署布政使。复因弹劾庆亲王奕劻、袁世凯而遭斥责，引疾乞退。辛亥革命后，曾两赴易县梁格庄叩拜光绪亡灵，为崇陵续修筹集经费，继而种树守陵。1916年经陈宝琛举荐，任二品衔毓庆宫行走，成为宣统皇帝溥仪的师傅。1917年参与张勋复辟。1920年卒，谥文忠。

综观梁鼎芬一生，其性格体现在：对清朝的忠诚方面看似"忠义"，又似"迂腐"；对权臣的弹劾方面看似"刚正"，又似"直疯"；对事情的处理方面看似"执着"，又似"权变"等。其思想和行为经历了从"通经致用"到"中体西用"，再到"文化保守"的变化，又保持着不变的忠君卫道立场，他渴望建功立业，却因时势、权势等限制而无法实现，这些人生经历不可避免地影响到他的文学作品的思想、内容、风格等，他的诗词文章也就成为其思想活动和人生阅历的映现。梁鼎芬生平与事迹，史传、碑传、评传、别传、笔记、年谱等均有不同程度的记述，如《清史稿》《碑传集三编》《广清碑传集》《近代名家评传二集》《近世人物志》《世载堂杂忆》等，还有汤志钧《戊戌变法人物传稿·梁鼎芬》、吴天任《梁节庵先生年谱》、韩春英《论梁鼎芬——晚清忠君卫道型知识分子的典型代表》等著作文章，为了解梁鼎芬的生平提供了较多的资料。

（二）著作情况

梁鼎芬研究的基础工作是从清末民国以来对梁鼎芬诗文词集的搜集刊印开始的。龙凤镳辑《节庵先生遗诗》二卷，刻于光绪末，收入《知服斋丛书》中。余绍宋续有搜辑，合前二卷，增为《节庵先生遗诗》六卷，民国十二年（1923）武昌沔阳卢弼慎始基斋刊行。此后，叶恭绰辑《欵红楼词》一卷，民国二十一年（1932）刊刻，后被龙榆生收进民国二十二年（1933）刊的《彊村遗书·沧海遗音集》本。2014年，梁基永据其北京拍卖所得《欵红楼词》红印本刊刻为《仪清室丛书》第六种。叶恭绰还辑有

《节庵先生遗诗续编》一卷，民国三十三年（1944）付梓。汪宗衍辑《节庵先生遗诗补辑》一卷，并于1952年排印出版。1954年，张昭芹薪梦草堂汇刊《岭南近代四家诗》，将《节庵遗诗》《续编》《补辑》三编收入。《节庵先生遗诗》六卷又被收入《近代中国史料丛刊》《清代诗文集汇编》等丛书中。今有《节庵先生遗诗》六卷的点校本（上海：华东师范大学出版社2012年版），杨敬安辑《节庵先生遗稿》五卷、《节庵先生剩稿》一卷。邓又同辑编《葵霜阁遗札选刊》。还有《梁氏诗稿》《梁鼎芬书札》《节庵先生扇墨》等存世。此外，梁鼎芬还有很多学术著作（含修撰、辑编），如《经学文钞》十五卷（梁鼎芬、曹元弼同辑）、《宣统番禺县续志》四十四卷（梁鼎芬修，丁仁长等纂）、《续广东通志》（朱庆澜修，梁鼎芬纂）、《后南园诗课》一册（梁鼎芬辑）、《书藏四约》一册（梁鼎芬撰）、《梁祠图书馆章程》一卷［附五约（梁鼎芬编）］等，这些著作，为全面研究梁鼎芬的人生经历、思想活动、文学创作等提供了非常重要的材料。

二、梁鼎芬词及相关研究概况

（一）关于梁鼎芬词的评价

关于梁鼎芬词的评价，从其词作内容、风格来看，主要有如下评价：叶恭绰为《㰅红楼词》题跋云："至先生词笔清迥，极馨烈缠绵之况，当世自有定评，固毋庸区区重为扬榷也已。"① 叶恭绰选辑《广箧中词》评梁鼎芬《卜算子》（万叶与千枝）为"隽妙"②，《蝶恋花·题荷花》（又是阑干惆怅处）为"柔厚"③，《台城路》（片云吹坠游仙影）为"幽窈"④。汪兆镛《椶窗杂记·梁鼎芬》云："词亦秀茜，近人为刻《㰅红楼词》二卷，皆少作为多。"⑤ 钱仲联《近百年词坛点将录》评："梁髯词如其诗，吐语幽

---

① 叶恭绰：《㰅红楼词跋》，载梁鼎芬著、叶恭绰辑《㰅红楼词》，民国二十一年（1932）刻本。
② 叶恭绰选辑，傅宇斌点校：《广箧中词》，人民文学出版社2011年版，第99页。
③ 叶恭绰选辑，傅宇斌点校：《广箧中词》，人民文学出版社2011年版，第100页。
④ 叶恭绰选辑，傅宇斌点校：《广箧中词》，人民文学出版社2011年版，第101页。
⑤ 汪兆镛：《椶窗杂记》，载邓骏捷、刘心明编校《汪兆镛文集》，广东人民出版社2015年版，第445页。

窈，芬兰竟体。"① 钱仲联《近代古典诗词蠡测——〈近代文学大系·诗词集〉弁言》评梁鼎芬《菩萨蛮·和南雪丈甲午感事》组词等他人词作"近代词也自有它不少贴近现实，超出于'生老病死、酒愁梦幻'等内容以外的好作品"②。沈轶刘、富寿荪选编《清词菁华》："叶衍兰《甲午感事词》，揭砭时局，痛伤外患，是词史大文字。鼎芬和之，各有所指。叶之笔重，而梁之辞婉。论概括力，叶较强而梁较疏。然寓事则从同，皆史实也。"③ 陈永正《岭南文学史》："梁鼎芬词字面上学北宋，而用意深厚处则近南宋，字字锤炼而又不失自然，可惜情调过于低沉，读之令人抑郁不欢。"④ 严迪昌《近代词钞》："其词擅于短调，辞婉笔曲，悱恻哀婉，多言外意，与时风尚'浙调'者迥异，允称晚末岭南一名家。其'和南雪丈'（菩萨蛮）'甲午感事'十阕，则同为砭时局、揭时弊、伤外侮之词史力作，至为难能可贵。"⑤ 陈永正《岭南历代词选》："清末词坛名家，多追摹南宋，力为长调，而节庵为词，独擅小令，以婉曲之笔，写芳馨悱恻的情怀，意在言外，格韵俱佳。"⑥ 莫立民《近代词史》："他在抒写这些'政治'之作时，却能敛抑意气，笔曲辞婉，托旨渊深，没有叫嚣和亢奋的弊病。""梁氏词风虽婉曲悱恻，然所填词却能拈大题目、出大意义，即使抒写一己之境遇，也常有黎民百姓和宗庙社稷之感。"⑦

从梁鼎芬词作的地位、影响来看，钱仲联《近百年词坛点将录》将其比为"天满星美髯公朱仝"⑧，足见对其词作的认可。刘梦芙《百年词综论》谈论道："从地域上看，岭南的广州、香港是词人活动的中心，老一辈词人如潘飞声、梁鼎芬、曾习经、潘博、麦孟华、李绮青、汪兆铨、汪兆

---

① 钱仲联：《近百年词坛点将录》，载《梦苕庵清代文学论集》，齐鲁书社1983年版，第163页。
② 钱仲联：《近代古典诗词蠡测——〈近代文学大系·诗词集〉弁言》，载《社会科学辑刊》1989年第2、3期，第231页。
③ 沈轶刘、富寿荪选编：《清词菁华》，安徽文艺出版社1986年版，第361页。
④ 陈永正主编：《岭南文学史》，广东高等教育出版社1993年版，第737页。
⑤ 严迪昌编著：《近代词钞》，江苏古籍出版社1996年版，第3册，第1866页。
⑥ 陈永正选注：《岭南历代词选》，广东人民出版社2009年版，第243页。
⑦ 莫立民：《近代词史》，人民文学出版社2010年版，第191—192页。
⑧ 钱仲联：《近百年词坛点将录》，载《梦苕庵清代文学论集》，齐鲁书社1983年版，第163页。

镛、叶恭绰等多能兼采南北宋之长。"① 莫立民《近代词史》谈道:"梁鼎芬、陈洵也为清季词坛名家。""陈澧、梁鼎芬与'岭南三词人'一样,为晚近岭南声名卓著的名词人,甚至在晚清词界,他们被时下词人所接受的程度,大大地超过了'岭南三词人'。""无论在词境、词格、词风上,均高出晚清不少词人。"②

从上述的评述来看,对梁鼎芬现存词作进行整理和研究是一项具有较大价值意义的工作。

(二) 关于梁鼎芬词作的选录及选注

叶恭绰编《全清词钞》(北京:中华书局1982年版)选录梁鼎芬词多达二十首。叶恭绰辑《广箧中词》(北京:人民文学出版社2011年版)选录梁鼎芬词七首。张伯驹《清词选》(河南:中州书画社1982年版)选录梁鼎芬词两首,并有简单的注释。夏承焘、张璋编选《金元明清词选》(北京:人民文学出版社1983年版)选注梁鼎芬和叶衍兰甲午感事组词《菩萨蛮》中的三首。沈轶刘、富寿荪选编《清词菁华》(合肥:安徽文艺出版社1986年版)选录梁鼎芬词四首,并有简短精辟的评介。唐圭璋主编《金元明清词鉴赏辞典》(南京:江苏古籍出版社1989年版)选录梁鼎芬《台城路》词一首,并有详细的鉴赏。钱仲联主编《中国近代文学大系:诗词集》(上海:上海书店出版社1991年版)选录梁鼎芬词十三首。严迪昌《近代词钞》第三册(南京:江苏古籍出版社1996年版)选录梁鼎芬词多达二十四首。汪泰陵《清词选注》(贵阳:贵州人民出版社1992年版)选注梁鼎芬词四首。段晓华、龚岚编著《清词三百首详注》(南昌:百花洲文艺出版社2002年版)选注梁鼎芬和叶衍兰甲午感事组词《菩萨蛮》四首。林葆恒辑、张璋整理《词综补遗》第三册(上海:上海古籍出版社2005年版)选录梁鼎芬词三首。杨子才编《民国五百家词钞》(北京:线装书局2008年版)选录梁鼎芬词四首。刘梦芙编著《二十世纪中华词选》(合肥:黄山书社2008年版)选录梁鼎芬词十首。陈永正选注《岭南历代词选》(广州:广东人民出版社2009年版)选注梁鼎芬词十首,注解水平高,可供参考的价值大。

---

① 刘梦芙:《百年词综论》,载《二十世纪名家词述评》,安徽文艺出版社2006年版,第20页。

② 莫立民:《近代词史》,人民文学出版社2010年版,第34、187、192页。

这些选本的侧重点是梁鼎芬带有"政治性"的时事之作,如其《菩萨蛮·和南雪丈》组词多被选录、选注。此外,感慨人生世事之作,如《卜算子》(万叶与千枝)、《蝶恋花·题荷花》(又是阑干惆怅处)、《台城路》(片云吹坠游仙影)、《浣溪沙·江船听雨》(卧雨江边听水流)等也多被选录、选注。但总体来说,选录的题材比较有限,选注水平也参差不齐,所以,仍需要对梁鼎芬现存词作进行一个全面的笺注工作,以期能够从整体上更好地了解梁鼎芬词的创作情况。

(三) 关于梁鼎芬词作的研究

20世纪八九十年代以来,学者多关注的还是梁鼎芬的《菩萨蛮·和南雪丈》组词。如陈永正《粤词概述》(《学术研究》1986年第5期),何尊沛《论清代边塞词》[《四川师范学院学报(哲学社会科学版)》1996年第4期],魏中林、宁夏江《"普天忠愤"铸诗魂:论甲午战争爱国诗潮》(《学术论坛》2006年第1期),郭文仪《甲午变局与词坛新貌》(《文学遗产》2015年第6期),杜运威《抗战词坛研究》(吉林大学2017年博士学位论文)等,但这些文章只是简单提及梁鼎芬和叶衍兰的甲午感事组词《菩萨蛮》。其中,李生辉《风云甲午正气篇——甲午战争诗歌综论》[《辽宁师范大学学报(社会科学版)》1994年第2期],刘镇伟、郑淑秋、王英波《甲午战争诗歌探析》[《东北师大学报(哲学社会科学版)》1995年第5期]举梁鼎芬和叶衍兰《菩萨蛮·甲午感事》同调词十首为例子,来说明此类词是议论、抒情结合,且多于叙事,既是词史之作,又属于感评之作,是甲午诗歌艺术上喜用旧体而作系列组合的一个特点,便于描述战争的漫长性与复杂性。但两篇文章的很多观点、句式等出现了雷同的问题。还有陈永正主编《岭南文学史》(广州:广东高等教育出版社1993年版)第二编之"维新运动时期文学"第五章第一节认为,梁鼎芬是同光时期岭南主要的词家之一,对梁鼎芬词的理解、分析、评价都比较合理,认为《菩萨蛮·和南雪丈》十首是梁鼎芬词中最有价值的部分。其中对梁氏《卜算子》《蝶恋花·题荷花》等几首名词的解析,可参考《岭南历代词选》的注释。钟贤培、汪松涛主编《广东近代文学史》(广州:广东人民出版社1996年版)第五章第五节重点关注的是梁鼎芬的诗,对其词则简单提及了《浣溪沙·江船听雨》,可与其诗《读韩致尧诗感题二律》其一相印证,认为《菩萨蛮·和南雪丈》十首是梁鼎芬怆痛心情的写照,但对其词缺乏足够的重视,研究其词方面还比较薄弱。

2000年后，学界对梁鼎芬的题材内容、词风形成等方面有一定研究，如管林等著《岭南晚清文学研究》（广州：广东人民出版社2003年版）在第三章有论及梁鼎芬与曾习经等学花间体的词人，简略分析了他们二者词风的异同，二人极深情之致，但梁鼎芬偏重娴雅，曾习经则喜好绮艳，且谈到他们"因景写情，以晚唐五代北宋小令的清丽传达南宋姜张之浑厚"①，并用相关词作进行解读、印证，但研究得仍不够透彻。范松义《论清词中心区与边缘区的关系——以江浙对广东的影响为个案》（《南京社会科学》2008年第10期）简单提到梁鼎芬等一些名家之词，虽个体风格有异，但多有寄托，含蕴深婉，是受到了常州词派的影响。范松义《岭南词风"雅健"辨》（《文学遗产》2009年第6期）、《常州词派地域拓展初探——兼说清代词派地域拓展的研究》（《中国社会科学院研究生院学报》2014年3月第2期）从词风"丽"的角度出发，简略地比较了梁鼎芬、沈宗畸、曾习经的词风，认为分别具有"清丽""婉丽""艳丽"的特点，并肯定了梁鼎芬亦是清末民初岭南籍常派名家，成就较大。范松义《岭南词风"雅健"辨》还提到沈、梁、曾三家常运用美人香草之法，寄托深婉，并认为岭南词"偏于雅健""多以雄直雅健为宗"的观点与岭南词的实际情况不符。此外，陈水云《常州词派的"根"与"树"——兼论常州词学的流传路径与地域辐射》（《文学遗产》2016年第1期）简略提及梁鼎芬等人在思想或创作上追踪常州词派。谢永芳《论禁体物语词》［《江苏师范大学学报（哲学社会科学版）》2016年3月第2期］简单提及梁鼎芬有禁体词寄梅花，作为其中一个旁证，来说明禁体物语词可呈现出"不用之用"的效果，以诗为词的趋向，推尊词体的驱动、功效，从崇雅祛俗等方面提供一个新的视角。

学界对梁鼎芬词学交流方面也有一定关注，如谢永芳《近世广东词人与旗人词人词学交游考论》［《广东工业大学学报（社会科学版）》2007年第3期］简单提到梁鼎芬与盛昱、志锐和志钧的词学交流活动。谢永芳《广东近世词坛研究》（上海：上海古籍出版社2008年版）简略提到梁鼎芬效体用韵对象有纳兰性德，效体用韵之作所用词调为《浣溪沙》一首；简单提到梁鼎芬等人曾从叶衍兰学词，陈澧为梁鼎芬之师，曾习经、罗惇曧、江逢辰是梁鼎芬弟子的这种词学承传、交流关系；附录一《近世广东词学系年初编》、附录二《近世广东词籍简目初编》、附录三《近世广东词人的词学交游》均有提到梁鼎芬其人其词的相关内容，但都是比较零散地介绍，

---

① 管林等：《岭南晚清文学研究》，广东人民出版社2003年版，第189页。

未深入展开。范松义《清代岭南与岭外词人交流考论》[《重庆师范大学学报（哲学社会科学版）》2011年第4期]简略提及梁鼎芬与谭献、盛昱、文廷式的词学交流活动，但此文犯了一个知识性的错误，将"岭南""岭外"理解为两个不同的概念，实际上，"岭南"又称"岭外""岭表""岭海"等。谢永芳《叶衍兰的词学贡献及其文化意义》[《江西师范大学学报（哲学社会科学版）》2011年第1期]提到梁鼎芬与叶衍兰的甲午感事组词《菩萨蛮》之作"合之可谓双璧，都堪称近世广东词史上感念时事的经典名篇"①，并在叶衍兰词学交游方面多提及梁鼎芬及其词篇。

学界对梁鼎芬的词人地位、影响方面同样有所探究，如莫立民著《近代词史》（北京：人民文学出版社2010年版）第二编第二章第二节高度肯定了梁鼎芬词人的地位、影响，并认为他的词中最具有可读性的是带有"政治"信息、"幽怀"气息的词作，但对梁鼎芬词的某些评价主观性较强。夏志兰《广东近、现代词人生存状态探析》（《语文学刊》2011年第8期）谈到梁鼎芬等人均有词名，他们的创作旨趣、词学造诣奠定了他们在近现代词坛的卓越地位，指出梁鼎芬等词人在战乱年代的生存状态及对个性表达的影响。

其他如谢永芳《清词互见考论》一文[《聊城大学学报（社会科学版）》2014年第5期]主要对叶恭绰《遐庵谈艺录·梁节庵遗文》中所收的四首《菩萨蛮》进行辨伪考证，得出应该是误录的结论，等等。

以上研究成果还不够充分，多是将梁鼎芬其人其词篇等作为例子，略带提及。而对梁鼎芬词关注、研究较多的有何艺梅《梁鼎芬文学创作研究》（暨南大学2011年硕士学位论文）第三章"梁鼎芬的词作"，主要对梁鼎芬词的题材内容进行了比较细致的分类，对引用的词作进行了解读，分析了其词风及形成的原因，并认为"梁鼎芬的词却在花间之外有大丈夫之气概"②。孙爱霞《羁旅人生付小词——梁鼎芬〈欵红楼词〉研究》（《理论月刊》2011年第7期）主要将《欵红楼词》的内容分为"欢愉之词与愁苦之调"③，认为《欵红楼词》呈现出多样化的风格特色，既有幽窈之作，亦有

---

① 谢永芳：《叶衍兰的词学贡献及其文化意义》，载《江西师范大学学报（哲学社会科学版）》2011年第1期，第94页。

② 何艺梅：《梁鼎芬文学创作研究》，暨南大学2011年硕士学位论文，第35页。

③ 孙爱霞：《羁旅人生付小词——梁鼎芬〈欵红楼词〉研究》，载《理论月刊》2011年第7期，第122—125页。

深沉、直切之作，并列举相关词作进行阐明，文中提到"《梁节庵先生遗稿》卷四'诗词补遗'部分亦录其词作数十首，中有二十八首未见于《款红楼词》与未刊稿。如此，目前能见到的梁鼎芬词计有百四十余首"①。此说法不确，《节庵先生遗稿》卷四"诗词补遗"部分中的词作应有十三首未见于《款红楼词》与未刊稿。何艺梅与孙爱霞的这两篇文章主要研究梁鼎芬词的内容与风格，对其词作其他方面的研究较少。谢燕《近世京津词坛研究》（华东师范大学2014年博士学位论文）第四章第二节"'陈门弟子'与岭南词风"中通过举梁鼎芬的《月上海棠·游极乐寺看海棠花开且落矣，为赋此解》，并比较梁鼎芬与叶衍兰的几首甲午唱和词来说明他们二者的取径花间是既有继承又有创新的观点："以花间笔法，作时事之咏，是近代词在世变迭兴中的新变。"② 又在同章第三节对梁鼎芬的两首罢官后所作的词进行了简要的解读，但在"《款红楼词跋》"这一注脚中存在一些错误，如"《词学季刊》第二卷第一期（1934年1月）辑有《近代名贤佚词（梁鼎芬叶衍兰张丙炎）》"③，而实际上，《近代名贤佚词（叶衍兰梁鼎芬张丙炎）》是被辑在《词学季刊》1934年第一卷第四期上。"《同声月刊》（1944.11.15）也辑有《款红楼词未刊稿》共收词二十八首。"④ 而笔者查阅统计则为二十九首。

总体来说，专门研究梁鼎芬词的著作、论文数量较少，研究也不够深入。因此，梁鼎芬的词作研究仍有较大的空间。

（四）关于梁鼎芬的其他研究

梁鼎芬是近代著名的历史人物，直至目前，学术界对梁鼎芬的研究还主要体现在历史和政治领域。至20世纪90年代，一些著作及地方史料辑刊载了关于梁鼎芬的文章，如汤志钧《戊戌变法人物传稿》（北京：中华书局1961年版），智军《梁鼎芬参劾李鸿章、袁世凯及其在广东办学等活动》（《广州文史资料》1963年第4辑），杰公《我所知道的梁鼎芬》（《武汉文史资料》1986年第1辑）、《两湖书院山长梁鼎芬》（《武汉文史资料》1988

---

① 孙爱霞：《羁旅人生付小词——梁鼎芬〈款红楼词〉研究》，载《理论月刊》2011年第7期，第122页。
② 谢燕：《近世京津词坛研究》，华东师范大学2014年博士学位论文，第162页。
③ 谢燕：《近世京津词坛研究》，华东师范大学2014年博士学位论文，第158页。
④ 谢燕：《近世京津词坛研究》，华东师范大学2014年博士学位论文，第158页。

年增刊）、杜永泉《清廷的忠臣卫士梁鼎芬》（《易县文史资料》1990 年第 2 辑）、《清廷忠臣梁鼎芬》（《河北文史资料》1992 年第 42 期）等。2000 年至今，陆续有一些专题论文与硕士学位论文出现，如韩春英《晚清遗老梁鼎芬》（《唐山师专学报》2000 年第 6 期）、《论梁鼎芬——晚清忠君卫道型知识分子的典型代表》（河北大学 2001 年硕士学位论文）主要论述梁鼎芬的思想和活动，通过对其人生阶段的划分、定位，探寻他的思想活动轨迹。武增锋、韩春英《试论梁鼎芬与张之洞的关系》（《历史档案》2005 年第 1 期）主要从梁鼎芬作为张之洞幕府的得力助手，辅佐张之洞兴办洋务教育，张、梁二人的交际探因等方面来研究梁鼎芬。李吉奎《因政见不同而影响私交的近代典型——康有为梁鼎芬关系索隐》（《广东社会科学》2006 年第 2 期）通过研究戊戌前后到民初，梁鼎芬与康有为之间关系的变化，以一个案例来考察近代社会变迁中的政治人物是如何处理个人关系的，并探讨政治因素在人际关系中所起的作用。于静《梁鼎芬人际关系探析——与清末民初政治人物关系的考察》（东北师范大学 2010 年硕士学位论文）主要阐述了梁鼎芬在政治、文学上的人际关系，对清末民初主要的政治人物之间的联系和政治态度也进行了考察。马忠文《丁未政潮后梁鼎芬参劾奕劻、袁世凯史实考订》（《历史教学》2014 年第 20 期）梳理了梁鼎芬参劾奕劻、袁世凯的事件原委，加深了人们对丁未政潮前后政局的认识，有助于了解梁鼎芬与张之洞的秉性与处世方式的差异。焦宝《〈清议报〉重要诗人毋暇为梁鼎芬——兼论变法失败后梁鼎芬与康梁的隐秘关系》［《西北师范大学学报（社会科学版）》2016 年第 4 期］通过考索、分析"托身"毋暇的梁鼎芬，来揭示出当时士人文化心态之复杂。罗时进《清人焚稿现象的历史还原》（《文学遗产》2017 年第 5 期）认为梁鼎芬焚稿主要与官僚阶层内部形成重大矛盾有直接关系等。还有一些著作，如黎任凯等著《张之洞幕府》（北京：中国广播电视出版社 2005 年版）第五章"幕府高参梁鼎芬"从历史、政治、教育等多方面介绍了梁鼎芬，对他一生的思想和行为也做了一些分析。陈泽泓编著《广东历史名人传略》（广州：广东人民出版社 1998 年版）、何大进主编《近代广州城市与社会》（天津：天津古籍出版社 2009 年版）所收李绪柏《清末杰出的教育改革家——梁鼎芬》一文等也对梁鼎芬的教育活动做了一些介绍，肯定了他的教育成就，认为他是清末杰出的教育家。这些史料、著作、论文都极大地丰富了人们对梁鼎芬的历史、政治、教育等研究。此外，梁鼎芬作为一位极具遗老气质、堪称遗老代表的近代岭南文人，其遗民身份与遗民心态等相关的遗民问题也多被关注。如孙爱霞《清遗民诗词研究》（南开大学2008年博士学位论文）选取梁鼎芬等人作为清遗民个案研究的对象，对梁鼎芬及其诗词进行了研究。刘洋《在民国：逊清遗民的文化心态与诗歌书写》（吉林大学2012年博士学位论文）探讨了梁鼎芬等清遗民作为末代士人的独特历史文化境遇，以及他们在民国成为"遗民诗人"的文学活动和创作实绩。罗惠缙《民初遗民诗词的同题群咏研究》（《东南学术》2012年第1期）以梁鼎芬崇陵种树、崇陵祭品群咏为例，说明民初遗民诗词同题群咏的主题思想之一表现在遗民情节方面，艺术特征之一是意象扩大等。李丹《晚清广东遗民群体初探》[《五邑大学学报（社会科学版）》2014年第4期]认为最突出体现广东清遗民在政治、道德上的保守的例子是梁鼎芬，主要关注的是他的"崇陵情节"。程太红、何晓明《清遗民研究的理论思考》[《西南大学学报（社会科学版）》2017年第2期]将梁鼎芬归于"政治遗民"中的"非典型性政治遗民"一类，但作者将政治与文化过于细化，对梁鼎芬"文化遗民"的身份问题有些忽略，等等。

从藏书活动和图书馆事业的角度来研究梁鼎芬的，主要有林子雄《试论梁鼎芬的办馆思想及其历史地位》（《图书馆论坛》1992年第6期），刘晓娥《梁鼎芬藏书活动及其对晚清图书事业的贡献》（《新世纪图书馆》2008年第5期）、《梁鼎芬藏书活动与藏书思想研究》（湖南大学2009年硕士学位论文）、《梁鼎芬丰湖书藏纪事》（《云梦学刊》2011年第2期）、《梁鼎芬书院藏书考》（《新世纪图书馆》2011年第8期），冀满红、吕霞《传统与经世：梁鼎芬与丰湖书院》[《惠州学院学报（社会科学版）》2015年第1期]等文章；以及苏精《近代藏书三十家》（北京：中华书局2009年版）、王蕾《清代藏书思想研究》（桂林：广西师范大学出版社2013年版）等著作，这些著作讨论了梁鼎芬藏书、办馆等方面的情况，不仅丰富了书院教育和藏书研究，而且丰富了晚清图书馆学的研究。

从书法艺术的角度来研究梁鼎芬的，主要有成洪燕的《锐细秀挺、雅劲不俗——梁鼎芬的书法艺术》（《收藏家》2004年第12期），其谈论梁鼎芬的书法比较宽泛，并未完全概括梁鼎芬一生的书风走向、定位。陈永正《岭南书法史》（广州：广东人民出版社2011年版）一书对梁鼎芬的描述虽比较言简意赅，但也充分肯定了其书法名家的地位。胡翔龙《梁鼎芬书法研究》（暨南大学2015年硕士学位论文）对梁鼎芬的书法进行了比较系统的梳理与研究，重点阐述其书风的成因、特点、碑学的态度等，但还有相关的问题未能解决，如梁鼎芬的手札研究、书法教学观点研究。

从文人群体、文学领域的角度来研究梁鼎芬的，主要有朱兴和《超社逸社诗人群体研究》（华东师范大学 2009 年博士学位论文），该论文第七章对梁鼎芬等六位诗人的人格特质与诗学品质做了个案研究。谢斐《广雅书院文人群体诗歌研究——以梁鼎芬、曾习经、罗惇曧、黄节为中心》（暨南大学 2013 年硕士学位论文）通过对梁鼎芬等广雅书院文人群体成员、诗歌成就、诗学观念、活动等进行研究，结合明清以来岭南地域诗风的流变，阐述广雅书院文人群体在晚清岭南诗坛的影响和地位。孙爱霞《论梁鼎芬交游诗的价值》（《名作欣赏》2009 年第 11 期）认为梁鼎芬的交游诗具有文学、考证的价值。此外，何艺梅《梁鼎芬文学创作研究》（暨南大学 2011 年硕士学位论文）主要对梁鼎芬诗文词创作的内容和艺术特征进行探讨。秦佳妮《梁鼎芬诗歌研究》（华南师范大学 2011 年硕士学位论文）对梁鼎芬的生平经历以及其诗歌思想内容、风格体式、诗歌技巧等进行了梳理。孙爱霞《羁旅人生付小词——梁鼎芬〈款红楼词〉研究》（《理论月刊》2011 年第 7 期）主要分析梁鼎芬词的内容与风格。谢燕《近世京津词坛研究》（华东师范大学 2014 年博士学位论文）第四章"潮流之外：'意园胜流'与同光词坛的风骨"介绍了梁鼎芬在近世京津词坛上的一些交游唱和与词学活动，并分析了他的若干词作。钟贤培、汪松涛主编《广东近代文学史》（广州：广东人民出版社 1996 年版）、陈永正主编《岭南文学史》（广州：广东高等教育出版社 1993 年版）等著作，对梁鼎芬文学方面做了些不同程度的研究。

从性格的角度来研究梁鼎芬的，主要有孙爱霞《梁鼎芬性格论》（《社会科学论坛》2010 年第 15 期）、陆其国《梁鼎芬性格的两重性》（《中国档案》2015 年第 5 期），这些文章用较多的材料分析了梁鼎芬的多样性格。

关于梁鼎芬生卒年方面，主要有王学庄的《十种辞书工具书民国人物生卒年订补》（《近代史研究》1986 年第 3 期），该文对梁鼎芬生卒（1859—1919）进行了订补，梁鼎芬卒于夏历己未年十一月十四日，时已入公历 1920 年。故将其生卒定为 1859—1920 年，但目前仍有较多的工具书、著作、报刊论文等，将其生卒年标注为 1859—1919 年。

总之，梁鼎芬不仅以政治运动、教育事业、藏书活动等闻名于世，而且在书法艺术、文学创作上也很有造诣，与黄节、曾习经、罗惇曧并称"岭南近代四家"，是近代岭南学研究中不可忽视、值得关注的对象。

目前对梁鼎芬的研究取得的成绩更多地体现在历史、政治、教育等领域。关于梁鼎芬文学领域的研究，民国以来，主要散见于一些诗话诗评、词话词评、诗词总集、选集的注评，文学史评价等，专题的文学研究论文也比较少。而目前学人对其词的了解、研究也不深，研究的视野仍欠开阔，研究的方法也相对单一，主要局限于对词的主要内容、多样风格的分类概括，尚停留在文献梳理和现象描述的层面，且过多关注梁鼎芬的"政治词"，而比较忽视他整体的词作创作，缺乏一个深入挖掘的现代思想高度的立足点。比如可以通过阅读梁鼎芬词作等其他大量资料，分析探讨、归纳总结梁鼎芬的词学思想；可以对梁鼎芬词的接受、传播进行研究；可以对梁鼎芬词学交流活动及其文化意义进行研究，例如，梁鼎芬词中多涉及京都风土人情等内容，以梁鼎芬与一些京师文人的聚会酬唱为中心，考察、描述这些群体所处的近世京津词坛的社会背景、词社活动、词学主张、创作成果、社会影响等方面；可以将梁鼎芬等学花间体的粤词作者作为一个具有某种共同的地域文化特征的群体，置于岭南这个特定的地域、历史文化视野中观察，考察其发展的源流演进、文化意蕴、艺术特色等，并与临桂派、维新派、革命派等粤词作家进行比较、分析，以期揭示、描述岭南词独有的岭南地方特色等。

三、梁鼎芬词现存情况

梁鼎芬生平著作多不存稿，晚年又拉杂摧烧其手稿，不欲留一字于世。其曾手书遗言："我生孤苦，学无成就，一切皆不刻。今年烧了许多，有烧不尽者，见了再烧，勿留一字在世上。我心凄凉，文字不能传出也。"[①] 这一生命节点的焚稿，可看作他个体生命的消亡、文人生涯的终结，亦是他内心失落、悲愤、哀戚的外化，表露出人生理想破灭后的自我放弃的心态。故其词作也散佚颇多。

梁鼎芬《欵红楼词》一卷，其版本目前所能闻见者如下：

（1）《欵红楼词》手稿本。（后转入东莞画家黄般若手中，但现在这部手稿却不知在何处，故因条件所限，今未能见到）

（2）民国二十一年（1932）番禺叶恭绰刻朱印本。（馆藏地：南京图书馆）

（3）民国二十一年（1932）番禺叶恭绰墨刻本。（馆藏地：国家图书

---

① 余绍宋：《梁节庵先生诗集序》，载王翼飞、余平编校《余绍宋集》，浙江人民美术出版社2015年版，第231页。

馆、广东省立中山图书馆、南京图书馆、复旦大学图书馆）

（4）民国二十二年（1933）刊《彊村遗书·沧海遗音集》本。［此本实龙榆生把民国二十一年（1932）番禺叶恭绰墨刻本附入《沧海遗音集》中。馆藏地：北京大学图书馆、台湾"中央研究院"历史语言研究所傅斯年图书馆、台湾"中央"图书馆、南京图书馆］

（5）甲午（2014）仲夏，梁基永刊仪清室红印本。［刊印的底本为梁基永于北京拍卖所得红印本，此为翻刻民国二十一年（1932）番禺叶恭绰所刻的朱印本。仪清室红印本的书前有梁基永撰《歟红》（代序），详述此书及梁鼎芬生平、诗词成就。附有叶恭绰跋，徐续与梁基永均作跋文，一并影印。书末收董桥《随堂》一文。仪清室红印本刊售于广州］

《欸红楼词》版本情况并不复杂，实际上就是手稿本、叶恭绰刻本（朱印、墨刻两种）、仪清室红印本。今据民国二十一年（1932）番禺叶恭绰刻本及甲午（2014）仲夏梁基永刊仪清室红印本，统计《欸红楼词》收词一百零四首。

此外，还有《欸红楼词》集外词：

（1）《词学季刊》1934年第一卷第四号《近代名贤佚词》辑有梁鼎芬在甲午期间与叶衍兰的唱和之作，为《菩萨蛮·和南雪丈》十首词，但与杨敬安辑《节庵先生遗稿》（香港翻印本，1962年版）中的《菩萨蛮·和南雪丈咏甲午事》十首词重合。《词学季刊》1935年第二卷第三期所辑梁鼎芬的《惜红衣》与叶恭绰所刊刻本中的《惜红衣》，存在一些字词等差异，有可校的部分，简称《词学季刊》本。

（2）《欸红楼词未刊稿》（《同声月刊》1944年第四卷第二号辑，简称《同声月刊》本），收词二十九首。

（3）杨敬安辑《节庵先生遗稿》卷四"诗词补遗"部分中的词（简称"杨辑本"），收词三十五首。但《同声月刊》本与杨辑本有重合的词达到二十一首（且有可校部分），除二者重合的二十一首词，以及杨辑本收《菩萨蛮》（着人春色浓如酒）一词已见于《欸红楼词》外，则杨辑本有十三首词未收于其他版本。

（4）笔者自江庸著《趋庭随笔》辑得联句《满江红》二首。

综上，所见的《欸红楼词》集外词计有四十四首。目前所得梁鼎芬的词共计一百四十八首。

四、梁鼎芬词创作概述

梁鼎芬一生阅历丰富，交游广泛，性情真切，为词多以含蓄蕴藉之笔抒发悱恻之情，哀婉动人。其词题材多样，内容丰富，词风多样，艺术成就较高。综观各家对梁氏词评价，可知梁鼎芬在词的创作方面具有较高的成就。

（一）词的内容分类

何艺梅《梁鼎芬文学创作研究》第三章第一节中把梁鼎芬词的内容分为"时事之作、赠友之作、游玩赏景之作、平常生活之作、闺情之作"① 这五大类。孙爱霞《羁旅人生付小词——梁鼎芬〈欵红楼词〉研究》将梁鼎芬词主要分为"欢愉之调"和"愁苦之调"，"与友人的欢聚、对妻子的相思，是梁鼎芬《欵红楼词》中欢愉之词的代表，是对清朝晚期文人生活状态一个方面的反映"；"愁苦之调"又包含了"身世之慨""怀才不遇""家国之愁"② 等内容。

其实，梁鼎芬词还可以细分为唱和词、题画词、怀人怀旧词、咏物抒怀词、联句词、佛道词、祝颂词、哀悼词等题材，但需要注意的是，有些词在内容的分类上还会出现交叉的部分。现简要阐述如下。

1. 唱和词

李桂芹、彭玉平《唱和词演变脉络及特征》云："有清一代，唱和词极为兴盛。近人陈乃乾《清名家词》中，收100家名人词，每人都有大量的唱和词。唱和词在顺康、晚清这两个阶段比较集中。"③ 梁鼎芬的唱和词数量较多，且题材丰富。如《蝶恋花·题荷花》《菩萨蛮·题叶南雪丈藏清微道人〈空山听雨图〉》《一剪梅·题叶南雪丈〈梅雪幽闺〉画扇》等属于题画唱和词。《台城路》（片云吹坠游仙影）、《采桑子·香雪约往小港探梅同

---

① 何艺梅：《梁鼎芬文学创作研究》，暨南大学2011年硕士学位论文，第35—42页。

② 孙爱霞：《羁旅人生付小词——梁鼎芬〈欵红楼词〉研究》，载《理论月刊》2011年第7期，第122—125页。

③ 李桂芹、彭玉平：《唱和词演变脉络及特征》，载《甘肃理论学刊》2008年第3期，第120页。

赋》《念奴娇·海西庵秋海棠日江逢辰作》等属于游览唱和词。《水龙吟·叶南雪丈属赋并蒂莲，同辛白、香雪》《惜红衣·咏雁来红》等属于咏物唱和词。《浣溪沙·仿〈饮水词〉，只求貌似，却无题目也》二首、《菩萨蛮·乍遇》《菩萨蛮·围棋》《菩萨蛮·迷藏》等属于追和词。还有叶衍兰《菩萨蛮·甲午感事，与节庵同作》十首词与梁鼎芬《菩萨蛮·和叶南雪丈》十首组词属于纪时唱和词，被誉为词史之作。这些题材的唱和词既能充分体现梁鼎芬文人生活的多样化，又能反映近代词唱和的兴盛现象。

2. 题画词

刘继才曾言"明清两朝是中国题画词、曲高度发展的时期。题画词虽然兴于宋，但数量并不多，属于开创阶段，至明才进入发展期，清代则是题画词的鼎盛期"①。梁鼎芬的题画词数量比较丰富，有《菩萨蛮·题叶南雪丈藏清微道人〈空山听雨图〉》《蝶恋花·题荷花》《浣溪沙·题张觇生〈美人图〉》等近二十首。从内容上又可分为山水画题词、花卉画题词、人物画题词。这些题画词或描绘画面内容，再现画境，将绘画美转化为词意美；或以画题为缘由，快速跳出画面，发表感慨；更多的是借画寄情、托物言志，抒发心境、情思。梁鼎芬的题画词展现了他幽微隐曲的心理过程，也是他人生意象化的表达方式之一。如名词《蝶恋花·题荷花》：

又是阑干惆怅处。酒醉初醒，醒后还重醉。此意问花娇不语，日斜肠断横塘路。　　多感词人心太苦。侬自摧残，岂被西风误。昨夜月明今夜雨，浮生那得常如故！②

此题画之作作于清光绪十一年乙酉（1885），值中法战争时期，词人疏劾权臣李鸿章，不报。旋被清政府追论妄劾，议降五级调用。此词托荷花寄寓词人深沉的身世之感。"多感"三句是词人代荷花作悲语，也是词人伤怜、悲叹之词。只怨自己上疏遭贬的自我摧残，却不恨西风的摧残，可谓"怨而不怒，骚雅之遗"，实际是自我内心世界的写照。"昨夜"二句谓政局变化莫测，进而无奈地悲叹人生命运无常，但又有宽慰之意。

其以自我的主体意识介入，使书、画、词三者结合，丰富其题画词的内涵，推动其题画词的传播。

---

① 刘继才：《中国题画诗发展史》，辽宁人民出版社2010年版，第477页。
② 梁鼎芬著、叶恭绰辑：《㰍红楼词》，民国二十一年（1932）刻本，第7b页。

3. 怀人怀旧词

梁鼎芬的怀人怀旧词数量较多，主要表达的是对亲友、恋人、往事的思念、怀念，兼有孤寂、落寞、惆怅、伤感的意绪。如《采桑子·夜宿烟浒楼，忆寤舅京师，邀黄三和》《红窗月·江楼酒坐，忆寤舅京师》为怀念其舅、思忆往事之作。其中《红窗月·江楼酒坐，忆寤舅京师》有"叹江湖跌宕，萍絮漂摇"① 二句，词人感叹政局起伏变化，身似萍絮漂泊不定。又如《蝶恋花》（忆昔年时人海里）、《梅梢雪·天寒有忆沈二》《忆王孙·怀武进费屺怀郎中》《忆王孙·怀满洲志仲鲁编修》等怀念友人的词作充满了深情厚谊，如"欲说情怀无一字，鼓琴莫待钟期死"②"剑气沉霾且莫伤。好潜藏，来日高冈有凤凰"③，可见其珍惜朋友情谊，与朋友相知相勉，坚守自己的理想。再如《菩萨蛮·丁亥八月十五夜对月》《菩萨蛮·十六夜》《菩萨蛮·十七夜》三首词，情意缠绵，感情真挚，写出了词人对龚氏的相思之深切。

4. 咏物抒怀词

张炎《词源·咏物》云："诗难于咏物，词为尤难。体认稍真，则拘而不畅，模写差远，则晦而不明。要须收纵联密，用事合题。一段意思，全在结句，斯为绝妙。"④ 这在一定程度上说明把握咏物词的分寸、写好咏物词并非易事。梁鼎芬的咏物词不仅注意写出物之形貌，更注重传达神韵和情感，深深地寄托了自己的情怀。如《点绛唇·咏西施舌》：

> 梦雨丝风，溪头网得娇如雪。金琼玉屑，肯使轻磨灭。　想是吴宫，曩日曾饶舌。空凄切，江湖贬绝，莫向人间说。⑤

这首词上片"溪头网得娇如雪"，描绘出西施舌娇嫩柔软、肉白似雪的特点。下片"想是吴宫，曩日曾饶舌"二句用了关于西施舌的民间故事，其中"饶舌"一词暗含词人刚正直言、不畏权贵的品格。"空凄切"三句借

---

① 梁鼎芬著、叶恭绰辑：《欵红楼词》，民国二十一年（1932）刻本，第17b页。
② 梁鼎芬著、叶恭绰辑：《欵红楼词》，民国二十一年（1932）刻本，第5b页。
③ 梁鼎芬著、叶恭绰辑：《欵红楼词》，民国二十一年（1932）刻本，第20b页。
④ 张炎：《词源》，载唐圭璋编《词话丛编》，中华书局1986年版，第1册，第261页。
⑤ 梁鼎芬著、叶恭绰辑：《欵红楼词》，民国二十一年（1932）刻本，第12a页。

西施死后化为"沙蛤",期待有人找到她,她便吐出香舌,尽诉冤情之事,暗指词人贬谪罢官之事,但词人心情凄苦、悲切,不能与人诉说。此词借西施舌来喻己,从而寄托了自己的情怀。可见梁鼎芬咏物词寄托深远,艺术手法出色。

5. 联句词

王兆鹏、刘尊明主编《宋词大辞典》云:"联句体在诗歌创作中较流行,词体中不多见……联句词在清代颇为兴盛,如朱彝尊《曝书亭词》中即收有他与纳兰性德、姜宸英等人所作大量的联句词,而且联句的方式也更为灵活多变。"① 梁鼎芬与亲友的联句词有《八归·丁亥九月十二日,舟发新州,同仲、叔返省,应院试,徐大同行,联句一阕》《长亭怨慢·联句寄怀易实甫,并示由甫》等五首。由这些联句词,可知梁鼎芬与其弟手足情深、与其友情谊深厚。梁鼎芬的个人经历、创作心态使其在这些联句词中所作的词句又带有一种淡淡的感伤色彩。如:"长奈恹恹酒病,十年前梦,化作轻烟残月"② "便有梦、烟水都迷,将一箭、春韶轻去"③ "便从今、漂泊送平生,奚须比"④。

6. 佛道词

梁鼎芬是近代的佛教居士,喜读佛典,喜居寺庙,喜与僧人交谈,而这也就成为他学佛、悟佛的重要方式。最终将佛道思想很好地融通起来,选择道家思想作为人生的出世、归宿。这些佛道思想不仅大量地出现在他的诗歌作品中,也有一些出现在他的词里。他在这类词作中,常把佛道元素的词、典故与个人情感的表达结合在一起。如《菩萨蛮·十六夜》:

> 禅心错比沾泥絮,冶踪飘荡都无据。有主是杨花,随风便到家。 如何双泪落,掩袖惊秋薄。故意近前看,当头月又阑。⑤

"禅心错比沾泥絮"句反用宋道潜《口占绝句》诗"禅心已作沾泥絮"

---

① 王兆鹏、刘尊明主编:《宋词大辞典》,凤凰出版社2003年版,第42页。
② 梁鼎芬著、叶恭绰辑:《欸红楼词》,民国二十一年(1932)刻本,第25a页。
③ 梁鼎芬著、叶恭绰辑:《欸红楼词》,民国二十一年(1932)刻本,第25b页。
④ 江庸:《趋庭随笔》,载沈云龙主编《近代中国史料丛刊》,文海出版社1967年版,第9辑,第71页。
⑤ 梁鼎芬著、叶恭绰辑:《欸红楼词》,民国二十一年(1932)刻本,第6a页。

句意。"禅心"为佛教用语，古有云"禅心修佛心"，指寂定之心。"沾泥絮"比喻皈依佛门，心已沉寂。但词人用"错比"一词，又以"冶踪飘荡都无据"作为理由说明，暗含了禅理、禅趣，体现了禅味、禅境，同时又流露出自己内心不定、不安的情绪。

又如《念奴娇·海西庵秋海棠日江逢辰作》：

> 几丛绷玉，过几番细雨，嫣然幽绝。独客西堂惆怅在，待女萧辰同说。惨绿墙腰，淡黄月额，蛩语添凄切。可曾巢稳？悲哉身是离别。
>
> 堪叹弹指春华，露啼霜怨，作到今时节。瘦蝶依迷浑倦去，一点龛灯犹没。有恨偏长，无香更韵，山馆秋难折！恍如定惠，欠他和仲诗屑。①

此词作于光绪十六年庚寅（1890），时词人正寓居焦山海西庵，在入世不得的时候，他和苏轼一样选择了佛道。这首词出现了较多的佛道词语。如"西堂"，禅宗用语，指枯木堂。词人有《晓过枯木堂渡江作》诗可与之参读相证。"可曾巢稳"，反用《庄子·逍遥游》"鹪鹩巢于深林，不过一枝"②意。"龛灯"，佛龛、神龛前的长明灯。"定惠"，佛教术语。六祖慧能《坛经》云："善知识！我此法门，以定惠为本。第一勿迷言定惠别。定惠体一不二。即定是惠体，即惠是定用。即惠之时定在惠，即定之时惠在定。善知识！此义即是定惠等。"③即"定"可入"慧"，"慧"亦可入"定"，二者体用统一。寺庙的寂静环境不仅让词人感到孤独、冷清，思乡忆旧，感慨世事艰苦，也有助于词人净化内心，开阔心境，思考人生。

7. 祝颂词

祝颂词是表达美好愿望或庆贺的词作，梁鼎芬所写的祝颂词语言典雅，用典细密。如《五福降中天·介朱年伯母七十寿》：

> 桃花一实三千岁，诶荡天门尺咫。玉杖徘徊，金章煜耀，但见慈颜欢喜。二月良辰。听燕语莺歌，春浓如海。酒落霞觞，跻堂共祝无量祉。　岳岳家声鹊起。念柳丸欧荻，母氏劳只。草萦书带，兰苗孙枝，

---

① 梁鼎芬：《欸红楼词未刊稿》，载《同声月刊》1944年第4卷第2号。
② 〔战国〕庄周著、〔晋〕郭象注：《庄子》，上海古籍出版社1989年版，第6页。
③ 〔唐〕释慧能著、郭朋校释：《坛经校释》，中华书局1983年版，第26页。

定知丝纶济美。婆娑老福。尽巚甸纵观，板舆庋止。笙歌奏广，微协霓裳宫徵。①

此词内容是祝长者寿。词上片"桃花"句用王母桃典。"诀荡天门""燕语莺歌""酒落霞觞"极写祝寿场面的盛大，"玉杖""无量祉"等祝愿老人健康长寿，"金章焜耀"又喻老人身份高贵。词下片"柳丸欧荻""草紫书带""兰茁孙枝""丝纶济美"等用典繁复，贴切恰当，令人叹服。此外，梁鼎芬还有为自己所作的祝寿词《满江红·戊子六月六日三十初度》，这首词亦为述怀词。其常怀有忠君爱国的热情，但在打击磨难面前又有一些失落和消极的情绪，词中不免流露出词人报国无门、壮志未酬的愤懑之情。

8. 哀悼词

哀悼词在梁鼎芬词作中所占比例小，其哀悼词多为追思、悼念已逝的亲人，体现出其对亲人逝世的无限悲痛和哀思。如《长亭怨慢·客中重九》：

空盼到、黄花时候。客里消磨，九年重九。海上琴丝，秋星萧散、倩谁叩？残阳马首，但一片、销魂柳。顾影意难忘，渐对、江潭人瘦。

知否？问苔尘霾笛，此际可能同奏。是日，展建侯表弟殡室。灵鸦去也，犹听得、隔邻伤旧！西风紧、催酒醒回，才闷起、镫虫如豆。何况是愁来，小雨窗前吹又。②

此词是梁鼎芬悼念其表弟冯启勋而作。时词人在上海，同冯启钧至山庄哭奠表弟冯启勋。词上片"黄花""海上琴丝""秋星萧散""残阳马首""销魂柳"与词下片"苔尘霾笛""灵鸦""西风""镫虫""小雨"等意象营造出凄凉悲惨的氛围，有力地衬托出词人内心的愁闷和悲凄。词人有《上海逢冯二表弟启钧作》《追挽冯表弟启勋六首并序》二诗，可参读。《追挽冯表弟启勋六首并序》序云："弟殁一百八日为重九节，余至上海，同少竹诣山庄哭奠，心伤神愓，不复能诗，十三日游杭州，过长安

---

① 梁鼎芬著、杨敬安辑：《节庵先生遗稿》，香港翻印本1962年版，第110页。
② 梁鼎芬著、叶恭绰辑：《欵红楼词》，民国二十一年（1932）刻本，第13b页。

坝，追怀亲旧，赋此写哀，寄少竹焚之，当一恸也。"① 此外，《淡黄柳》（匆匆又别）有哀悼先父的悲戚之情。

梁鼎芬一生读书多，交游广，又经历贬谪流离、民族危亡、时局动荡、清朝衰亡之痛，故词作题材广泛。其词作以光绪十一年乙酉（1885）为界，贬谪前的词多写与友人酬唱、京师游玩等愉快的内容。后期的词作题材较前期扩大，思想内容深刻，如《菩萨蛮·和叶南雪丈》十首词能及时表现社会现实生活，使词呈现时代性、现实性的特点。词的情感世界已突破以个人情感为中心的局限，而表现出个人情感与民族、时代联系在一起的特点。其词承担起了批判现实的功能，实践了"以词为史"的精神，符合周济所提出的"词史说"："感慨所寄，不过盛衰，或绸缪未雨，或太息厝薪，或已溺已饥，或独清独醒，随其人之性情学问境地，莫不有由衷之言。见事多，识理透，可为后人论世之资。诗有史，词亦有史，庶乎自树一帜矣。"②

（二）主要风格与艺术手法

梁鼎芬词风以深婉高雅、缠绵悱恻为主。其词作常充满淡淡的哀怨，如感叹人生不定、命运多舛、漂泊之苦、年华易逝、思亲念友、国事维艰等。但其词作风格还有平易自然、豪放雄健、苍凉沉郁的特点。这些词风特点的形成不仅与他自身经历、人生追求、生活态度有关，而且与他词学交游、师法取向以及所处时代、地域的词风流派也有着密切的联系。如他与叶衍兰、谭献、文廷式、汪兆铨、汪兆镛、徐铸等人交游唱和，师法苏轼、辛弃疾、纳兰性德、陈澧、叶衍兰等人，主要受到花间词派、常州词派的影响，又不脱浙西词派的余韵，且接受以"雅健"为宗旨的岭南词风的影响。故梁鼎芬的词学创作并不只受到单股势力的影响，仅被某一个词派所笼罩，而是取法自由，博采众长。此外，他的词作师法取向也可在一定程度上影响他的弟子，如曾习经"学'花间'、北宋，善为小令，尤以情

---

① 梁鼎芬著、黄云尔点校：《节庵先生遗诗》，华东师范大学出版社2012年版，第48页。
② 周济：《介存斋论词杂著》，载唐圭璋编《词话丛编》，中华书局1986年版，第2册，第1630页。

致见胜"①，江逢辰"其词于宋人白石、碧山为近"②。

梁鼎芬词作的主要艺术手法，突出表现为以下几点。

1. 化用、用典

如《百字令·同叶叔达饮碧螺盦》中的"雪藕丝长，剥莲心苦"化用辛弃疾《卜算子·为人赋荷花》"根底藕丝长，花里莲心苦"之句意。"凭他铁笛，一声吹上云裂"用叶梦得《石林诗话》卷上载王君玉于中秋阴晦赋诗有"只在浮云最深处，试凭弦管一吹开"之句，后奏乐，果然云开月出之事。又如《蝶恋花》（忆昔高楼明镜里）中的"戏作拈花地"用"世尊拈花，迦叶微笑"的佛典。"似有天涯沦落意"化用白居易《琵琶行》"同是天涯沦落人，相逢何必曾相识"之句意。"侯生去后桃花死"用侯方域与李香君之事。再如《点绛唇》（一鹤翩跹）中的"一鹤翩跹，与君合是前生侣"用"梅妻鹤子"之典。"琼楼玉宇，受得寒如许"化用苏轼《水调歌头》（明月几时有）"我欲乘风归去，又恐琼楼玉宇，高处不胜寒"之句意。梁鼎芬化用前人诗词句子，选用典故能够力避艰涩，而通俗易懂、灵活自然，最终与词作达到水乳交融、浑然天成的境界。

2. 性灵寄托，相融合一

况周颐《蕙风词话》卷五云："词贵有寄托。所贵者流露于不自知，触发于弗克自己。身世之感，通于性灵。即性灵，即寄托，非二物相比附也。"③又沈祥龙《论词随笔》云："咏物之作，在借物以寓性情。凡身世之感，君国之忧，隐然蕴于其内，斯寄托遥深，非沾沾焉咏一物矣。"④梁鼎芬的寄托也应该是身世之感、君国之忧的自然流露，情真意切，不露痕迹，从而达到了性灵与寄托的浑融合一，故时至今日依然能够感染读者，引发共鸣。如《蝶恋花·题荷花》词借荷花寄寓身世之感，《南乡子·代剑答》词借宝剑抒发怀才不遇之情，《菩萨蛮·和叶南雪丈》词其一借落花感慨时事，寄托君国之忧。

3. 字词冷艳，情感沉郁

梁鼎芬词作中出现大量的冷色调字词，如"愁""恨""凄""冷""泪"

---

① 陈永正主编：《岭南文学史》，广东高等教育出版社1993年版，第738页。
② 惠州市地方志编纂委员会编：《惠州市志四》，中华书局2008年版，第4540页。
③ 〔清〕况周颐：《蕙风词话》，载唐圭璋编《词话丛编》，中华书局1986年版，第5册，第4526页。
④ 〔清〕沈祥龙：《论词随笔》，载唐圭璋编《词话丛编》，中华书局1986年版，第5册，第4058页。

"魂""苦""梦""影""孤"等。其中,"梦"出现了37次,"愁"出现了30次,"影"出现了25次,"泪""魂"出现了21次,"凄"出现了18次,"恨"出现了15次,"冷"出现了14次,"苦"出现了11次。其余"断肠""伤心""惆怅""无憀"等语更是触目皆是。一些意象的选取也偏忧郁的色彩,如"夕阳""黄昏""西风""孤凤""伤心月""乌啼花落"等数不胜数。这些词作表达的或是闲愁或是相思或是哀怨的心绪,表现的多是心胸中的凄苦、郁结,令人读之不欢,感同身受。

总之,梁鼎芬善于运用一些艺术手法,使其词作语言锤炼自然、情感深婉、意味深长。此外,其作词擅长小令,尤偏爱《菩萨蛮》《浣溪沙》等词调,长调多选用《念奴娇》《金缕曲》《满江红》等表达悲壮激烈之情的词调,这表明梁鼎芬在选调方面注重感情表达的需要。

总体而言,梁鼎芬作词在选调用韵、辞藻琢磨、化用诗词及典故、词风融合、词境营造等方面皆有较高的造诣。其在岭南词坛、京津词坛上,均有一席之地,可称晚清名词家。希望对其现存词作进行整理注释不仅可以丰富岭南文学文献研究,而且有助于晚清词学等相关领域的研究。

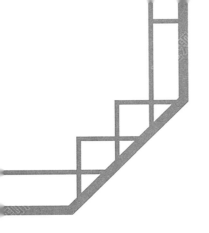

款红楼词

红 窗 睡

春日过叶叔达碧螺盦[1]

亭子帘垂花暗落,愁未醒、把好春迟阁。红脂新洗痕犹薄[2],被雏鬟惊谑[3]。　酒病频烦怜汝弱[4],悄无语、闲时学字,倦时行药[5]。此间流转,到喧时寂寞。

【注】

[1] 此词迄《绮罗香》(锦段明装)词,共十三首词,约作于词人早年居住北京至辞官出都前这一时期(1876—1885)。叶叔达:叶佩琮(1855—1903),号叔达,叶衍兰三子,叶恭绰生父。叶佩琮本有二子:长子叶恭绹,号道生,后名道绳,任江西九江府同知;次子叶恭绰,字裕甫,又字誉虎、玉甫,号遐庵。光绪十七年(1891)遵父命把次子过继给其兄叶佩玱。碧螺盦:叶佩琮的书斋名。词人《碧螺春盦夜宴》诗:"梦影桃花身是幻,诗题芍药手能工。片痕春月依人袖,窥见前宵泪点红。"可与此词参读。

[2] 红脂:指像抹着胭脂的娇花。唐李贺《神弦别曲》:"南山桂树为君死,云衫残污红脂花。"薄:轻微。南宋释居简《琉璃灯中鱼子》:"跃碍冰痕薄,潜疑月色新。"

[3] 雏鬟:指年轻女子。清龚自珍《点绛唇·补记四月之游》词:"窗三面,推开扇,故使雏鬟见。"惊谑:惊动,嘲弄。

[4] 酒病:犹病酒。因饮酒过量而病。唐姚合《寄华州李中丞》:"养生非酒病,难隐题诗名。"

[5] 行药:此作行视花草药物之义较妥。药,与"花"同义。倦时:行视花草药物,亦指娱目欢心之事。唐杜甫《宾至》:"不嫌野外无供给,乘兴还来看药栏。"

一 片 子

同芙漪[1]访春

系马樱桃[2]下,攀来紫白花。径将春信报[3],笑隔一层纱[4]。

【注】

[1] 芙漪：词人之友，生平待考。

[2] 樱桃：果木名。落叶乔木。品种繁多。产于我国河北、山西、陕西、江苏等地。春天樱桃早开花，花白色如雪，绿色圆叶。核果多为红色，娇小玲珑，味道鲜美，酸甜可口。亦指其果实或花。《史记·司马相如列传》："樗枣杨梅，樱桃蒲陶。"司马贞《索隐》："张揖曰：'一名含桃。'《吕氏春秋》：'为莺鸟所含，故曰含桃。'《尔雅》云为荆桃也。"

[3] "径将"句：化用宋曾协《再次沈韵》诗"独将春信报天涯"句。春信，春天的信息。唐郑谷《梅》诗："江国正寒春信稳，岭头枝上雪飘飘。"宋陆游《梅花》诗："春信今年早，江头昨夜寒。"

[4] 笑隔一层纱：体现了与友人一同访春的欢愉之情。唐温庭筠《菩萨蛮》："蕊黄无限当山额，宿妆隐笑纱窗隔。"宋无名氏《南柯子》："隔纱微笑恐郎猜。"

金莲绕凤楼

人日海王村作[1]

人影围花花围马，渲染彀[2]、春街浓冶[3]。东风都说细桃嫁[4]，笑谁痴、可曾休也。　张郎自然韵雅，比翠柳、纤纤一把[5]。浮生日日同嗟咤[6]，蓦惊心、夕阳初下。

【注】

[1] 人日：旧俗以农历正月初七为人日。南朝梁宗懔《荆楚岁时记》："正月七日为人日，以七种菜为羹，剪彩为人，或镂金箔为人，以贴屏风，亦戴之头鬓。又造华胜以相遗。登高赋诗。"宋高承《事物纪原》卷一《正朔历数部第二·人日》："东方朔《占书》曰：'岁正月一日占鸡，二日占狗，三日占羊，四日占猪，五日占牛，六日占马，七日占人，八日占谷。其日晴明温和，为蕃息安泰之候；阴寒惨烈，为疾病衰耗之征。'"海王村：辽代地名，是"京东燕下乡海王村"，即今北京街市琉璃厂，元时曾设琉璃窑厂，故称"琉璃厂"。位于北京城南，原宣武区琉璃厂路口。其历史悠久，地理位置优越，文化内涵丰富，是京城最早开办的大型古玩市场。清富察敦崇《燕京岁时记·厂甸儿》："厂甸在正阳门外二里许，古曰海王村，即今工部之琉璃厂也。街长二里许，廛肆林立，南北皆同。所售之物以古玩、字画、纸张、书帖为正宗，乃文人鉴赏之所也。"

[2] 彀：古同"够"，达到某一点或某种程度。清陈维崧《珍珠帘·题宋牧仲枫香词，次曹实庵韵》词："五色蛮笺螺子墨，渲染彀、微云疏雨。"

[3] 浓冶：浓艳、艳丽。此句指鲜艳的花朵把街道装扮得浓艳、华丽。明袁中道《珂雪斋集》卷九《寿南华居士序》："今南华六十矣，前此享世间浓冶之乐，后此享世外清寂之乐……"

[4] "东风"句：此句化用唐李贺《南园》诗："可怜日暮嫣香落，嫁与东风不用媒。"北宋张先《一丛花令》词："沉恨细思，不如桃杏，犹解嫁东风。"缃桃，即缃核桃，结浅红色果实之桃树。此处指缃桃花。宋陈允平《恋绣衾》词："缃桃红浅柳褪黄。燕初来、宫漏渐长。"

[5]"张郎"二句：典出《南史》卷三一《张裕传》附《张绪传》："绪吐纳风流，听者皆忘饥疲，见者肃然如在宗庙。虽终日与居，莫能测焉。刘悛之为益州，献蜀柳数株，枝条甚长，状若丝缕。时旧宫芳林苑始成，武帝以植于太昌灵和殿前，常赏玩咨嗟，曰：'此杨柳风流可爱，似张绪当年时。'其见赏爱如此。"张郎，张绪，字思曼。南朝齐吴郡（今江苏省苏州市）人。其谈吐风流，举止儒雅，以风度脱俗闻名当时。齐武帝以灵和殿前杨柳比拟张绪的风度。唐贯休《上卢使君二首》其一："马卿山岳金相似，张绪风情柳不如。"

[6]浮生：因人生在世，虚浮不定，故称人生为"浮生"。语本《庄子·刻意》："其生若浮，其死若休。"南朝宋鲍照《答客》："浮生急驰电，物道险弦丝。"嗟咤：悲叹声。

临 江 仙

槐市斜街买花[1]

帽影鞭丝[2]人比玉，踏春同到郊园。与花相对试温存[3]。不知何事，尽日两无言。　犹忆去年轻拗折，翠瓶清供黄昏。素琴弹罢不开门。那堪[4]重省，一处一销魂。

【注】

[1] 槐市斜街：在今北京市城区西南部，分上、下斜街，当形成于明代，明代称西斜街，清初称槐市斜街、槐树斜街或土地庙斜街。槐市斜街是当时京城里有名的花市，每月初三、十三、二十三，京郊花乡丰台的种花人便会将花运到此处出售。清戴璐《藤阴杂记》卷七："考《六街花事》引：丰台卖花者于每月逢三日至槐市斜街上卖，今土地庙市逢三，则槐市为今上下斜街无疑。"清查慎行《人海记·古槐》卷上："槐树斜街即土地庙斜街，旧时古槐夹路，今每月逢三日为市集，槐亦仅有存者。"

[2] 帽影鞭丝：同"鞭丝帽影"，指帽子和马鞭。借指出游，形容征途迢遥。宋陆游《齐天乐·左绵道中》词："塞月征尘，鞭丝帽影，常把流年虚占。"

[3] 温存：怜惜、抚慰、体贴。唐韩偓《寄湖南从事》诗："莲花幕下风流客，试与温存谴逐情。"

[4] 那堪：怎堪，怎能忍受。南北朝江总《杂曲》诗之三："未眠解着同心结，欲醉那堪连理杯。"唐李端《溪行遇雨寄柳中庸》诗："那堪两处宿，共听一声猿。"

月上海棠

游极乐寺看海棠花开且落矣,为赋此解。[1]

人间解道[2]春花好,但纷纷、开落成朝暮。受尽东风,赢得①、词人题句。君休问、马上车前无数。　明年知又春如故。独伤心、今日更何处。素韵红情[3],最难忘、几回相遇。谁曾共,日斜重觅归路[4]。

【校】

①据词谱格律,"赢得"前疑脱一字。

【注】

[1] 极乐寺:此指北京极乐寺。位于北京海淀区东升乡五塔寺东,临高梁河。一说为元代至元年间(1335—1340)所建,另说为明成化年间(1465—1487)所建。旧时北京城有"悯忠寺(法源寺)的丁香,崇效寺的牡丹,极乐寺的海棠,天宁寺的芍药"之誉说。徐珂《清稗类钞·极乐寺海棠花》:"京师西直门外极乐寺海棠,奇品也。相传寺僧以苹果树接种。开时,雪肤丹颊,异色幽香,观者莫不欣赏。"按:蒋贵麟编《万木草堂遗稿外编》下册录康有为《月上海棠》词与此词有较多相似之处。1882年康有为参加顺天乡试居京师期间,常与张鼎华来往,时词人和康有为相识,故诗文创作亦有相互借鉴交流的可能。兹附康有为《月上海棠·极乐寺□海棠且落矣》:"人间但解看花好,奈□开落成朝暮。受尽东风,只赢得诗人题句。君休问,马上车前无数。　明年知又春如故。独惊心,今日更何处。素韵红情,极难忘,几回相遇。谁曾共,日斜重觅归路。"

[2] 解道:懂得,知道。唐张籍《凉州词》:"边将皆承主恩泽,无人解道取凉州。"宋陈师道《老柏》诗之二:"解道庭前柏,何曾识赵州?"

[3] 素韵红情:素韵,高雅的气韵。《南史·齐衡阳元王钧传》:"(张融)谓从兄绪曰:'衡阳王飘飘有凌云气,其风情素韵,弥足可怀,融与之游,不知老之将至。'"红情,犹言艳丽的情趣。此处指花的娇艳。清纳兰性德《唐多令》词之二:"不为香桃怜瘦骨,怕容易、减红情。"

[4]"日斜"句:化用宋陆游《河桥晚归》诗"斜阳觅归路"句。

卜 算 子

　　万叶与千枝，红照花如海[1]。可惜车尘日日来，顷刻容颜改[2]。　想象好芳时，寂寞闲庭外[3]。只好明年再踏春，携酒同君待。

【注】

　　[1] 花如海：形容春花繁盛。宋苏轼《安国寺寻春》诗："遥知二月王城外，玉仙洪福花如海。"

　　[2] "可惜"二句：暗喻京城政治昏暗，邪恶势力猖狂，很容易玷污人的品格。晋陆机《为顾彦先赠妇》诗："京洛多风尘，素衣化为缁。"同此感慨。

　　[3] "想象"二句：表现词人孤独高洁、不甘同流合污的品行，与前文形成强烈鲜明的对比。唐张泌《满宫花》词："花正芳，楼似绮，寂寞上阳宫里。"

【评】

　　叶恭绰《广箧中词》云："隽妙。"

　　陈永正《岭南文学史》云："这与梁氏《春日园林》诗：'芳菲时节竟谁知？燕燕莺莺各护持'一首的用意是相近的。'想象'二句与上阕形成强烈对比，表现了词人的高洁和孤独。末二语寄托对未来的希望，希望明年踏春，能与'君'同待，携酒在花下静静地吟赏，词中寓意甚深。"

　　陈永正《岭南历代词选》云："日日不息的车尘，污染了美好的春花，词人在咨嗟叹息，他自甘寂寞地度过芳时，也不共世人征逐。词中寓意明显，末二语寄托了对未来的希望。"

青 门 引

《碧香图》题词为叶仲鸾赋，即用元韵[1]

霞脸红微，春衫白浅，相逢正是，浴兰[2]天气。碧玉年芳[3]，香囊情好，漂泊天涯有几？且尽清尊①[4]宴，断肠词、知君能记。素绫[5]装卷，紫琼削管，明珠穿字。　　直是金荃[6]才子，奈剪叶嵌花，输他风致。名士秋心，佳人春影，乍可描摹三四？感怅银镫[7]下，算②浮生、一般无谓。待侬[8]狂啸③，芝焚蕙叹[9]，由来如此。

【校】

①"尊"，《海珠星期画报》第三期作"樽"。

②"算"，《海珠星期画报》第三期作"弄"。

③"啸"，《海珠星期画报》第三期作"笑"。

【注】

[1] 据本词"浴兰天气"句，推知此词应作于五月初五日。青门引：调见宋秦观《淮海词》。黄裳词亦名《青门引》，但与《青门引》令词不同。此调又名《青门饮》《菱花怨》《剪淞波》。叶仲鸾：叶佩玱（1853—1916），字云坡，号仲鸾。叶衍兰次子，叶恭绰养父。光绪十一年（1885），入孙诒经幕府。光绪十三年（1887），入山东巡抚张曜幕。光绪十四年（1888）举人。光绪十八年（1892）会试不第，以知府分发江西。工诗文、书法，通算术、金石等。可参阅梁鼎芬等修、丁仁长等纂《番禺县续志·叶衍兰传》，叶恭绰《先君仲鸾公家传》《叶遐庵先生年谱》等。

[2] 浴兰：亦称"浴兰令节"，即端午节。古时端午日以兰汤沐浴，故称浴兰节。唐韩鄂《岁华纪丽·端午》："端午……角黍之秋，浴兰之月。"宋吴自牧《梦粱录·五月》："五日重午节，又曰'浴兰令节'。"

[3] 碧玉：南朝汝南王妾名。汝南王宠爱之，因作《碧玉歌》。《玉台新咏》引孙绰《情人碧玉歌》诗之一："碧玉小家女，不敢攀贵德。感郎千金意，惭无倾城色。"泛指年轻女子。年芳：青春年华。

[4] 清尊：亦作"清樽"，酒器，借指清酒。《古诗类苑》卷四五引《古歌》："清樽发朱颜，四坐乐且康。"唐韦应物《答长安丞裴税》诗："久雨积幽抱，清尊宴良知。"

[5] 素绫：用纯桑蚕丝做原料的丝织品，质地轻薄，可用于装裱字画。

[6] 金荃：温庭筠诗文集名。此处代指温庭筠，借指叶佩玱。

[7] 镫：膏镫，亦称"锭""烛豆"等，古代照明用具。亦泛指灯，油灯。《楚辞·招魂》："兰膏明烛，华镫错些。"《文选》引刘桢《赠五官中郎将》诗之一："众宾会广座，明镫熺炎光。"李善注："镫与灯音义同。"

[8] 侬：代词。表示第一人称，相当于"我"。《玉篇·人部》："侬，吴人称我是也。"《广韵·冬韵》："侬，我也。"唐刘禹锡《竹枝词》："花红易衰似郎意，水流无限似侬愁。"

[9] 芝焚蕙叹：谓芝草被焚烧，蕙草叹息。芝、蕙，香草名。语出晋陆机《叹逝赋》："信松茂而柏悦，嗟芝焚而蕙叹。"比喻物伤其类。多表示对志行相同者命运的关切，因同类的不幸遭遇而悲伤。南朝梁庾信《思旧铭·序》："瓶罄罍耻，芝焚蕙叹。"

百　字　令

同叶叔达饮碧螺盦[1]

　　无憀[2]有恨，正荷花时候，春愁都热。约个酒人添个影，卷起缃帘望月[3]。雪藕丝长，剥莲心苦[4]，此意吾能说。隔帘①鹦鹉，为谁也自饶舌[5]。　　又到酒倦镫阑，绿茶初酽[6]，越色瓷杯洁。细数年华惊一昨，各有情怀凄绝。春草秋花，神仙儿女，甚事无完缺？凭他铁笛，一声吹上云裂[7]。

【校】

　　①"隔帘"，红印本作"隔窗"。

【注】

　　[1]据本词"正荷花时候"句，推知此词应作于夏季。叶叔达：即叶佩琮。见前《红窗睡·春日过叶叔达碧螺盦》词注。按：蒋贵麟编《万木草堂遗稿外编》下册收录的康有为《百字令》词与此词有较多相似之处。兹附康有为《百字令》："无憀有恨，正荷花时候，春愁翻热。约个酒人添个影，卷起湘帘望月。雪藕丝长，拗莲心苦，此意吾能说。隔窗鹦鹉，为说也自饶舌。　　又是酒倦镫阑，绿茶初酽，越色瓮杯洁。细数流年如一昨，独有心情凄绝。春草秋花，神仙儿女，其事无完缺。看侬铁笛，一声吹破云裂。"

　　[2]无憀：空闲烦闷的悲凉情绪。唐李商隐《杂曲歌辞·杨柳枝》："暂凭樽酒送无憀，莫损愁眉与细腰。"宋柳永《雪梅香》词："无憀恨，相思意，尽分付征鸿。"

　　[3]"卷起"句：此句与宋张辑《碧云深·寓忆秦娥》词"卷帘望月知心谁"句同感。词人满腹情怀，寄情于月。缃，浅黄色。《释名·释采帛》："缃，桑也，如桑叶初生之色也。"《乐府诗集·相和歌辞·陌上桑》："缃绮为下裙，紫绮为上襦。"

　　[4]"雪藕"二句：化用宋辛弃疾《卜算子·为人赋荷花》词："根底

11

藕丝长,花里莲心苦。""丝"与"思"谐音,"莲"与"怜"谐音,此二句表达了词人深沉缠绵的相思之情和哀怨悱恻的苦恋之痛,皆情深所致。

[5]饶舌:唠叨,多嘴。唐李百药《北齐书·斛律光传》:"盲眼老公背上下大斧,饶舌老母不得语。"唐白居易《酬严给事》诗:"不缘啼鸟春饶舌,青琐仙郎可得知?"

[6]酽:味厚,汁浓。《广韵·酽韵》:"酽,酒、醋味厚。"《增韵·艳韵》:"酽,酾也。"北魏贾思勰《齐民要术·种红蓝花栀子》:"以汤淋取清汁,初汁纯厚太酽。"宋苏轼《正月二十日与潘、郭二生出郊寻春,忽记去年是日同至女王城作诗,乃和前韵》:"江城白酒三杯酽,野老苍颜一笑温。"

[7]"凭他铁笛"二句:典出宋叶梦得《石林诗话》卷上:"晏元献公留守南郡,王君玉时已为馆阁校勘……宾主相得,日以赋诗饮酒为乐,佳时胜日,未尝辄废也。尝遇中秋阴晦,斋厨凤为备,公适无命,既至夜,君玉密使人伺公,曰:'已寝矣。'君玉亟为诗以入,曰:'只在浮云最深处,试凭弦管一吹开。'公枕上得诗,大喜,即索衣起,径召客治具,大合乐。至夜分,果月出,遂乐饮达旦。"铁笛:铁制之笛,相传隐者高士善吹此笛,笛音响亮非凡。云裂:形容笛声高亢,吹裂浮云。宋辛弃疾《满江红·中秋寄远》词:"但唤取、玉纤横笛(一作横管),一声吹裂。"宋李昴英《水调歌头·题登春台》词:"宝剑孤横星动,铁笛一声云裂。"

浣 溪 沙

己庚间①，与②叶伯蘧、仲鸾、叔达昆季③，时有文讌。余爱斯调，得数十首，离合断续，不知为何题也。今记忆三首，重录于此，以作春梦。[1]

其 一

并载金台[2]二月天，海棠巢下杏花前，试将明镜照华年。　一响绿窗才记梦[3]，几回锦瑟未张弦[4]，伤春无处不堪怜。

【校】

① "己庚间"，红印本、《广箧中词》本作"己庚之间"。
② "与"，红印本无"与"一字。
③ "昆季"，《广箧中词》本无"昆季"二字。

【注】

[1] 此《浣溪沙》三首作于光绪五年己卯至六年庚辰（1879—1880）间。词人与叶佩瑗、叶佩玱、叶佩琮昆季时有文讌，日相唱和，词人爱《浣溪沙》词调，遂成数十首。今词人只记忆三首，重录于此，以怀念逝去的美好时光。叶恭绰《戬红楼词》跋云："丈少日入燕，即寓先大父南雪公米市胡同宅，从南雪公学词，与先伯伯蘧公、先严仲鸾公、本生先严叔达公日相唱和。"叶伯蘧：指叶佩瑗，字伯蘧，叶衍兰长子，生卒年不详。仲鸾：见前《青门引·〈碧香图〉题词为叶仲鸾赋，即用元韵》词注。叔达：见前《红窗睡·春日过叶叔达碧螺盦》词注。春梦：喻易逝的荣华和无常的世事。

[2] 金台：古地名。典出西汉刘向《战国策·燕策一》："于是昭王为隗筑宫而师之。乐毅自魏往，邹衍自齐往，剧辛自赵往，士争凑燕。"《史记·燕召公世家》《说苑·君道》等均载此事。"筑台"之说始于孔融《论盛孝章书》："昭王筑台以尊郭隗，隗虽小才，而逢大遇，竟能发明主之至心。"又称"黄金台""燕台"等，相传燕昭王筑台，置千金于台上，延请

天下名士，故名。后比喻延揽士人之处。故址在今河北易县东南北易水南。南朝宋鲍照《放歌行》："岂伊白璧赐，将起黄金台。"唐李白《南奔书怀》诗："侍笔黄金台，传觞青玉案。"

[3]"一晌"句：由五代南唐李煜《采桑子》词"绿窗冷静芳音断，香印成灰。可奈情怀，欲睡朦胧入梦来"句意化而用之。绿窗：绿色纱窗。唐宋贵族妇女喜在春夏之季贴绿色窗纱。代指女子居室。此处指寝息。唐李绅《莺莺歌》："绿窗娇女字莺莺，金雀娅鬟年十七。"五代韦庄《菩萨蛮》词："劝我早归家，绿窗人似花。"

[4]"几回"句：反用唐李商隐《锦瑟》诗："锦瑟无端五十弦，一弦一柱思华年。"此句言锦瑟没来得及打开弹奏，美好的春光就要逝去，青春、快乐短暂而不能永恒，更无法寄托词人的伤春悲怨之意，追忆即将逝去的年华。

其　二

欲问花前第几春，却看桃片委苔尘，赋情谁及杜司勋[1]。　　菱髻初装珠络[2]小，芹泥浅傅玉膏匀[3]，轻衫细马[4]那时人。

【注】

[1]杜司勋：即晚唐著名诗人杜牧（803—约852）。字牧之，号樊川居士，宰相杜佑之孙，杜从郁之子，京兆万年（今陕西西安）人。唐宣宗大中三年（849）任司勋员外郎兼史馆修撰，故名。见《旧唐书》《新唐书》本传。其与李商隐齐名，被后世合称为"小李杜"。唐李商隐《杜司勋》诗："刻意伤春复伤别，人间惟有杜司勋"，高度评价杜牧的诗歌内容，充分肯定了杜牧的诗坛地位，表达了诗人对杜牧的推崇及赞美。

[2]珠络：缀珠而成的网络，头饰的一种。唐杜牧《少年行》："春风细雨走马去，珠落（一作络）璀璀白罽袍。"

[3]芹泥：燕子筑巢所用的带有芹香味的草泥。唐杜甫《徐步》诗："芹泥随燕嘴，花蕊上蜂须。"傅：通"敷"，分布。《荀子·成相》："禹傅土，平天下。"玉膏：玉的脂膏，古代传说中的仙药。《山海经·西山经》："丹水出焉……其中多白玉，是有玉膏。"郭璞注引《河图玉版》："少室山，其上有白玉膏，一服即仙矣。"此处指如玉膏似的润滑物。

[4]细马:骏马,《北史·白建传》:"三年,突厥入境,代、忻二牧,悉是细马,合数万匹,在五台山北柏谷中避贼。"亦指小马,唐李白《对酒》诗:"葡萄酒,金叵罗,吴姬十五细马驮。"

其 三

摊破红笺篆碧螺[1],酒醒腕弱墨慵磨,暗吹兰气载香多。 倚玉笑餐云子饭[2],抛珠真胜雪儿歌[3],吾生休自说蹉跎。

【注】

[1]摊破:划破。明冯惟敏《朝元歌·述怀》套曲:"顺水推船,随风倒舵。云影天光摊破,碾碎银河。烟村几家趁碧波。"此处指词人酒后不能均匀用力而划破笺纸。红笺:唐代的名笺纸,又名浣花笺,亦名松花笺、薛涛笺,为红色的质地较好的精美纸片或者条幅,多用于题写诗词或作名片等。一般指情书。唐韩偓《偶见》诗:"小叠红笺书恨字,与奴方便寄卿卿。"宋晏殊《清平乐》词:"红笺小字,说尽平生意。鸿雁在云鱼在水,惆怅此情难寄。"碧螺:此处代指用篆体书写的内容。

[2]云子饭:语本唐杜甫《与鄠县源大少府宴渼陂》诗:"饭抄云子白,瓜嚼水精寒。"谓精米炊成的饭可与云子比白。云子,一种白色小石,细长而圆,状如饭粒,传为神仙服食之物。旧本题汉班固撰《汉武帝内传》:"北陵绿阜,太上之药,风实云子,玉津金浆。"

[3]抛珠:指弹奏乐器时发出的声音。唐白居易《琵琶行》诗:"嘈嘈切切错杂弹,大珠小珠落玉盘。"雪儿歌:据《太平广记》卷二〇〇引唐孙光宪《北梦琐言·韩定辞》载:"韩定辞为镇州王镕书记,聘燕帅刘仁恭,舍于宾馆,命慕客马彧延接。马有诗赠韩云……韩亦于座上酬之曰:'盛德好将银笔述,丽词堪与雪儿歌。'他日……或从容问韩以'雪儿''银管'之事。韩曰:'雪儿者,李密之爱姬,能歌舞。每见宾僚文章有奇丽入意者,即付雪儿叶音律以歌之。'"《唐诗记事》卷七一、《全唐诗话》卷六等亦有记载。

红 娘 子

　　三四春红片，怊怅[1]闲庭院。紫玉霏香，碧琼砌艳，九霞[2]仙眷。叹新来酒醒、却添酲[3]，把芳韶看贱。　　梦比天涯远，愁剪波心乱。帘底相思，更谁同谱，桃花歌扇[4]。笑人间崔护、枉游寻，也经时避面[5]。

【注】

　　[1] 怊怅：犹惆怅、失意的样子。《楚辞·九辩》："心摇悦而日幸兮，然怊怅而无冀。"南朝齐王俭《褚渊碑文》："怊怅余徽，锵洋遗烈。"唐皎然《奉送陆中丞长源诏征入朝》诗："归心复何奈，怊怅在江滨。"

　　[2] 九霞：九天的云霞。借指天庭，仙人所居。唐曹唐《小游仙诗》之四十："共爱初平住九霞，焚香不出闭金华。"明屠隆《彩毫记·仙官列奏》："太清宫殿九霞高，玉佩群真绛节朝。"

　　[3] 酲：本义为病酒，指酒醒后神志不清、头脑昏沉、身体困乏，犹如患病的状态。此处作计量酒的量词，同"埕"。在古代，酒是用酒瓮来盛放的，一酲酒即一酒瓮的酒。

　　[4] 桃花歌扇：绘有桃花的歌扇，歌女的道具，歌唱时用以障面、掩口和表演。或云扇上书各种曲目，以供点唱。宋晏几道《鹧鸪天》词："舞低杨柳楼心月，歌尽桃花扇底风。"宋毕良史《临江仙·席上赋》词："桃花歌扇小，杨柳舞衫长。"

　　[5] "笑人间崔护"二句：用崔护"人面桃花"的典故。唐崔护《题都城南庄》诗："去年今日此门中，人面桃花相映红。人面不知何处去，桃花依旧笑春风。"典见唐孟棨《本事诗·情感》。崔护，唐代诗人，生卒年不详，字殷功，博陵（今河北定县）人。贞元十二年（796）进士。历任京兆尹、御史大夫、岭南节度使。《全唐诗》存诗六首。诗风精练婉丽，用语清新，以《题都城南庄》诗最为出名。经时：历久，经历很长的时间。汉蔡邕《述行赋》："余有行于京洛兮，遘淫雨之经时。"晋葛洪《抱朴子外篇·省烦》："昼夜修习，废寝与食，经时学之，一日试之。"

绮 罗 香

春日,往南城买花,归过海王村,得瓷杯二,细花虀浪,知是雅裁与淑华汲新水煎茶试之,漫赋一词。[1]

锦段明装[2],银瓷邢色[3],绿篆花纹微露。黯淡风尘,那知画工心苦。琢红玉、坡老低吟[4],乞白碗、杜陵佳句[5]。笑今番、一晌欢逢,绣囊[6]无用稳相护。　　琴床人正按谱,检得绯桃千瓣,商量茶具。绝好缥青[7],费了酒钱几许。闲心事、崔托先成,旧款识、哥窑[8]谁署?浑无赖[9]、懒过春阴,隔帘吹梦雨[10]。

【注】

[1] 南城:位于北京南部,大致指长安街以南的区域。目前南城所包括的区域为原宣武区、原崇文区、丰台区、大兴区、房山区和通州区的南部。晚清时期的南城主要指原崇文区和原宣武区,在这里形成了宣南文化、士人文化、平民文化色彩浓重,是京师的商业文化中心和娱乐休闲的集中区域。海王村:见前《金莲绕凤楼·人日海王村作》词注。虀浪:波浪涌聚。此处谓煎茶之水如急浪。唐朱逵《怀素上人草书歌》诗:"长松老死倚云壁,虀浪相翻惊海鸿。"宋洪迈《夷坚丁志·石白湖螭龙》:"忽有巨物浮宣江而下,虀浪蔽川,昂首游其间,如蛟螭之类。"雅裁、淑华:生平待考。

[2] 锦段明装:锦段,即"锦缎",丝织物的一种,色彩艳丽,花纹绚丽。原产于江苏省江宁县(今南京),唐代已有,属江南贡品。唐李商隐《鸾凤》诗:"金钱饶孔雀,锦段落山鸡。"明装,或指明亮色彩的服装,此处谓瓷绘取样于锦段明装。

[3] 邢色:代指邢州的瓷器。邢,《广韵·青韵》:"地名,在郑,亦州名,古邢侯国也,项羽为襄国,隋为邢州,取国以名之。"邢窑是中国最早的白瓷窑址,邢窑白瓷如银如雪,对中国和世界都产生了深远的影响。此处指银瓷颜色如邢州的瓷器一般类银类雪。

[4] "琢红玉"句:宋苏轼《试院煎茶》诗云:"又不见,今时潞公煎茶学西蜀,定州花瓷琢红玉。"琢红玉:形容瓷器如同用红玉雕琢而成。坡

老：亦称"坡公"，对苏轼的敬称，苏轼号"东坡居士"。宋杨万里《和陆务观见贺归馆之韵》："平生怜坡老，高眼薄萧统。"

[5]"乞白碗"句：唐杜甫《奉赠韦左丞丈二十二韵》诗："骑驴十三载，旅食京华春。朝扣富儿门，暮随肥马尘。残杯与冷炙，到处潜悲辛。"明王嗣奭《杜臆》谓此诗"叙致委婉，而实与陶（潜）之《乞食》同"。清浦起龙《读杜心解》言其诗"乞食诗也"。杜陵：指杜甫。因杜甫十三世祖杜预为京兆杜陵人，故称。实杜甫祖籍襄阳。杜陵在今陕西省西安市长安区。秦时为杜县地，汉宣帝葬于此，遂改杜县为杜陵。杜甫客居长安时，居陵西，故自称"杜陵野老""杜陵布衣""杜陵诸生""少陵野老"等。唐杜甫《投简咸华两县诸子》诗："长安苦寒谁独悲？杜陵野老骨欲折。"

[6]绣囊：比喻博学而文辞丰富者。唐李冗《独异志》卷中："《武陵记》曰：后汉马融勤学，梦见一林，花如绣锦，梦中摘此花食之。及寤，见天下文词，无所不知，时人号为'绣囊'。"

[7]缥青：淡青色。缥，青白色。汉蔡邕《翠鸟》诗："翠鸟时来集，振翼修形容，回顾生碧色，动摇扬缥青。"三国魏曹植《弃妇篇》："石榴植前庭，绿叶摇缥青。"

[8]哥窑：宋代"五大名窑"之一。明宣德三年（1428）《宣德鼎彝谱》卷一载："内库所藏柴、汝、官、哥、钧、定各窑器皿，款式典雅者，写图进呈拣选，照依原样，勒限铸成。"相传南宋时浙江处州（今丽水市）龙泉县（今龙泉市）旧有龙泉窑，章生一、章生二兄弟在此制瓷，各主一窑。生一所主之窑名为"哥窑"，生二所主之窑名为"弟窑"，亦称"章窑""龙泉窑"。但历史上的哥窑遗址考古，至今仍无确切的结果，因此，传世哥窑成为目前中国陶瓷史上的一大悬案。哥窑瓷的最大特点是釉面开片、金丝铁线、紫口铁足。自宋迄清，哥窑器在历代多有仿制，名曰"仿哥窑"或"哥釉"。

[9]浑无赖：浑，完全。无赖，无聊。此处指情绪因无依托而烦闷。宋苏舜钦《奉酬公素学士见招之作》诗："意我羁愁正无赖，欲以此事相夸招。"

[10]梦雨：迷蒙飘忽、如梦如幻的细雨。用楚襄王梦与巫山神女交欢事。唐李商隐《重过圣女祠》诗："一春梦雨常飘瓦，尽日灵风不满旗。"

蝶 恋 花

同云阁至上海送寤舅北行,云阁归江西,余亦南下,作此为别。[1] 酽淡春晴初酒里。不是无憀,那有埋忧地[2]。无数笛声天外起,夕阳浅水成苍翠。　西北浮云终有意[3]。似絮[4]非花,底甚[5]干卿事。独倚阑干书卍字[6],庾郎漫赋枯桐死[7]。

【注】

[1] 此词应作于光绪十二年丙戌(1886)六月。按:文廷式《旋乡日记》光绪十二年六月十二日(1886年7月13日)记:"余与晦若搭书信船,夜到沪,寓'泰安栈'。延秋、星海已于初十日到。是日,延秋行李已上'顺和'轮船,将入都矣。余与星海邀饯延秋,酣饮达旦。"又六月二十日(7月21日)记:"星海出城,闻'谏当'船是夜将开,约我今日同下船……亥刻,星海送我上船,谈至夜深,星海始归,'谏当'船亦以明日寅刻启程矣。劝星海以'沉思读书、虚心应世',伊皆不以为然,惟欲以聪明颠倒时人,盛气凌隶一世而已。此才亦良可惜,为之浩叹。"故知此词作于光绪十二年。云阁:文廷式(1856—1904),字道希(希又作"爔""溪"),号云阁(又作"芸阁"),又号芗德、菩提流支、匡庐山人、罗霄山人等,晚号纯常子,江西萍乡(今萍乡市)人。同治十一年(1872)受业陈澧之门。光绪十六年(1890)进士,历官翰林院编修、侍读学士兼日讲起居注官,署理大理寺正卿等。甲午战争,力主抗战。为人遇事敢言,上书直谏,无畏强权,倡言变法,致力于洋务。光绪二十二年(1896)被革职回籍,后屡遭缉拿。精史学,善诗词,工书法,尤工于词,为清末著名词人。著撰颇丰,著有《云起轩词钞》一卷、《文道希先生遗诗》一卷、《纯常子枝语》四十卷、《知过轩随录》一卷、《补晋书艺文志》、《闻尘偶记》等。寤舅:指张鼎华(1845—1888),原名兆鼎,字延秋,号寤子,广东番禺(今广州市)人,张维屏孙,梁鼎芬舅,易孺师。梁鼎芬誉其:"秉性孝友,襟抱瑰异,少有圣童之誉。"又云:"文章通雅,性韵清深,有志无年,蹉跎遂尽。"康有为自注云:"神识绝人,学问极博,少以神童名,十三岁登科。曾直军机,三十二乃入翰林,则已颓矣。词馆不娶妻者,惟

先生一人。过从累年，谈学最多，博闻妙解，相得至深也。"高要冯侍郎誉骥字以女，未婚女殁，鼎华终身不娶。咸丰八年（1858）中顺天乡试副榜贡生。咸丰十一年（1861）中举人，官内阁中书。光绪三年（1877）成进士，改翰林院庶吉士，散馆授编修，主讲越华书院。后入京，记名以御史用。以文学盛名京师。曾参纂（光绪）《密云县志》六卷、首一卷、附诗文一卷。此志修于同治十一年（1872），成于光绪七年（1881）。光绪八年（1882）春，署知县丁符九刊刻，刻本八册。光绪十一年（1885）任福建副考官，所取多知名士。试竣乞假归，与孔广陶议修云泉山馆，未毕工，还京师，病卒，归葬广州大东门外，梁鼎芬因其地筑"感旧园"以祀之。

[2] 埋忧：排除忧愁。此句极言忧愁无可排遣。《后汉书·仲长统传》："百虑何为？至要在我。寄愁天上，埋忧地下。"清谢质卿《金缕曲·学集中体》："那有埋忧地。向人间、将歌代哭，非痴非醉。"

[3] "西北"句：此句暗指张鼎华北行。有意：有志向。明谢肇淛《登峥山》诗四首其二："雄图往迹都休问，西北浮云意不禁。"

[4] 似絮：言云如絮。南朝梁庾信《拟咏怀》诗之二十："秋云粉絮结，白露水银团。"唐杜牧《长安杂题长句》："晴云似絮惹低空，紫陌微微弄袖风。"

[5] 底甚：谓此怎么；这怎么。宋林季仲《竹轩杂著·重九前一日宿灵岩》："花如相问终羞涩，底甚重阳不在家。"

[6] 卍字：亦作"卐字"。古印度宗教的吉祥标记。佛教中以"卐"为佛陀"三十二相"之一。武则天定其读音为"万"，意为"吉祥万德之所集"。唐实叉难陀译本《华严经·如来十身相海品》："卐字相轮，以为庄严，放大光明，普照法界。"

[7] "庾郎"句：庾郎，指庾信（513—581），字子山，南阳新野（今属河南）人。初仕梁为东宫学士，善作宫体诗，风格绮艳，辞藻华美，与徐陵齐名，时称"徐庾体"。后奉使西魏，被留不得归。历仕西魏、北周，又称"庾开府"。入北后，常思故乡，抒发愁怀，晚年作品风格转为萧瑟悲凉。其所作《哀江南赋》最为著名。著有《庾子山集》。唐杜甫《咏怀古迹》诗："庾信平生最萧瑟，暮年诗赋动江关。"宋姜夔《齐天乐》词："庾郎先自吟愁赋，凄凄更闻私语。"枯桐死：西汉枚乘《七发》："龙门之桐，高百尺而无枝……其根半死半生。"庾信从南朝初至北朝时，曾作《枯树赋》："桂何事而销亡？桐何为而半死。"全文借托枯树的悲惨遭遇抒发亡国之痛，表达对故乡的思念，借枯树形象表达感伤身世之情。

前　　调

　　云阁别一年，无信息，因为忆昔，词三首以寄相思，仍用前韵。[1]
　　忆昔年时人海里。十丈游尘[2]，别有清凉地。尔汝[3]相呼同卧起，选花移竹分红翠。　谁解于今离别意？袖手关河[4]，太息无穷事。但恨人生休识字，吾侪只合沟渠死[5]。云阁送余出都，有"算吾侪，未必沟渠死"一语。

【注】

　　[1] 此《蝶恋花》三首应作于光绪十三年丁亥（1887）。云阁：即文廷式，见前《蝶恋花》（酽淡春晴初酒里）词注。按：光绪十二年（1886）六月，文廷式与词人别于上海，七月十六日归至萍乡，十八日入湖南，二十日到长沙。夏秋在湘，冬仍返萍乡。光绪十三年（1887）正月初间，至南昌。夏，往长沙。六月，入都。时志锐任詹事，协办翰林院事。而本年词人在粤，故有此忆昔相思之作。（参阅汪叔子编《文廷式集》、钱仲联《文芸阁先生年谱》、吴天任《梁节庵先生年谱》）

　　[2] 游尘：指流言、毁谤。《南齐书·豫章文献王嶷传》："沾饮过量，实欲仰示恩狎，令自下知见，以杜游尘。"按：光绪十一年（1885），词人因弹劾北洋大臣李鸿章而为诬谤大臣，追论妄劾，交部严议，降五级调用。（参阅《清史稿》卷四百七十二《梁鼎芬传》）

　　[3] 尔汝：即你我，是彼此亲昵的称呼，表示不拘形迹，亲密无间。唐韩愈《听颖（一作"颖"）师弹琴》诗："昵昵（一作'妮妮'）儿女语，恩怨相尔汝。"

　　[4] 袖手关河：化用宋陆游《书愤》诗之二："关河自古无穷事，谁料如今袖手看。"袖手：藏手于袖中，表示不参与，不过问其事。此处表示无能为力之意。关河：关山河川，泛指祖国。

　　[5] 吾侪：我辈，我们这类人。侪，同辈、同类人。《左传·宣公十一年》："对曰：'可哉！吾侪小人，所谓取诸其怀而与之也。'"唐杜甫《宴胡侍御书堂》诗："今夜文星动，吾侪醉不归。"只合：只应，本来就应该。唐薛能《游嘉州后溪》诗："当时诸葛成何事？只合终身作卧龙。"沟渠：借指荒野。汉扬雄《解嘲》："当涂者升青云，失路者委沟渠。"

前　　调

　　乙酉荷花生日，余奉严谴，越三日，柽甫约云阁与余，往南河泡赏荷，云阁得词一首。近属季度补画，题诗于上，以志旧游。[1]

　　忆昔荷香香雾里。绝好花时，已是伤秋地。泼水野凫随棹起[2]，满衣湿气沾凉翠[3]。　独写新词君有意。补画题诗，重省当时事[4]。欲说情怀无一字，鼓琴莫待钟期死[5]。

【注】

　　[1] 乙酉荷花生日：光绪十一年（1885）六月二十四日（8月4日）。每年农历六月二十四日是观莲节，民间以此日为荷诞。荷花生日为汉族民间信仰风俗，流行于江苏等地。宋代已有此节，明代俗称"荷花生日"。明张岱《陶庵梦忆》卷一《葑门荷宕》："天启壬戌六月二十四日，偶至苏州，见士女倾城而出，毕集于葑门外之荷花宕……舟楫之胜以挤，鼓吹之胜以集，男女之胜以溷，歊暑煇烁，靡沸终日而已。荷花宕经岁无人迹，是日，士女以鞋鞭不至为耻。"清顾禄《清嘉录》卷六《荷花荡》："是日，又为荷花生日。旧俗，画船箫鼓，竞于葑门外荷花荡，观荷纳凉。"莲诞节的习俗有乘船赏荷、纳凉、采莲、栽莲、放荷灯、吟咏游戏等。柽甫：姚礼泰（1851—?），字柽甫，号叔来，又号石益。广东番禺（今广州市）人。同治十三年（1874）甲戌科进士，选庶吉士，散馆授编修。工书法。云阁：即文廷式，见前《蝶恋花》（醽淡春晴初酒里）词注。此次赏荷，文廷式作有《齐天乐·秋荷》词。南河泡：北京南河沿泡子河。孙宝瑄《忘山庐日记》光绪二十八年壬寅（1902）六月五日记："晨，驱车出彰仪门，至南河泡。其地在京城西南角，有荷池数十亩，水终年不涸，筑堂舍数楹，围以林树，夏间游人甚多。"邓云乡《增补燕京乡土记·天宁寺》引震在廷云："敞榭三间，一水回折，八窗洞开；夕照将倾，微风偶拂；扁舟不帆，环流自远；新荷点点，苫水如然；浓绿阴阴，周回成帷……于此间大有江湖之思，故宣南士大夫趋之若鹜，亦粉署中一服清凉散也。"词人有《长素荷花卷子属题》诗："南河三四里皆花，花外竹篱停小车。"诗自注："京师南河泡荷花最盛。"季度：黄绍宪（1862—1897），原名庚生，字恒基，号季度，广东

南海（今属佛山）人。光绪十二年（1886）与张鼎华、梁鼎芬、康有为、梁于渭诸名流定交。光绪十七年（1891）辛卯科顺天举人。翌年会试不第，归主增城翀霄书院讲习。光绪二十一年（1895）再赴会试不中，挑取誊录，寻报捐内阁中书。工诗书画，词人尝作诗题其《墨荷图》。室名在山草堂，著有《在山草堂文集》六卷，《在山草堂诗集》十二卷，《在山草堂烬余诗》十四卷，附诗余一卷、陈嘉谟所编年谱一卷。所藏除唐、宋、元、明写经之外，以铜鼓为最多，又号所居为"三十六铜鼓斋"。按：黄绍宪《在山草堂烬余诗》卷七《戊子存稿》有《题梁衍若画扇并序》。其序云："去秋读节盦京师南河泡赏荷花词有'红香自领，纵摇落江潭，未成凄冷'之句，感叹不已，既为题诗补画……"故推知此词作于1887年。此序云"越三日"，另有《台城路》词序则云"越八日"，钱仲联所撰《文芸阁先生年谱》亦言"荷花生日后之八日"。兹据"越八日"。

［2］野凫：野鸭。状如家鸭而略小，常成群栖息于湖泽，善游能飞，肉味鲜美。《诗·郑风·女曰鸡鸣》："将翱将翔，弋凫与雁。"棹，船桨。《楚辞·九歌·湘君》："桂棹兮兰枻，斲冰兮积雪。"

［3］"满衣"句：化用唐王维《山中》诗："山路元无雨，空翠湿人衣。"

［4］"补画"二句：如此词序所云："近属季度补画，题诗于上，以志旧游。"委托黄绍宪补画，并题诗于上，以重新审查反省当时之事。此当时事既有旧日赏荷之事，又有因弹劾权臣而被贬谪之事。

［5］"鼓琴"句：此处用伯牙与钟期之典。以钟期喻文廷式为知音，词人自喻俞伯牙。钟期，即钟子期，春秋战国时期楚国人，精于音律，与俞伯牙友善。伯牙鼓琴，志在高山流水，子期听而知之。子期死，伯牙谓世再无知音者，乃绝弦摔琴，终身不复鼓。事见《吕氏春秋·本味》《列子·汤问》等。后因以钟期喻指知音或知己。东晋陶潜《怨诗楚调示庞主簿邓治中》诗："慷慨独悲歌，钟期信为贤。"唐孟浩然《赠道士参寥》诗："不遇钟期听，谁知鸾凤声。"

前　　调

同云阁[1]在上海十日，因记其事

忆昔高楼明镜里。弹指[2]光阴，戏作拈花[3]地。故卷红帘惊睡起，远山那及眉峰[4]翠。　似有天涯沦落意[5]。一段箫声，说尽人间事。细磨麋丸[6]催扇字，侯生去后桃花死[7]。

【注】

　　[1] 云阁：见前《蝶恋花》（醽淡春晴初酒里）词注。
　　[2] 弹指：实为"一弹指"之省。捻弹手指作声。佛家多用来喻时间短暂。语出《翻译名义集·时分·刹那》："俱舍云：'壮士一弹指顷六十五刹那。'"唐司空图《偶书》诗之四："平生多少事，弹指一时休。"宋苏轼《过永乐文长老已卒》诗："三过门间老病死，一弹指顷去来今。"
　　[3] 拈花：指"世尊拈花，迦叶微笑"的佛典。宋释普济《五灯会元·七佛·释迦牟尼佛》卷一："世尊在灵山会上，拈花示众，是时众皆默然，唯迦叶尊者破颜微笑。世尊云：'吾有正法眼藏，涅槃妙心，实相无相，微妙法门，不立文字，教外别传，付嘱摩诃迦叶。'"宋黄庭坚《渔家傲》词之二："摘叶寻枝虚半老，拈花特地重年少。"后喻以心传心，心心相印，会心。
　　[4] 眉峰：亦称"眉山"。指眉毛，眉头。晋葛洪《西京杂记》卷二："文君姣好，眉色如望远山。"宋柳永《雪梅香》词："别后愁颜，镇敛眉峰。"
　　[5] "似有"句：化用唐白居易《琵琶行》："同是天涯沦落人，相逢何必曾相识。"似有同样的沦落天涯、人生失意、漂泊落魄的境遇和心境，抒发了同病相怜、同声相应的情怀。
　　[6] 麋丸：代指名墨。当时隃麋（今陕西省宝鸡市千阳县）盛行烧烟制墨，墨质极佳，故后人将"隃麋""麋丸"作为墨的代称。宋曾丰《公之还》诗："岂无鸡舌，辅以麋丸。"
　　[7] "侯生"句：此处用明末复社文人侯方域与秦淮名妓李香君的爱情

故事，暗示了清政府内部的腐败昏庸及各种矛盾、斗争。《桃花扇》"借离合之情，写兴亡之感"的主题，亦是词人想要表达的，抒发了词人对国家的兴亡之感。

菩萨蛮

丁亥八月十五夜对月[1]

开帘但见伤心月,照人谁似花如雪[2]。曾记惜红芳[3],鸳鸯笑两行[4]。云裳娇贴地[5],唤醒春醒[6]未。灰尽较相思,香残一寸时[7]。

【注】

[1] 此词作于光绪十三年丁亥八月十五日(1887年10月1日),时词人在肇庆,主讲端溪书院。按:此《菩萨蛮》三首,似词人忆龚氏之作。龚氏美而能诗,是王先谦甥女、龚镇湘侄女。光绪十一年(1885),词人辞官出都时,将家眷托付给文廷式,自此便开始分居生活,也就有此相思回忆之作。

[2] "照人"句:化用唐白居易《村夜》诗:"独出前门望野田,月明荞麦花如雪。"

[3] 红芳:指红花。惜红芳指爱惜、舍不得红花。唐陈子昂《感遇》:"但恨红芳歇,凋伤感所思。"五代韦庄《诉衷情》词:"碧沼红芳烟雨静,倚兰桡。"此处以"红芳"喻龚氏。

[4] 两行:庄子谓不执着于是非的争论而保持事理的自然均衡为"两行"。《庄子·齐物论》:"是以圣人和之以是非而休乎天钧,是之谓两行。"郭象注:"任天下之是非。"宋秦观《幽眠》诗:"不如听两行,一概付酒觞。"

[5] 云裳:仙人的衣服。仙人以云为衣,故称。此处指词人妻子美丽的衣裳。晋郭璞《山海经图赞·太华山》:"其谁游之,龙驾云裳。"

[6] 春醒:春日醉酒后的困倦。唐元稹《襄阳为卢窦纪事》诗之三:"犹带春醒懒相送,樱桃花下隔帘看。"

[7] "灰尽"二句:化用唐李商隐《无题》诗之二"一寸相思一寸灰"句,表达词人相思之苦。

前　　调

十六夜[1]

禅心错比沾泥絮[2]，冶踪飘荡都无据。有主是杨花，随风便到家[3]。

如何双泪落，掩袖惊秋[4]薄。故意近前看，当头月又阑[5]。

【注】

[1] 此词作于光绪十三年丁亥八月十六日（1887年10月2日），时词人在肇庆，主讲端溪书院。

[2] "禅心"句：谓将禅心比作沾泥柳絮是错的，因为柳絮有"冶踪""飘荡"的特点，所以没有依据、定向。宋道潜《口占绝句》诗："禅心已作沾泥絮。"宋赵令畤《侯鲭录》卷三："东坡在徐州，参寥自钱塘访之，坡席上令一妓戏求诗，参寥口占一绝云：'多谢尊前窈窕娘，好将幽梦恼襄王。禅心已作沾泥絮，不逐东风上下狂。'"按："不逐东风上下狂"一作"不逐春风上下狂"。此事亦见宋胡仔《苕溪渔隐丛话》前集卷五六、宋释惠洪《冷斋夜话》卷六、宋魏庆之《诗人玉屑》卷二十等。禅心：佛教用语，谓清静寂定的心境。沾泥絮：沾泥的柳絮不再飘飞，比喻皈依佛门，心情沉寂不复波动。

[3] "有主"二句：谓杨花可以自己作主，随风就能飞回家。表达词人渴望回家，却无法回家的心情。杨花：柳絮。南朝梁庾信《春赋》："新年鸟声千种啭，二月杨花满路飞。"

[4] 惊秋：秋令蓦地来到。唐韦应物《府舍月游》诗："横河俱半落，泛露忽惊秋。"唐朱邺《落叶赋》："见一叶之已落，感四序之惊秋。"

[5] 月又阑：阑，环状物。月阑，即月晕，亦称"月运""月华"，月亮周围之光环。常被认为是起风的征兆。元王实甫《西厢记》第二本第四折："姐姐你看月阑，明日敢有风也。"

前　　调

十七夜[1]

团圞[2]一昔心头热，昨宵风景先离别。归去近红镫，泪痕添几层。弦愁凭凤纸[3]，诗稿钞三四。只是断肠多，月明今夜何[4]。

【注】

[1] 此词作于光绪十三年丁亥八月十七日（1887年10月3日），时词人在肇庆，主讲端溪书院。

[2] 团圞：团圆，团乐，团聚。唐杜荀鹤《乱后山中作》诗："兄弟团圞乐，羁孤远近归。"宋陆游《山园杂咏》诗之四："谁信幽居多乐事，晚窗儿女话团圞。"

[3] 凤纸：上面绘有金凤图形的名纸，故名。多用于古代帝王书写诏令。唐时文武官诰及道家青词用之。后泛指珍贵的纸。唐李商隐《碧城》诗之三："检与神方教驻景，收将凤纸写相思。"刘学锴等注引《天中记》："唐时将相官诰用金凤纸写之，而道家青词亦用之也。"

[4]"只是断肠多"二句：前句"断肠多"指由极度思念所致的悲痛很多。此处以乐景衬哀情，谓面对明月，除了断肠的相思，今夜又如何呢？今夜何：出自《诗·唐风·绸缪》："今夕何夕？见此良人。"此处指良辰。唐王建《十五夜望月寄杜郎中》诗："今夜月明人尽望，不知秋思落谁家。"宋葛长庚（后名白玉蟾）《贺新郎·肇庆府送谈金华、张月窗》词："送将归、要相思处，月明今夜。"

百 字 令

海风吹梦,又沉沉醉也、几曾摇醒。独上层楼披雾眼[1],但见远山横整。贴水低迷,倚天侧媚[2],画法谁曾称?松林寒月,片云遮断无影。绝忆旧日池台,有人爱惜,蘅杜[3]相攀赠。太息年光同电谢,莫道他时重省。浊酒魂销,斜阳泪满[4],坐对西风病!翻[5]嫌鹦鹉,一声催热香茗。

【注】

[1] 雾眼:昏花的老眼。因看物不清楚,眼前如薄雾般模糊,故称。宋刘克庄《即事》诗:"雾眼朱成碧,霜颠涅不缁。"

[2] 侧媚:奸邪谄媚。指逢迎谄媚,用不正当的手段讨好别人。《尚书·冏命》:"慎简乃僚,无以巧言令色,便辟侧媚,其惟吉士。"孔颖达疏:"侧媚者,为僻侧之事以求媚于君。"

[3] 蘅杜:即杜衡,香草名。《楚辞·离骚》:"畦留夷与揭车兮,杂杜衡与芳芷。"王逸注:"衡,一作蘅。"南朝梁张率《绣赋》:"间绿竹与蘅杜,杂青松与芳树。"

[4] 斜阳泪满:斜阳,喻指美好时光的消逝。宋吴文英《三姝媚·过都城旧居有感》词:"伫久河桥欲去,斜阳泪满。"

[5] 翻:同"反",副词,表示转折,相当于"反而""却"。南朝梁庾信《卧疾穷愁》:"有菊翻无酒,无弦则有琴。"唐李商隐《槿花》诗之二:"本以亭亭远,翻嫌脉脉疏。"

浣 溪 沙

题张篴生[1]《美人图》

才信飘摇到此时，春魂休系两三枝，却看双燕也因谁？　碧藓屐痕凭细数[2]，翠鬟[3]扇景起相思，断肠吟出落花词。

【注】

[1] 张篴生：张权（1860—1930），字君立，号圣可，晚号柳卿，后改名张仁权，直隶南皮（今河北省沧州市南皮县）人。张之洞长子。光绪十七年（1891）举人，光绪二十一年（1895）入北京强学会，光绪二十四年（1898）进士，清末任驻美使馆秘书。与其妻刘文嘉合撰《可园征君夫妇遗稿》，不分卷。

[2]"碧藓"句：宋朱松《芦槛》诗："未办松窗眠绿浦，且将屐齿印苍苔。"屐痕：鞋痕。屐：木屐，也泛指鞋。南朝梁萧纲《戏赠丽人》："罗裙宜细简，画屐重高墙。"唐皮日休《任诗》："多君方闭户，顾我能倒屐。"

[3] 翠鬟：指美女。宋梅尧臣《次韵和永叔退朝马上见寄兼呈子华原甫》诗："吟寄侍臣知有意，翠鬟争唱口应干。"

忆 王 孙

　　儿家生小[1]住溪边，野杏山桃笑太妍。戏问何人落玉钿[2]？爱矜怜，那似风流自得仙。

【注】

　　[1] 儿家：儿，古代年轻女子的自称；家，代词词尾。五代欧阳炯《木兰花》词："儿家夫婿心容易，身又不来书不寄。"生小：犹自小，幼小。南朝梁徐陵《玉台新咏·古诗为焦仲卿妻作》："昔作女儿时，生小出野里。"唐元稹《旱灾自咎贻七县宰》诗："生小下里住，不曾州县门。"

　　[2] 玉钿：玉制的花朵形的装饰物。此处喻指花朵。宋吴文英《清平乐·书栀子扇》词："柔柯剪翠，蝴蝶双飞起，谁堕玉钿花径里，香带熏风临水。"

蝶　恋　花

题荷花①[1]

又是阑干惆怅处。酒醉初醒，醒后还重醉[2]。此意问花娇不语[3]，日斜肠断横塘路[4]。　多感词人心太苦。侬自摧残，岂被西风误[5]。昨夜月明今夜雨，浮生那得常如故[6]！

【校】

①"题荷花"，《广箧中词》本、《清词选》本、《岭南历代词选》本、《中国近代文学大系：诗词集》本作"题荷花画幅"。

【注】

[1] 此词作于清光绪十一年乙酉（1885）。按：是年冬，词人自京回粤，康有为因和此词，以宽慰友人。兹附康词《蝶恋花》："记得珠帘初卷处，人倚阑干，被酒刚微醉。翠叶飘零秋自语，晓风吹堕横塘路。　词客看花心意苦，坠粉零香，果是谁相误？三十六陂飞细雨，明朝颜色难如故。"《同光风云录》下篇云："以落花况节庵，凄迷怅惘，怨悱交融，一往情深，想见老辈之笃交重义。"又可参阅陈永正《康有为蝶恋花词辨》一文。

[2] "又是"三句：宋黄庭坚《醉落魄》词序引《醉醒醒醉曲》："醉醒醒醉，凭君会取皆滋味。"金元好问《鹧鸪天》词："醒复醉，醉还醒。灵均憔悴可怜生。"当与此同感。康有为《蝶恋花》词："记得珠帘初卷处，人倚阑干，被酒刚微醉。"与此三句同意。

[3] "此意"句：化用五代冯延巳《蝶恋花》词"泪眼问花花不语"句意。

[4] 横塘路：本泛指水塘，此处指赏荷花之处。清文廷式《齐天乐·秋荷》词："几时不到横塘路，西风送秋如许！"按：是年，词人曾与姚礼泰、文廷式到京师南河泡赏荷。此处或特指京师南河泡。参见前《蝶恋花》（忆昔荷香香雾里）词"南河泡"条注。

[5]"多感"三句：此是词人代荷花作悲语，也是词人自伤、自怜、自叹之词。只怨自己上疏遭贬的自我摧残，却不恨西风的摧残，可谓"怨而不怒，骚雅之遗"，实际上是自我内心世界的写照。侬：此处为荷花自称。

　　[6]"昨夜"二句：谓政局变化如天气阴晴不定，进而无奈地悲叹人生命运无常。那得：哪敢、怎能、怎会。用于反诘询问。《玉台新咏·古诗为焦仲卿妻作》："处分适兄意，那得自任专？"唐钱起《送李秀才落第游荆楚》诗："离居见新月，那得不思君。"

【评】

　　叶恭绰《广箧中词》云："柔厚。"

　　陈永正《岭南文学史》云："在题画之作中，寄寓了作者身世之感。荷花在雨雨风风中横被摧残，正是词人在尖锐复杂的政治斗争中遭到挫折和失败的真实写照，词人倚阑看花，顿生惆怅，因而借酒消愁，酒醒后惆怅依然，唯有重饮再醉。问花而肠断，表现了作者在无人理解自己时的痛苦心情。下阕笔锋一转，代荷花作语。荷花只怨自我摧残，而不恨西风劲猛，这就是所谓'怨而不怒'之旨。天气阴晴不定，政局变幻无常，深感人生命运也是难测的，词人只好发出无可奈何的悲叹。"

　　陈永正《岭南历代词选》云："此词是题画之作，在中寄寓了作者的身世之感。荷花在雨雨风风中横被摧残，不正是词人在尖锐复杂的政治斗争中遭到挫折和失败的写照么？清光绪十一年（1885），梁氏疏劾李鸿章不报，旋又追论劾奏，议降五级调用。词云：'昨夜月明今夜雨。'可见宦海中波涛翻覆的境状。"

　　李广超《鱼台李氏韵语》云："'昨夜月明今夜雨，浮生那得常如故。'风云变幻，世事无常，名为咏荷，实乃感慨世事之篇。用笔苍凉。"

　　莫立民《近代词史》云："梁氏一生与政治打交道，为晚清政界一位活跃的敏于'政'、勤于'事'的人物。所以，其词作为发抒其幽微心绪的一种工具，也有浓重的'政治'气息。朝廷里波谲云诡的激烈党争和对外战争的失败，他叙之以词；其在宦海中波涛翻覆的境状也在其词中有着全面的反映，可以说他的词中最具可读性的就是这些具有'政治'信息、别有幽怀的词作。可贵的是，他在抒写这些'政治'之作时，却能敛抑意气，笔曲辞婉，托旨渊深，没有叫嚣和亢奋的弊病。如《蝶恋花·题荷花画幅》，这是题画之作，其中寄托了作者的身世之感。'侬自摧残，岂被西风误'，荷花在风风雨雨中横被摧残，不正是词人在激烈的政治纷争中横被打击和屡遭挫折的写照么？词人凭栏惆怅，借酒浇愁愁更愁，他感到政治纷争就如那'昨夜月明今夜雨'的物候，变幻无常，不可捉摸，所以短暂如斯的人生又怎能长期经受这无常的政治纷斗的播弄！此词以深婉悱恻之笔，全盘托出他的'政治'幽怀。"

  刘继才《趣谈中国近代题画诗》云："这首词所写虽然都是常见之景和常抒之情，但词人与荷花的对话也颇有情致：一方面，自抒怀抱，'心太苦'；另一方面，又为荷花的被摧残而不解和不平。最后又互相宽慰：'浮生那得常如故。'此词词调疏朗，似与前词（《摸鱼儿·题缪艺风〈耦耕图〉》）之'风味'不同。此外，词人所题之'荷花画幅'并未注明画者，当是自画之作。"

满 江 红

戊子六月六日三十初度[1]

岁月駸駸[2],笑三十、男儿如此[3]。也只羡、天边黄鹄[4],人中青兕[5]。万里游踪今似昨,千秋公议非耶是[6]。叹读书、学剑两无成[7],真堪耻！ 行不得,胸怀事。寿百岁,徒然耳。剩几杯美酒,数行清泪。莽莽乾坤真浩大,纷纷儿子①论生死。猛思量、佳处是谁知？沉沉睡。

【校】

① "儿子",《愚山兰桂》本作"心事"。

【注】

[1] 此词作于光绪十四年戊子六月初六日（1888年7月14日）。按：是年夏,张之洞任两广总督,聘请词人出任广雅书院首任山长,词人以经史词累授两广高材生,对岭南文化教育有极大的贡献,但此词却流露出词人报国无门、壮志未酬、谦逊自贬之情。初度:谓始生之年时。《楚辞·离骚》:"皇览揆余初度兮,肇锡余以嘉名。"后因称生日为"初度"。宋赵蕃《欧阳全真生日》诗:"南风属初度,杯酒相献酬。"

[2] 駸駸:疾速。南朝梁萧纲《纳凉》诗:"斜日晚駸駸,池塘半生阴。"唐李绅《趋翰苑遭诬构四十六韵》:"駸駸移岁月,冉冉近桑榆。"

[3] "笑三十"句:词人感叹终年奔波,浮沉人海,有一事无成之感。虽然如此,却仍怀有精忠报国的壮志情怀。宋岳飞《满江红》词:"三十功名尘与土,八千里路云和月。"

[4] 黄鹄:比喻高才贤士。《商君书·画策》:"黄鹄之飞,一举千里。"《楚辞·卜居》:"宁与黄鹄比翼乎？将与鸡鹜争食乎？"刘良注:"黄鹄,喻逸士也。"

[5] 青兕:青兕牛,古代犀牛类兽名,鼻上有独角,毛青色,体重。《楚辞·招魂》:"君王亲发兮惮青兕。"王逸注:"言怀王是时亲自射兽,惊青兕牛而不能制也。"汪兴祖补注:"《尔雅》:兕,似牛。注云:一角,青

色，重千斤。"形容人有本领。

［6］"千秋"句：此处指词人于光绪十一年（1885）因弹劾李鸿章而被清政府贬斥之事。千秋：泛指很长久的时间。公议：按公利标准而议论，公众共同评论。《韩非子·说疑》："彼又使谲诈之士……使诸侯淫说其主，微挟私而公议。"宋司马光《刘道原〈十国纪年〉序》："道原公议其得失，无所隐。恶之者侧目，爱之者寒心。"非耶是：不是（这样）呢，（还是）这样呢？

［7］"叹读书"句：此为词人自谦。语出《史记·项羽本纪》："项籍少时，学书不成，去学剑，又不成。"明张岱《自为墓志铭》："学书不成，学剑不成，学节义不成，学文章不成，学仙学佛，学农学圃，俱不成。"按：词人自幼喜爱读书、剑术。《节庵先生遗诗》卷一《述哀篇》云："我生四岁始学书，日识经字二十余。"又云："是时家在乐昌县，大人宾客无时无，闲论诗品说剑术，小子未解心欢娱。"《丁亥二十九岁初度》诗之二："学剑曾无术，求医或有方。"词人常抑郁不自得，曾自撰一联云："读书学剑两无成，此心耿耿；钟鼎山林俱不遂，双鬓萧萧。"

【评】

《禺山兰桂》云："这阕词是弹劾李鸿章后写的，韵气豪迈，有稼轩笔法。"

前　　调

　　流转人间，判受尽、千回肠断。那得似、皋鱼[1]孝子，伯鸾仙眷[2]。独立斜阳飞絮满，回看逝水华年贱。问二毛[3]、始见在何时？吾能算。心何有？有冰炭[4]。置何处？中心乱。且狂歌骂座，自工排遣。楚泽坠芬明月佩[5]，曲江感赋秋风扇[6]。又浮生、无谓过今朝，从欢宴。

【注】

　　[1] 据词意，此词似与前《满江红·戊子六月六日三十初度》作于同时。皋鱼：人名。典出汉韩婴《韩诗外传》卷九："孔子行，闻哭声甚悲。孔子曰：'驱！驱！前有贤者。'至则皋鱼也。被褐拥镰，哭于道傍。孔子辟车与之言曰：'子非有丧，何哭之悲也？'皋鱼曰：'吾失之三矣：少而学，游诸侯，以后吾亲，失之一也；高尚吾志，间吾事君，失之二也；与友厚而小绝之，失之三矣。树欲静而风不止，子欲养而亲不待也。往而不可追者，年也；去而不可得见者，亲也。吾请从此辞矣。'立槁而死。孔子曰：'弟子诫之，足以识矣。'于是门人辞归而养亲者十有三人。"后用作人子不及养亲、尽孝的典故。

　　[2] 伯鸾：东汉高士梁鸿的字。扶风平陵（今陕西咸阳市西北）人。梁鸿家贫好学，不求功名仕进。与妻孟光隐居霸陵山中，以耕织为业。夫妇相敬如宾，举案齐眉，堪称仙眷，传为佳话。见《后汉书》卷八三《逸民列传·梁鸿》。后以"伯鸾"借指隐逸不仕的人或作为贤丈夫的代称。

　　[3] 二毛：人老头发斑白，常以此称老人。《左传·僖公二十二年》："君子不重伤，不禽二毛。"杜预注："二毛，头白有二色。"晋潘岳《秋兴赋并序》："余春秋三十有二，始见二毛。"后因以"二毛"指三十余岁。此处指斑白的头发。

　　[4] 冰炭：冰块和炭火。比喻事物性质相反，不能兼容。此处喻词人内心充满了矛盾和冲突。东晋陶潜《杂诗》之四："孰若当世士，冰炭满怀抱。"唐韩愈《听颖（一作"颍"）师弹琴》："颖乎尔诚能，无以冰炭置我肠。"

　　[5]"楚泽"句：此句用屈原之典以自喻。楚泽：古楚地有云梦等七

泽,后以"楚泽"泛指楚地或楚地的湖泽。明月:宝珠名。屈原《楚辞·九章·涉江》:"被明月兮佩宝璐。"王逸注:"言己背被明月之珠,要佩美玉,德宝兼备,行度清白也。"佩:古人衣服上所佩之饰物。

　　[6]"曲江"句:此句用张九龄之典以自喻。此句与上句表达了词人被贬闲置的忧愤之情。曲江:指韶州曲江(今广东韶关市曲江区)。秋风扇:同"秋风纨扇",源自"班姬咏扇"。《玉台新咏》引班婕妤《怨诗》有序云:"昔汉成帝班婕妤失宠,供养于长信宫,乃作赋自伤,并为《怨诗》一首。"其诗云:"新裂齐纨素,鲜洁如霜雪。裁为合欢扇,团团似明月。出入君怀袖,动摇微风发。常恐秋节至,凉风夺炎热。弃捐箧笥中,恩情中道绝。"《怨诗》,《文选》《乐府诗集》作《怨歌行》。唐李益《杂曲》:"爱如寒炉火,弃若秋风扇。"宋辛弃疾《蝶恋花》词:"柄玉莫摇湘泪点,怕君唤作秋风扇。"此处借指失宠受冷落的人。按:张九龄为唐代韶州曲江人,为相贤明,正直刚强,敢于直谏。后遭李林甫排挤,开元二十四年(736)罢知政事,充尚书右丞相,次年被贬为荆州大都督府长史。开元二十八年(740)病逝于韶州曲江。张九龄作有《白羽扇赋并序》,表达了其对君王的忠诚。梁鼎芬《读张文献公羽扇赋,时沈二客曲江,因以寄意》诗:"碧眼儿终大,赤心臣敢言。秋风分捐弃,掩泣赋兰荪。"与张九龄同感。

醉 桃 源

题《桃花晓妆图》

碧霞[1]一抹早莺啼,昨宵侬睡迟。春寒帘底唤添衣。鹦哥催侍儿。红颊浅,翠鬟[2]垂,钿①奁[3]初罢时。无聊行过竹边篱,折花三两枝。

【校】

① "钿",《海珠星期画报》第三期作"绀"。

【注】

[1] 碧霞:青色的云霞。多用以指神仙、隐士、女冠所居之处。《太平御览》卷六七四引《上清经》:"元始(天尊)居紫云之阙,碧霞为城。"唐李白《题元丹丘山居》诗:"羡君无纷喧,高枕碧霞里。"一抹:一片。

[2] 翠鬟:女子美丽的发髻。唐高蟾《华清宫》:"何事金舆不再游,翠鬟丹脸岂胜愁。"五代牛峤《酒泉子》词:"凤钗低袅翠鬟上,落梅妆。"

[3] 钿奁:用金、银、玉、贝等镶嵌而成的梳妆匣子。钿,用金嵌成花状的美饰。《北史·赤土传》:"王榻后作一木龛,以金银五香木杂钿之。"奁,《说文·竹部》:"籢,镜籢也。从竹,敛声。"

江　南　好

南雪丈有鸳鸯诗，爰题一词，不敢步韵也。[1]

鸳鸯好！打鸭莫教惊[2]。词客芳心吟碧月，小鬟[3]雅髻采红菱。一样托深盟[4]。

【注】

[1] 此词约作于光绪十二年丙戌（1886）夏后。南雪：指叶衍兰（1823—1897），字兰雪，又字南雪、曼伽，号兰台，晚号秋梦主人，原籍浙江余姚，广东番禺（今广州市）人。晚清诗人、画家。咸丰二年（1852）举人，咸丰六年（1856）进士，改翰林院庶吉士，散馆授户部主事，签分户部，历官户部江西司主事、贵州司员外郎、云南司郎中，继考取军机章京，入直枢垣二十余年，廉洁奉公，公余唯与京师名流以吟诗为乐。晚年辞官归里，主讲广州越华书院，推崇风雅，弟子甚盛。工诗词，善书画，精鉴赏，与汪瑔、沈世良并称"粤东三家"，谭献誉其词为"南宋正宗"。著有《海云阁诗钞》一卷，《秋梦盦词钞》二卷、《词续》一卷、《再续》一卷等。丈：对长辈男子的称谓。按：道光十六年丙申（1836），叶衍兰就读于越华书院期间，作《咏鸳鸯》诗，仅存断句。时广州多诗社，叶衍兰以《咏鸳鸯》得名，人以崔珏比之。光绪十二年丙戌（1886）夏，作《鸳鸯十二首》。《旧雨联吟》本《鸳鸯十二首》诗自记："越华讲舍池莲岁开，时有并蒂。丙戌季夏，又苗骈花。忽来一鸳鸯鸟，回旋水次，终日不去。怜其文彩之姿。孑然只影，飞宿无地，予心感焉，泚笔赋此，拉杂成章，不计词之工拙也。"（参阅谢永芳《叶衍兰年谱》）

[2] "打鸭"句：化用唐金昌绪《春怨》诗："打起黄莺儿，莫教枝上啼。"叶衍兰《鸳鸯十二首》其五："最是红闺知爱惜，嘱郎打鸭莫相惊。"

[3] 小鬟：旧时用以代称小婢。唐李贺《追赋画江潭苑》诗："小鬟红粉薄，骑马佩珠长。"清董以宁《满江红·乙巳述哀》其九："命小鬟、传语早添衣，频频道。"

[4] 深盟：指男女双方向天发誓，永结同心的盟约。宋柳永《倾杯》词："知多少、他日深盟，平生丹素。"

菩 萨 蛮

题叶南雪丈藏清微道人《空山听雨图》[1]

闭门自有深山意[2]，开图恍似前游地[3]。镫火一龛[4]寒，今宵魂梦安。年年听雨惯，独坐残书伴[5]。遮莫[6]说天明，天明仍未晴。

【注】

[1] 此词约作于光绪三年丁丑（1877）或稍后。谢永芳《叶衍兰年谱》（光绪三年丁丑，一八七七，五十五岁）："春，得《空山听雨图册》三册，有序。《洞仙歌》（九龙山色）或作于此时。"叶南雪丈：见前《江南好·南雪丈有鸳鸯诗，爱题一词，不敢步韵也》词注。清微道人（1779—1827）：清无锡女冠，原名王莲（一作岳莲，又作净莲），字韵香，号清微道人，别号玉井道人、二泉等，锡山（今江苏省无锡市）人。自幼出家，住持江苏福慧双修庵，又称福慧双修阁主人。工诗词，精小楷，善画兰竹，通琴理，娴吟咏。有诗集《清芬精舍小集》三卷。传世作品有《墨笔盆兰图》《墨兰图》《绿烟图》。尝请鹤渚散人（奚冈）作《空山听雨图》，随后自绘小像并题诗册上，名流题咏者前后至五百余家，久负盛名。后图为人窃去，又请瑞芍主人（许乃毂）补作一图，图后续题亦数十家，乱后均散失。清蒋宝龄《墨林今话》卷十一"道人三绝"条云："有《空山听雨图册》，远近名士题者几遍。后为显者赚去，郁郁不乐。又为轻薄少年利其资者所侮，益恚，一夕雉经死。闻者莫不惜之。"清陆继辂《悼韵香》诗云："如何病榻都无分，海燕惊飞出画楼。"按：梁溪沈梧（一作"吾"）先后收得此图残册，成三巨册。光绪二年（1876）秋，秦赓彤觅得续图一册，题作仅存十余页，邮寄给叶衍兰。次年春，得沈梧所寄《空山听雨图册》三册，又得刻本残页，序一篇、赋一篇、诗词数首。原图已失，重为补图，付之装池。叶衍兰作有《空山听雨图册序》，并有一首《洞仙歌·题清微道人〈空山听雨图〉》（九龙山色）词。（参阅叶衍兰《空山听雨图册序》、谢永芳《叶衍兰年谱》等）

[2] "闭门"句：化用唐白居易《长安闲居》诗"风竹松烟昼掩关，

意中长似在深山"句意。

　　[3] 前游地：词人曾游江苏，故云。

　　[4] 龛：供奉神佛或神位的石室或阁子。唐杜甫《山寺》诗："野寺根石壁，诸龛遍崔嵬。"

　　[5] "年年"二句：化用宋陆游《排闷》诗"闲游野寺骑驴去，倦拥残书听雨眠"之句意。

　　[6] 遮莫：莫要，不必。唐李白《寒女吟》："下堂辞君去，去后悔遮莫。"宋晏殊《秋蕊香》词之二："今朝有酒今朝醉，遮莫更长无睡。"

一 剪 梅

题叶南雪丈《梅雪幽闺》画扇[1]

违世心情绝世姿[2],梅也相宜,花也相宜。更谁岁暮尚飘离[3],病里寻思,画里寻思。　倦着熏笼坐小移[4],有个人儿,没个人儿。笑君秋梦醒来迟[5],应忆当时,也似当时。

【注】

[1]此词或作于光绪二十年甲午(1894)前后。按:叶衍兰有《台城路·题自画〈梅雪幽闺图〉》(冻痕深沍晴烟湿)词,或作于1894年前后(参阅谢永芳编《叶衍兰年谱》)。叶南雪丈:见前《江南好·南雪丈有鸳鸯诗,爱题一词,不敢步韵也》词注。

[2]违世:避开尘世。《子华子·神气》:"吾闻之:太上违世,其次违地,其次违人。"绝世:冠绝当时,举世无双。《汉书·外戚传上·孝武李夫人》:"北方有佳人,绝世而独立。"

[3]"更谁"句:此句指光绪八年壬午(1882),叶衍兰六十岁时,暮春,请疾归,但未出都门,原配柳氏去世。秋,旋归里(参阅谢永芳编《叶衍兰年谱》)。岁暮:喻人衰老已到晚年。《汉书·刘向传》:"今堪年衰岁暮,恐不得自信,排于异人,将安究之哉?"《文选》引左思《杂诗》:"壮齿不恒居,岁暮常慨慷。"吕向注:"岁暮,谓衰暮之年也。"

[4]"倦着"句:化用唐白居易《后宫词》诗:"红颜未老恩先断,斜倚熏笼坐到明。"熏笼:别名"香篝",有笼覆盖的熏炉,内燃香料,可用以取暖或熏烤衣服。着:附也,使接触。小移:小挪动。

[5]"笑君"句:按,叶衍兰晚号秋梦主人,室名秋梦庵,著有《秋梦盦词钞》二卷、《词续》一卷、《再续》一卷。

小 桃 红

但惜花飞尽,谁解春归早?何代佳人[1],那时沦落,夕阳细草。剩余香、水际更苔边,也芳心长抱。　去去游骢[2]缓,渐渐流莺[3]老。今日当时,浮云逝水,凑成怀抱[4]。正宽闲、摊破矮笺吟,补题红词稿。

【注】

[1] 佳人:美好的人。指君子贤人。《楚辞·九章·悲回风》:"惟佳人之永都兮,更统世而自贶。"汉武帝《秋风辞》:"兰有秀兮菊有芳,携佳人兮不能忘。"

[2] 游骢:旅途上的马。骢,毛色青白相间的马,一名菊花青马,泛指马。《说文·马部》:"骢,马青白杂毛也。"段玉裁注:"白毛与青毛相间则为浅青,俗所谓葱白色。"《玉台新咏·古诗为焦仲卿妻作》:"金车玉作轮,踯躅青骢马。"宋王沂孙《高阳台·和周草窗寄越中诸友韵》词:"江南自是离愁苦,况游骢古道,归雁平沙。"

[3] 流莺:啼声清婉的莺。流,谓其鸣声婉转。南朝梁沈约《八咏诗·会圃临东风》:"舞春雪,杂流莺。"宋晏殊《酒泉子》词:"春色初来,遍拆红芳千万树,流莺粉蝶斗翻飞。"

[4] "今日"三句:此处感慨光阴如漂浮不定的云、一去不返的流水,凑成一种心怀。唐许浑《重游练湖怀旧》诗:"荣枯尽寄浮云外,哀乐犹惊逝水前。"

菩 萨 蛮

茶烟袅尽箫声歇[1]，墙西但有伤心月[2]。错道为花来，花飞一寸苔。帘镫犹弄影[3]，窗外红鹦醒。直是病无憀，恹恹[4]又一宵。

【注】

[1] 箫声歇：用秦萧史吹箫引凤的故事暗喻婚姻不美满。明陈子龙《中秋风雨怀人》诗："青鸾湿路箫声歇，白蝶迷魂带影妍。"

[2] 伤心月：唐毛熙震《后庭花》词："伤心一片如珪月，闲锁宫阙。"宋辛弃疾《贺新郎·用前韵送杜叔高》词："自昔佳人多薄命，对古来，一片伤心月。"

[3] "帘镫"句：宋戴栩《宿山寺》诗："佛灯犹弄影，趺坐到天明。"

[4] 恹恹：精神萎靡不振貌，亦用以形容病态。唐韩偓《春尽日》诗："把酒送春惆怅在，年年三月病恹恹。"宋刘过《江城子》词："春困恹恹。"

浣 溪 沙[1]

只有桃花比旧红,燕昏莺晚为谁慵?秋千门外水西东。　那惜芳踪和柳絮,更无隐语寄芙蓉[2],别离真个[3]不相同。

【注】

[1] 此词为相思怀人之作,似怀念龚氏之作。此《浣溪沙》二首约作于光绪十一年乙酉(1885)九月后。按:光绪十一年九月,词人即将出都,将家眷托付给文廷式,后遂有仳离之恨。

[2] 隐语:亦称"隐""谬语""廋辞""廋语",指不直说本意而借别的词语来暗示的话,类似今之谜语。《汉书·东方朔传》:"对曰:'臣非敢诋之,乃与为隐耳。'……舍人不服,因曰:'臣愿复问朔隐语,不知,亦当榜。'"南朝梁刘勰《文心雕龙·谐谶》:"谶者,隐也,遁辞以隐意,谲譬以指事也。""自魏代以来,颇非俳优,而君子嘲隐,化为谜语。谜也者,回互其辞,使昏迷也。或体目文字,或图象品物,纤巧以弄思,浅察以炫辞。义欲婉而正,辞欲隐而显。"芙蓉:荷花的别称。《楚辞·离骚》:"制芰荷以为衣兮,集芙蓉以为裳。"洪兴祖补注:"《本草》云:其叶名荷,其华未发为菡萏,已发为芙蓉。"唐王维《临湖亭》诗:"当轩对樽酒,四面芙蓉开。"

[3] 真个:真的,确实。唐王维《酬黎居士淅川作》诗:"侬家真个去,公定随侬否。"宋杨万里《多稼亭前两株梅盛开》诗:"君不见侯门女儿真个痴,獭髓熬酥滴北枝。"

前　　调

儿女神仙反自嫌[1]，半生幽恨在眉尖，相思极尽转庄严。　春景写时三二月，花枝障得几重帘，缠绵蕉萃[2]一时兼。

【注】

　　[1] 嫌：嫌疑，猜疑，怀疑。《礼记·坊记》："夫礼，坊民所淫，章民之别，使民无嫌，以为民纪者也。"郑玄注："嫌，嫌疑也。"

　　[2] 蕉萃：同"憔悴"，形貌枯槁貌。《左传·成公九年》："虽有姬姜，无弃蕉萃。"宋汪元量《忆秦娥》（风声恶）词："个人蕉萃凭高阁。"

四 和 香

黄三出所藏元刊《文信国集杜诗》，属题，盖口中作也，感而赋此。[1]

正气歌成诗更烈[2]，字字悲宫阙[3]。石烂海枯心不歇。谁得及、铮铮铁[4]。 一卷麻沙[5]精妙绝，来历犹能说。乾嘉朝士题识甚佳[6]。我欲读之喉更咽，君试看、斑斑血！

【注】

[1] 此词作于光绪十三年丁亥（1887）。黄三：即黄绍宪。见前《蝶恋花》（忆昔荷香香雾里）词注。按：《节庵先生遗诗》卷二有《赠黄三绍宪》诗，黄三自注绍宪。黄绍宪《在山草堂烬余诗》卷六《丁亥存稿》有《旧藏元印本文信国狱中集杜诗二百首宪久欲有作懒病未能节盦题四和香词谨和六绝句》，推知此词作于1887年。《文信国集杜诗》：宋文天祥撰，又名《文山诗史》《集杜句诗》，为文天祥在大都狱中的集句之作。作于元世祖至元十七年（1280）正月至二月底。《文信国集杜诗》自序云："予坐幽燕狱中，无所为，诵杜诗，稍习诸所感兴，因其五言，集为绝句。久之，得二百首。凡吾意所欲言者，子美先为代言之。日玩之不置，但觉为吾诗，忘其为子美诗也。乃知子美非能自为诗，诗句自是人情性中语，烦子美道耳。子美于吾隔数百年，而其言语为吾用，非情性同哉！昔人评杜诗为诗史，盖其以咏歌之辞，寓纪载之实，而抑扬褒贬之意灿然于其中，虽谓之史可也。予所集杜诗，自予颠沛以来，世变人事，概见于此矣。是非有意于为诗者也。后之良史，尚庶几有考焉。"此书既被刻入全集，又单刻印行，然而其版本、书名、卷数亦有不同。《文信国集杜诗》对后世影响深远，是一部感人的诗史之作。

[2] "正气"句：正气，充塞天地之间的至大至刚之气。体现于人则为浩然的气概、刚正的气节。按：文天祥的《文信国集杜诗》感情浓烈，慷慨悲壮，情真意切。这些诗既是南宋末年山河破碎的写照，又是作者尽忠死节的自传，是一曲充满正气的赞歌。文天祥另有名篇《正气歌》，作于元世祖至元十八年（1281），当时文天祥已被元军囚禁两年。诗中充满了浩然正气，表现其坚贞不屈的气节、不畏强暴的战斗精神和至死不渝的崇高信

念。此诗情感沉郁雄浑,节奏铿锵有力,具有强烈的震撼力和感染力。

[3] 宫阙:帝王所居的宫殿,因宫殿门外建有双阙,故称。《史记·高祖本纪》:"萧丞相营作未央宫,立东阙、北阙、前殿、武库、大仓。高祖还,见宫阙壮甚。"按:德佑二年(1276)元军攻破临安,俘虏南宋皇帝,南宋灭亡。临安被攻陷后,文天祥等南宋大臣继续在东南沿海一带坚持抗元。文天祥于祥兴元年(1278)十二月被俘,次年被押赴元都燕京,于元世祖至元十九年十二月初九(1283年1月9日)英勇就义。其被俘期间,创作了大量的文学作品,如著名的《文信国集杜诗》,共二百首五言绝句。文天祥集杜甫诗句为己所用,以记时事,其中有一部分是对南宋灭亡原因的思考和反思、对南宋末几代帝王的可靠记载等,通过记叙战事,评议朝政,谴责权奸逆贼,讴歌忠臣勇将,抒发国破家亡的悲痛之情,故云"字字悲宫阙"。

[4] "石烂海枯"二句:高度赞扬文天祥意志坚定,永不改变,谁能比得上他呢?铮铮铁:指忠贞刚烈的文天祥。铮铮:象声词,形容金属撞击的声音。比喻有卓越才华或坚强刚毅的人。《后汉书·刘盆子传》:"帝曰:'卿所谓铁中铮铮,佣中佼佼者也。'"李贤注:"《说文》曰:'铮铮,金也。'铁之铮铮,言微有刚利也。"

[5] 麻沙:即麻沙本,古书版本名。亦称"建本"。福建省建阳县(今建阳区)麻沙镇书坊所刻印的书。自宋至明,该地书籍刻印业极为发达,所印之书销行全国。常被认为校勘不精,质量较差。而实际上,麻沙本质量有优劣之分,不能一概而论。宋朱熹《嘉禾县学藏书记》云:"建阳麻沙板本书籍行四方者,无远不至。"

[6] "乾嘉"句:《四库全书总目提要》卷一六四:"《文信公集杜诗》四卷(编修汪如藻家藏本),一名《文山诗史》……诗凡二百篇,皆五言二韵,专集杜句而成。每篇之首,悉有标目次第,而题下叙次时事,于国家沦丧之由,生平阅历之境,及忠臣义士之周旋患难者,一一详志其实。颠末粲然,不愧'诗史'之目。"

金 缕 曲

题志伯愚、仲鲁兄弟《同听秋声馆图》[1]

其 一

　　正是清秋节[2]。极难忘、蕉轩蓉馆,旧时明月。争道将军山林好[3],点笔[4]阑干幽折。有二妙[5]、辞华无敌。剪烛衔窗分题处[6],感庐陵、心事如冰雪[7]。图画意,我能说。　　苔尘曾印霜禽[8]迹。笑几番、西风聚散,纸痕都碧。绝似逍遥堂中事,写出当年轼辙[9]。试展卷、容颜犹昔,雁语萧疏虫吟瘦,尽声声、递入帘前叶。弹指过,又今夕。

【注】

　　[1] 此《金缕曲》二首似作于光绪十一年乙酉(1885)。按:后阕有"莫忘了、联床风味。匹马频嘶斜阳外,看关河、欲暮吾行矣。临别语,望君记"句。光绪十一年九月,词人罢归,与志锐离别。故推知此《金缕曲》二首作于光绪十一年。志伯愚:指志锐(1852—1912),字伯愚,一字廓轩,号公颖,又号穷塞主,晚号遇安。他塔拉氏。满洲镶红旗人。仲鲁:指志钧(1854—1900),字仲鲁,号陶安,志锐之弟,曾与兄志锐同居广州,读书于壶园,与词人文廷式等游。光绪九年(1883)进士,官翰林院编修,满洲正黄旗副都统。1895年参加上海强学会,后任散秩大臣。1900年八国联军侵占北京,志钧与妻子一同自杀,谥贞愍。按:志锐生前藏有陈璞所画的《同听秋声馆图》,并题诗于画上。陈璞,字子瑜,号古樵,番禺赤岗(今广州市海珠区)人,曾任学海堂学长,又自号赤岗归樵,晚号息翁。尤工诗、书、画,有"三绝"之目。详见《(宣统)番禺县续志》。

　　[2] 清秋节:光绪十一年九月,正值清秋时节。

　　[3] "争道"句:将军,指长善(1829—1889),字乐初,他塔拉氏,满洲正红旗人。祖籍长白,陕甘总督裕泰之子,长叙之兄。同治八年(1869)调任广州八旗驻防将军。光绪十年(1884)被召回京师,授正蓝旗

蒙古都统之职。光绪十四年（1888）调任杭州八旗驻防将军。长善任广州将军时好结交名流，与梁鼎芬、文廷式、于式枚等人有密切的交往。曾撰有《芝隐室诗存》七卷、附存一卷、续存一卷。主纂《驻粤八旗志》二十四卷、首一卷等。山林：园林的代称。《汉书·东方朔传》："愿陛下时忘万事，养精游神，从中掖庭回舆，枉路临妾山林，得献觞上寿，娱乐左右。"颜师古注引应劭曰："公主园中有山，谦不敢称第，故托山林也。"唐杜甫《陪郑广文游何将军山林》诗之四："词赋工无益，山林迹未赊。"按：光绪三年（1877），词人与志锐、志钧等人常聚广州将军长善幕府。钱仲联《文芸阁先生年谱》云："光绪三年丁丑（一八七七），二十二岁……时先生客广州将军满洲他他拉乐初（长善）幕府。署有壶园，亭馆极美，花树华蔚。将军又好客，其嗣子伯愚（志锐）、侄仲鲁（志钧），皆英英逾众。宾从多渊雅之士，延秋、节庵、晦若暨先生，皆尤密者。"

[4]点笔：犹染翰，挥笔书写。唐杜甫《重过何氏》诗之三："石阑斜点笔，桐叶坐题诗。"宋苏轼《次前韵送程六表弟》："忆昔江湖一钓舟，无数云山供点笔。"

[5]二妙：称同时以才艺著名的二人。此处指志锐、志钧二人，有"二难"之目，谓兄弟二人品德、学识都很优秀，难分上下。

[6]"剪烛"句：剪烛，语出唐李商隐《夜雨寄北》诗："何当共剪西窗烛，却话巴山夜雨时。"后以"剪烛"为促膝夜谈之典。分题：又称"探题"，一种诗歌写作方式。诗人聚会，分探题目，各依所分诗题而赋诗。五代齐己《寄何崇丘员外》诗："变俗真无事，分题是不闲。"五代李建勋《赋得冬日青溪草堂四十字》诗："坐中皆作者，长爱觅分题。"

[7]"感庐陵"句：庐陵，郡名，在今江西吉安市。庐陵是"文章节义之邦"，此处指出自庐陵的忠义之士。如宋代"五忠一节"——文忠公欧阳修、忠简公胡铨、忠襄公杨邦乂、文忠公周必大、忠烈公文天祥、文节公杨万里。心事：心地、胸襟。

[8]霜禽：霜鸟。指白鸥、白鹭等。唐孟郊《立德新居》诗："霜禽各啸侣，吾亦爱吾曹。"唐李贺《昌谷》诗："渔童下宵网，霜禽耸烟翅。"王琦汇解："霜禽，鸟之白色者，鸥鹭之属。"

[9]"绝似"二句：逍遥堂，为苏轼在徐州（今属江苏）任知州时所建，位于当时徐州府署后院。熙宁十年（1077）春，苏辙赴商丘任通判，兄弟二人于河南相会，苏辙随苏轼来到徐州，留百余日。时宿于徐州逍遥堂，兄弟有诗词唱和，临别赠诗，充满手足离别之情。

其　二

　　寥落平生意[1]。任人间、纷纷筝阮[2]，几曾如此。一夜清霜中庭下，未算襟头酒泚[3]。但无数、城乌惊起。丛木萧萧长空阔，问前身、我可同青兕。歌未歇，更狂醉。　红蘅碧杜[4]谁能比？揽芳华[5]、天涯正远，相思何地？惟有幽林堪客隐，盛得几分秋气。莫忘了、联床风味[6]。匹马频嘶斜阳外，看关河、欲暮吾行矣[7]。临别语，望君记。

【注】

　　[1]"寥落"句：化用唐雍陶《酬秘书王丞见寄》诗："因来见寥落，转自叹平生。"明孙继皋《独坐》诗："平生寥落意，因以忆长林。"

　　[2]筝阮：秦筝与阮咸的合称。古代的两种拨弦乐器。陈洵《海绡说词·通论》："昔朱复古善弹琴，言琴须带拙声，若太巧，即与筝阮何异？"

　　[3]泚：清澈。唐张九龄《龙池圣德颂》："灵泉有泚，其深无底。"

　　[4]红蘅碧杜：杜衡与杜兰，均为香草名。《全唐诗》卷八六四《又湘妃诗》（一作《女仙题湘妃庙诗》）之二："碧杜红蘅缥缈香，冰丝弹月弄清凉。"

　　[5]芳华：一作"芳花"，香花。《楚辞·九章·思美人》："芳与泽其杂糅兮，羌芳华自中出。"南朝梁萧纲《梅花赋》："折此芳花，举兹轻袖。"元李序《曲江芙蓉歌》："芳华欲揽愁不歌，云裳绮袂风露多。"

　　[6]联床风味：指床挨着的两个人同睡，夜间闲谈。表现兄弟挚友久别重逢或离别时亲密交谈的深厚情谊。又有"联床夜话""夜雨对床""风雨联床""联床清话"等表达。

　　[7]"匹马"二句：化用元马致远《天净沙·秋思》句："古道西风瘦马。夕阳西下，断肠人在天涯。"

清 平 乐

病中答黄三[1]

人生如客,死葬要离侧[2]。万岁千秋谁料得?那有是非黑白! 数声水向东流,一弯月在西头。欲说伤心何事,乌啼花落休休[3]。

【注】

[1] 据词意,知此词作于光绪十一年乙酉(1885)之后,即词人被贬谪之后。黄三:即黄绍宪。见前《蝶恋花》(忆昔荷香香雾里)词注。

[2] 死葬要离侧:典出《东观汉记·梁鸿》:"梁鸿病困,与高伯通及会稽士大夫语曰:'昔延陵季子葬于嬴博之间,不归其乡,慎勿听妻子持尸柩去。'终后,伯通等为求葬处,有要离冢高燥,众人曰:'要离,古烈士,今伯鸾亦清高,令相近。'遂葬要离冢旁,子孙归扶风。"《后汉书·逸民列传》亦载其事。后以此典称誉人操守清高。要离:春秋末吴国刺客。相传吴王阖闾派专诸刺杀王僚后,又派要离谋刺出奔在卫的王子庆忌。事见《吕氏春秋·仲冬纪·忠廉》《吴越春秋·阖闾内传》《史记·鲁仲连邹阳列传》。南朝梁刘峻《与宋玉山元思书》:"生与渔父同儔,死葬要离墓侧。"

[3] 休休:犹言不要。表示禁止或劝阻。意谓算了罢,不要再提了。多表示事已至此,无可奈何,只能自劝自解。宋杨万里《得省榜见罗仲谋曾无逸策名得二绝句》诗:"今晨天色休休问,卧看红光点屋梁。"宋陈师道《木兰花减字·赠晁无咎舞鬟》词之二:"莫莫休休,白发簪花我自羞。"

醉 太 平

黄童画痴[1],狂来赋诗。青猿钗鹿[2]相随,过茶时酒时。 天涯牧之,愁来鬓丝[3]。朝朝暮暮相思[4],有风知雨知。

【注】

[1] 黄童:儿童。幼童发色黄,故称。晋葛洪《抱朴子内篇·杂应》:"金楼玉堂,白银为阶,五色云为衣,重叠之冠,锋铤之剑,从黄童百二十人。"此处或为词人自述年少之事。

[2] 青猿:宋王禹偁小童名。宋陆游《秋思》诗:"委辔看山无铁獭,拾樵煎茗有青猿。"后因代指小童。钗鹿:喻指妇女。

[3] 鬓丝:亦称"鬓边丝"。指鬓边白发,形容年长。唐李白《古风》之八:"赋达身已老,草《玄》鬓若丝。"宋周邦彦《华胥引·秋思》词:"离思相萦,渐看看、鬓丝堪镊。"

[4]"朝朝"句:反用宋秦观《鹊桥仙》词"两情若是久长时,又岂在朝朝暮暮!"词意,词人日日夜夜相思,虽没有达到真情若久长,则不必朝夕相聚的豁达的境界,但也是词人内心最深切的感受,亦显得真实感人。

台 城 路

乙酉六月二十四日为荷花生日,越八日,姚柽甫丈约云阁与余①,往南河泡看荷花,各得词一首。时余将出都矣。[1]

片云吹坠游仙影,凉风一池初定[2]。秋意萧疏,花枝眷恋,别有幽怀谁省[3]?斜阳正永。看水际盈盈,素衣齐整[4]。绝笑莲娃,歌声乱落到烟艇[5]。　词人酒梦乍醒。爱芳华未歇,携手相赠[6]。夜月微明,寒霜细下,珍重今番光景[7]。红香自领。任漂没江潭,不曾凄冷[8]。只是相思,泪痕苔满径[9]。

【校】

① "姚柽甫丈约云阁与余",《中国近代文学大系:诗词集》本、《二十世纪中华词选》本作"姚柽甫、文云阁约与余"。

【注】

[1] 此词作于光绪十一年乙酉七月初二日(1885年8月12日),时词人方奉严谴,即将出都。荷花生日、姚柽甫、南河泡:见前《蝶恋花》(忆昔荷香香雾里)词注。云阁:即文廷式。见前《蝶恋花》(醁淡春晴初酒里)词注。兹附文廷式同作一首:《齐天乐·秋荷》:"几时不到横塘路,西风送秋如许!艳冷红衣,凉生太液,罗袜尘侵微步。嫣然一顾,尚低侧金盘,暗擎仙露。只恐销魂,锦鸳飞入白蘋去。　蝉声又嘶远树。有人惆怅极,如怨羁旅。苇乱波横,苊疏翠落,谁信秋江能渡?婵娟日暮,愿玉笛清商,漫吹愁谱。护惜余香,月明深夜语。"

[2] "片云"二句:此谓荷花似天上的彩云被风吹,坠落湖中,又似游仙境、脱离尘俗的游仙们的影子。这一池的荷花感染了词人,使得词人本因遭贬而即将离京的烦恼、忧愁的心绪转变为平静、安定。片云:喻荷花瓣。游仙影:指荷花影。晋郭璞有《游仙》诗。陈永正云:"上句写落花,犹吴文英《高阳台》词'仙云坠影,无人野水荒湾'意。"

[3] "秋意"三句:秋意萧疏,暗指当时政治黑暗、经济萧条。花枝眷恋,此处运用"香草美人"手法,指眷恋君王,表达不忍离去的忠君之情。

别有幽怀，指对君主与京都的依恋、对国事的担忧、对小人当道的激愤、对贬谪的哀怨。

[4]"斜阳"三句：正永，正长、正久，暗示赏荷之久。盈盈：此处借指荷花的仪态风姿美妙动人。素衣：此处借指荷花的洁白纯美。

[5]"绝笑"二句：莲娃，采莲女子。宋柳永《望海潮》词："羌笛弄晴，菱歌泛夜，嬉嬉钓叟莲娃。"烟艇：黄昏烟雾笼罩下采莲女所乘的小船。

[6]"词人"三句：酒梦乍醒，陈永正云："暗指抗疏失败。"丁福林云："暗示了词人和姚、文二友人在赏荷小酌之时对赏心悦目景色的迷恋沉醉，逗出下文'爱芳华未歇，携手相赠'的写词人们酒醒之后的行动。"二者说法可同参。

[7]"夜月"三句："夜月""寒霜"二句，陈永正云："谓政局昏暗，谓形势严酷。"丁福林云："二句写景，交代赏荷时间的长久，是分别的前提，又渲染了悲凉的分别气氛。自然地引出'珍重今番光景'的临别赠言。"陈永正是较深层次的解释，丁福林的解释显得自然合理，均可参考。

[8]"红香"三句：漂没江潭，以屈原自比。屈原《楚辞·渔父》："屈原既放，游于江潭，行吟泽畔。"不曾凄冷，指任凭漂泊天涯，困难重重，词人都不会感到凄冷孤寂，表现其如荷花般高洁的品质。

[9]"只是"二句：想到出都后对龚夫人、友人的相思怀念之情，泪水早已化为泪痕。苔满径：暗示前途坎坷曲折。南朝梁萧纲《晚春赋》："既浪激而沙游，亦苔生而径危。"

【评】

叶恭绰《广箧中词》云："幽窈。"

郭则沄《十朝诗乘》云："梁文忠官翰林，抗章劾李合肥'十可杀'，坐镌五级调用。《出都留别》诗云：'凄然诸子赋临歧，折尽秋亭杨柳枝。此日觚棱犹在眼，今生犬马恐无期。白云迢递心先往，黄鹄飞骞世岂知。兰佩荷衣好将息，思量正是负恩时。'芳菲悱恻，一时传诵。"按："作者去国情怀，可与此词相印证。"

陈永正《岭南历代词选》云："此词与《蝶恋花》词用意相近，既是孤芳自赏，'别有幽怀'，也表现了对朋友的深切情谊。"

唐圭璋《金元明清词鉴赏辞典》云："上片写赏荷。'片云吹坠游仙影，凉风一池初定'，词一开始即对所见荷花作大力想象性渲染，开门见山，笔墨简洁经济。""下文的'秋意萧疏，花枝眷恋，别有幽怀谁省'，掀起了波澜。在依稀的秋意下，那将凋未凋的荷花似乎在眷恋花枝，不愿下落。由此，不觉又引起了他的满腔心事：对行将离别的京都的眷恋，对国事日非的忧虑。这就是外人难省词人'幽怀'。""以下'斜阳正永，看水际盈盈，素衣齐整'三句，正面描绘赏荷。""'歌声乱落到烟艇'大可玩味，不说在游艇上听到歌声，而说歌声乱落到艇上，'乱落'二字，带有较强的主观色彩，它不仅表现了莲娃纵情欢歌的此起彼落，活现了她们忘情调笑的活泼娇憨神态，而且也暗示了诗人此时又趋于平静恬淡的心情。""下片写赏荷结束与友人的分别。"

李广超《鱼台李氏韵语》云："是阕，上片写景，用笔空灵。下片抒情，雅致庄重。'红香自领。任漂没江潭，不曾凄冷。只是相思，泪痕苔满径。'似是咏荷，又是自况，深得咏物词笔法。"

周笃文《婉约词典评》云："中法战争后，身居翰林之职的梁鼎芬疏劾李鸿章'十可杀'，被判降五级调用。遭贬出京，于离京前与友人同看荷花，此词即纪其牢愁之思。上片自叙幽怀，赋笔写水中之荷，着力刻画荷花'水际盈盈，素衣齐整'的高洁情态。'词人酒梦乍醒'以下六句，纪词友深谊，哀切感人。'红香自领'三句，剖明心迹，'任漂没江潭，不曾凄冷'，是说词人抗疏劾奸，无怨无悔。以'只是相思，泪痕苔满径'作结，孤峰突起，备见眷心庙堂，心系社稷，徘徊不去之情。"

高昌《百年中国的感情气候：20世纪诗词赏鉴》云："这首词写于作者因弹劾李鸿章而辞官归广州之时。表面咏残荷，同时表达的是自己凄凉、空虚、忧虑的心情。"

点 绛 唇

咏西施舌[1]

　　梦雨丝风,溪头网得娇如雪。金琼[2]玉屑,肯使轻磨灭。　　想是吴宫[3],曩日[4]曾饶舌。空凄切,江湖贬绝,莫向人间说[5]。

【注】

　　[1] 据本词"空凄切,江湖贬绝,莫向人间说"句,推知此词作于光绪十一年乙酉(1885)后,即词人被贬谪之后。西施舌:属软体动物门,瓣鳃纲,蛤蜊科,是一种双壳贝类动物。因肉状如美女之舌,故名。亦名车蛤、沙蛤等。生活于潮间带下区及浅海沙滩,春夏间繁殖,我国沿海均有分布。民间传说西施舌是西施死后所化。春秋时,越王勾践借助西施之力,行美人计得以灭吴国。后越王欲接西施回国,越后担心西施归国后受宠,威胁到自身地位,遂遣人绑一巨石于西施背上,将其沉入江底。西施死后化为"沙蛤",期待被人找到。若被找到,她便吐出香舌,尽诉冤情。宋胡仔《苕溪渔隐丛话》后集引《诗说隽永》云:"福州岭口有蛤属,号西施舌,极甘脆。"明陈懋仁《泉南杂志》卷上:"西施舌,壳似蛤而长,外色若水蚌,壳内色如孔翠,肉白似乳,形酷肖舌,阔约大指,长及二寸,味极鲜美,无可与仿。舌本有数肉条如须,然是其饮处。"清周亮工《闽小记》:"画家有神品、能品、逸品,闽中海错,西施舌当列神品。"

　　[2] 金琼:黄金和美玉,比喻珍贵之物。唐卢纶《上巳日陪齐相公花楼宴》诗:"晨霞耀中轩,满席罗金琼。"

　　[3] 吴宫:春秋时吴王夫差的宫殿,在今江苏苏州。唐李商隐有诗题《吴宫》。

　　[4] 曩日:往日,以前。汉赵晔《吴越春秋·勾践伐吴外传》:"意者犹今日之姑胥,曩日之会稽也。"南朝宋谢惠连《夜集叹乖》诗:"诚哉曩日欢,展矣今夕切。"

　　[5]"空凄切"三句:此处指词人贬谪罢官之事,心情凄凉而悲切,不要向人间诉说。

梦 江 南

甲申九月朔日,别京师,往游西湖,赋此为约。[1]

西湖好!怀抱入秋开。六十年前书一纸[2],壬午公癸未赴礼部试,家书有述西湖一纸,在箧中。四千里外客重来,诗句问苍苔[3]。

【注】

[1] 此《梦江南》四首作于光绪十年甲申(1884)九月。词人于九月初一日(10月19日)请假出都,归省先墓,顺路游浙江杭州西湖。按:《梦江南》词实有五阕。杨敬安辑《梦江南》(西湖好!风义激人群)有按:"甲申九月朔,别京师,往游西湖,五首,叶刻其四,今补其一。"

[2] "六十"句:按,自注不易理解,疑有脱衍之处。壬午:1822年。公:存疑待考。癸未:似为日,若作年,则与前"壬午"有矛盾。

[3] "四千"二句:化用唐郑谷《渼陂》诗:"旧题诗句没苍苔。"宋陈奕《丹台井》诗:"回客题诗今不见,空令屐齿印苍苔。"

前　　调

西湖好！霜雪助奇芬。参庙独尊周御史[1]，拜坟争过岳将军[2]。倚剑看天云[3]。

【注】

[1] 周御史：疑指明周宗建（1582—1626），字季侯，号来玉，吴江（今属江苏苏州）人。万历四十一年（1613）进士，除武康（今属浙江德清）知县，调仁和（今属浙江杭州）县，因有政绩，入为御史。为人刚直，慨然为熊廷弼辩诬，弹劾奸臣，至死不悔，阉党为之胆寒痛恨，而为时议所尊。后被魏忠贤矫旨削籍，入狱，毙于刑审。魏忠贤败，赠太仆寺卿。福王时，追谥忠毅。著有《论语商》二卷、《忠毅公奏议》四卷附一卷、《忠毅公诗稿》等。《明史》有传。《江苏省通志稿·建置志》云："周忠毅祠，在吴江县永定桥，祀明御史周宗建。"此外，或指宋代名臣周渭（923—999），字得臣，五代宋初昭州恭城（今属广西）人。据《宋史》记载，周渭官至监察御史，一生清廉，无私奉公，政绩颇丰，兴办学堂，开启民智，造福百姓，死后被朝廷追封"忠佑惠烈王"。家乡百姓感恩怀德，捐款为他建庙、塑像。有诗联曰："百代相传周御史；千秋怀念古乡贤。"周渭祠（即周王庙或嘉应庙）位于桂林市恭城瑶族自治县县城太和街，始建于明成化十四年（1478），重修于清雍正元年（1723）。按：笔者比较倾向于周御史指周宗建，因其强直的性格，少时对明代著名谏臣杨继盛的崇敬，敢于弹劾权臣的行为，与词人有相似之处，但是否确指，待详考。

[2] 岳将军：南宋抗金名将岳飞（1103—1142），字鹏举，相州汤阴（今属河南）人。其因反对与金议和，终被奸相秦桧以"莫须有"之罪杀害，谥武穆，后改谥忠武，有《岳忠武王文集》。岳飞坟在杭州市西湖的栖霞岭南麓岳王庙内，旁有岳云墓。

[3] "倚剑"句：此处表现词人胸怀凌云志，不甘凡俗同的气概。语出战国宋玉《大言赋》："长剑耿耿倚天外。"魏晋阮籍《咏怀》诗之二十一："挥袂抚长剑，仰观浮云征。"

前　　调

西湖好！士女[1]说凄凉。刀剑光余波面赤，稻粳[2]荒尽树皮黄。今日好斜阳。

【注】

[1] 士女：泛指人民、百姓。《后汉书·王畅传》："郡为旧都侯甸之国，园庙出于章陵，三后生自新野，士女沾教化，黔首仰风流，自中兴以来，功臣将相，继世而隆。"《三国志·魏志·崔琰传》："今邦国殄瘁，惠康未洽，士女企踵，所思者德。"

[2] 稻粳：稻通常指水稻，粳指不黏之稻。泛指粮食作物。唐李嘉佑《南浦渡口》诗："东风潮信满，时雨稻粳齐。"宋黄庭坚《寄怀元翁》诗："岁年丰稻粳，井邑盛烟火。"

前　　调

西湖好！绝爱水心亭[1]。苔瓦被风敧[2]险路，竹棂[3]蚀雨映疏星。人迹几时经？

【注】

[1] 水心亭：位于浙江杭州西湖雷峰塔前。南宋周密《武林旧事》卷五："有真珠泉、高寒堂、杏堂、水心亭，御港，曾经临幸，今归张循王府。"宋张咏有《杭州一百五日水心亭留题》诗。

[2] 敧：同"欹"，倾斜不正。唐白居易《新昌新居书事四十韵因寄元郎中张博士》诗："檐漏移倾瓦，梁敧换蠹椽。"宋彭汝砺《小舟过陂口》诗："篙工习敧险，振呼矜巧捷。"

[3] 竹棂：竹的窗棂。棂，窗或栏杆上的格子。东汉班固《西都赋》："舍棂槛而却倚，若颠坠而复稽。"南朝齐谢朓《思归赋》："竹棂崎岖而经北，绳闲窈窕以临东。"

水 龙 吟

叶南雪丈属赋并蒂莲,同辛白、香雪[1]

新来欲说相思,香风吹散鸳鸯影。红莲何事?分明两两,齐齐整整。背倚同枝,根联异瓣,似谁并命[2]。想先生独乐,正商朋酒,来醉倒、不知醒[3]。　我亦恹恹愁病,已多时、芳心暗警。湘波一绿,当惆怅处,怕开双镜。露冷连环[4],月凉单袂,教侬独咏。奈重阑数尽,问花无语,更何人应!

【注】

[1] 此词或作于光绪二十年(1894)前后。按:叶衍兰有《水龙吟·并蒂莲》(晓风吹透霞裳)、《水龙吟·叠前韵又一首》(水宫环佩偕来)二词。谢永芳《叶衍兰年谱》言此二词或作于光绪二十年(1894)前后。叶南雪丈:见前《江南好·南雪丈有鸳鸯诗,爱题一词,不敢步韵也》词注。并蒂莲:亦称并头莲,并排长在同一茎上的两朵莲花。多比喻男女好合或夫妻恩爱。《乐府诗集·青阳度》:"下有并根藕,上生并头莲。"辛白:汪兆铨(1859—1929),字莘伯,一字辛伯,晚号惺默、惺默道人,别署苌轩,广东番禺(今广州市)人。汪瑔之子,汪兆镛堂兄。少承家学,师事陈澧,与梁鼎芬、于式枚、陈树镛、朱启连、陶邵学等人交往甚密。光绪十一年(1885)举人。历任广东海阳县教谕、菊坡精舍学长、广雅书院总校、广东高等学堂教务长、教忠学堂校长等职。工诗词,擅骈文,善隶书,通医术。著有《惺默斋集》诗四卷、附文词一卷,《苌楚轩诗集》一卷,《苌楚轩续集》。香雪:徐铸(1859—1901?),字巨卿,一字香雪,广东番禺(今广州市)人。光绪十一年(1885)举人。少即能诗,壮有文誉,与梁鼎芬、沈宝枢、陈树镛、朱一新等皆为挚友,与梁鼎芬同岁,为总角之交。梁鼎芬《徐铸以双砚为寿报谢》诗云:"徐生与我皆己未,三十不官自然贵。少小逢君肺腑温,昂藏入世神姿毅。"晚为端溪书院监院,多病痛,性益冲淡。梁鼎芬《癸丑浴佛日,伯严于樊园招伐林侍郎游泰山,题诗何诗孙图上》诗自注:"徐字巨卿,少日文字交笃,雅有节行,久为端溪监

院。朱、林两院长深重之,与叔峤乙酉同年,交好,早殁。"工诗词,著有《香雪堂诗稿》二卷。

　　[2]并命:共命运,同死。《宋书·索虏传》:"我与此城并命,义不使此城亡而身在也。"北齐颜之推《颜氏家训·兄弟》:"(王玄绍)为兵所围,二弟争共抱持,各求代死,终不得解,遂并命尔。"

　　[3]"想先生"三句:想叶衍兰独自欣赏(并蒂莲),正商量聚饮,来个一醉方休,不知醒。

　　[4]连环:连结成串的玉环。此处比喻连结成环的露珠。

长亭怨慢

客中重九[1]

空盼到、黄花时候。客里消磨,九年重九[2]。海上琴丝,秋星萧散、倩谁叩?残阳马首,但一片、销魂柳。顾影意难忘,渐对①、江潭人瘦。知否?问苔尘霾笛,此际可能同奏。是日,展建侯[3]表弟殡室。灵鸦去也,犹听得、隔邻伤旧!西风紧、催酒醒回,才闷起、镫虫如豆。何况是愁来,小雨窗前吹又。

【校】

①据词谱格律,"渐对"下疑脱一字。

【注】

[1] 此词作于光绪十年甲申九月初九（1884年10月27日），时词人在上海，同冯启钧至山庄哭奠表弟冯启勋。词人有《上海逢冯二表弟启钧作》《追挽冯表弟启勋六首并序》二诗，可参读。《追挽冯表弟启勋六首并序》云："弟殁一百八日为重九节，余至上海，同少竹诣山庄哭奠，心伤神惕，不复能诗，十三日游杭州，过长安坝，追怀亲旧，赋此写哀，寄少竹焚之，当一恸也。"按：词人九月初一日（10月19日）请假出都，归省先墓，途经上海，再顺道游杭州西湖。

[2] "客里"二句：谓离乡在外期间，消磨时光，九年之后又到了九月初九日。客里消磨：语本宋周邦彦《六丑·蔷薇谢后作》："怅客里、光阴虚掷。"九年：《追挽冯表弟启勋六首并序》诗之二："忆子趋庭日，当余应试年。"按：词人在光绪二年丙子（1876），以国子监生入京应顺天乡试，如今已过九年。

[3] 建侯：冯启勋（1863—1884），广东南海（今属佛山市）人，冯焌光之子。少聪慧灵敏，寓居上海。《翁同龢日记》光绪八年壬午七月十三日（1882年8月26日）记："今日之客以冯建侯为最，年二十，颇聪敏。"冯启勋与徐允临（石史）为知己。今有行书题跋手卷水墨纸本，上有冯启勋题识"世小弟冯启勋"，钤印"建侯"。生平不详。

浪 淘 沙

　　一箭惜年芳[1],窗外斜阳。浅红阑槛月微黄。莫问当时题句处,说也凄凉。　缣粉坠秋香[2],苔满琴廊。青虫依旧罥丝[3]长。不道回肠[4]花落后,犹有回肠。

【注】

　　[1]"一箭"句:谓美好的春色如箭飞逝。此句与《长亭怨慢·联句寄怀易实甫,并示由甫》词"将一箭、春韶轻去"句有异曲同工之妙。按:此词与蒋贵麟编《万木草堂遗稿外编》下册之康有为《浪淘沙》词只有个别字不同,如"阑",康词作"栏"。"苔",康词作"落"。其余皆相同。

　　[2]秋香:秋日开放的花。多指菊花、桂花。唐郑谷《菊》诗:"露湿秋香满池岸,由来不羡瓦松高。"唐李贺《金铜仙人辞汉歌》诗:"画栏桂树悬秋香,三十六宫土花碧。"

　　[3]罥丝:挂丝。罥,挂也。

　　[4]回肠:比喻愁苦、悲痛之情郁结于内,辗转不解。汉司马迁《报任安书》:"是以肠一日而九回。"南朝梁徐陵《在北齐与杨仆射书》:"朝千悲而掩泣,夜万绪而回肠,不自知其为生,不自知其为死也。"

踏　莎　行

　　可笑浮生，真如过客[1]。闲来无事翻凄绝。人间不合[2]落花多，惜春谁主红成尺[3]。　但爱容华[4]，不成攀折，盈盈一树缃桃白。东风付与道旁看，禅心莫再沾泥活[5]。

【注】

　　[1]"可笑"二句：唐白居易《重到渭上旧居》诗："浮生同过客，前后递来去。"

　　[2]不合：不应该，不该。《后汉书·杜林传》："臣愚以为宜如旧制，不合翻移。"五代许岷《木兰花》词："当初不合尽饶伊，赢得如今长恨别。"

　　[3]"惜春"句：谓惋惜春光，谁主宰这红成尺的落花呢？红成尺：宋叶茵《春晚》诗之二："落花红一尺，新笋绿三分。"

　　[4]容华：谓盛开的花貌美，喻美丽的容颜或年华。亦作"荣华"。《楚辞·离骚》："及荣华之未落兮，相下女之可诒。"三国魏曹植《杂诗》之五："南国有佳人，容华若桃李。"

　　[5]"禅心"句：见《菩萨蛮·十六夜》词注。

江 南 好

与香雪[1]花下谈少年春秋佳日，为赋此解

家园好[2]！最好暮春时。白袷罗[3]轻人试马，红帘花醉夕题诗[4]。兴到不知谁[5]。

【注】

[1] 香雪：见前《水龙吟·叶南雪丈属赋并蒂莲，同辛白、香雪》词注。此《江南好》二首为词人与友人谈年少春秋佳日的回忆之作。

[2] 家园好：词人与香雪同是广东番禺人。家园即指他们的家乡番禺。

[3] 白袷：白色夹衣，无絮。旧时平民的服装，亦借指无功名的士人。南朝宋刘义庆《世说新语·雅量》："顾和始为扬州从事"，刘孝标注引晋裴启《语林》："周侯饮酒已醉，着白袷，凭两人来诣丞相。"唐李商隐《春雨》诗："怅卧新春白袷衣，白门寥落意多违。"罗：一种轻软的丝织品。《战国策·齐策》："下宫糅罗纨，曳绮縠，而士不得以为缘。"

[4] "红帘"句：唐司空图《偶诗》之一："夕阳照个新红叶，似要题诗落砚台。"红帘、花醉，此处指夕阳映照于上。

[5] "兴到"句：此句谓兴致高，达到物我相忘的境界。宋李清照《如梦令》词之一："常记溪亭日暮，沉醉不知归路。兴尽晚回舟，误入藕花深处。"

前 调

家园好！最好暮秋时。黄叶野僧寻画谱[1]，碧桐仙子觅遗蔟[2]。兴到不知谁。

【注】

[1] 画谱：著录品评名画或汇集名家画法的书。亦指画帖。最早的画谱是北宋宣和年间所编的《宣和画谱》二十卷，为徽宗内廷历代所藏名画的著录，不载图画。后世画谱之名皆源于此。《宣和画谱·叙目》："今叙画谱凡十门……凡人之次第，则不以品格分，特以世代为后先，庶几披卷者，因门而得画，因画而得人，因人而论世，知夫画谱之所传，非私淑诸人也。"

[2] 遗蔟：遗留的足印，印迹。蔟，足迹。详见《水龙吟·夜过镇江，寄题焦山自然庵》词"履蔟"条注。

点 绛 唇

同香雪赋词,赠梅花,禁用雪、月、香、影等字[1]

一鹤翩跹,与君合是前生侣[2]。琼楼玉宇,受得寒如许[3]。　浊酒醒余,今夜身何处?愁来去,问花无语,虫咽苔枝苦。

【注】

[1] 此为禁体物语词,亦称词中"白战体"。明杨基《水调歌头》是词史上最早明确标示"禁体"的词作。清曹溶《声声慢·七夕,嵋雪、敬可过,用禁体》(前宵雨急)揭开了清代禁体词创作的序幕。随后朱彝尊创作《金缕曲·水仙花。禁用湘妃、汉女、洛神事》词四首。雍乾、嘉道以降,高不骞、张景祁、杨锦雯等词人传承和发展了禁体物语词的题材、体制、规模等。明清禁体词的形成及发展,是对北宋以来禁体诗法的回应,呈现"不用之用"的审美效果,以及词的诗化雅化、以禁体为尊体、崇雅避俗等特点。可参阅谢永芳《论禁体物语词》一文。香雪:即徐铸。见前《水龙吟·叶南雪丈属赋并蒂莲,同辛白、香雪》词注。

[2] "一鹤"二句:引用"梅妻鹤子"的典故。典源宋沈括《梦溪笔谈·人事二》。比喻清高或隐居。宋代林逋(林和靖)隐居杭州西湖孤山,无妻无子,种梅养鹤以自娱,人称"以梅为妻,以鹤为子"。

[3] "琼楼"二句:化用宋苏轼《水调歌头·丙辰中秋,欢饮达旦,大醉,作此篇,兼怀子由》词:"我欲乘风归去,又恐琼楼玉宇,高处不胜寒。"琼楼玉宇:美玉砌成的楼宇,代指月中宫殿,借指朝廷。如许:这么些,这么多。唐李义府《咏乌》诗:"上林如许树,不借一枝栖。"

踏莎美人

桂花同王子展[1]赋

细瓣霏黄,片痕凝翠,月凉引得愁来聚。琼帘掩映已经时,可喜香多花重、少人知。　　沉醉千杯,娉婷[2]一树,等闲不怕风兼雨。劝君折共旧哥瓷[3],只怕秋香[4]传递、有新词。

【注】

[1] 王子展:王存善(1849—1916),字子展,仁和(今浙江杭州)人。近代藏书家,著名棋谱编纂家。室名寄青霞馆、知悔斋。早年随父宦粤。光绪初经两广总督张之洞派在厘务总局担任坐办。此后曾署理南海知县、虎门同知,与词人、杨锐等人交往密切。1900年迁居上海,因善于理财而受盛宣怀赏识,主持招商局务并担任汉冶萍公司董事,为盛宣怀在公司的代言人,擢保道员。其家世有藏书。1911年编有《知悔斋存书总目》,1914年编有《知悔斋检书续目》。藏书共达二十余万卷,古本精椠较多。王存善亦喜校书,主要校有《南朝史精语》《辑雅堂诗话》等。辑刊有《寄青霞馆奕选》和《续编》各八卷,编印了清初藏书家徐乾学、徐秉义的书目《二徐书目合刻》。按:词人与王存善交往密切,《节庵先生遗诗补辑》有《得王存善书报诗二首》,写实地描述了王存善的生活、经历。其一云:"君状自瑰伟,身长过八尺。能知三统术,算经动解释。胡为领簿案,疑谤离摈斥。一朝冠带还,来去皆少惜。"其二云:"家中多美酒,每饮辄一石。既醉不欲醒,余香恋胸膈。酒醒良独难,千龄本一昔。递兹畴昔素,援琴坐凉夕。"

[2] 娉婷:姿态美好貌。婉容曰娉,和色曰婷。后多用于借指美人。汉辛延年《羽林郎》诗:"不意金吾子,娉婷过我庐。"唐柳宗元《韦道安》诗:"货财足非吝,二女皆娉婷。"

[3] 共:通"供",供给。《左传·僖公四年》:"尔贡包茅不入,王祭不共,无以缩酒。"哥瓷:参见前《绮罗香》(锦段明装)词"哥窑"条注。

[4] 秋香:此处指桂花,或是一种桂花的名称。唐李贺《金铜仙人辞

汉歌》:"画栏桂树悬秋香,三十六宫土花碧。"宋王十朋《诗序》:"与万先之登丹芳岭,路人有手持桂花者,戏觅之,慨然相赠,且言欲施此花久矣,又言花名秋香,一名十里香。"

惜 红 衣

咏雁来红[1]

红叶①飘残,绿梅开乍,数枝妍雅。衬出霜华[2],风清②玉苔榭。墙头石角,散鱼尾、断霞谁写[3]?前夜。有多少冷香③,逐琴丝来也。　春韶[4]歇了,独自余芳,秋心较浓冶④。闲阶立尽,烘醉酒初罢。翻恨一夜凉讯⑤,不共月魂同下。想琼枝天外,愁绝不堪盈把[5]。玉蓉词主自题。时乙酉十一月久未得淑华京邸消息。别本题有"同叔峤、云阁、子展、棣坨、香雪、苹伯、伯序、子政"十七字。客岁十一月,苹白招饮山堂,同人酒半时,因过菊坡精舍,见雁来红盛绝,余倡为此词。丙戌粤记。⑥[6]

【校】

①"红叶",《词学季刊》第二卷第三号《雁来红词录》作"江叶"。

②"风清",《忍古楼词话》、《词学季刊》第二卷第三号《雁来红词录》作"风流"。

③"冷香",《忍古楼词话》、《词学季刊》第二卷第三号《雁来红词录》作"冷音"。

④"浓冶",底本原作"侬冶",据《忍古楼词话》、《词学季刊》第二卷第三号《雁来红词录》改。

⑤"一夜",《忍古楼词话》、《词学季刊》第二卷第三号《雁来红词录》作"半庭",《梁文忠公年谱》作"一庭"。"凉讯",《梁文忠公年谱》作"秋讯"。

⑥"玉蓉词主自题。时乙酉十一月久未得淑华京邸消息"二十一字,底本无,据一发编《梁文忠公年谱》补。"别本题有'同叔峤、云阁、子展、棣坨、香雪、苹伯、伯序、子政'十七字",红印本无。"客岁十一月,苹白招饮山堂,同人酒半时,因过菊坡精舍,见雁来红盛绝,余倡为此词。丙戌粤记"三十七字,底本无,据《词学季刊》第二卷第三号《雁来红词录》补。

73

【注】

[1] 此词作于光绪十一年乙酉（1885）十一月。《词学季刊》第二卷第三号《雁来红词录》载汪宗衍跋语云："光绪乙酉十一月，梁节庵丈鼎芬罢官归里，先伯莘伯先生招同杨叔峤丈锐、王子展丈存善、朱棣垞丈启连、陶子政丈邵学集越秀山学海堂，酒半，过菊坡精舍。时雁来红盛绝，梁丈首倡此词，先伯因嘱余子容丈士恺绘《雁来红图》，各题所为词于后。翌年，徐巨卿丈铸、文道希丈廷式、易仲实丈顺鼎、石星巢丈德芬与家大人咸有继声。时叶南雪先生衍兰以词坛老宿，亦欣然同作，陈蓉阶丈庆森则戊戌秋补作，俱装池成册……梁丈署名夐，盖芬、夐双声，罢官时偶易。并附识之。汪宗衍谨跋。"按：莘伯指汪兆铨，家大人指汪兆镛。夏敬观《忍古楼词话》："冒鹤亭同年自粤归，抄赠粤词人《雁来红图卷词录》一卷，作者凡十三人。"兹列其余十二人之作：王存善作《百字令》（江枫低舞）、杨锐作《念奴娇》（菊花村晚）、朱启连作《台城路》（烟霄锦字书难寄）、陶邵学作《祝英台近》（露花寒）、汪兆铨作《壶中天》（斜阳庭院）题于后。翌年，徐铸作《扬州慢》（华片零霞）、文廷式作《卜算子》（午枕怯轻寒）、易顺鼎作《摸鱼儿》（问花天、泪痕多少）、石德芬作《八声甘州》（怪平林一簇霎时光）、汪兆镛作《摸鱼儿》（渺天涯、一绳寒阵）、叶衍兰作《惜红衣》（艳借霜腴）。陈庆森于戊戌秋补作《金缕曲》（逗起丹枫冷）。雁来红：亦称"老少年""老来红""红苋菜""叶鸡冠""后庭花"等，苋科苋属一年生草本花卉，秋后顶部叶变鲜红，由于叶片变色时正值大雁南飞，故有"雁来红"之名。宋杨万里《雁来红》诗："开了原无雁，看来不是花。若为黄更紫，乃借叶为葩。"明朱橚《救荒本草》："后庭花一名雁来红。人家园圃多种之。叶似人苋叶，其叶中心红色，又有黄色相间，亦有通身红色者，亦有紫色者。茎叶间结实，比苋实微大。其叶，众叶攒聚，状如花朵。其色娇红可爱，故以名之。"

[2] 霜华：亦作"霜花"。因霜状如花，故称。唐王勃《别人》诗之四："霜华净天末，雾色笼江际。"

[3] "散鱼尾"句：化宋苏轼《游金山寺》诗"断霞半空鱼尾赤"句。散鱼尾：形容红色晚霞如同散开的鱼尾。断霞：天空中一片片的晚霞。

[4] 春韶：春日的美景，美好的春光。宋苏轼《再和刘贡父春日赐幡胜》："记取明年江上郡，五更春枕梦春韶。"

[5] "愁绝"句：谓极端忧愁不能满把。把：一手握取的数量，表达内心无限的愁苦。与宋李清照《武陵春》词"只恐双溪舴艋舟，载不动，许

多愁"意同。

[6] 叔峤：即杨锐。详见《貂裘换酒》（对此茫茫甚）词注。云阁：即文廷式，见前《蝶恋花》（酽淡春晴初酒里）词注。子展：即王存善，见前《踏莎美人·桂花同王子展赋》词注。棣坨：朱启连（1853—1899），字跂惠，号棣坨，晚号琴皇帝。广东番禺（今广州市）人。原籍浙江萧山。学问渊博，精诗词，工古文，善草隶书，尤好雅琴，妙达声律。著有《棣坨集》四卷、《棣坨外集》三卷、《鄂公祠说琴录》一卷等。香雪：即徐铸，见前《水龙吟·叶南雪丈属赋并蒂莲，同辛白、香雪》词注。莘伯：见前《水龙吟·叶南雪丈属赋并蒂莲，同辛白、香雪》词注。伯序：汪兆镛（1861—1939），字伯序，号憬吾，自号慵叟，晚号今吾。又称微尚居士、清溪渔隐、雨屋深灯词客等。广东番禺（今广州市）人，原籍浙江山阴（今绍兴）。陈澧弟子。光绪十五年（1889）举人。辛亥后，侨居澳门。著述丰富，著有《稿本晋会要》五十六卷、《微尚斋诗》二卷、《微尚斋诗续稿》三卷、《雨屋深镫词》一卷、《续稿》一卷、《三编》一卷等。子政：陶邵学（1863—1908），字子政，一字希源，号颐巢。广东番禺（今广州市）人，祖籍会稽陶家堰（今属浙江绍兴市）。光绪二十年（1894）进士。官内阁中书。未几归乡，主讲肇庆星岩书院，与朱启连交往深厚。工书好琴，精通音律。著有《琴律》一卷、《补后汉书刑法食货志》二卷、《颐巢类稿》三卷、《附》一卷等。菊坡精舍：清代广东著名书院。为纪念南宋名相、粤人崔与之（字菊坡）而名。创建于同治六年（1867），设在广州城北的越秀山麓。陈澧担任菊坡精舍第一任山长。光绪二十九年（1903）停办。1908年，校舍与应元书院合并为广东存古学堂。旧址为今广州市第二中学。丙戌：光绪十二年（1886）。勇，汪宗衍跋云："余藏有梁丈手书小笺云：'《后汉书·华佗传》：字符化，一名勇。抹丽状元采此属社公刻之。芬、勇双声，与熹、诉同，取字以此云云。'并钤有一名勇朱文长方印。"

浣 溪 沙

惠州西湖重九日[1]

湖草湖花日日香[2],东坡[3]去后几重阳?寻秋随意过横塘[4]。犹忆题图萧寺[5]里,西风吹泪满衣裳,浮生便也惜时光。

【注】

[1] 此词作于光绪十二年丙戌九月初九日（1886年10月6日），时词人主讲惠州丰湖书院。惠州西湖：位于广东省惠州市惠城区中心，由西湖和红花湖景区组成，素以五湖、六桥、十四景而闻名，有"苎罗西子"之美誉，史载："大中国西湖三十六，唯惠州足并杭州。"南宋杨万里有诗云："三处西湖一色秋，钱塘颍水更罗浮。"词人曾作《西湖百咏》诗，成为百咏惠州西湖第一人。

[2] "湖草"句：词人有诗云："花墩花放白青红，胡蝶双双扑晚风。"自注："铁香之从叔就湖中洲为花墩，莳种繁卉，香风半湖。"写出了惠州西湖花草繁盛、芳香四溢的特点。

[3] 东坡：即北宋大文豪苏轼。哲宗绍圣元年（1094），党祸起，苏轼被贬谪惠州安置，十月至惠州，有《十月二日初到惠州》诗。苏轼贬居惠州至绍圣四年（1097），祸起诗文，朝廷追贬"元祐党人"。闰二月，苏轼贬琼州别驾、昌化军（儋州）安置。四月离惠州。寓惠两年零七个月。

[4] 横塘：泛指水塘。唐温庭筠《池塘七夕》诗："万家砧杵三篙水，一夕横塘似旧游。"五代牛峤《玉楼春》词："春入横塘摇浅浪，花落小园空惆怅。"

[5] 萧寺：唐李肇《唐国史补》卷中："梁武帝造寺，令萧子云飞白大书'萧'字，至今一'萧'字存焉。"唐李贺《马》诗之十九："萧寺驮经马，元从竺国来。"后称佛寺为萧寺。此寺似指焦山自然庵。光绪八年（1882），词人曾于此题图撰联始别。

前　　调

仿《饮水词》[1]，只求貌似，却无题目也。

其　一

才说当时泪暗倾，宵宵寒雨绿阴成，有人帘外盼天晴。　独自空庭花细落，那堪今夜月微明[2]，药烟茶梦断平生。

【注】

[1]《饮水词》：清初词人纳兰性德的词集。"饮水"一词取"如鱼饮水，冷暖自知"意，寄寓了纳兰性德的人生感慨，故他亦被称为"饮水词人"。纳兰性德原有词集《侧帽词》，后更名为《饮水词》。康熙十七年（1678），纳兰性德委托顾贞观在吴中刊成《饮水词》，后顾贞观再次增补《饮水词》。今《饮水词》五卷为后人汇辑，存词三百四十余首。内容主要以悼亡、爱情、友情、伤别、边塞、咏史、咏物等方面见长。词风"清丽婉约，哀感顽艳，格高韵远，独具特色，直指本心"。陈维崧云："《饮水词》，哀感顽艳，得南唐二主之遗。"

[2]"独自"二句：清纳兰性德《浣溪沙》词："落梅横笛已三更，更无人处月胧明。"

其　二

杜牧清词未算狂[1]，鬓丝禅榻好时光[2]，玉阑干外是银塘[3]。　塞雁书将千里远，砌虫[4]声到四更凉，梦魂飞不到红墙。

【注】

[1]"杜牧"句：虽然杜牧诗风清新俊逸，笔锋豪健，但还不算诗狂。

杜牧：见前《浣溪沙》（欲问花前第几春）词"杜司勋"条注。

[2]"鬓丝"句：此谓年长者过近似僧徒的清静生活是美好的。唐杜牧《题禅院》诗："今日鬓丝禅榻畔，茶烟轻飏落花风。"禅榻：禅床。

[3] 银塘：清澈明净的池塘。南朝梁萧纲《和武帝宴诗》之一："银塘泻清渭，铜沟引直漪。"隋李德林《夏日诗》："桐枝覆玉槛，荷叶满银塘。"

[4] 砌虫：栖身于台阶缝隙中的昆虫，如蟋蟀等。唐杜荀鹤《题唐兴寺小松》诗："枝拂行苔鹤，声分叫砌虫。"宋周密《玉京秋》词："叹轻别，一襟幽事，砌虫能说。"

采 桑 子

香雪约往小港探梅同赋[1]

香风吹醒游仙梦[2],犹忆今天,不是当年,曾向苔尘拾玉钿。　天涯恨①怅[3]花前酒,绝代婵娟,一样凄怜,真信人间有谪仙[4]。

【校】

① "恨",陈永正《岭南诗歌研究》作"恨"。

【注】

[1] 此词约作于光绪十一年十月至光绪十二年（1885—1886）间。香雪：徐铸。见前《水龙吟·叶南雪丈属赋并蒂莲,同辛白、香雪》词注。小港：位于广州市海珠区。晚清时,小港多种梅花。商廷焕、杨其光、张德瀛、易顺鼎、江逢辰等均有佳作。按：词人有《两年游小港不见一花同徐铸作》诗。徐铸《香雪堂诗稿》有《烟浒楼夜宴节广预作小港探梅之约酒酣以往辄话京华旧事》《小港看梅花节广同作》《前游小港意有未尽十一月十二日约同人再看梅花分咏五古得邺字》诗。其中《小港看梅花节广同作》诗自注："去年来时花落,今年花未开,可慨也。"可知词人与徐铸曾有两年游小港看梅花。又据徐铸这三首诗前后文的写作内容,推知此词作于光绪十一年十月至光绪十二年间。

[2] "香风"句：梅香风吹醒游心仙境、脱离尘俗的梦。化宋奚汉《醉蓬莱·会稽蓬莱阁怀古》"昨夜离人,游仙梦远,天风吹觉"句意用之。

[3] 恨怅：惆怅失意。恨,惆怅悲伤。《广雅·释诂三》："恨,怅也。"怅,失意失望。《说文·心部》："怅,望恨也。"段玉裁注："望其还而不至为恨也。"《玉篇·心部》："怅,惆怅失志也。"

[4] 谪仙：谪居世间的仙人。借指被谪降的官吏。唐刘禹锡《寄唐州杨八归厚》诗："谪仙年月今应满,戆谏声名众所知。"

前　　调

夜宿烟浒楼，忆寙舅京师，邀黄三和[1]

人间不合长相见[2]，凄绝今朝，但有魂销，无复红楼[3]听早潮。　　梦回思忆当初事[4]，寒雪飘飘，更漏[5]迢迢，共醉胡同[6]第几条？

【注】

[1] 此词应作于光绪十三年丁亥（1887）。按：黄绍宪《在山草堂烬余诗》卷六《丁亥存稿》有《宿烟浒楼同怀张延秋丈京师邀宪同和》，推知此词作于光绪十三年。此为词人怀念其舅、思忆往事之作。烟浒楼：原址即今广州越秀区南堤二马路36号，20世纪五六十年代设为海员俱乐部。孔广陶次子孔昭鋆所建藏书楼，收藏宋、元精本甚多，盛极一时。据说此楼风景绝美，有"四面帘栊三面水"之胜。不数年，家道骤落，藏书渐散，烟浒楼易主，变为南园酒家。伦明《辛亥以来藏书纪事诗》："珍本分来岳雪遗，南园觞咏可胜思。他家玉貌惊初见，却是悲秋含怨时。"徐信符《广东藏书纪事诗》："不堪回首说南园，烟浒楼空旧迹存。平准均输纷献策，运筹确算到盐官。"又有传云："孔昭鋆，字季修，光绪己丑举人，为少唐次子，出嗣别房，岳雪楼未散时，先取宋、元佳椠，移藏他处。有南园别业，名'烟浒楼'，近于海滨，饶花木之盛。当盐业改制时，苟随遇而安，不作归复之谋，犹可小康。乃季修惑于人言，欲图复兴。辛之，事归空幻，资产荡然。季修郁郁以死。烟浒楼易主，昔日觞咏之地，遂为南园酒家矣。"寙舅：即张鼎华。见前《蝶恋花》（酽淡春晴初酒里）词注。按：张鼎华曾寓居烟浒楼。黄三：即黄绍宪。见前《蝶恋花》（忆昔荷香香雾里）词注。

[2] "人间"句：黄绍宪《宿烟浒楼同怀张延秋丈京师邀宪同和》诗自注："前年作诗送延秋丈，思起语久不属，忽得'相见亦何乐'句，下便一笔写去，当时读者以为神到。后每与节庵追话旧游，未尝不曰：好个'相见亦何乐'也。顷节庵怀延秋丈作《采桑子》词亦用'人间不合长相见'作起调……"

[3] 红楼：此处似指张鼎华室名"红螺山房"，因其侨居北京红螺山

麓，故署所居曰"红螺山房"。

［4］"梦回"句：黄绍宪《宿烟浒楼同怀张延秋丈京师邀宪同和》诗自注："换头复云'梦回忽忆当初事'，盖'梦回沧海别'，即当日诗中颔联。文章有神交，有道于此益信。"

［5］更漏：亦称"漏""刻漏""铜漏"等。古时以滴漏计时，夜间凭漏刻报更，因称刻漏为"更漏"。后泛指夜晚。唐李肇《唐国史补》卷中："初，惠远以山中不知更漏，乃取铜叶制器，状如莲花，置盆水之上，底孔漏水，半之则沉，每昼夜十二沉，为行道之节，虽冬夏短长，云阴月黑，亦无差也。"五代韦庄《浣溪沙》词："夜夜相思更漏残，伤心明月凭阑干，想君思我锦衾寒。"

［6］胡同：别名"胡洞""巷道"等。源于蒙古语，元人称街巷，后为北方街巷的通称。此处指北京的胡同。元关汉卿《单刀会》第三折："你孩儿到那江东，旱路里摆着马军，水路里摆着战船，直杀一个血胡同。"明沈榜《宛署杂记·街道》："胡同本元人语，字中从胡从同，盖取胡人大同之意。"

前　　调

题画

　　交疏[1]放绿人初静，月上墙来，酒逐愁来，一阵销魂拨不开。　　明知镜里颜非昨，心也成灰，梦也成灰，残漏[2]疏钟梦暗回。

【注】

　　[1] 交疏：亦称"交绮"。疏，镂刻。指窗上纵横交错雕刻而成的花格子。《古诗十九首·西北有高楼》："交疏结绮窗，阿阁三重阶。"

　　[2] 残漏：残夜将尽时的滴漏。残，垂尽之义。漏，漏壶，古代计时器。谓天将亮时。唐独孤申叔《终南精舍月中闻磬》诗："断绝如残漏，凄清不隔云。"宋谢逸《减字木兰花·七夕》词："残漏疏钟，肠断朝霞一缕红。"参见《采桑子》（人间不合长相见）词"更漏"条注。

前　　调

　　儿家不合西厢住，倚尽垂杨，看尽斜阳，彻夜秋风引梦长[1]。　风前何事凄清久，蝶转回廊，人数回肠，各有心情不自防。

【注】

　　［1］"彻夜"句：化用唐梁锽《美人春卧》（一作《美人春怨》）诗："晓日临窗久，春风引梦长。"

添字采桑子

问君何事人间世,绛萼琼枝[1],酒际茶时。一片销魂今夜月,有谁知？赠花也惜天涯远,春讯差池[2],人意凄其[3]。耐得清寒重起□,□□□。

【注】

[1] 绛萼：红色的花萼。萼，花朵外部的叶状薄片，一般呈绿色，在花期有保护作用。晋束皙《补亡诗》之二："白华朱萼,披于幽薄。"南朝宋谢灵运《酬从弟惠连一首》："山桃发红萼,野蕨渐紫苞。"琼枝：如玉的花枝。此喻梅花。宋晏几道《采桑子》词："花时恼得琼枝瘦,半被残香,睡损梅妆,红泪今春第一行。"

[2] 差池：差错,违失。唐白居易《戊申岁暮咏怀》诗之三："万一差池似前事,又应追悔不抽簪。"

[3] 凄其：凄凉悲伤。唐高适《东平别前卫县李寀少府》诗："此地从来可乘兴,留君不住益凄其。"宋辛弃疾《贺新郎·题傅岩叟悠然阁》词："晚岁凄其无诸葛,惟有黄花入手。"

踏 莎 行

北门外,小桥坐月,同沈二彦慈[1]

浅岸平桥,淡云斜月,闲时试把西风说。豆花琐细菜花香,人生那似村居洁[2]。　水静通魂,夜凉散发,须知今夕非虚设。江湖流转几人回?吾侪遮莫轻离别[3]。

【注】

[1]此词似作于词人年少时。北门外:在词人家附近。按:词人幼居广州小北门内榨粉街。小桥:或指流花桥(现越秀公园附近)。沈二彦慈:据《节庵先生遗诗》卷三《沈二字曰筠甫属余为诗》、卷五《沈二孝廉宝枢来访因送之扬州》,沈彦慈即沈宝枢,字筠甫,广东番禺(今广州市)人,生卒年不详。光绪二十五年(1899),以举人出身,任职安陆知县。同年在张之洞幕府任事,入幕时职衔为试用同知,职事为洋务局铁路所。光绪三十一年(1905),任《湖北官报》收支。沈宝枢、徐铸与顾朔同为词人少时读书以学行相砥砺之挚友。可参阅《梁鼎芬捐赠京师广东学堂藏书记》《葵霜遗范忆述示两儿》。

[2]"人生"句:谓感慨人生的境遇哪里会有在乡村里居住时所见到的景象那般雅洁。

[3]"吾侪"句:表达词人与沈宝枢的深厚友情。

满 宫 花

少华画白芙蓉花,纨扇见赠,漫赋小词。[1]

折芙蓉,何处寄?昨夜酒醒刚起。白华绿叶似当年,不及当年风味。玉池[2]边,凉月[3]里,暮暮朝朝休记。伤心滴泪向君前,莫问此花开未。

【注】

[1] 少华:生平不详,待考。白芙蓉花:芙蓉花的一个花色品种。其花形似牡丹,极为美观。别名"芙蓉""木芙蓉""拒霜花""木莲花"等。木芙蓉花为锦葵科木槿属植物木芙蓉的花。原产于中国,全国大部分地区均有分布。秋季开花,花期较长,多栽培于池畔、水滨、庭园。木芙蓉花既深受文人雅士的赞许,也是画家喜爱的题材之一。纨扇:亦称"团扇""宫扇",因形似圆月,且宫中多用之,故称。边框及柄以竹制,扇面用丝绢。自汉代至北宋是纨扇的盛行期。南朝梁江淹《杂体诗·效班婕妤〈咏扇〉》:"纨扇如团月,出自机中素。"

[2] 玉池:池塘的美称。南朝宋鲍照《学刘公干体》诗之四:"彪炳此金塘,藻耀君玉池。"唐李商隐《碧城》诗之二:"对影闻声已可怜,玉池荷叶正田田。"

[3] 凉月:秋月。南朝齐谢朓《移病还园示亲属》诗:"停琴伫凉月,灭烛听归鸿。"宋苏舜钦《和彦猷晚宴明月楼》诗之二:"绿杨有意檐前舞,凉月多情海上来。"

红　窗　月

江楼酒坐，忆寤舅京师[1]

素琴清酌，款[2]深宵、但觉无聊。记当时烂醉，隔坐欢招。又到寻春打桨过溪桥[3]。　瑶珰凤纸如云影[4]，影也迢迢。叹江湖跌宕，萍絮漂摇[5]。那便红螺山[6]下戏相邀。此首从曾传轺[7]传钞补入绛记。

【注】

[1] 此词约作于光绪十一年乙酉（1885）九月之后，为词人怀念其舅，回忆旧事，感叹身世命运之作。寤舅：即张鼎华。见前《蝶恋花》（酽淡春晴初酒里）词注。

[2] 款：缓慢。唐元稹《冬白纻》诗："吴宫夜长宫漏款，帘幕四垂灯焰暖。"

[3] "记当时"三句：怀念与舅张鼎华及友人喝酒相谈，又游春赏景，划船过溪桥的惬意逍遥的生活。

[4] 瑶珰：玉制的耳饰。晋无名氏《白纻舞歌诗》之三："阳春白日风花香，趋步明玉舞瑶珰。"南朝梁萧纲《七励》："载金翠之婉婵，珥瑶珰之陆离。"

[5] "叹江湖"二句：感叹江湖起伏变化，身似萍絮漂泊不定。宋文天祥《过零丁洋》诗："山河破碎风飘絮，身世浮沉雨打萍。"按：光绪十一年，词人罢官出都，常有对身世的感伤及怀旧的情怀。

[6] 红螺山：北京市名山之一，为著名的佛教圣地。位于北京市怀柔区怀柔镇红螺山风景区。南麓山坳有红螺寺，是重要的旅游景点。《节庵先生遗稿》卷三《广州感旧园约拜张延秋先生生日启》云："红螺山下（原注：山在密云，先舅自题曰红螺山房）。"

[7] 曾传轺（1910—1935），字云尪。广东新会人。黄佛颐弟子，陈洵高足。广州民间考古学团体"黄花考古学院"成员。长于考据之学，能诗工词，擅小楷，著有《玉梦庵乐府》，附《曾传轺遗稿》一卷，《玉梦庵诗》《纳兰容若年谱》等。

醉 太 平

秋柳

烟绡露条[1],冷波断桥[2]。西风人倚紫琼箫[3],是今宵昨宵? 当年绿鬌[4],听莺翠杓[5],春韶一箭雨潇潇[6]。剩朝潮暮潮。

【注】

[1] 烟绡露条:带露的柳树枝条如轻烟似的薄绡。绡,生丝织成的薄纱、薄绢。《玉篇·纟部》:"绡,素也。"《礼记·玉藻》:"君子狐青裘豹褎,玄绡衣以裼之。"郑玄注:"绡,绮属也。"

[2] 冷波断桥:指水淹过桥面。宋徐俯《春游湖》诗:"春雨断桥人不渡,小舟撑出柳阴来。"

[3] 紫琼箫:亦称"紫玉箫",省称"紫箫","箫"之美称。或因以紫竹(美称"紫玉")制作,故称。一说古有《紫玉箫》曲,故名。唐杜牧《杜秋娘》诗:"金阶露新重,闲捻紫箫吹。"

[4] 绿鬌:幼童乌黑发亮的下垂发式。形容年轻。

[5] 翠杓:嵌翡翠的挹酒器。唐夷陵女郎《空馆夜歌》诗:"绿樽翠杓,为君斟酌。"宋陆游《湖村月夕》诗之三:"金樽翠杓犹能醉,狐帽貂裘不怕寒。"

[6] "春韶"句:言春光如箭飞逝,又有潇潇秋雨。词人《长亭怨慢·联句寄怀易实甫,并示由甫》词:"将一箭、春韶轻去。"

浣 溪 沙

苔网零星绣屧廊[1]，秋疏幽绿景如霜，冷蛩[2]犹自说凄凉。　坐懒放书刚半晌，酒醒弹指又重阳，便无愁处也思量。

【注】

[1] 据"酒醒弹指又重阳"句，推知此词应作于重阳日。苔网：指苔藓类植物。零星：分散。绣：指点缀。屧廊：泛指屋前走廊。唐戴叔伦《游少林寺》诗："屧廊行欲遍，回首一长吟。"

[2] 冷蛩：深秋的蟋蟀，亦名寒蛩。晋崔豹《古今注》卷中："蟋蟀，一名吟蛩，一名蛩。秋初生，得寒则鸣。"南朝宋鲍照《拟古》八首其七："秋蛩挟户吟，寒妇晨夜织。"宋彭汝砺《寓学芝山》诗："翠石碧泉无尽处，冷蛩鸣雁不胜悲。"

前　　调

客意飘烟不为风[1]，曲琼[2]帘底翠玲珑，数声啼鸟一声钟。　检点[3]梦痕初酒里，懒残情事碎花[4]中，悔教双燕昨相逢。

【注】

[1]"客意"句：化用唐温庭筠《堂堂（一作"钱唐"）曲》"风飘客意（一作'思'）如吹烟"句。客意：离乡在外之人的心怀、意愿。

[2] 曲琼：玉钩。《楚辞·招魂》："砥室翠翘，挂曲琼些。"王逸注："曲琼，玉钩也。"唐温庭筠《咏寒宵》："曲琼垂翡翠，斜月到罘罳。"

[3] 检点：亦作"点检"，查点、验看。唐方干《赠山阴崔明府》诗："压酒晒书犹检点，修琴取药似交关。"宋周邦彦《华胥引》词："检点从前恩爱，但凤笺盈箧。"

[4] 懒残：唐僧明瓒的别称。其性疏懒，好食残余饭菜，人以懒残称之。事见唐袁郊《甘泽谣·懒残》、宋赞宁《宋高僧传·感通篇第六之二·唐南岳山明瓒》《太平广记·异僧十·懒残》等。情事：事实，情况。碎花：喻指灯花。南朝梁庾信《灯赋》："蛾飘则碎花乱下，风起则流星细落。"

天　仙　子

题宗室孚世伯母高恭人荼蘼花册子[1]

一抹春痕轻绣碧，脂零方絮[2]伤心色。玉郎[3]肠断已年年，看不得，人头白，闲庭寂寞敲诗[4]客。

【注】

[1] 宗室孚世伯：或与下一首词题中所提孚伯兰世丈为同一人。见下词注。恭人：起于宋徽宗政和三年（1113），本为朝廷赠予皇族女性的封号。"恭人"等封号施行不久，便延及臣僚之妻，体现皇家恩典及夫贵妻荣的思想。起初，中散大夫至中大夫之妻、母封恭人，不可越界。南宋时，赠封恭人曾作为朝廷褒奖女性的一种形式而施及底层官员甚至平民百姓。元至治三年（1323），礼部明文规定六品官员之母、妻封为恭人，臣僚之母优先得到赠封。明代承袭元制，也实行赠封制度，但品级升高，恭人是四品官员母、妻的封号，先母后妻，先嫡后庶，如赠封母或祖母，则称"太恭人"。宋、元、明三朝臣僚的侧室也可得到赠封。清代沿袭明制，规定四品官员之母、妻封为恭人。由于封建朝廷赠封盛行，恭人在民间逐渐由专称泛化成为通称，常作敬辞或谀称。荼蘼花册子：绘有荼蘼花的册子。荼蘼花：亦作"酴醿""荼䕷""荼蘼"，或称"木香""独步香"等。落叶小灌木，多攀缘而生，有刺，花蕊鹅黄色，花瓣奶白色，春末夏初开花，凋谢意味着花季结束。宋苏轼《杜沂游武昌，以酴醿花菩萨泉见饷》诗之一："酴醿不争春，寂寞开最晚。"宋王淇《春暮游小园》诗："开到荼蘼花事了，丝丝天棘出莓墙。"

[2] 脂零：胭脂落下。此处借指荼蘼花凋谢落下。形容女子青春逝去，故有伤感之情。方絮：古人以蚕茧抽丝织绸，漂絮后，箔席上会留下一些残絮，漂絮次数多了，箔席上的残絮便积成一层纤维薄片，经晒干之后剥离下来，称之为方絮，可用于书写。《初学记》卷二一引汉服虔《通俗文》："方絮曰纸。"此处指册子。

[3] 玉郎：玉郎在唐诗中常泛指青年男子。宋词中常指丈夫或情郎，

也用作青年男子的美称。唐元稹《送王十一郎游剡中》诗："想得玉郎乘画舸，几回明月坠云间。"此处指孚世伯。

　　[4] 敲诗：推敲诗句。此处用唐贾岛"推敲"的典故。宋胡仔《苕溪渔隐丛话前集》卷十九引《刘公嘉话》："岛初赴举京师，一日，于驴上得句云：'鸟宿池边树，僧敲月下门。'始欲着'推'字，又欲着'敲'字，练之未定，遂于驴上吟哦，时时引手作推敲之势。时韩愈吏部权京兆，岛不觉冲至第三节。左右拥至尹前，岛具对所得诗句云云。韩立马良久，谓岛曰：'作"敲"字佳矣。'"元张可久《小桃红·忆疏斋学士郊行》曲："飞梅和雪洒林梢，花落春颠倒，驴背敲诗暮寒峭。"

罥 马 索

题宗室孚伯兰世丈《蹇驴破帽图》[1]

莽风尘,一领缁衣化为素[2]。鞭丝欲整,斜阳墙角年年路。桃花千片,萍花几瓣,弹指光阴伤心句。算酒边、歌者车前,驺卒[3]平生有知遇。归去。宗臣蕉萃,郎官磊落,两种情怀画图补[4]。更写三间金铃馆,丈所居曰十万金铃馆。谱出笛愁琴语。天涯老矣,附骥无心[5],翻觉纷纷青蝇[6]苦。笑问君、近来何事?曾否探春海棠圃[7]。极乐寺,海棠最盛,几时并载赏之。

【注】

[1] 宗室孚伯兰世丈:即孚馨(1832—?),字伯兰,礼亲王代善后裔,任侍卫或銮舆卫,户部司官,晚年浮沉郎省,境遇艰苦,后归家以课子自足。父为宗室灵杰,曾任两浙都转盐运使,参纂《两浙盐法续纂备考》[同治十三年(1874)刊本]。有子宝淇、宝瑶、宝瑛。梁鼎芬、梁于渭曾在光绪丁亥(1887)七月为孚馨绘《秋镫课儿图》。有孚馨自识,感慨至深。王颂蔚、文廷式、志锐、袁昶四人题诗其后。王颂蔚《书伯兰员外孚馨诗集后》诗:"帝室雅才刘子政,郎官俊望柳耆卿。江山奇气归吟笔,丝竹中年写至情。"杨钟羲《雪桥诗话余集》卷八载:"宗室伯兰户部孚馨,为蔚生按察灵杰子,善绘事,尝戏画一驴一车一奴星作趋曹之状,意态栩栩,剧可笑。"蹇驴破帽:蹇驴,跛蹇驽弱的驴子;破帽,破旧之帽。宋苏轼《续〈丽人行〉并引·李仲谋家有周昉画背面欠伸内人,极精,戏作此诗》:"杜陵饥客眼长寒,蹇驴破帽随金鞍。"宋刘过《水调歌头》词:"达则牙旗金甲,穷则蹇驴破帽,莫作两般看。"

[2]"莽风尘"二句:谓广阔无边的风尘,一领黑衣化为白衣。晋陆机《为顾彦先赠妇》诗之一:"京洛多风尘,素衣化为缁。"此处反用其意,暗喻京城不良风气多,而孚馨的人格却是高尚的。

[3] 驺卒:掌管车马的差役,泛指社会地位低下的仆役。《南齐书·王融传》:"车前无八驺卒,何得称为丈夫!"此处谓宗室孚馨官职低,未被重

视。《秋镫课儿图》自识："仆以斑白之年浮沉郎省，不克腾趞，以续我家声。"

［4］"宗臣蕉萃"三句：谓宗室孚馨甘于清贫、胸怀磊落，故作《蹇驴破帽图》以表达这些情怀。《秋镫课儿图》自识："日西易暮，境复荼苦已矣！其谓之何？乃疑我多积者，此视赀郎，爱我狂诞者，又誉为柳七。仆奚有以副人，言哉此者，效职金曹，劳俗交剧，衣缁汗雨，休沐无间，通人达士，所指为苦况者，备尝之矣。"

［5］附骥无心：附骥，亦作"附骥尾""附骥蝇"。蚊蝇附在马的尾巴上，可使马远行千里。喻依附先辈或名人之后而成名，常用作自谦之词。典源《史记·伯夷列传》："颜渊虽笃学，附骥尾而行益显。"司马贞索引："苍蝇附骥尾而致千里，以譬颜回因孔子而名彰也。"无心，指无意，没有打算。此句谓孚馨无意依附先辈而有宗室之名，以赀为郎。

［6］青蝇：苍蝇。蝇色黑，故称。喻谗人和害贤之人。《诗·小雅·青蝇》："营营青蝇，止于樊。岂弟君子，无信谗言。营营青蝇，止于棘。谗人罔极，交乱四国。营营青蝇，止于榛。谗人罔极，构我二人。"郑玄笺："兴者，蝇之为虫，污白使黑，污黑使白，喻佞人变乱善恶也。"

［7］海棠圃：此指北京极乐寺的海棠。词人向孚馨发出邀请：几时同车赏海棠？

淡 黄 柳

筠甫重至韶州，赋此为别，忆昔五六岁时，屡随侍过此，今生已矣，并以写意。[1]

匆匆又别，不到临歧[2]说。子细[3]思量甚时节。那似曲江风月，行要如铜心要铁[4]。　难磨灭，因君念畴昔[5]。空滴尽、眼中血[6]。叹孤生、处处肠都结[7]。夜月推篷，早潮放桨，谁解此情凄咽？

【注】

[1] 筠甫：即沈宝枢，见前《踏莎行·北门外，小桥坐月，同沈二彦慈》词注。韶州：今广东省韶关市。隋开皇九年（589）改东衡州置州，以州北有韶石得名。旋废。唐贞观初复置。治所在曲江（今韶关市西南）。五代南汉移治今韶关市。此后元、明、清皆为韶州路、府治。按：词人少时，父在乐昌任乐桂盐阜出官，随在任所。《节庵先生遗诗》卷一《述哀篇》云："我生四岁始学书，日识经字二十余。"又云："是时家在乐昌县，大人宾客无时无，闲论诗品说剑术，小子未解心欢娱。"《节庵先生遗诗》卷二《读张文献公羽扇赋，时沈二客曲江，因以寄意》诗之二："深谷才为岸，吾家旧泛舟。少日随侍，屡过此间。"

[2] 临歧：亦作"临岐"。本意为面临歧路，后用以表示分道离别。南朝宋鲍照《舞鹤赋》："指会规翔，临歧矩步。"李善注："歧，歧路也。"唐杜甫《送李校书》："临歧意颇切，对酒不能吃。"宋刘克庄《送欧阳上舍梦桂》诗："刘诗未必如韩笔，聊见临歧折柳情。"

[3] 子细：犹仔细，认真。唐罗隐《淮南高骈所造迎仙楼》诗："子细思量成底事，露凝风摆作尘埃。"

[4] "行要"句：此处谓君子的品行标准。铜、铁，喻坚固、坚强。

[5] 畴昔：往日，从前，又指往事或以往的情怀。《礼记·檀弓上》："予畴昔之夜，梦坐奠于两楹之间。"郑玄注："畴，发声也。昔，犹前也。"唐杜甫《病后过王倚饮赠歌》诗："且过王生慰畴昔，素知贱子甘贫贱。"仇兆鳌注："慰畴昔，慰已宿愿也。"

[6] 空滴尽、眼中血：此处用湘妃的典故借喻对先父的悲悼。晋张华

《博物志》卷八:"尧之二女,舜之二妃,曰湘夫人。舜崩,二妃啼,以涕挥竹,竹尽斑。"唐李咸用《铜雀台》诗:"有虞曾不有遗言,滴尽湘妃眼中血。"

　　[7]"叹孤生"句:谓自幼丧父母,孤独无依,处处肠都打了无数的结,种种悲苦郁结于心。东汉赵晔《吴越春秋·勾践入臣外传》记越王夫人歌曰:"肠千结兮服膺,于乎哀兮忘食。"

秋 千 索

庚辰七夕寄沈二彦慈[1]

银河一水西风锁[2]，问乌鹊[3]、几时能过？莫是前宵费聘钱，才许尔、今番坐。　娇娆[4]队队簪花朵，便分与、筵前瓜果[5]。真个黄姑[6]得自由，谁能忆？当初我。

【注】

[1] 此词作于光绪六年庚辰七月初七（1880年8月12日），时词人在京任职，作有《庚辰七夕词》。沈二彦慈：见前《踏莎行·北门外，小桥坐月，同沈二彦慈》词注。按：词人又有《七夕后一日寄沈宝枢扬州》诗四首，可参读。

[2] "银河"句：西风，指王母娘娘，代表凶狠残暴的封建势力。锁，指王母娘娘用簪子划了一条银河，将牛郎与织女隔开。

[3] 乌鹊：特指神话中七夕为牛郎、织女造桥，使他们能相会的喜鹊。唐李邕《奉和初春幸太平公主》诗："织女桥边乌鹊起，仙人楼上凤凰来。"唐李商隐《辛未七夕》诗："岂能无意酬乌鹊，惟与蜘蛛乞巧丝。"

[4] 娇娆：娇媚俏丽的人，指女子。唐李商隐《碧瓦》诗："他时未知意，重叠赠娇饶（一作'娆'）。"五代韦庄《谒金门》词："有个娇娆如玉，夜夜绣屏孤宿。"

[5] "便分与"句：旧时风俗，七夕夜晚，妇女以一定仪式向在鹊桥上与牛郎相会的织女乞求智巧。南朝梁宗懔《荆楚岁时记》："七月七日为牵牛织女聚会之夜。是夕，人家妇女结彩楼，穿七孔针，或以金银鍮石为针，陈瓜果于庭中以乞巧，有蟢子网于瓜上则以为符应。"词人《庚辰七夕词》诗："瓜果金钱绮席开，长安城里笑喧阗。杜陵善写蛛丝态，何止孙樵擅赋才。"

[6] 黄姑：即牵牛星。传说牵牛织女每年七夕始得一会，遂以名星。典源南朝梁萧衍《东飞伯劳歌》："东飞伯劳西飞燕，黄姑织女时相见。"《荆楚岁时记》云："河鼓、黄姑，牵牛也。皆语之转。"唐元稹《决绝词》之二："已焉哉，织女别黄姑，一年一度暂相见，彼此隔河何事无。"

梅 梢 雪

天寒有忆沈二[1]

天寒日落,佳人翠袖惊初薄[2]。当时笑共弹金鹊,漂泊如今,手懒心情恶。 别来虚掩苔花[3]阁,无聊细拣银瓶[4]药。恹恹只恐颜非昨,立尽风前,莫问青禽①[5]诺。

【校】

① "青禽",《全清词钞》本、《二十世纪名家词选》本作"青琴"。

【注】

[1] 此词疑作于光绪六年庚辰(1880)冬,为思念友人之作。沈二:即沈宝枢,见前《踏莎行·北门外,小桥坐月,同沈二彦慈》词注。

[2] "天寒"二句:化用唐杜甫《佳人》诗"天寒翠袖薄,日暮倚修竹"句意。翠袖:青绿色衣袖,泛指女子的装束。词人又有《天寒》诗"日暮天寒翠袖当"句。

[3] 苔花:青苔。宋史达祖《满江红·九月二十一日出京怀古》词:"更无人、撼笛傍宫墙,苔花碧。"

[4] 银瓶:银质的瓶。唐白居易《井底引银瓶》诗:"井底引银瓶,银瓶欲上丝绳绝。石上磨玉簪,玉簪欲成中央折。瓶沉簪折知奈何?似妾今朝与君别。"宋郑觉斋《谒金门》词:"别后信音浑不定,银瓶何处引?"

[5] 青禽:即青鸟。典出《山海经·西山经》:"又西二百二十里,曰三危之山,三青鸟居之。"晋郭璞注:"三青鸟主为西王母取食者,别自栖息于此山也。"古代神话传说云,"青鸟"为西王母的信使,可传消息,西王母曾派青鸟向汉武帝报信,事见《汉武故事》。后因以"青鸟"喻指仙使或信使。南朝齐王融《法乐辞》之七:"青禽承逸轨,文骊镜重川。"唐李白《寓言》诗之二:"遥裔双彩凤,婉娈三青禽。"王琦注引《山海经》:"三青鸟,皆西王母使也。"

南 乡 子

赠剑

身世托青萍[1]，但到萧辰[2]泪已倾。轻负佳人相赠意[3]，丁宁[4]。阅尽风霜术不成[5]。　烈士惜浮名，休论千秋万岁评[6]。未必丰城雷焕在[7]，飘零。任汝凄风撒手行[8]。

【注】

[1] 据词意，此《南乡子》二首似作于光绪十一年乙酉（1885）。青萍：古代宝剑名，又泛指剑。《文选》引陈琳《答东阿王笺》："君侯体高世之才，秉青萍、干将之器。"吕延济注："青萍、干将，皆剑名也。"晋葛洪《抱朴子外篇·博喻》："青萍、豪曹，刿锋之精绝也。"唐李白《与韩荆州书》："庶青萍、结绿，长价于薛卞之门。"

[2] 萧辰：秋风萧瑟之时，指出都时正值秋日。唐岑参《暮秋山行》诗："千念集暮节，万籁悲萧辰。"宋徐铉《奉和御制茱萸》诗："台畔西风御果新，芳香精彩丽萧辰。"

[3] "轻负"句：按，《节庵先生遗诗》卷二有《谢闿赠剑囊》诗，诗应作于此词前。

[4] 丁宁：嘱咐，告诫。《诗·小雅·采薇》："曰归曰归，岁亦莫止。"郑玄笺："丁宁归期，定其心也。"《汉书·谷永传》："二者（日食、地震）同日俱发，以丁宁陛下，厥咎不远，宜厚求诸身。"颜师古注："丁宁，谓再三告示也。"

[5] "阅尽"句：谓经受艰难辛苦的考验，剑术却不成。此处剑术指功名。

[6] "烈士"二句：谓有气节壮志的人也重视虚名，不要论千秋万世的评价。此处指词人因弹劾权臣被贬之事。

[7] 丰城：位于江西省中部，历史悠久，建县于东汉建安十五年（210），析南昌县南境置富城县，属扬州豫章郡。晋太康元年（280）改名"丰城县"。县名时有更改，别名"剑邑""剑城"，今为丰城市。雷焕

(265—334),字孔章,豫章(今江西省南昌市)人。据《晋书·张华传》记载,张华观天象发现斗牛之间常有紫气,便请教精通纬象的雷焕,雷焕告诉他,宝剑之精,上彻于天耳。剑在豫章郡丰城县(今丰城市)。张华听后大喜,立即补雷焕为丰城县令。雷焕到丰城后,从牢狱地下挖得双剑,一名"龙泉",一名"太阿"。一赠张华,一自留。此处借以抒发人才被埋没、无人赏识的感慨。

[8]"任汝"句:类似宋苏轼《定风波》词"一蓑烟雨任平生"句之语境及清郑燮《竹石》"任尔东西南北风"句之语境,更蕴含了词人的无奈。

前　　调

代剑答

中夜听悲歌，十载相依感愤多[1]。只愿朱口心未死，摩挲。一道星芒久不磨[2]。　散发[3]下长坡，君有风裳及雨蓑[4]。便令白头长作伴，蹉跎[5]。不受人间殿卒呵。

【注】

[1]"十载"句：此指"龙泉""太阿"两把宝剑在丰城牢狱地下相依，感愤未被发掘。借歌咏宝剑的不幸遭遇，表达怀才不遇的愤恨。

[2]"一道"句：传说西晋初，斗、牛二星之间常出现紫气照射。雷焕称此为宝剑之精，上彻于天。磨，消失、磨灭。《后汉书·南匈奴传》："失得之源，百世不磨矣。"

[3]散发：不束冠，披散头发。喻指弃官隐居，逍遥自在。唐李白《宣州谢朓楼饯别校书叔云》诗："人生在世不称意，明朝散发弄扁舟。"

[4]风裳：唐李贺《苏小小墓》诗："草如茵，松如盖。风为裳，水为佩。"后以"风裳"指飘忽的衣裙。宋姜夔《念奴娇》词："三十六陂人未到，水佩风裳无数。"雨蓑：用蓑草或棕毛制成的雨衣。宋陆游《重九后风雨不止遂作小寒》诗之二："射虎南山无复梦，雨蓑烟艇伴渔翁。"

[5]蹉跎：衰退。唐白居易《续古诗》之七："容光未销歇，欢爱忽蹉跎。"唐薛逢《追昔行》："叹息人生能几何，喜君颜貌未蹉跎。"

浣 溪 沙

江船听雨[1]

卧雨江边听水流,当春风物似清秋[2],可知世事有沉浮。 酒尽得茶偏助醉,镫残继烛岂能休?无憀坐到四更头[3]。

【注】

[1] 此词约作于光绪十六年至十九年(1890—1893)期间。按:词人被贬后,曾南游寓居于焦山海西庵中读书。他漂泊于江湖之中,虽深感世事沉浮,命运无常,借酒消愁,但仍然心系国家,怀着尽忠效力的心。

[2] "当春"句:似从唐柳宗元《柳州二月榕叶落尽偶题》诗"宦情羁思共凄凄,春半如秋意转迷"句化出。宋秦观《浣溪沙》词:"漠漠轻寒上小楼,晓阴无赖似穷秋。"清王士禛《秦淮杂诗》之一:"十日雨丝风片里,浓春烟景似残秋。"

[3] 四更头:一夜分五更。四更指晨一时至三时。唐杜甫《月》诗:"四更山吐月,残夜水明楼。"宋杨万里《过长峰径遇雨遣闷十绝句》之一:"说着长峰十日愁,夜来发处四更头。"

【评】

陈永正《岭南历代词选》云:"词人被贬南游,寓居焦山海西庵中,敛抑意气,养性读书。深感世事的沉浮,人生命运的无定,他漂泊在江湖之上,借酒销愁,但一心还是挂念着他的君国。"

潘慎、梁海《明清词赏析文集》云:"江船听雨之美境,并没给审美主体带来愉悦,好像是身外不相干的东西。在美的环境中,不能产生美感,分明是因为主人公承受着另外的压力。细读全词,有沉重感和失落感,蕴含着作者在忧患丛集的晚清社会那种身不由己、任人摆布、朝迁暮贬的彷徨之感。再进一步说,怕是有'忧生之嗟'了。"

陈天恩《浣溪沙一百首》云:"这首词是他漂泊江湖之上、春雨霏霏之中借酒消愁而作，抒发了孤寂、愁苦之情。上片从江边水流写到世事沉浮，下片从得茶助醉写到残灯继烛，结句写出夜不能寐。格调沉深，融事、景、情于一体，感人至深。"

李广超《鱼台李氏韵语》云："是阕江船听雨，感慨世事沉浮。'酒尽得茶''灯残继烛'，精于练句，乃星海词人之所长也。"

忆王孙

怀武进费屺怀郎中[1]

  填词使酒[2]倦疏狂，袖手看君有侠肠。剑气沉霾且莫伤[3]。好潜藏[4]，来日高冈有凤凰[5]。

【注】

  [1] 此词约作于光绪二十年甲午（1894）后，为费屺怀罢官归里之后的思友之作。徐世昌《晚晴簃诗汇》诗话云："辛卯典试浙江，务搜雅才，取卷多不中绳墨。揭晓后，谤议纷起。会稽李越缦侍御劾四编修，屺怀其一。疏中有'荆生蓬岛、鸦集凤池'之语，论者谓其言之太过。屺怀自经挫折，遂家居不出，抑郁以终。"张桂丽《李慈铭年谱》（光绪十九年癸巳，一八九三，六十五岁）："三月二十二日，所参陈鼎、费念慈、周锡恩、陈光宇四人，费念慈落职。……案：所参费念慈，原与越缦有交往，因任光绪十七年浙江乡试副考官，出卖关节，舞弊科场，越缦劾之，未几，费念慈回乡。"汪叔子编的《文廷式集》上册卷一《联衔密陈敌情叵测宜出奇计以弭兵衅折》（光绪二十年九月初九日）提到费念慈等臣合词恭折密陈，推知费念慈罢官归里约在1894年或稍后。武进费屺怀郎中：武进，今属江苏省常州市。费屺怀，即费念慈（1855—1905），字屺怀，一署峐怀，号西蠡，晚号艺风老人，室名归牧盦，江苏武进人。光绪十五年（1889）进士，改庶吉士，授翰林院编修。张之洞曾奏保经济特科。光绪十七年（1891）充浙江乡试副主考。在词馆与文廷式、江标齐名，后以事被李慈铭弹劾，罢官归里，寄居苏州。光绪二十一年（1895），成为鸥隐词社社员，并参与创立怡园画集。以诗书、鉴赏自娱，交游广泛，博涉多通，藏书丰富，擅书画、鉴赏，通天文、历算，精金石、目录之学，著有《归牧集》一卷等。

  [2] 使酒：酗酒任性，俗称"发酒疯"。古时称醉中发狂为"使酒"。《史记·魏其武安侯列传》："灌夫为人刚直使酒，不好面谀。"《汉书·季布传》："孝文时，人有言其贤，召欲以为御史大夫。人又言其勇，使酒难近。"颜师古注："应劭曰：'使酒，酗酒也。'言因酒沾洽而使气也。"唐王

维《老将行》诗:"誓令疏勒出飞泉,不似颍川空使酒。"

［3］"袖手"二句:袖手,藏手于袖,谓不能参与其事。《晋书·庾敳传》:"时越府多隽异,敳在其中,常自袖手。"宋陆游《书愤》诗之二:"关河自古无穷事,谁料如今袖手看。"沉霾:埋没,泯灭。清沈埏《砚归歌》:"廿载沉霾竟何处,草堂屡过劳梦思。"光绪十七年(1891),费念慈典试浙江,务收雅才,取卷多不中规矩,揭晓后,谤声四起,为李慈铭弹劾,辞官归里。词人赞费念慈有侠肠,也劝慰其莫伤心。

［4］潜藏:隐居。《后汉书·逸民传·逢萌》:"萌素明阴阳,知莽将败,有顷,乃首戴瓦盎,哭于市曰:'新乎!新乎!'因遂潜藏。"

［5］"来日"句:语出《诗·大雅·卷阿》:"凤凰鸣矣,于彼高冈。"郑玄笺:"凤凰鸣于山脊之上,居高视下,观可集止,喻贤者待礼乃行。"

前　　调

怀满洲志仲鲁编修[1]

秋声别馆旧论诗[2],梦里逢君不自持[3]。江海题襟[4]定几时？各凄其,昨上琴台忆子期[5]。

【注】

[1] 满洲志仲鲁编修：见前《金缕曲·题志伯愚、仲鲁兄弟〈同听秋声馆图〉》词注。

[2] "秋声"句：秋声别馆即志锐的斋名。按：光绪九年癸未（1883）七月，词人与盛昱并载，到志锐同听秋声馆论书画。志钧亦在此馆。

[3] 自持：自我控制、克制。南朝梁任昉《赠郭桐庐》诗："望久方来萃,悲欢不自持。"

[4] 题襟：抒写胸怀。化用宋王安石《奉酬约之见招》诗："子猷怜水竹,逸少惬山林。况复能招我,亲题汉上襟。"温庭筠、段成式、余知古常题诗唱和,有《汉上题襟集》十卷。事见《新唐书·艺文志四》、宋计有功《唐诗纪事·段成式》。后以"题襟"形容文人吟诗唱和抒怀。

[5] "昨上"句：此处引用伯牙与子期之典。子期：钟子期,名徽,字子期。在此,词人自比伯牙,以志钧比子期。

前　　调

怀萍乡文芸阁孝廉[1]

　　天涯两别已三霜[2]，黯黯浮云蔽日光[3]。剪剪凄风入夜长。苦思量，此是人间傀儡场[4]。

【注】

　　[1] 此词约作于光绪十一年至十五年（1885—1889），为词人罢官出都后怀念文廷式之作。萍乡：江西省地级市，位于江西省西部，东与宜春市、南与吉安市、西与湖南省株洲市、北与湖南省浏阳市接壤。文芸阁：即文廷式，见前《蝶恋花》（酽淡春晴初酒里）词注。孝廉：即举人。按：文廷式孝廉身份的时间是从光绪八年（1882）八月其以附监生领顺天乡荐，中式第三名以后至光绪十六年（1890）四月中式恩科贡士前。（参阅钱仲联编《文芸阁先生年谱》）

　　[2] 三霜：晚秋之霜。三，三秋，深秋。唐牟融《送陈衡》诗："千里一官嗟独往，十年双鬓付三霜。"

　　[3] "黯黯"句：化用汉孔融《临终》诗："谗邪害公正，浮云翳白日。"昏暗的浮云遮蔽日光，比喻奸佞之徒掩蔽君主之明，危害国家社会。

　　[4] 傀儡场：演傀儡戏的场所，喻指官场。元姚燧《醉高歌·感怀》曲："荣枯枕上三更，傀儡场头（一作'中'）四并。人生幻化如泡影，那（一作'几'）个临危（一作'当机'）自省？"

浪 淘 沙

江行放歌[1]

唱彻大江东[2],醉倒髯翁[3]。星光黯淡月微蒙。欲问古来争战处[4],一阵飘风。 雕丧[5]几英雄?富贵匆匆。可怜显晦[6]听天公。不及金山楼阁好,日日清钟。

【注】

[1] 此词应是词人沿镇江而行所作,或与后阕《水龙吟·夜过镇江,寄题焦山自然庵》作于同时。

[2] 唱彻大江东:化用宋苏轼《念奴娇·赤壁怀古》词:"大江东去,浪淘尽、千古风流人物。"清文廷式《卜算子·水仙花》词:"唱彻大江东,此意无人晓。"

[3] 髯翁:词人自指。按:光绪十三年丁亥(1887)立春日,词人蓄须,粤中名流广设春筵贺之,名"贺胡会"。人称"梁髯"。(参阅《梁节庵先生年谱》)

[4] "欲问"句:言历来镇江的军事战略地位尤为显要。

[5] 雕丧:死亡的婉称。晋陆机《门有车马客行》:"亲友多零落,旧齿皆雕丧。"宋苏轼《与宋汉杰书》之一:"话及畴昔,良复慨然,三十余年矣,如隔晨耳,而前人雕丧略尽,仆亦仅能生还。"

[6] 显晦:明与暗,比喻仕宦与隐逸。《晋书·隐逸传论》:"君子之行殊涂,显晦之谓也。"

水 龙 吟

夜过镇江,寄题焦山自然庵[1]

匆匆七载重来[2],江声撼尽春魂[3]醒。波飞浪立,一时变却,月明风定,墨渍相思,履綦[4]悗在,归舟重省。叹百年岁月,几番戈马[5],谁曾向、此间认? 绝羡头陀趺坐[6],细参透、禅龛幽静。一床经卷,一瓶花露,一声清磬。何日藏山[7]?轻装浮海[8],笑侬苦命。渐潮鸡[9]喔喔,搅人阵阵,作惓惓病。壬午曾在庵中,题图撰联始别。

【注】

[1] 此词应作于光绪十五年己丑(1889),时张之洞任湖广总督,词人送至焦山。镇江:位于江苏省南部,中国东部沿海,长江三角洲北翼中心,长江与京杭大运河交汇的枢纽,因扼守长江,地势重要,故名"镇江"。古称"润州""京口"等。素有"天下第一江山"之美誉。焦山:位于江苏省镇江市东北面长江中,与南岸象山对峙。古称"樵山""狮岩""浮玉山"等,以东汉末年隐士焦光在此隐居而得名。焦山还有"书法山""文化山"之誉,"山里寺"之说。焦山与金山、北固山并称为"镇江三山"。自然庵:在江苏省镇江市焦山山腰,与毗邻的定慧寺皆为焦山著名庙宇。清吴云《焦山志》云:"旧在半山观音崖右,明弘治间移置真武殿之右,高鉴书额……乾隆壬午重建。"

[2] "匆匆"句:按,词人初至焦山,为光绪八年壬午(1882)。七年之后重游此地。

[3] 春魂:指落花,喻遭摧残而飘零、痛苦的遭遇。清龚自珍《己亥杂诗》其三:"罡风力大簸春魂,虎豹沉沉卧九阍。"

[4] 履綦:足迹,踪影。《汉书·外戚列传下·孝成班婕妤》:"俯视兮丹墀,思君兮履綦。"颜师古注:"綦,履下饰也。言视殿上之地,则想君履綦之迹也。"南朝齐王融《有所思》诗:"宿昔梦颜色,阶庭寻履綦。"

[5] 戈马:戎马,指战火。清纪昀《阅微草堂笔记·槐西杂志一》:"崎岖戈马之间,濒危者数。"戈,一本作"戎"。按:自古以来焦山就是军

事重地,南宋抗金英雄韩世忠曾率领部下驻扎焦山,反抗金兵。道光二十二年(1842)七月,英国发动扬子江战役,英军舰侵入长江时,曾遭到金山和焦山炮台守军的英勇抵抗、沉重打击,但终因寡不敌众,炮台失守,伤亡惨重。英军攻陷镇江时,军民进行殊死抵抗,勇敢无畏。词人于此有所感触。

[6]头陀:梵语音译,本义是抖擞,谓少欲知足,去离烦恼。用以指称僧人,亦专指行脚乞食的僧人。南朝齐王巾《头陀寺碑文》:"以法师景行大迦叶,故以头陀为称首。"唐释道世《法苑珠林》卷一〇一:"西云头陀,此云抖擞,能行此法,即能抖擞烦恼,去离贪着,如衣抖擞,能去尘垢,是故从喻为名。"趺坐:盘腿端坐,即僧人打坐,交结左右足背盘膝而坐。唐王维《登辨觉寺》诗:"软草承趺坐,长松响梵声。"

[7]藏山:此处指著述。西汉司马迁《报任安书》:"仆诚以著此书,藏之名山,传之其人,通邑大都,则仆偿前辱之责,虽万被戮,岂有悔哉!"按:词人亦号"藏山"。

[8]轻装浮海:《论语·公冶长》:"子曰:'道不行,乘桴浮于海。'"宋马廷鸾《齐天乐·和张龙山寿词》词:"弱羽填波,轻装浮海,其奈沧溟潋滟。"

[9]潮鸡:一种潮来即啼的鸡,又叫"伺潮鸡""石鸡"。南朝梁顾野王《舆地志》:"移风县有鸡,雄鸣,长且清,如吹角,每潮至则鸣,故呼为潮鸡。"唐李德裕《谪岭南道中作》诗:"五月畲田收火米,三更津吏报潮鸡。"

浣 溪 沙

　　几缕盘^①香[1]一盏茶,今宵天气较凉些,生憎[2]燕子不还家。　韵近红帘花更艳,阴移翠阁月刚斜,断肠心事去来车[3]。

【校】
　　①"盘",红印本作"盆"。

【注】
　　[1] 盘香:亦作"蟠香",别名"香串""篆香"。盘旋状的线香,燃烧时间久,方便携带,适用于居家、修行、寺院等。宋陆游《夜坐》诗:"耿耿残灯夜未央,负墙闲对篆盘香。"宋李清照《满庭芳》词之一:"篆香烧尽,日影下帘钩。"
　　[2] 生憎:最恨,偏恨。唐卢照邻《长安古意》诗:"生憎帐额绣孤鸾,好取门帘帖双燕。"宋晏几道《木兰花》词:"生憎繁杏绿荫时,正碍粉墙偷眼觑。"
　　[3] "断肠"句:化用汉乐府古辞《悲歌》《古歌》:"心思不能言,肠中车轮转。"唐李贺《感讽》诗之一:"焉知肠车转,一夕巡九方。"谓心事说不出,就像车轮在肠子里往复辗转一样痛苦。

前　　调

　　柳外轻雷起玉塘[1]，荷边香雨点珠房[2]，藕心凉雪沁琼浆[3]。　面面瑶丝[4]疏织绿，纤纤银甲[5]管调簧，良辰美景奈关防[6]。

【注】

　　[1] 玉塘：翠绿洁净的水塘。宋张桂《菩萨蛮》词："东风忽骤无人见，玉塘烟浪浮花片。"

　　[2] 珠房：莲子如珠，珠房指莲蓬。宋唐珏《水龙吟·浮翠山房拟赋白莲》词："珠房泪湿，明珰恨远，旧游梦里。"

　　[3] 琼浆：用美玉制成的浆液，仙人的饮品，喻美酒或甘美的浆汁。战国楚宋玉《招魂》："华酌既陈，有琼浆些。"

　　[4] 瑶丝：指藕结的丝。明王世贞《拟古》诗之二十六："碧藕吐瑶丝，火枣纷如瓜。"

　　[5] 银甲：银制的假指甲，套于指上，用以弹筝或琵琶等弦乐器。隋炀帝《望江南》诗："檀板轻声银甲缓，醅浮香米玉蛆寒。"唐杜甫《陪郑广文游何将军山林》诗之五："银甲弹筝用，金鱼换酒来。"此处指藕细而长。

　　[6] 关防：防守、警备。宋曾巩《申明保甲巡警盗贼札子》："所贵有所关防，可以暗消盗贼。"此处谓词人担忧国家山河被侵占。

前　　调

其　一

　　花也红丫草绿尖，栗留[1]声里昼垂帘，冶春[2]刚半月痕纤。　锦样韶光人病酒[3]，年年今段苦恹恹，好花香草太相嫌。

【注】
　　[1] 栗留："黄栗留"的省称，即黄莺，亦作"黄离留""黄鹂留"。因其色黄，鸣声似呼"栗留"，故称。《诗·周南·葛覃》："黄鸟于飞，集于灌木。"汉毛亨《传》："黄鸟，抟黍也。"又："仓庚，离黄也。"三国吴陆玑《毛诗草木鸟兽虫鱼疏》："黄鸟，黄鹂留也。或谓之黄栗留，幽州人谓之黄莺，或谓之黄鸟。一名仓庚，一名商庚，一名鵹黄，一名楚雀。齐人谓之抟黍，关西谓之黄鸟。当葚熟时来在桑间。故里语曰：黄栗留，看我麦黄葚熟。亦是应节趋时之鸟，或谓之黄袍。"南朝宋孙处《咏黄莺》："声诗辨抟黍，比兴思无穷。"宋王安石《卧闻》诗："卧闻黄栗留，起见白符鸠。"
　　[2] 冶春：游春。清王士禛有《冶春绝句》二十首。
　　[3] 病酒：见前《红窗睡·春日过叶叔达碧螺盦》词"酒病"条注。

其　二

　　鹦鹉前头急自呼，不知隐语道来无？半时耽阁绣工夫[1]。　引镜薄添霞一角，背人笑颤翠双趺[2]，须防胆怯要犀株[3]。

【注】
　　[1] 耽阁：亦作"耽搁"，指耽误、延误。工夫：犹工作。清王士禄《浣溪沙》词："昼长耽阁绣工夫。"

［2］双趺：两足。宋苏轼《菩萨蛮·咏足》词："偷穿宫样稳，并立双趺困。"

［3］"须防"句：化用唐李贺《恼公》诗："犀株防胆怯，银液镇心松。"犀株：亦名灵犀、金角等，即犀角。可制器，亦入药。犀角计数以株为量，故名。王琦汇解引《游宦纪闻》："犀中最大者曰堕罗犀，一株有重七八斤者。"《汉书·南粤王赵佗传》："谨北面因使者献白璧一双，翠鸟千，犀角十。"

前　　调

　　春梦来时在那厢[1]，昵人半晌[2]去思量，落花多处满斜阳。　手挽飘红惟有影，眼看成碧太无常[3]，人生到此可能狂[4]。

【注】

　　[1] 据词意，此词作于光绪十一年乙酉（1885）后，即词人遭贬谪之后。春梦：喻世间的人事繁华如春梦一样短暂易逝。那厢：犹那边。元王实甫《西厢记》第一本第二折："【耍孩儿】当初那巫山远隔如天样，听说罢又在巫山那厢。"

　　[2] "昵人"句：昵人，亲近人。半晌：一会儿。谓春梦近人，又匆匆消失，留下的是对往事的追思与惆怅。

　　[3] "手挽"二句：化用南朝梁王僧孺《夜愁示诸宾》诗"谁知心眼乱，看朱忽成碧"句意。词人深感世事无常。

　　[4] "人生"句：人生到此，南朝梁江淹《恨赋》："人生到此，天道宁论？于是仆本恨人，心惊不已，直念古者，伏恨而死。"谓人生到了这步田地，连故作疏狂也无意义了。表达词人失望、愤懑、痛苦之情。

【评】

　　陈永正《岭南历代词选》云："词人少时的理想，已如春梦般破灭了。满地斜阳，落红乱舞，眼见大清帝国不可避免地走向衰亡，思君有恨，无力回春，词人感到极度的痛苦。'人生'一句，是他失望的哀号。"

前　　调

　　门外桃花比旧红[1],绿苔生恨长重重,别离真个[2]不相同。　风片雨丝三月里,簟纹镫影一宵中[3],悔看双燕过帘栊[4]。

【注】

　　[1] 此词似为词人追忆往日恋人之作。门外桃花比旧红:前《浣溪沙》词首句"只有桃花比旧红",与之相似。

　　[2] 真个:见前《浣溪沙》(只有桃花比旧红)词注,且句子相同。

　　[3]"簟纹"句:化用清纳兰性德《浣溪沙·咏五更,和湘真韵》词:"簟纹灯影一生愁。"纳兰班德又有《如梦令》词:"从此簟纹灯影。"簟纹,亦作"簟文",指竹席细密的纹理。南朝梁萧纲《咏内人昼眠》:"簟文生玉腕,香汗浸红纱。"宋苏轼《南堂》诗之五:"扫地焚香闭阁眠,簟纹如水帐如烟。"镫影:物体在灯光下的投影,此处指人影。借指孤眠幽独的景况、寂寞无聊的心况。

　　[4] 帘栊:亦作"帘笼",窗帘和窗牖,也泛指门窗的帘子。南朝梁江淹《杂体诗·效张华〈离情〉》:"秋月映帘栊,悬光入丹墀。"唐温庭筠《定西番》词之二:"海燕欲飞调羽,萱草绿,杏花红,隔帘栊。"

前　　调

又听蝉声曳别枝[1]，早秋风物便凄其[2]，愁心瘦尽倚阑时[3]。　昨夜红绵轻揾泪[4]，几回翠管[5]要题诗，想来无赖强支持[6]。

【注】

[1]"又听"句：化用唐方干《旅次洋（一作"扬"）州寓居郝氏林亭》诗"蝉曳残声过别枝"句。曳：牵引，此处指声音拖长。谓又听到蝉鸣不止，蝉拖着悠长的尾音，飞向别的树枝。

[2] 凄其：同"凄凄"，凉而有寒意。《诗·邶风·绿衣》："絺兮绤兮，凄其以风。"南朝宋谢灵运《初往新安桐庐口》诗："絺绤虽凄其，授衣尚未至。"

[3] "愁心"句：明陈淳《如梦令》词："消瘦。消瘦。愁在凭阑时候。"

[4] 红绵：木棉的别称，以开的花为红色而得名。亦称"英雄树""攀枝花"等。此处以红棉自比。揾：擦拭。宋辛弃疾《水龙吟·登建康赏心亭》词："倩何人，唤取红巾翠袖，揾英雄泪。"

[5] 翠管：指毛笔，多用竹制成。唐李远《观廉女真葬》诗："玉窗抛翠管，轻袖掩银鸾。"宋柳永《凤衔杯》词："想初襞苔笺，旋挥翠管红窗畔。"

[6] 无赖：无所依靠，无可奈何。汉焦赣《易林·泰之丰》："龙蛇所聚，大水来处，滑滑沸沸，使我无赖。"《三国志·魏书·华佗传》："彭城夫人夜之厕，蛰螫其手，呻呼无赖。"唐徐凝《忆扬州》诗："天下三分明月夜，二分无赖是扬州。"支持：支撑、撑住。南朝梁沈约《致仕表》："气力衰耗，不自支持。"

海 棠 春

忆京师海棠[1]

妍华一树霞衣[2]举,散香多、在无人处。生怕寺前车,惊露红春雨[3]。
风前莺燕休相妒,算有个、幽巢堪住[4]。山馆却思谁?倦起帘阴暮。

极乐寺海棠花最佳,屡思偕淑华访之,未得也。今思之怅然。

【注】

[1] 此词作于光绪十一年乙酉(1885)后,即词人因弹劾权臣被降级罢官之后。为回忆在京师极乐寺赏海棠花之作。

[2] 妍华:美艳、华丽。此处指美丽的海棠花。唐韦应物《效陶彭泽》诗:"霜露悴百草,时菊独妍华。"宋周邦彦《渡江云》词:"涂香晕色,盛粉饰,争作妍华。"霞衣:指云雾、烟霞。云能遮,雾能障,故称。唐中宗《石淙》诗:"霞衣霞锦千般状,云峰云岫百重生。"五代牛希济《临江仙》词之二:"石壁霞衣犹半挂,松风长似鸣琴。"

[3] "生怕"二句:言只怕寺前车驶过,惊得露水、花落如雨。红春雨:形容春天落花缤纷的样子。唐刘禹锡《百舌吟》:"花枝满空迷处所,摇动繁英坠红雨。"唐殷尧藩《襄口阻风》诗:"鸥散白云沈远浦,花飞红雨送残春。"

[4] "风前"二句:谓风前的莺燕不要互相妒忌了,最后还算有个僻静隐藏的窝能够居住。莺燕:此处喻指官员。幽巢:此处指词人的藏身之处。此为词人的自怜自慰。

浪 淘 沙

忆京师芍药[1]

翠叶剪琉璃[2],花好春迟。拗枝亲供小红瓷。值得当时双手种,似解将离[3]。 履迹碧苔移,没有人知。晓窗妆罢坐荼时,记得琴廊浇水处,并玉题诗[4]。时闺人留京未返。

【注】

[1] 此词与《海棠春·忆京师海棠》作于同时。芍药:别名"花中丞相""别离草"等。毛茛科、芍药属多年生草本花卉。初夏开花,花大而美,品种、花色丰富,有白、粉、红、紫等色。供观赏,根可入药。清秦朝釪《消寒诗话》:"京师芍药奇丽,香比牡丹更蕴藉。花容细腻,又复过之。白者更盛,玉瓣千层,红丝一缕,艳绝,而北人呼曰抓破脸。予每闻辄为绝倒。"按:芍药自古在中国就被视为爱情之花。此词虽忆京师芍药,但实忆闺人龚氏。1885年词人辞官出都时,将龚氏托付给文廷式,故有追忆相思之情。

[2] "翠叶"句:谓翠叶如剪琉璃做成。唐韩愈、孟郊《城南联句》:"琉璃剪木叶,翡翠开园英。"

[3] "值得"二句:当时有必要双手种植,现在好像知道将要离别之义。后阕《采桑子·忆京师丁香》词自注:"余在京师居栖凤楼,丁香、芍药皆手植物。"

[4] "晓窗"三句:词人设想龚氏对自己的思念,回顾往昔的恩爱,也写出自己对龚氏的怀念,达到相思的深化。类似于《诗·周南·卷耳》《诗·魏风·陟岵》及唐杜甫《月夜》诗等,寓主观于客观、以客观写主观、以彼人写己的手法。

采 桑 子

忆京师丁香[1]

  绿香一影红帘底，细叶疏花，月淡烟斜，燕子光阴旧日家[2]。蹉跎冷却春风结[3]，绝忆窗纱，瞥见琼丫，独下莓阶[4]一笑拿。余在京师居栖凤楼[5]，丁香、芍药皆手植物。

【注】

  [1] 此词与《海棠春·忆京师海棠》作于同时。丁香：木樨科丁香属。落叶灌木或小乔木。因花筒细长如钉且香，故名。花序硕大，花开繁茂，花色淡雅，气味芬芳，易于栽培，是著名的庭园花木。清高士奇《北墅抱瓮录·丁香》："丁香有紫花，有白花，缘枝遍发，极为繁密。南北之种不同：京师丁香树高者数丈，叶大如紫荆；江南所产枝干不肥，叶细而小，惟花朵相似耳，而春秋发花二次，则胜于北产也。"

  [2] "燕子"句：燕子每岁归旧家，反衬出词人此刻不得归京师旧居栖凤楼的无奈、悲凉。宋周邦彦《瑞龙吟》词："愔愔坊陌人家，定巢燕子，归来旧处。"

  [3] "蹉跎"句：谓春的衰退，冷却了春风中的花蕾。结，指缄结而未展开的花蕾，多用于比喻愁思凝结不解。唐李商隐《代赠》诗之一："芭蕉不展丁香结，同向春风各自愁。"表现词人思念情人而又不能与之相会的忧愁之情。

  [4] 莓阶：生有青苔的台阶。莓，莓苔、青苔。宋王沂孙《长亭怨慢·重过中庵故园》词："屐齿莓阶，酒痕罗袖事何限。"

  [5] 栖凤楼：京师居所及藏书楼号。以隋朝勤于读书解经的何妥（字栖凤）自况，故取名"栖凤楼"。按：《节庵先生遗诗》卷五《种花诗三首并序》其一云："怀哉栖凤宅，三花亲种之。自注：芍药、海棠、丁香皆客京师时所种。"

前　　调

题《伍乐陶兰石立轴》[1]

一帘梦雨潇湘[2]景，别有幽花，绝代容华，怪石崚嶒合偶[3]他。　骚心侠气谁曾似[4]？镫影红纱，诗思青霞[5]，半晌销魂付画叉[6]。

【注】

[1] 据词中"一帘梦雨潇湘景"句，知此词约于光绪十四年戊子（1888）作于湖南。1888年春，词人至长沙。陶兰石：清王韬《淞隐漫录》："陶兰石，名良锦，字眉史，吴县知名士也。父名孝廉，筮仕山左。少从父宦游，读书衙斋，执经问难之余，辄有志于古作者。父奇之，曰：'此我家千里驹也。'既而父卒，遂寄居济南。及长，为人蕴藉风流，能文章，工诗词，尤精金石之学，凡图书鼎彝之类，一见立辨其真赝。"立轴：亦称"立幅"，中国书画装裱的一种式样。中称"画心"（一名"画身"），上称"天头"，下称"地脚"，左右称"边"，上下又有"隔水"。三尺以下的称"立轴"，尺寸比"中堂"小。有三色、两色、一色三种绫（或色纸）裱，也有绢裱。上装天杆，下装地轴，有的天头贴"惊燕带"（一名"绶带"）。"画心"上下端可加镶锦条，称"锦眉"，或称"锦牙"。不但适合悬挂展示，而且便于卷藏携带。《壮陶阁书画录》卷十有《明唐子畏五十山水立轴》。

[2] 潇湘：湘江与潇水的并称，多借指今湖南地区，也特指湘江，因湘江水清深，故名。《山海经·中山经》："帝之二女居之，是常游于江渊，澧沅之风，交潇湘之渊。"南朝齐谢朓《新亭渚别范零陵云》诗："洞庭张乐池，潇湘帝子游。"

[3] 崚嶒：形容山势高耸突兀。南朝梁沈约《钟山诗应西阳王教》："郁律构丹巘，崚嶒起青嶂。势随九嶷高，气与三山壮。"唐陈子昂《送魏兵曹使巂州得登字》："勿以王阳道（一作'叹'），迢递（一作'邛道'）畏崚嶒。"合偶：匹配成双。汉董仲舒《春秋繁露·楚庄王》："百物皆有合偶，偶之合之，仇之匹之，善矣。"

[4] 骚心侠气：骚，忧愁。《国语·楚语上》："德义不行，则迩者骚离，而远者距违。"韦昭注："骚，愁也。"《史记·屈原贾生列传》："（屈平）故忧愁幽思而作《离骚》。离骚者，犹离忧也。"此处指弹劾权臣之事，表明自己有一颗忧国忧民之心及见义勇为的气概。

　　[5] 青霞：喻高远。南朝梁江淹《恨赋》："郁青霞之奇意，入修夜之不旸。"李善注："青霞奇意，志意高也。"

　　[6] 画叉：用以悬挂或取下高处立幅书画的长柄叉子。宋郭若虚《图画见闻志·玉画叉》："张文懿性喜书画……爱护尤勤。每张画，必先施帘幕，画叉以白玉为之。"

浣 溪 沙

春月

春月栖魂在那厢[1],隔楼吹彻玉箫凉[2],绿瓷盛得晚茶香。 湿尽鸾绡[3]都怅望,收将凤纸更思量[4],玉妃[5]何日醒潇湘?

【注】

[1] 那厢:何处,哪里。元郑光祖《倩女离魂》第三折:"(做见科,云)爷,唤张千那厢使用?"

[2] "隔楼"句:宋黄铢《梅花》诗:"玉箫吹彻北楼寒,野月峥嵘动万山。"

[3] 鸾绡:有鸾凤图形的生丝织物。唐路德延《小儿诗》:"弄帐鸾绡映,藏衾凤绮缠。"宋吴文英《齐天乐·赠姜石帚》词:"余香才润鸾绡汗,秋风夜来先起。"

[4] "收将"句:化用唐李商隐《碧城》诗之三"收将凤纸写相思"句。

[5] 玉妃:指娥皇、女英,尧之二女,舜之二妃。据西汉刘向《列女传》和西晋张华《博物志》等记载,舜南巡途中,死于苍梧,舜的二妃娥皇、女英闻讯后,痛不欲生,投湘江,死后被人供奉为湘水女神。

菩萨蛮

有忆

湘帘影窣[1]阑干绿,湘人心比阑干曲[2]。但道不相宜,花醒病起时。红鹦偏解事[3],戏唤人名字。才说莫多愁,春星满玉钩[4]。

【注】

　　[1] 湘帘:用湘妃竹编织的帘子,泛指竹帘。宋范成大《夜宴曲》诗:"明琼翠带湘帘斑,风忱绣浪千飞鸾。"清纳兰性德《疏影·芭蕉》词:"湘帘卷处,甚离披翠影,绕檐遮住。"窣:低拂,下垂。唐杜荀鹤《赠元上人》诗:"垂露竹黏蝉落壳,窣云松载鹤栖巢。"

　　[2] "湘人"句:宋张炎《渡江云·次赵元父韵》词:"十年心事,几曲阑干,想萧娘声价。"清潘飞声《菩萨蛮》词:"阑干柳色含情绿,骚人心比阑干曲。"此处形象生动地写出了词人内心的曲折。

　　[3] 解事:通晓事理。《南齐书·幸臣传·茹法亮》:"法亮便辟解事,善于奉承。"宋陆游《雷》诗:"惟嗟妇女不解事,深屋掩耳藏婴孩。"

　　[4] 玉钩:喻新月。南朝宋鲍照《玩月城西门廨中》诗:"蛾眉蔽珠栊,玉钩隔琐窗。"唐李白《挂席江上待月有怀》诗:"倏忽城西郭,青天悬玉钩。"

八 归

丁亥九月十二日，舟发新州，同仲、叔返省，应院试，徐大同行，联句一阕。[1]

花开犹昔，水流何处？闲过九日令节[2]梁敷伯烈。梧桐一叶随秋去，但有素琴幽怨，玉笙[3]清绝梁敬中强。庭院西风飘袂薄，又听得、数声啼鴂[4]梁实叔衍。都进入、一阵愁心，此意共君说徐铸伯巨①。　长奈恹恹酒病，十年前梦[5]，化作轻烟残月伯烈。浅波飘荡，远山重复，那有梦魂飞越中子。渐炉灰冷尽，只剩容华未销歇[6]叔子。人间事、凄然翻笑，负了黄花[7]，归舟斜日没伯巨。

【校】

①"伯巨"，红印本作"伯佢"。按：佢为方言"他"意，似红印本印刷有误，仍从底本。

【注】

[1] 此词作于光绪十三年丁亥九月十二日（1887年10月28日），时词人（伯烈）与仲弟梁鼎荀（仲强）、三弟梁鼎蕃（叔衍）自新州（今广东省云浮市新兴县）返省，应院试，徐铸（伯巨）同行，舟中联句。按：新州，清时隶广东布政司肇庆府。

[2] 九日令节：是年重九日（10月25日），招学者集宴宝站台（位于广东肇庆），为登高之会。

[3] 玉笙：指笙的吹奏声。宋辛弃疾《临江仙》词："翠袖盈盈浑力薄，玉笙袅袅愁新。"宋陆游《狂吟》诗："秋风湘浦纫兰佩，夜月缑山听玉笙。"

[4] 啼鴂：或作"鹈鴂""鶗鴂"，又名"杜宇""子规"等。杜鹃鸟的啼声。鴂，鸟名，即杜鹃鸟，常鸣于暮春，其声悲切。详见《菩萨蛮》（无端横海天风疾）"鶗鴂"条注。

[5] 十年前梦：指光绪三年（1877）求学菊坡精舍，受业陈澧门下，常聚广州将军长善幕府的日子。

［6］销歇：消失。南朝宋鲍照《行乐至城东桥》诗："容华坐销歇，端为谁苦辛。"此句化用唐白居易《续古诗》之五："容光未销歇，欢爱忽蹉跎。"

［7］负了黄花：黄花，指菊花。因菊花以花黄者为多，故称。此句指辜负故园之菊花，未能及时归赏。宋陈师道《九日寄秦觏》诗："九日清尊欺白发，十年为客负黄花。"

长亭怨慢

联句寄怀易实甫①,并示由甫[1]

更谁识、天涯芳树。处处青痕,都无情绪梁鼎芬星海?绿遍江南,故人偏向②碧波阻[2]文廷式道希。玉箫瘦损[3],试吹出、相思句星海。还趁好风来,隐隐答、珮声琴谱道希。　凝伫。记红镫苔馆,曾共几回听雨[4]星海?瑶华[5]梦远,况惆怅、相逢无据道希!便有梦、烟水都迷,将一箭、春韶轻去星海。问此际联床清话[6],宿酲[7]醒否道希?

【校】

①"实甫",汪叔子编《文廷式集》作"硕甫"。

②"故人偏向",红印本作"故人偏怅",汪叔子编《文廷式集》作"偏向",从底本。

【注】

[1] 此词作于光绪十二年丙戌六月十九日（1886年7月20日）。按:文廷式《旋乡日记》光绪十二年六月十九日载:"与星海联句,得词三首,一寄延秋,一寄仲鲁,一寄实甫。"易实甫:名顺鼎（1858—1920）,又字石甫、仲实、仲硕,号眉伽,晚号哭盦（盦或作"庵""厂"）,自署忏绮斋、琴志楼、楚颂亭等。湖南龙阳（今湖南声常德市汉寿县）人。易佩绅之子。幼有神童之目,光绪元年（1875）举人,六年（1880）捐资为刑部山西司郎中,后改捐试用道,分发河南,旋入张之洞幕。甲午战争时,曾多次上书朝廷,力主抗战。二十八年（1902）以后,历官广西右江道、广东廉钦道、肇庆罗道、高雷阳道等。能诗词,善骈文,与程颂万、曾广钧并称"湖南三诗人",与樊增祥齐名,并称"樊易"。著作丰富,著有《琴志楼编年诗集》十二卷、《丁戊之间行卷》十卷、《四魂集》四卷等。由甫:即易顺豫（1865—1932）,号叔由,又号伏庵,易顺鼎之弟。光绪二十三年（1897）举人,光绪二十九年（1903）进士,官江西临川知县,民国后,历任辅仁大学、中国大学、山西大学中文系教授,有《琴思楼词》一卷、《无

盦文钞》等。

　　［2］"绿遍"二句：宋贺铸《怨三三》词："愁随芳草，绿遍江南。"文廷式《青玉案·旅况》词："东风绿遍江南草，偏作客，长安道。"

　　［3］玉箫瘦损：元张可久《小梁州·春夜》："玉箫吹断凤钗分，瘦损真真。"玉箫：人名。传说唐代诗人韦皋未仕时，寓江夏姜使君门馆，与侍婢玉箫有情，约为夫妇。韦皋归省，愆期不至，玉箫绝食而卒。后玉箫转世，终为韦皋侍妾。事见唐范摅《云溪友议》卷三。后多借指姬妾。宋史达祖《寿楼春·寻春服感念》词："身是客，愁为乡。算玉箫、犹逢韦郎。"瘦损：消瘦。元王实甫《西厢记》第二本第一折："恹恹瘦损，早是伤神，那值残春。"

　　［4］"记红镫"二句：南宋蒋捷《虞美人·听雨》词："少年听雨歌楼上，红烛昏罗帐。"

　　［5］瑶华：" 瑶华圃"的省称，为传说中仙人居住的地方。明汤显祖《紫箫记·巧探》："一自残云飞画栋，早罢瑶华梦。"又《紫箫记·边思》："流照伏波营，飞入瑶华境。"

　　［6］联床清话：参见前《金缕曲·题志伯愚、仲鲁兄弟〈同听秋声馆图〉》（寥落平生意）词注。此处可见文廷式与梁鼎芬、易顺鼎、易顺豫兄弟之情谊深厚。

　　［7］宿酲：犹宿醉，指醉酒后经夜未醒。汉史游《急就篇》卷三："侍酒行觞宿昔酲。"注："昔，夜也。病酒曰酲，谓经宿饮酒，故致酲也。"三国魏徐干《情诗》："忧思连相属，中心如宿酲。"宋秦观《海棠春》词："宿酲未解宫娥报，道别院、笙歌宴早。"

绿　意

寄怀他哈喇陶庵编修①[1]

　　湘华梦影，可②西风昨夜，几回吹醒[2]梁鼎芬星海？犹③记盈盈[3]，楼上黄昏，瞥见游春鞭镫[4]文廷式芸阁。开门④笑语红襟燕[5]，休负了⑤、海棠栖稳星海。天涯别有桃源，误却⑥琼枝芳信[6]芸阁。　太息琴丝笛谱，纵弹尽、不似旧时人听星海。暮雨潇潇⑦，此日江南，帘卷疏花微病[7]芸阁。香心⑧熏彻相思字，又半晌，月明更静星海。祇无憀⑨、白雁横天，说与凄凉风景[8]芸阁。

【校】

　　①"寄怀他哈喇陶庵编修"，《文廷式集·旋乡日记》本作"联句寄仲鲁编修志钧，即咏其事"。

　　②"可"，龙校本原注曰："王校：当是'又'字。"按：龙校本《同声月刊》所载龙榆生《重校集评云起轩词》。王校：龙校本录王瀣手批徐刊本校语。徐刊本：徐乃昌《怀豳杂俎》刊本《云起轩词钞》。

　　③"犹"，《文廷式集·旋乡日记》本作"曾"。

　　④"门"，《文廷式集·旋乡日记》本作"窗"。

　　⑤"休负了"，《文廷式集·旋乡日记》本作"道莫负"。

　　⑥"却"，《文廷式集·旋乡日记》本作"了"。"信"，《文廷式集·旋乡日记》本作"讯"。

　　⑦"潇潇"，《文廷式集·旋乡日记》本作"萧萧"。

　　⑧"心"，《文廷式集·旋乡日记》本作"炉"。

　　⑨"憀"，《文廷式集·旋乡日记》本作"聊"。

【注】

　　[1] 此词作于光绪十二年丙戌六月十九日（1886年7月20日）。文氏《旋乡日记》光绪十二年六月十九日载："晴，酷热。与星海联句，得词三首，一寄延秋，一寄仲鲁，一寄实甫。作家信三封：致仲鲁、庆笙、实甫信各一封……寄仲鲁一词，颇有本事，姑录于此……此词为平康朱秀卿作。

朱，常熟人，风致流动。十年前一见仲鲁，以身许之，坚约再三，终以不果。后归常熟纪某。今又新寡，重来沪上，偶于歌筵见之。笃想故人，愿传芳信。嗟乎！萧萧风雨，岂梦花梢？絮果、泥因，顿成漂泊，此亦至无聊之事矣。销暑无俚，与星海拈而咏之。篇中'桃源'，盖仲鲁有妾，旧名阿桃，因以调侃之也。"他哈喇陶庵编修：即志钧（1854—1900），见前《金缕曲·题志伯愚、仲鲁兄弟〈同听秋声馆图〉》词注。

［2］"湘华梦影"三句：此处化用宋晏殊《采桑子》词："时光只解催人老，不信多情，长恨离亭，泪滴春衫酒易醒。梧桐昨夜西风急，淡月胧明，好梦频惊，何处高楼雁一声。"

［3］盈盈：形容举止、仪态美好，此处指貌美的女子。盈，通"嬴"。《玉台新咏》引古乐府《日出东南隅行》（一作《陌上桑》，又作《艳歌罗敷行》）："盈盈公府步，冉冉府中趋。"《文选》引古诗《青青河畔草》："盈盈楼上女，皎皎当窗牖。"李善注："《广雅》曰：'嬴，容也。''盈'与'嬴'同。"

［4］鞭镫：亦作"鞭蹬"或"鞭凳"。原意为马鞭和马镫，借指马具，此处指马。

［5］红襟燕：越地的红胸燕子。唐丁仙芝《馀杭醉歌赠吴山人》诗："晓幕红襟燕，春城白项乌。"《丹铅总录》："《玄中记》：'胡燕，斑胸，声小；越燕，红襟，声大。'李贺诗：'劳劳胡燕怨酣春。'《吴越春秋》：'越燕向日而熙。'"

［6］桃源：此处指志钧之妾，旧名阿桃。琼枝：喻美女。唐韦应物《鼋头山神女歌》："皓雪琼枝殊异色，北方绝代徒倾国。"宋秦观《虞美人》词："琼枝玉树频相见，只是离人远。"此处指朱秀卿。可参阅王韬《淞隐漫录》卷十《二十四花史》下。芳信：花开的讯息。春日百花盛开，因亦以指春的消息。宋苏轼《谢关景仁送红梅栽二首》诗之一："年年芳信负红梅，江畔垂垂又欲开。"南宋尤袤《入春半月未有梅花》诗："几度杖藜贪看早，一年芳信恨开迟。"此处指青春。

［7］"暮雨"三句：化用宋李清照《醉花阴》词："莫道不销魂，帘卷西风，人比黄花瘦。"

［8］"祇无悰"三句：化用南宋蒋捷《贺新郎·秋晓》词"万里江南吹箫恨，恨参差、白雁横天杪。烟未敛，楚山杳"及宋高观国《兰陵王·为十年故人作》词"凄凉风景，待见了，尽向说"句意。祇，副词。只，仅。《诗·小雅·我行其野》："成不以富，亦祇以异。"

130

少 年 游

碧苔如梦酒醒时,看月上花枝。四面蛩声[1],一襟露气,犹自冷支持。等闲[2]何事耐沉思①,便说也迷离。漏点听残[3],阑干数遍,百样不相宜[4]。

【校】

①沉思:《全清词钞》本、《岭南历代词选》本、《近代词钞》本、《二十世纪名家词选》本作"寻思"。

【注】

[1] 蛩声:蟋蟀的鸣声。唐白居易《禁中闻蛩》诗:"西窗独暗坐,满耳新蛩声。"

[2] 等闲:寻常、平常。唐贾岛《古意》诗:"志士终夜心,良马白日足。俱为不等闲,谁是知音目。"

[3] 漏点听残:指夜深。漏点,更漏声。参见《采桑子》(人间不合长相见)词"更漏"条注。

[4] "百样"句:犹苏轼"一肚皮不合时宜"之意。此处谓词人的思想、行为与社会潮流格格不入,不合时宜,故眼前事事不能称心如意。

【评】

陈永正《岭南历代词选》云:"眼前事事都不称意,词人还是强自支持,度过这寒冷的秋夜。'说也迷离'四字,有多少难言之恫。"

潘慎、梁海《明清词赏析文集》云:"全词就写了一位满腹心事的人,一个短时间内的情态和感觉,这心事也可能是说不清的,也可能是不能说的,他没做任何透露。词旨一言以蔽之,曰:'烦。'这是成年人中许多人有过的感受,作者高度精炼地用一个特定场景表达了出来,写的迷离之致。读这首词,恐怕许多人会产生似曾经过的感觉。"

红　窗　听

　　心事一春谁得见①[1]？乍可是、夜凉人倦。花开花落愁深浅，感西风纨扇[2]。　淡薄梳妆犹避面。思量着、绿窗黄月，闲情幽怨。无言半晌，又无人苔院。

【校】
　　①"得见"，红印本作"见得"。按："得"与"倦""浅""扇""面""怨""院"不押韵，而"见"则符合押韵，依底本。

【注】
　　[1]"心事"句：化用宋毛滂《最高楼·春恨》词之二"东风淡荡垂杨院，一春心事有谁知"句意。
　　[2]感西风纨扇：化用宋李之仪《千秋发（和人）》诗之一"西风未用高纨扇"句意。

临 江 仙

　　花发小园临户见，当初不省华年。春如流水梦如烟。弦愁凭笛夜，栖恨在莺天[1]。　　昨梦相逢疑是昔，迷离窗底帘前。藕丝衫小茜裙[2]妍。如何都不见，坐对玉虫[3]偏。

【注】
　　[1] 莺天：莺为春时之鸟，故莺天犹言春天。宋陆游《故山》诗之二："十里烟波明月夜，万人歌吹早莺天。"
　　[2] 藕丝：藕丝的颜色，指纯白色。唐李贺《天上谣》："粉霞红绶藕丝裙，青洲步拾兰苕春。"王琦汇解："粉霞、藕丝，皆当时彩色名。"叶葱奇注："藕丝即纯白色。"唐温庭筠《归国遥》词："舞衣无力风敛，藕丝秋色染。"茜裙：亦作"蒨裙"，用茜草根染成的红裙。唐李群玉《黄陵庙》诗之二："黄陵庙前莎草春，黄陵女儿茜裙新。"唐杜牧《村行》诗："蓑唱牧牛儿，篱窥蒨裙女。"
　　[3] 玉虫：喻灯花。典出唐韩愈《咏灯花同侯十一》诗："黄里排金粟，钗头缀玉虫。"宋毛滂《临江仙·宿僧舍》词之一："香残虬尾细，灯暗玉虫偏。"

菩 萨 蛮[1]

着人春色浓如酒[2],酒浓却在花开后。尽醉莫推辞[3],绯桃插一枝。红绡垂四角,分缀金钱薄[4]。忆昔问郎归,镫前涕泪挥①。晚风吹絮,春阴如画。山居无聊,蒨侬寄扇来请书旧词。手录二阕,依稀梦中,不记何时作,为何人赋也。壬辰三月,刻翠词人写于佳处亭下②[5]。

【校】

① "涕泪挥",杨辑本作"泪暗挥"。

② "晚风吹絮,春阴如画。山居无聊,蒨侬寄扇来请书旧词。手录二阕,依稀梦中,不记何时作,为何人赋也。壬辰三月,刻翠词人写于佳处亭下。"五十三字,底本无,今据杨辑本补。

【笺注】

[1] 此词作于光绪十八年壬辰(1892)三月,时词人寓焦山海西庵。

[2] "着人"句:谓春色迷人,如酒让人沉醉。借浓醇的美酒来比喻春色,言春已深。着人:令人陶醉。宋秦观《如梦令》词:"门外鸦啼杨柳,春色着人如酒。"金元好问《西园》诗:"皇州春色浓于酒,醉煞西园歌舞人。"

[3] "尽醉"句:唐白居易《送敏中归豳宁幕》诗:"今宵尽醉莫推辞。"宋晏殊《更漏子》词之二:"须尽醉,莫推辞。"

[4] "红绡"二句:化用宋秦观《浣溪沙》词之三"红绡四角缀金钱"句。红绡:红色薄绸。此处似指红帐。古人在帐之四角"缀金钱"。

[5] 蒨侬:刘筠。生卒年不详。字筱墅,号蒨侬,又号圠庐,别署花隐。浙江镇海(今宁波)人。南社社友。1915年参加重九南社雅集。刻翠词人:梁鼎芬之雅号,黄牧甫曾经为之刻印,后这枚朱文小印辗转归寿石工所有。佳处亭:斋名。位于焦山,在关侯祠附近,观音阁前,以苏轼"为我佳处留茅庵"句得名。久废。明法果《佳处亭望金山》诗:"迎风独倚最高台,漠漠平沙孤屿开。"词人有"佳处亭客"的笔名。

浪　淘　沙

　　清泪滴红笺，酒醒还添。褪花[1]时候又今年。长是悙悙无赖[2]处，愁在眉尖。　有梦到琴边，梦也堪怜。雨条烟叶[3]黯疏帘。说尽心心和念念[4]，准备恹恹。

【注】

　　[1]褪花：花朵枯萎而落。宋秦观《如梦令》词："消瘦。消瘦。还是褪花时候。"

　　[2]长是：时常、老是。北宋欧阳修《望江南》词："才伴游蜂来小院，又随飞絮过东墙，长是为花忙。"南宋姜夔《清波引》词："新诗漫与，好风景长是暗度。"悙悙：意不尽。《广韵·静韵》："悙，悙悙，意不尽也。"无赖：见前《浣溪沙》（又听蝉声曳别枝）词注。

　　[3]雨条烟叶：雨中的柳条，烟雾中的柳叶，形容凄迷的景色。古人有离别折柳相赠之风俗，"柳""留"谐音，故赠柳表"留"意，喻离情别绪、情意缠绵。宋晏殊《浣溪沙》词："只有醉吟宽别恨，不须朝暮促归程，雨条烟叶系人情。"

　　[4]"说尽"句：化用宋秦观《诉衷情令》词之五"心心念念，说尽无凭，只是相思"句意。

玉　楼　春

　　红摧绿剉[1]风光好，满眼相思归不早。兰尊[2]旧事尽销魂，魂销耐可修诗稿。一作更有销魂当日稿。　矮笺细字难全晓，蓬鬓星星[3]看欲老。凤箫香锁画楼深[4]，竟地芳尘[5]谁为扫？

【注】

　　[1] 剉：摧折，折伤。《吕氏春秋·必己》："大则衰，廉则剉。"高诱注："剉，缺伤。"《淮南子·诠言训》："行未固于无非而急求名者，必剉也。"宋毛滂《鹊桥仙·春院》词："红摧绿剉，莺愁蝶怨，满院落花风紧。"

　　[2] 兰尊：饰有兰花的酒杯。唐蒋冽《南溪别业》诗："竹径春（一作风）来扫，兰尊夜不收。"

　　[3] 蓬鬓：鬓发蓬乱。南朝宋鲍照《拟行路难》诗之十三："形容憔悴非昔悦，蓬鬓衰颜不复妆。"唐卢纶《逢病军人》诗："蓬鬓哀吟古城下，不堪秋气入金疮。"星星：头发花白貌，借指白发。晋左思《白发赋》："星星白发，生于鬓垂。"南朝梁何逊《秋夕叹白发》诗："唯见星星鬓，独与众中殊。"

　　[4] "凤箫"句：用西汉刘向《列仙传》萧史、弄玉吹箫引凤的典故。《荀子·解蔽》引逸诗："凤凰秋秋，其翼若干，其声若箫。"唐沈佺期《凤箫曲》："昔时嬴女厌世纷，学吹凤箫乘彩云。"宋辛弃疾《江神子·和人韵》词之二："绣阁香浓，深锁凤箫声。"凤箫：此处指排箫，以其形参差像凤翼，亦名参差，又其声如凤鸣。画楼：雕饰华丽的楼房。唐李峤《晚秋喜雨》诗："聚霭笼仙阁，连霏绕画楼。"此句流露怀才不遇之感。

　　[5] 芳尘：指落花。晋庾阐《杨都赋》："结芳尘於绮疏。"南朝宋谢庄《月赋》："绿苔生阁，芳尘凝榭。"

满 庭 芳

题吴小荷《娟镜楼图》[1]

　　新泪如潮,芳情若缕,旧事说着销魂。婵娟千里[2],空复望闺门。楼上纤尘不到,点点见、粉印脂痕。沉吟处,鸾鸣欲绝[3],暗月照黄昏。殷勤,也长自,开奁觅梦,抽屉怀恩。笑频看何意,相对忘言。料得今生难合,凝睇久、还念夫君。无人会,铲除便可,清影在乾坤。

【注】

　　[1] 吴小荷:吴尚熹（1808—1850后）,字禄卿（一作"渌卿"）,又字小荷,号小荷女史,别署南海女士,室名写韵楼,广东南海（今佛山市）人。湖南巡抚兼署湖广总督吴荣光女,户部郎中叶梦龙媳,山西蒲州府同知叶应祺妻。早寡,幼时随父宦游,广历山川美景。画法得其父指授为多,有"随父从夫宦游十万里"小印一方。工诗、词、书、画,其诗佳句多见于梁九图《十二石斋诗话》及倪鸿《桐阴清话》。词学苏辛,词尤纤丽轻灵,间有沉着凝重之笔。词多记游、赏景、思亲之作,亦有咏物、抒怀之作。写景、抒情均有章法。画摹董侲,尤工设色花卉,家多藏古画,仿宋人粉本,皆用古法。自写小影题词有"此身原不让男儿"句。著有《写韵楼词》一卷,徐乃昌辑入《小檀栾室汇刻闺秀词》。有《菊花扇面》《花卉扇面》《花卉轴》《芙蓉图轴》《水仙卷》《群仙拱寿卷》等存世。按:陶熔曾为张祖廉绘有《娟镜楼图》,此图仍存,推知《娟镜楼图》应有数家名流为图。吴尚熹《娟镜楼图》,今不知所踪。

　　[2] 婵娟千里:亦作"千里婵娟"。婵娟:指代明月或月光,后多用作友人或恋人相隔遥远,月夜倍增思念之典。南朝宋谢庄《月赋》:"美人迈兮音尘阙,隔千里兮共明月。"唐许浑《怀江南同志》诗:"唯应洞庭月,万里共婵娟。"宋苏轼《水调歌头·丙辰中秋,欢饮达旦,大醉,作此篇,兼怀子由》:"但愿人长久,千里共婵娟。"

　　[3] 鸾鸣欲绝:参见《祝英台近·问徐大病徐铸字巨卿》词"舞台鸾镜"条注。

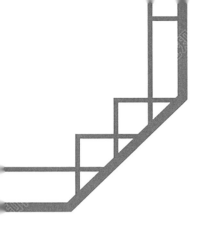

集 外 词

蝶 恋 花

小游仙十首录二

其 一

　　昨夜兰钉红对馆[1]。一片书声,不像寻常懒。莫是要侬教睡遣,添香伴汝良宵短。　手拣鹅梨[2]熏鸭暖。休使成灰,只恐相思浅[3]。珠网[4]轻遮银叶展,提防读倦偷窥眼。

【注】

　　[1]按:此词迄《水龙吟·题画》(年时恩怨重重),共二十九首词,梁氏词集均不载,录自《同声月刊》1944年第四卷第二号《欸红楼词未刊稿》。兰钉:亦作"兰缸"。用兰膏点燃的灯。油灯之美称。兰,兰膏,即指灯油,以其芳香如兰,故名。钉,即灯。南朝齐王融《咏幔》诗:"但愿置尊酒,兰钉当夜明。"唐温庭筠《酒泉子》词:"故乡春,烟霭隔,背兰钉。"

　　[2]鹅梨:梨之一种,皮薄多浆,香味浓郁。唐冯贽《南部烟花记·帐中香》:"江南李主帐中香法,以鹅梨蒸沉香用之。"宋范成大《内丘梨园》诗:"汗后鹅梨爽似冰,花身耐久老犹荣。"明李时珍《本草纲目·果二·梨》集解引苏颂曰:"鹅梨,河之南北州郡皆有之,皮薄而浆多,味差短,其香则过之。"

　　[3]"休使成灰"二句:化用唐李商隐《无题》"一寸相思一寸灰"句意。

　　[4]珠网:缀珠之网状的帐帏。南朝齐王中《头陀寺碑文》:"夕露为珠网,朝霞为丹艧。"吕延济注:"珠网,以珠为网,施于殿屋者。"唐王维《白鹦鹉赋》:"经过珠网,出入金铺。"

其 二

乍可《玉台新咏》就[1]？锦绣双囊，付与簪花手。细按冰纨湘管[2]瘦，红丝研衬红罗[3]袖。　忽讶春光轻泄漏[4]。急用脂涂，君意聪明否？写罢苔笺[5]刚未久，琴床箫局[6]沉吟又。

【注】

[1]"乍可"句：怎可《玉台新咏》能完成？乍可，怎可。唐张鷟《龙筋凤髓判·考功》："鸡冠比玉，乍可依稀？鱼目参珠，曾何仿佛？"《玉台新咏》：南朝徐陵所编选的继《诗经》《楚辞》后的第三部诗歌总集，是六朝仅存的两部诗集之一。收录了西汉至南朝梁大量诗歌，共十卷，编纂的宗旨是"选录艳歌"，内容多纤巧艳丽之作，或称为《玉台集》。

[2]冰纨：细密洁白、光亮如冰的丝织物。《汉书·地理志下》："后十四世，桓公用管仲，设轻重以富国，合诸侯成伯功，身在陪臣而取三归。故其俗弥侈，织作冰纨绮绣纯丽之物。"颜师古注："冰谓布帛之细，其色鲜絜如冰者也。"唐许敬宗《麦秋赋》："非甘泉而涤景，异寒气而浮凉。却冰纨于宝笥，屏珍簟于披香。"纨，素也。湘管：毛笔。以湘竹制作，故名。宋许棐《后庭花》词："雨窗和泪摇湘管，意长笺短。"

[3]红罗：红色的轻软丝织品。多用于制作妇女的衣裙。《玉台新咏·古诗为焦仲卿妻作》："红罗复斗帐，四角垂香囊。"

[4]春光轻泄漏：唐杜甫《腊日》诗："侵陵雪色还萱草，漏泄春光有柳条。"谓透露了春天来临的消息。后转以比喻秘密传递消息或喻泄露秘密。

[5]苔笺：亦称"苔纸""侧理纸"等，古名纸。唐代浙江地区所生产的用水苔为原料制成的小笺。唐李肇《唐国史补》卷下"叙诸州精纸"条："纸则有越之剡藤、苔笺，蜀之麻面、屑末、滑石、金花、长麻、鱼子、十色笺……"宋柳永《凤衔杯》词之一："想初襞苔笺，旋挥翠管红窗畔。"

[6]箫局：熏笼的别名。明王志坚《表异录·器用部》："《记事珠》：箫局，古熏笼也，一名秦篝。"

菩 萨 鬘

乍遇

羡门有《和阮亭，题青溪遗事画册》词十首，依韵赋之。按：《湖海楼词》亦有是体，同邹程邨、彭金粟、王阮亭、董文友赋。仅八首，无《夜饮》《窃听》《叶子》《情外》四题，另增二目，叙次亦微不同，附记于此。词人零落，当时画卷，想不复在人间矣。[1]

霞边绰绰[2]香风起，镜波一桁[3]琼帘里。昨雨损苔衣[4]，今朝蝴蝶飞。桃花惊乍见，绿掩桃枝扇[5]。真是称红鸳，人间不易双[6]。

【注】

[1] 菩萨鬘，即菩萨蛮。羡门：彭孙遹（1631—1700），字骏孙，号羡门，又号金粟山人，浙江海盐（今浙江省嘉兴市海盐县）人。顺治十六年（1659）进士，授中书。康熙十八年（1679）举"博学鸿词"科第一，授翰林院编修，历官礼部侍郎、吏部侍郎兼掌翰林院学士，充经筵讲官，后又特命为《明史》总裁。工诗善书，尤善填词，词风婉约清丽，宗小山、梦窗。与王士禛齐名，号"彭王"。年七十，致仕归，御赐"松桂堂"额，遂以名其集。著有《松桂堂全集》三十七卷、《延露词》三卷、《金粟词话》一卷等。阮亭：王士禛（1634—1711），字子真，一字贻上，号阮亭，别号渔洋山人，谥文简，山东新城（今山东省桓台县）人。顺治十五年（1658）进士，官至刑部尚书。卒后因避世宗胤禛讳，追改为"士正"。乾隆时，命改"士祯"。士禛善文、词，尤工诗，以神韵为宗，与朱彝尊并称"朱王"。著有《带经堂集》九十二卷、《池北偶谈》二十六卷、《渔洋诗话》三卷、《衍波词》二卷、《阮亭诗余》一卷等。按：顺治十八年（1661），王士禛首倡《题青溪遗事》画册唱和，首揭清朝多人步韵唱和的帷幕。其时王士禛任扬州推官，以处理通海案狱事至南京，公事之余，曾与遗民丁胤（继之）交往，听其讲前明旧事，并游览遗址，感慨不已。王士禛据丁胤所讲故事，请人绘就《青溪遗事图》，又将《青溪遗事》画册十二幅携归扬州，自题八幅，作《菩萨蛮·咏青溪遗事画册，同羡门、程邨、其年》八首，

依次题为"乍遇""弈棋""私语""迷藏""弹琴""读书""潜窥""秘戏"。《渔洋山人自撰年谱》卷上:"山人至金陵,馆于布衣丁继之家。丁故居秦淮,距邀笛不数弓,山人往来赋诗其间。丁年七十有八,为人少习声伎,与歙县潘景升、福清林茂之游最稔。数出入南曲中,及见马湘兰、沙宛在之属,因为山人缕述曲中遗事,娓娓不倦。山人辄抚掌称善,掇拾其语入《秦淮杂诗》中。诗益流丽悱恻,可咏可诵。又属好手画《清溪遗事》一册,阳羡陈其年维崧为题诗。山人复成小词八阕,摹画坊曲琐事,尽态极妍,诸名士和者甚众。"《湖海楼词》:陈维崧著,卷二有《菩萨蛮·咏青溪遗事画册,同邹程邨、彭金粟、王阮亭、董文友赋》八首。邹祗谟有《菩萨蛮·咏青溪遗事画册和阮亭韵》八首。彭孙遹有《菩萨蛮·题青溪遗事画册和阮亭韵》十二首,多出的四首题为"夜饮""窃听""叶子""情外"。董以宁有《百媚娘·为阮亭题青溪册叶同程邨、羡门作》八首,因其另选词调,故不算入步韵唱和。其余唱和之人有彭桂、吴绮、程康庄等六人。可参阅刘东海著《顺康词坛群体步韵唱和研究》第三章。据陈维崧词题"同邹程邨、彭金粟、王阮亭、董文友赋",推知首先加入唱和的是邹祗谟、彭孙遹、陈维崧、董以宁四人。邹祗谟(1627—1670):字吁士,号程邨,别号丽农山人,江苏武进(今江苏省常州市武进区)人。清顺治十五年(1658)进士。归以养母,以孝闻名。工诗词,与董以宁并称"邹董"。又与陈维崧、董以宁、黄永有"毗陵四才子"之称。词名与王士禛、彭孙遹并重。著有《程村文选》《邹吁士诗选》《丽农词》二卷、《远志斋词衷》一卷,与王士禛同编选《倚声初集》二十卷等。陈维崧(1625—1682):字其年,号迦陵,江苏宜兴人。幼聪敏,吴伟业誉其为"江左三凤凰"之一。康熙十八年(1679)举博学鸿儒科,授翰林院检讨,参与纂修《明史》。工诗文,尤以词、骈文著称。其词豪放苍凉,开阳羡词派,与朱彝尊、纳兰性德并称"清初三大家"。著有《湖海楼诗集》八卷、《迦陵文集》十六卷、《湖海楼词集》三十卷等。董以宁(1630—1669):字文友,号宛斋,又号蓉渡,江苏武进(今江苏省常州市武进区)人。诸生。少负文名,与邹祗谟并称"邹董",有"毗陵四才子"之目。善诗词,风格秾纤婉丽。精天算、乐律。晚年专事穷经。著有《正谊堂文选》不分卷、《正谊堂诗集》二十卷、《蓉渡词》三卷,合刻为《董文友全集》。《菩萨蛮·题青溪遗事画册》唱和主题以艳情来寄托家国之悲,自然引起经历风霜的词人之共鸣:今昔之憾,兴亡之叹,飘零之感。

[2]绰绰:舒缓貌。唐张祜《筝》诗:"绰绰下云烟,微收皓腕鲜。"

唐李贺《洛姝真珠》诗："真珠小娘下清廓，洛苑香风飞绰绰。"

　　[3] 一桁：通作"一行"，即一挂、一列。唐杜牧《十九兄郡楼有宴病不赴》诗："空堂病怯阶前月，燕子嗔垂一桁帘。"南唐李煜《浪淘沙》词之二："秋风庭院藓侵阶，一桁珠帘闲不卷，终日谁来？"

　　[4] 苔衣：泛指苔藓。南朝宋谢灵运《岭表赋》："萝蔓绝攀，苔衣流滑。"唐钱起《避暑纳凉》诗："初晴草蔓缘新笋，频雨苔衣染旧墙。"

　　[5] "桃花"二句：描写女子在花下瞥见一位青年男子的"乍遇"场面。以细微的动作表情表现女子心理的变化——瞬间的惊讶、慌乱与害怕、欣喜与娇羞。王士禛《菩萨蛮·咏青溪遗事画册，同羡门、程邨、其年》词之一《乍遇》："个人花底见，惊喜回团扇。"

　　[6] "真是"二句：女子暗示男子，鸳鸯终日成双成对，而人间的夫妻却多有离别的时候。言外之意是相互珍惜、相伴不离。此二句是女子对爱情的含蓄许诺。

前　　调

围棋

凤皇花[1]细穿珠吐,休抛六赤惊婴武[2]。局也近弹棊[3],心中一晌迟。钏摇看素手[4],子落刚离口。生怕雪猧儿,窥人对战时[5]。

【注】

[1] 凤皇花:即凤凰木,取名于"叶如飞凰之羽,花若丹凤之冠"。亦名凤凰花、凤凰树、红花楹、火树、金凤等。原产于非洲,分布于热带及亚热带地区,我国广东、广西、福建、云南等地均有栽培。落叶乔木,叶为二回羽状复叶,长20～60厘米,伞房状总状花序,顶生或腋生,花大而色艳,花径7～10厘米,初夏开放,有"南国美人"之称。清吴其浚《植物名实图考》卷三十:"凤皇花,树叶似槐,生于澳门之凤皇山,开黄花,经年不歇,与叶相垺。深冬换叶时,花少减,结角子如面豆,今园林多植之,或云洋种也。按《岭南杂记》,金凤花色如凤,心吐黄丝,叶类槐。余在七星岩见之,从僧乞归其子,种之不生。"

[2] 六赤:即骰子,亦名六幺、穴骼。唐李洞《龙州韦郎中先梦六赤后因打叶子以诗上》:"微黄喜兆庄周梦,六赤重新掷印成。"明袁宗道《唐医序》:"吾族诸伯叔兄弟多富人,好酣饮狂歌,呼五白,掷六赤。"婴武:即鹦鹉,亦作"婴母"。《礼记·曲礼上》:"婴母能言,不离飞鸟。"陆德明释文:"婴,本或作鹦,厄耕反。母,本或作鵡,同音武。"

[3] 弹棊:亦作"弹棋""弹碁",古代博戏之一,汉时所创。《西京杂记》卷二:"成帝好蹴鞠,群臣以蹴鞠为劳体,非至尊所宜。帝曰:'朕好之,可择似而不劳者奏之。'家君作弹棋以献。帝大悦。"《后汉书·梁冀传》注引《艺经》云:"弹棋,两人对局,白黑棋各六枚,先列棋相当,更先弹之。其局以石为之。"至魏改用十六棋,唐又增为二十四棋。宋以后亡遗失传。

[4] 钏:腕环或臂环,又叫"跳脱""条脱",俗称镯。唐慧琳《一切经音义》卷十五:"钏者,以金银为环,装饰其手足。"《正字通·金部》:

"钏，古男女同用，今惟女饰用之。"南朝梁萧纲《夜听妓诗》："朱唇随吹尽，玉钏逐弦摇。"唐徐贤妃《赋得北方有佳人》："腕摇金钏响，步转玉环鸣。"素手：洁白的手，多指女性的手。《古诗十九首·青青河畔草》："娥娥红粉妆，纤纤出素手。"唐李白《游泰山》诗之一："含笑引素手，遗我流霞杯。"

[5]"生怕"二句：谓害怕雪猧儿窥人对战，上局捣乱。唐段成式《酉阳杂俎·史志》："上（唐玄宗）夏日尝与亲王棋，令贺怀智独弹琵琶，贵妃立于局前观之。上数枰子将输，贵妃放康国猧子于坐侧。猧子乃上局，局子乱，上大悦。"此处化用该典。雪猧儿：色白的狗。猧，一种供人玩赏的小狗。唐王涯《宫词》诗之十三："白雪猧儿拂地行，惯眠红毯不曾惊。"

前　　调

迷藏

人前翻远天涯近[1]，柳烟满罩飞琼鬟[2]。真个好迷藏，眠茵不害凉。红香刚翠逻[3]，活见如何躲？捉起折花枝，娇憨气似丝。

【注】

[1]"人前"句：谓天涯虽远，但比起眼前人还算是近的。化用宋朱淑真《生查子》词："遥想楚云深，人远天涯近。"元王实甫《西厢记》第二本第一折【混江龙】："系春心情短柳丝长，隔花阴人远天涯近。"

[2]柳烟：柳树枝叶茂密似笼烟雾，故称。五代韦庄《酒泉子》词："柳烟轻，花露重。"琼鬟：此指美丽的鬟发。唐温庭筠《经旧游》诗："香灯怅望飞琼鬟，凉月殷勤碧玉箫。"

[3]逻：遮拦。《集韵·戈韵》："逻，遮也。"宋黄庭坚《演雅》："桑蚕作茧自缠裹，蛛蝥结网工遮逻。"

貂裘换酒

甲午十月来白下，雪后同纪悔轩、杨钝叔、沈陶宦①游莫愁湖。风景凄冷，怅触万端，陶宦归作图记事，因制此解②。[1]

对此茫茫甚。叹清游、一回湖上，一回呜暗。杨柳萧疏夫容③[2]尽，但见远山如枕[3]。有小艇、撑烟微浸。菜把生涯[4]谁能及？唤芦中、恐触轻鸥寝。知意者，纪、杨、沈。　丈夫不到黄龙饮[5]。看纷纷、是何鸡狗，旁观已审④[6]。莽莽乾坤滔滔水，江上愁心难禁。又苔气、暗吹衣衽。半角斜阳好亭馆，莫倾残、栋桷无人任[7]。归更恋，泪还渗。

【校】

①"纪悔轩""杨钝叔""沈陶宦"，杨辑本作"悔轩""钝叔""陶宦"。

②"因制此解"，杨辑本作"因作此解题之"。

③"夫容"，《近代词钞》本、《二十世纪名家词选》本等作"芙蓉"。按："芙蓉"原作"夫容"。

④"已审"，杨辑本作"以审"。按："以"通"已"。

【注】

[1] 此词作于光绪二十年甲午（1894）十月。白下：古地名，位于今江苏省南京市西北。本名"白石陂"。东晋咸和三年（328），陶侃讨苏峻，筑白石垒于此。唐武德九年（626），移金陵县于此，改名白下县。后用为南京的别称。《北齐书·颜之推传》："经长干以掩抑，展白下以流连。"纪悔轩：纪巨维（1848—1920，一作1921），字香骢，一字伯驹，号悔轩，晚署泊居老人，门人私谥"端悫先生"，直隶献县（今河北省沧州市）人。纪晓岚五世孙。同治十二年（1873）拔贡生。历任霸州儒学训导、内阁中书。少留意经世之学，熟谙掌故。久居张之洞幕，任广雅书局校纂，主持经心书院、江汉书院、两湖书院，监督文普通中学堂、存古学堂、文高等学堂等，多有成就。自作诗文极严，鲜有存稿。善考据，擅评画，精鉴别。陈三立赠诗云："读画评诗有家法。"著有《泊居剩稿》一卷、《续编》一卷。

杨钝叔：杨锐（1857—1898），字叔峤，又字钝叔，别号蝉隐，室名说经堂、抱碧斋。四川绵竹人。张之洞门生，维新派人士。光绪元年（1875）入尊经书院，肄业。光绪十一年（1885）中举。光绪十五年（1889）考授内阁中书，修会典，晋侍读。光绪二十一年（1895）参加强学会。光绪二十四年（1898），由张之洞推荐应经济特科；在京师四川会馆办"蜀学会"；列名"保国会"；创设"蜀学堂"，兼习中西学业。戊戌变法时授四品卿衔军机章京，参与新政。戊戌政变时被捕，与谭嗣同等同时遇害，为"戊戌六君子"之一。著有《说经堂诗草》一卷、《晋书十八家辑遗》，后人辑有《杨叔峤先生诗集》二卷、《杨叔峤先生文集》一卷。沈陶宧：沈塘（？—1921），一名唐，字莲舫，别字雪庐，江苏吴江（今江苏省苏州市吴江区）人。官湖北候补知县。幼好画，师从陆恢，与陈摩、黄裳吉、樊浩霖等为"陆门六大弟子"，与汪洛年齐名。为吴大澂、张之洞所器重赏识。曾担任两湖总师范的图画教习。移家苏州，求画者络绎不绝。工画山水、花卉，善篆刻。存有《寒林雪景图》《鸥夷室酿诗图》等。莫愁湖：位于江苏南京秦淮河西。曾名石城湖、横塘、南塘。莫愁湖之名最早见于北宋《太平寰宇记》："莫愁湖在三山门外，昔有庐妓莫愁家此，故名。"相传六朝南齐时有一女子莫愁居于此。宋、元时即有盛名，明朝定都南京更盛极一时。清乾隆五十八年（1793），江宁知府李尧栋自捐俸银营建郁金堂、湖心亭等。咸丰六年（1856），莫愁湖之建筑及花树皆毁于战火。同治十年（1871），曾国藩修复郁金堂、胜棋楼、湖心亭、赏荷亭等，并广植花柳及莲荷，成为莫愁湖又一景观。自古有"江南第一名湖""金陵第一名胜""金陵四十八景之首"等美誉。郑板桥《莫愁湖》赞曰："即今湖柳如烟，湖云似梦，湖浪浓于酒。"怅触：感触。唐李商隐《戏题枢言草阁三十二韵》："君时卧怅触，劝客白玉杯。"按：沈塘作有《莫愁湖四客图》。顾印愚光绪乙未二月（1895）题引首，梁鼎芬、陈三立、吴德萧题诗。（参阅上海云荟拍卖有限公司——2004首届中国书画艺术品（秋季）拍卖会拍卖品信息）

[2] 夫容：即芙蓉，荷花的代称。"夫容"是"芙蓉"的表义声旁。《汉书·扬雄传上》："袿芰茄之绿衣兮，被夫容之朱裳。"

[3] 远山如枕：唐张乔《题友人林斋》诗："不离高枕上，似宿远山边。"

[4] 菜把生涯：菜把，菜束。唐杜甫《园官送菜·园官送菜把，本数日阙。矧苦苣、马齿，掩乎嘉蔬。伤小人妒害君子，菜不足道也，比而作诗》诗："清晨蒙（一作送）菜把，常荷地主恩。"此处言自己人生如蔬菜

一样卑微。

[5] 不到黄龙饮：典源《宋史·岳飞传》："金将军韩常欲以五万众内附。飞大喜，语其下曰：'直抵黄龙府，与诸君痛饮尔！'"后遂用"黄龙饮""饮黄龙""黄龙痛饮""痛饮黄龙""直捣黄龙"等表达克敌制胜的雄心壮志；用"未饮黄龙""黄龙未饮"等表示降敌壮志未酬。此处指未能彻底击败敌人，未能收复国土失地。黄龙：黄龙府，治所在今吉林省长春市农安县，为金人腹地。明李云雁《过朱仙镇谒岳武穆祠》："当年未遂黄龙饮，千载河流势若吞。"清赵翼《岳祠铜爵》诗："壮怀未饮黄龙酒，故物如传白兽樽。"

[6] "看纷纷"二句：讽刺轻蔑当朝权贵佞臣，谓对于权贵佞臣，旁观者看得清楚明白，表达内心的愤恨不平。是何鸡狗：意为这些权贵佞臣是个什么东西。"鸡狗"为词人斥骂权贵佞臣之语。《晋书·苻生载记》附《王堕传》载："（堕）性刚峻疾恶，雅好直言。疾董荣、强国如仇雠，每于朝见之际，略不与言。人谓之曰：'董尚书贵幸一时，公宜降意。'堕曰：'董龙是何鸡狗，而令国士与之言乎！'荣闻而渐恨，遂劝（苻）生诛之。及刑，荣谓堕曰：'君今复敢数董龙作鸡狗乎？'堕瞋目而叱之。龙，荣之小字也。"唐李白《答王十二寒夜独酌有怀》诗："孔圣犹闻伤凤麟，董龙更是何鸡狗。"

[7] 栋桷：栋，横梁。桷，方形椽，泛指房屋构件。唐元稹《答姨兄胡灵之见寄五十韵》："笔阵戈矛合，文房栋桷撑。"任：使用、利用。

【评】

刘继才《趣谈中国近代题画诗》云："这首词作于甲午（1894）十月。这一年8月1日爆发了中日甲午战争，清海军节节败退，最后不得不于次年4月签订可耻的《马关条约》。词人于此时游南京的莫愁湖，自然会'怅触万端'。词中既表达了要畅饮黄龙之壮志，又英雄气短，面对'莽莽乾坤滔滔水'，悲从中来。此词与他的《菩萨蛮·和叶南雪丈》十首，同为揭时弊、伤外侮之力作。"

念 奴 娇

乙未四月,二楞招同绳庵游蒋陵湖,云气苍莽,雨色黯沉①,不知何世也,慨然赋此。[1]

浮生无谓,算眼前赢得,数杯佳酿。苦欲留春春不住,处处垂杨凄惘。日掩浮云,山横乱翠,更有风吹浪。不知今世,几人能此闲放? 堪叹绝代婵娟,自矜翠袖,长惹蛾眉谤[2]。饥凤漂摇②吾倦矣[3],惟听暮鸦遥唱。草露③寒深,竹亭暝早,浅浅荷花荡。要离何必,佳哉此地堪葬[4]。

【校】

① "黯沉",杨辑本作"沉黯"。
② "漂摇",《二十世纪中华词选》本作"飘摇"。
③ "草露",杨辑本作"草路"。按:"路"字似误,仍从底本。

【注】

[1] 此《念奴娇》二首作于光绪二十一年乙未(1895)四月。二楞:《艺风老人日记》多有提及"朱二楞",即朱潽(1859—?),字子涵,浙江仁和(今杭州)人。著名藏书家、目录学家朱学勤次子。朱学勤,字修伯,号复庐,咸丰三年(1853)进士,官至大理寺卿,有"结一庐"藏书楼,编有《结一庐书目》四卷、附录一卷等。兄朱澂,字子清,官江苏候补道。朱潽与张佩纶为甥舅关系,二人多有书信来往。光绪三年(1877),朱潽由贡监生报捐中书科中书,光绪十三年(1887),改捐顺天府督粮通判,历属顺天府治中、顺天府北路刑钱督捕厅同知兼摄昌平州知州、顺天府督粮道通判。光绪十七年(1891),捐升江苏候补道员,委办金陵下关挈验卡务、皖岸盐局。光绪三十一年(1905),聘请缪荃孙校订其旧藏四种名家抄本,刻《结一庐朱氏剩余丛书》四种十册。绳庵:张佩纶(1848—1903),字幼樵,又字绳庵、绳叔,号篑斋,别号言如、涧于、嘉禾乡人等,直隶丰润(今河北唐山市丰润区)人。同治九年(1870)举人,同治十年(1871)进士,选庶吉士,授编修。光绪元年(1875)擢侍讲,充日讲起居注官。后入李鸿章幕。光绪八年(1882)任都察院左副都御史。与黄体芳、张之洞、

宝廷并称"翰林四谏",因与宝廷、吴大澂、陈宝琛等常评议朝政,号称"清流派"。光绪十年(1884),以侍讲学士三品衔会办福建海疆事务。因对法国军舰侵入马尾港不加戒备,致使福建海军被击溃,马尾船厂被摧毁,故被革职戍边。光绪十四年(1888)赦归,复入李鸿章幕,光绪二十一年(1895)迁居南京。光绪二十六年(1900),奉命协助李鸿章与八国联军各国代表谈判,因在对俄态度上与李意见不合,旋回南京,称疾不出。光绪二十九年(1903),因误服补剂而卒。其博览群书,擅诗文,精校勘,著有《涧于集》二十卷、《涧于日记》十四册、《管子学》二十四卷等。蒋陵湖:即玄武湖。三国时期,因汉时秣陵都尉蒋子文葬在湖畔,故名"蒋陵湖"。位于江苏省南京市城东北、玄武门外,东倚钟山,南临城墙及覆舟山、鸡笼山,为"城中之湖"。古称桑泊,历代称之为秣陵湖、蒋陵湖、后湖、北湖、练湖、玄武湖、昆明湖等。南朝宋元嘉中更名为玄武湖。东晋以来即为著名游览胜地。清顾祖禹《读史方舆纪要·江南二·江宁府》卷二十载:"(江宁县)玄武湖……一名蒋陵湖,一名秣陵湖,亦曰后湖,以在故台城后也。湖周四十里,东西有沟流入秦淮,春夏水深七尺,秋冬四尺,灌田百余顷。湖故桑泊也。三国吴谓之后湖,后废。晋元帝太兴二年创为北湖,以肄舟师,明年筑长堤,以壅北山之水,东自覆舟山,西至宣武城,凡六里余……宋元嘉二十二年,复筑北堤,南抵城东七里之白塘,以肄舟师。二十三年黑龙见,乃立三神山于湖上,改名玄武,大阅水军,号昆明湖,俗呼为饮马塘。"

[2]"堪叹"三句:化用屈原《楚辞·离骚》:"众女嫉余之蛾眉兮,谣诼谓余以善淫。"蛾眉:借指美女,此为词人自喻。喻指词人受到朝中嫉妒他的人的诽谤、诬蔑、打击。

[3]"饥凤"句:以饥凤自喻,喻漂泊不定的疲倦生活。

[4]"要离"二句:见前《清平乐·病中答黄三》(人生如客)词"死葬要离侧"条注。

【评】

马大勇《二十世纪诗词史论》云:"单看题序已能想见其心境,故词中'闲放'之自喜实乃'草露寒深'之自悲。与文廷式同学稼轩而梁氏尤多凄凉意,实亦'零落雨中花,春梦惊回栖凤宅;绸缪天下事,壮心销尽石(食)鱼斋'之萧飒心绪所致。"

前　　调

　　酒醉再同绳庵赋，兼简孝达尚书①。[1]

　　悲歌无益，恨匣中长剑，神光犹吐[2]。流落非人天所定，只是生来不武。水面孤篷，山头匹马，豪俊何曾俯。功名甚物，笑②他刍狗[3]堪伍。休说堕泪新亭，楚囚相对[4]，独见王夷甫[5]。此局千年原未有[6]，一错六州铁聚[7]。弹指春残，有人发白，忧国心常苦。得闲且醉，隔帘吹落疏雨。

【校】

　　①"尚书"，杨辑本作"督部"。

　　②"笑"，杨辑本作"看"。

【注】

　　[1] 绳庵：见上词注。孝达尚书：张之洞（1837—1909），字孝达，一字香涛，号壶公，又号无竞居士，晚号抱冰老人，谥文襄，直隶南皮（今河北省沧州市南皮县）人，亦称"张南皮"。清流派中坚，洋务派代表人物之一，近代政治家、教育家、文学家。与曾国藩、李鸿章、左宗棠并称晚清"四大名臣"。咸丰二年（1852）顺天府解元，同治二年（1863）进士。历官编修、教习、侍读、侍讲、内阁学士、湖北学政、四川学政、山西巡抚、两广总督、湖广总督，多次署理两江总督。官至军机大臣、体仁阁大学士。创办广雅书院、两湖书院、经心书院等。开办汉阳铁厂、湖北枪炮局，筹建芦汉铁路，督办粤汉铁路。著有《张文襄公诗集》四卷、《张文襄公集》五十三卷，《劝学篇》、《书目答问》五卷，附二卷等。

　　[2] "悲歌"三句：此处抒发了自己被埋没闲置的愤懑之情。参见前《南乡子·赠剑》词注。

　　[3] 刍狗：典出《老子》："天地不仁，以万物为刍狗；圣人不仁，以百姓为刍狗。"又《庄子·天运》："夫刍狗之未陈也，盛以箧衍，巾以文绣，尸祝斋戒以将之；及其已陈也，行者践其首脊，苏者取而爨之而已。"古人扎草为狗，用以祭神，祭罢即抛弃，因而用以比喻微贱无用的事物或

言论。此处讽刺追求功名的轻贱之人。

[4]"休说"二句：此谓国家危难之时，应当共同积极面对，而不是像楚囚那样哭泣。新亭：亭名，亦称"劳劳亭"。三国吴始建，晋安帝隆安中丹阳尹司马恢之重建。东晋时为京师名士周顗、王导辈游宴之所。为名胜游览之地，故址在今江苏省南京市南。楚囚：楚国的俘虏。典出《左传·成公九年》："晋侯观于军府，见钟仪，问之曰：'南冠而絷者，谁也？'有司对曰：'郑人所献楚囚也。'"此处借指处境窘迫，只知忧国忧时而不思奋发的人。"堕泪新亭""楚囚相对"典源南朝宋刘义庆《世说新语·言语第二》："过江诸人，每至美日，辄相邀新亭，借卉饮宴。周侯（周顗）中坐而叹曰：'风景不殊，正自有山河之异！'皆相视流泪。唯王丞相（王导）愀然变色曰：'当共勠力王室，克复神州，何至作楚囚相对？'"事亦见《晋书·王导传》卷六五。后遂用"新亭堕泪""新亭对泣""泣下新亭""新亭举目""新亭风景"等表示怆怀故国之意、忧国忧时之情。宋文及翁《贺新凉·西湖》词："回首洛阳花石尽，烟渺黍离之地，更不复、新亭堕泪。"

[5] 王夷甫：即王衍（256—311），字夷甫。西晋琅琊临沂（今山东临沂北）人。王戎从弟。曾任中书令、司徒、司空太尉，封武陵侯。自负盛才美貌，善谈名理、妙善玄言，以谈"庄""老"为趣，所论义理有不安之处，随时更改，时人称"口中雌黄"。精草书。居宰辅之位，周旋诸王间，不念经国，专谋自保，清谈误国。士人景慕仿效，矜高浮诞，遂成风俗。永嘉五年（311），东海王越死，众推衍为元帅，与石勒战，被俘，劝石勒称帝，以图苟活，终被石勒所杀。衍临死曰："向若不祖尚浮虚，勠力以匡天下，犹可不至今日！"事详见《晋书》卷四三《王戎传》附《王衍传》。此处喻朝廷之误国者。

[6]"此局"句：按：1895年4月17日，李鸿章代表清政府与日本签订了丧权辱国、极不平等的《马关条约》。《马关条约》的签订，严重破坏了中国的主权与领土完整，给中华民族造成了深重的灾难，大大加深了中国社会半殖民地化程度。故词人发出"千年未有"的悲愤感慨。

[7]"一错"句：此处责清政府签订《马关条约》铸成大错，无法挽回。错：原指锉刀，此处双关语，借用为错误。语本宋孙光宪《北梦琐言》卷十四："绍威虽豁素心，而纪纲无有，渐为梁祖陵制，竭其帑藏以奉之。忽患脚疮，痛不可忍，意其牙军为祟，乃谓亲吏曰：'聚六州四十三县铁，打一个错不成也。'"《资治通鉴·唐昭宣帝天佑三年》卷二六五："罗绍威

虽去其逼，而魏兵自是衰弱。绍威悔之，谓人曰：'合六州四十三县铁，不能为此错也。'"胡三省注："错，鑢也，铸为之；又释错为误。罗以杀牙兵之误，取铸错为谕。"后以此典指造成重大错误、失误。典形有"六州错铸""六州铸铁""六州聚铁""铁聚六州""一错铸六州"等。

浣 溪 沙

题画①

红玉新奁画缥囊[1],旧家乔木觅清苍,闲庭花草自娟长[2]。 湖岸水宽鸥意静,林花日暖凤怀香,人间第一读书堂!

【校】
①"题画"二字,底本无,今据杨辑本补。

【注】
[1] 奁:泛指盒匣一类的盛物器具。西汉刘向《说苑·尊贤》:"臣笑臣邻之祠田也,以一奁饭、一壶酒、三鲋鱼,祝曰:'蟹堁者宜禾,洿邪者百车,传之后世,洋洋有余。'"缥囊:用淡青色的丝绸制成的书囊,亦借指书卷。南朝梁萧统《文选·序》:"词人才子,则名溢于缥囊。"吕向注:"缥,青白色;囊,有底袋也,用以盛书。"
[2] 娟长:形容花草秀丽美好,长势茂盛。唐杜甫《解闷》诗之十一:"可怜先不异枝蔓,此物娟娟长远生。"

风 蝶 令

九月山居，有怀龙二凤镳。[1]

南返樯乌[2]早，西飞海燕高。去年今日①共团焦[3]，正是幽兰卧绿、夜迢迢。　浮世嗤蓬累[4]，临歧湿柳条。一枝安隐②托鹪鹩[5]，只恨同心人远③、雨潇潇。

【校】

① "今日"，杨辑本作"今段"。

② "隐"，杨辑本作"稳"。

③ "只恨同心人远"，杨辑本作"只恨同人远"。按：据本词谱格律，杨辑本"只恨同"下疑脱"心"字。

【注】

[1] 此词作于光绪十八年壬辰（1892）九月，时词人寓居焦山，有怀表弟龙凤镳。龙二凤镳：龙凤镳（1867—1909），字伯鸾，号复园、澄盦，广东顺德大良人，为清晖园龙氏族人。官至员外郎，词人表弟，与李文田交好。工诗书，善画山水，好藏书，有"六篆楼"，收藏精椠甚多，刊刻有《知服斋丛书》《广雅堂诗集》等。

[2] 樯乌：桅杆上设置的候风乌，用以测风向，也用以比喻飘忽不定的生活。唐杜甫《登舟将适汉阳》诗："塞雁与时集，樯乌终岁飞。"宋张先《御街行·送蜀客》词："纷纷归骑亭皋晚，风顺樯乌转。"

[3] "去年"句：去年今日，指1891年，龙凤镳来山居问疾。词人有《龙伯鸾表弟问病山居，出示京师见怀诗，依韵答谢六首》《同龙二登北固山》诗。团焦：圆形的草屋，亦称"团标""团瓢"。《北齐书·神武帝纪上》："及得志，以其宅为第，号为南宅。虽门巷开广，堂宇崇丽，其本所住团焦，以石垩涂之，留而不毁。"明方以智《通雅·宫室》："团焦，团标也……标音瓢，今人曰团瓢，谓为一瓢之地也。"

[4] 蓬累：飞蓬飘转飞行，比喻人之行踪无定。《史记·老子韩非列传》："且君子得其时则驾，不得其时则蓬累而行。"张守节正义："蓬，沙

碛上转蓬也；累，转行貌也。言君子得明主则驾车而事，不遭时则若蓬转流移而行，可止则止也。"此处词人感慨不得志，生活漂泊。

［5］"一枝"句：化用《庄子·逍遥游》："鹪鹩巢于深林，不过一枝。"鹪鹩：鸟名，别名"巧妇鸟""工雀""桑飞"等。形小，体长约三寸。羽毛赤褐色，略有黑褐色斑点，尾羽短。常取茅苇、毛羽等交织为巢，甚精巧。遍布国内大部分地区，为东部沿海常见的笼鸟。晋张华《鹪鹩赋》序："鹪鹩，小鸟也，生于蒿莱之间，长于藩篱之下，翔集寻常之内，而生生之理足矣。"

浪 淘 沙

春影成尘,笛怀不昨,绿云黯黯,翠阁沉沉,所谓离恨天也,赋此写之。[1]

红泪泫银笺[2],酒醒还添。褪华时节又今年。长是悒悒无赖处,燕辟[3]莺嫌。 扶梦到琴边,宽了湘弦[4]。雨条烟叶不安眠。说尽心心和念念,准备恹恹。

【注】

[1] 此词与前《浪淘沙》(清泪滴红笺)词多有相近之处。绿云:绿色的云彩,多形容缭绕仙人的瑞云。南朝宋鲍照《代陈思王京洛篇》:"扬芬紫烟上,垂彩绿云中。"唐李白《远别离》诗:"帝子泣兮绿云间,随风波兮去无还。"

[2] 红泪:典出晋王嘉《拾遗记·魏》:"文帝所爱美人姓薛,名灵芸,常山人也……闻别父母,嘘唏累日,泪下沾衣。至升车就路之时,以玉唾壶承泪,壶则红色。既发常山,及至京师,壶中泪凝如血矣。"犹血泪,表示伤感离别。唐章孝标《织绫词》:"去年蚕恶绫帛贵,官急无丝织红泪。"泫:泪流貌。《广韵·铣韵》:"泫,泫然,流涕貌。"《礼记·檀弓》:"孔子泫然流涕曰:'吾闻之,古不修墓。'"银笺:素笺,洁白的笺纸,这里指书信。宋王沂孙《高阳台·和周草窗寄越中诸友韵》词:"怎得银笺,殷勤与说年华。"

[3] 燕辟:亦作"燕譬",谓轻慢老师为讲解深义而作的浅近比喻。一说指燕游邪辟。《礼记·学记》:"燕朋逆其师,燕辟废其学。"郑玄注:"燕犹亵,亵师之譬喻。"陈澔集说:"燕游邪僻,必惑外诱,得不废其业乎?"汉贾谊《新书·傅职》:"天子燕辟废其学,左右之习诡其师。"

[4] 湘弦:琴瑟之弦,即湘瑟,湘妃所弹之瑟,亦代指瑟。《楚辞·远游》:"使湘灵鼓瑟兮,令海若舞冯夷。"唐孟郊《湘弦怨》诗:"湘弦少知音,孤响空踟蹰。"

念 奴 娇

海西庵秋海棠日江逢辰作[1]

几丛缃玉[2],过几番细雨,嫣然幽绝。独客西堂惆怅在[3],待女萧辰同说。惨绿墙腰,淡黄月额,蛩语添凄切。可曾巢稳[4]?悲哉身是离别。

堪叹弹指春华,露啼霜怨,作到今时节。瘦蝶依迷浑倦去,一点龛灯[5]犹没。有恨偏长,无香更韵,山馆秋难折!恍如定惠[6],欠他和仲诗屑[7]。

【注】

[1] 此词应作于光绪十六年庚寅(1890)九月。按:《江孝通遗集》卷十九《沁园春》词序云:"庚寅九月,落第南归,渡江访节闇先生于焦山,时辟地海西,流连六日。"江逢辰亦有一首《念奴娇·焦山海西庵海棠特盛,余来山中,惨绿危红,凄丽婉转,若悲秋者,将花写照,渺兮余怀,有不知其秋痕满纸也》词。海西庵:位于江苏镇江,为词人被贬后寓居读书之地。江逢辰(1860—1900):字雨人,又字孝通,号密庵,广东归善县(今广东省惠州市惠城区桥东)人。生有至性,聪敏好学。师从梁鼎芬,学于丰湖书院、广雅书院。经梁举荐,得张之洞赏识和周济,与梁入张之幕僚。曾任教于湖北尊经书院。光绪十一年(1885)中举。光绪十八年(1892)中进士,任户部山西司主事。光绪二十一年(1895)任会试弥封官,掌管粤册,拒受贿金。光绪二十四年(1898),主讲广东赤溪遵义书院。为官忠亮清节,忧国忧民。曾遵母命,力争苏祠不许为教会学校。母病乞假归,母丧悲痛毁卒,有"江孝子"之称誉。精于诗词、书法、绘画、篆刻,有《江孝通遗集》十九卷存世。

[2] 缃玉:指浅黄色的海棠花。

[3] 西堂:指枯木堂,禅宗用语,和尚参禅打坐处,即禅堂。因如枯木寂然不动,故称。《僧宝传·潭州石霜诸禅师》:"诸不出霜华二十年,学者刻意师慕,至堂中有不卧,屹然枯株者,天下谓之枯木众。"枯木堂本此。词人有《晓过枯木堂渡江作》诗。江逢辰《念奴娇》词有"枯木堂西

[4] 可曾巢稳：反用《庄子·逍遥游》"鹪鹩巢于深林，不过一枝"句意，喻自己未能有暂时的安居。

[5] 龛灯：亦作"龛镫"，佛龛、神龛前的长明灯。唐温庭筠《宿秦生山斋》诗："龛灯落叶寺，山雪隔林钟。"宋余靖《游水南寺》诗："夜梵龛灯暗，朝香篆火新。"

[6] 定惠：惠通"慧"，是佛家修行的必要纲领。佛家有"由戒生定，因定发慧"和"寂照双融，定慧均等"之语。"定"，亦称增上心学，指禅定，即去除杂念，专心致志；"慧"，又称增上慧学，指智慧，慧可理解为有厌、无欲、见真。定与慧是一体的，定是慧的体，慧是定的用。这里指位于湖北省黄冈市东南的定惠院。苏轼于元丰三年庚申（1080）被贬官至黄州，初寓居于此，作有《寓居定惠院之东，杂花满山，有海棠一株，士人不知贵也》。苏轼《记游定惠院》云："黄州定惠院东小山上有海棠一株，特繁茂，每岁盛开，必携客置酒。"按：江苏省镇江市焦山南麓有定慧寺。词人有《定慧寺晚归》《定慧寺听经归》诗。词人感慨自身与苏轼的命运相似，寄寓身世流落之感。

[7] 和仲：北宋著名文学家苏轼的字。诗屑：喻佳词妙语。宋苏轼《送参寥师》诗："新诗如玉屑，出语便清警。"

菩 萨 蛮

和叶南雪丈①[1]

其 一

芳春②如梦愁时节[2],惜花长是经年别。泪眼隔风帘,幽香和恨[3]添。重重窗网密,消息从无实[4]。开径[5]见菲红,惊呼是梦中。

【校】

① "和叶南雪丈",《词学季刊》本作"和南雪丈"、杨辑本作"和南雪丈咏甲午事"、《中国近代文学大系:诗词集》本作"和南雪丈甲午感事十首"、《二十世纪名家词选》本作"和叶南雪丈甲午感事(十首)"。

② "芳春",《二十世纪中华词选》本作"芳菲"。

【注】

[1] 此十首组词应作于光绪二十一年乙未(1895)。叶南雪:即叶衍兰,见前《江南好·南雪丈有鸳鸯诗,爰题一词,不敢步韵也》词注。其曾作《菩萨蛮·甲午感事,与节庵同作》词十首,被誉为"一代词史"。按:梁鼎芬有和词,其内容范围从甲午广至乙未,是对中日甲午战争的感事之作、词史之作。中日甲午战争是日本侵略中国和朝鲜的非正义战争,也是中国军民抗击日本侵略的战争。以1894年7月25日丰岛海战的爆发为开端,8月1日,中日双方正式宣战,甲午战争开始,至1895年4月17日《马关条约》的签订而结束。

[2] "芳春"句:点出此词创作于1895年初春,并有忧愁时势之情。

[3] 幽香和恨:元朱晞颜《梅魂》诗之一:"幽香和恨结冰枝,栩栩翻疑冻蝶知。"

[4] "重重"二句:暗指清政府对战争消息的封锁,使大多数人无法知道战败的内情经过。

[5] 开径：开辟路径。《宋书·谢灵运传》："尝自始宁南山伐木开径，直至临海，从者数百人。"此句暗指中国战败，人员伤亡，经济损失惨重。

其 二

霜文翠照横晨夕[1]，流杯巧镂桃花石[2]。亭馆极蝉嫣[3]，清风也费钱[4]。　西园[5]莺燕好，拾翠[6]春争道。杨柳裛千丝，谁言非盛时[7]。

【注】

[1] 霜文翠照：北魏郦道元《水经注·谷水》："其一水自千秋门南流径神虎门下，东对云龙门，二门衡枚之上，皆刻云龙风虎之状，以火齐薄之，及其晨光初起，夕景斜辉，霜文翠照，陆离眩目。"此处暗指慈禧太后生活奢靡，滥用国帑，竟挪用军费来兴修皇家园林。

[2] 流杯：即流觞。觞，酒杯。南朝梁庾信《春赋》："三日曲水向河津，日晚河边多解神。树下流杯客，沙头渡水人。"唐杜牧《和严恽秀才落花》诗："共惜流年留不得，且环流水醉流杯。"桃花石：石名，以其色如桃花而名。可琢器皿，是一种工艺雕刻材料，亦可入药。宋杜绾《云林石谱·桃花石》："韶州桃花石出土中，其色粉红斑斓，稍润，扣之无声，可琢器皿，或为镇纸。"明李时珍《本草纲目·金石三·桃花石》［集解］引李珣曰："其状亦似紫石英，色若桃花，光润而重，目之可爱。"此处亦指慈禧太后贪图享受，纵情无度。

[3] 蝉嫣：连续不断。《汉书·扬雄传上》："有周氏之蝉嫣兮，或鼻祖于汾隅。"颜师古注引应劭曰："蝉嫣，连也，言与周氏亲连也。"

[4] "清风"句：宋曲端《清凉院》："自怜不及高枝上，饱汲清风不费钱。"此处指慈禧太后生活豪华奢侈，浪费严重。

[5] 西园：慈禧太后亦称西太后，西园指慈禧太后园居之地。

[6] 拾翠：拾取翠鸟羽毛以为首饰，后多指妇女游春。语出三国魏曹植《洛神赋》："或采明珠，或拾翠羽。"南朝梁纪少瑜《游建兴苑》诗："踟蹰怜拾翠，顾步惜遗簪。"

[7] "杨柳"二句：实借杨柳繁盛反衬国家的衰败。

其 三

曼延更奏鱼龙戏[1]，骖鸾仙子青霞帔[2]。各自唱回波[3]，纤儿奈汝何[4]！繁声香旖旎[5]，天也胡为醉[6]？东去望扶桑[7]，麻姑泣数行[8]。

【注】

[1] 曼延、鱼龙：古代百戏节目。"曼延"，也作"漫衍""曼衍"或"蔓延"，大致是由人装扮成珍异动物并且表演。"鱼龙"指古代百戏表演中能变化为鱼和龙的猞猁模型。《汉书·西域传赞》作"漫衍鱼龙"。颜师古注："漫衍者，即张衡《西京赋》所云'巨兽百寻，是为漫衍'者也。鱼龙者，为舍利之兽，先戏于庭极，毕，乃入殿前激水，化成比目鱼，跳跃漱水，作雾障日，毕，化成黄龙八丈，出水敖戏于庭，炫耀日光。"隋炀帝时犹有此节目，但名曰"黄龙变"，见《隋书·音乐志》下。此处言清朝统治者纵情歌舞，耽于声色。

[2] 骖鸾仙子：典出弄玉骑凤事，见"弄玉箫史"。以弄玉比喻女子像天仙一样姣好。元马致远套曲【大石调·青杏子】《姻缘》："骖鸾仙子骑鲸友，琼姬子高，巫娥宋玉，织女牵牛。"骖鸾：谓仙人驾驭鸾鸟云游。《文选》引江淹《别赋》："驾鹤上汉，骖鸾腾天。"此处指歌舞女子舞姿轻盈优美。青霞帔：以青霞为披肩。帔，披肩。《释名·释衣服》："帔，披也。披之肩背，不及下也。"

[3] 回波：指《回波乐》，又名《回波词》。北魏时已产生，《北史·尔朱荣传》："与左右连手踏地，唱《回波乐》而出。"初唐时此曲广为流传，为文人宴饮，即兴歌舞著词的主要曲调，并被采入教坊，后用为词调名。唐孟棨《本事诗》："沈佺期会以罪谪，遇恩还秩，朱绂未复。尝内宴，群臣皆歌回波乐，撰词起舞，因是多求迁擢。佺期词云云：'回波尔时佺期，流向岭外生归。身名已蒙齿录，袍笏未复牙绯。'中宗即以绯鱼赐之，是时佩鱼，须有特恩。"此处言后党派争宠取利。

[4] 纤儿：犹小儿，含鄙视轻蔑意。《晋书·陆纳传》："时会稽王道子以少年专政，委任群小。纳望阙而叹曰：'好家居，纤儿欲撞坏之邪？'"《新唐书·李纲传》："太子资中人，得贤者辅而善，得不肖导而恶，奈何歌舞鹰犬纤儿使日侍侧？"指奕譞、奕劻、李莲英等后党派人员忠心于慈禧太后，为了维护自己的利益及统治，不惜以牺牲国家民族利益为代价，败坏

国事。所以词人沉痛地发出"奈汝何"之感叹。

　　[5] 繁声：指淫靡的音乐。《后汉书·宋弘传》："宋弘止繁声，戒淫色，其有《关雎》之风乎！"旖旎：指舞态柔美婀娜。金董解元《西厢记诸宫调》卷一："一个个旖旎风流济楚，不比其余。"凌景埏校注："旖旎，温柔。"此处言慈禧太后沉迷声色。

　　[6] 天：古代指君王，也指人伦中的尊者。《尔雅·释诂上》："天，君也。"此处指慈禧太后。胡为醉：为什么醉。汉张衡《西京赋》："昔者大帝说秦穆公而觐之，飨以钧天广乐。帝有醉焉，乃为金策。锡用此土，而剪诸鹑首。"此典实叹昏庸腐败的清政府割让辽东半岛、澎湖列岛、台湾岛及所有附属各岛屿给日本。

　　[7] 扶桑：东方古国名。后亦代称日本。《南齐书·东南夷传赞》："东夷海外，碣石、扶桑。"《梁书·诸夷传·扶桑国》："扶桑在大汉国东二万余里，地在中国之东，其土多扶桑木，故以为名。"

　　[8] 麻姑：神话中仙女名，象征吉祥、长寿。传说东汉桓帝时曾应仙人王远（字方平）召，降于蔡经家，为一美丽女子，年可十八九岁，手纤长似鸟爪。能掷米成珠，为种种变化之术。典出晋葛洪《神仙传》："麻姑自说：'接待以来，已见东海三为桑田，向到蓬莱，水又浅于往昔会时略半也，岂将复还为陵陆乎？'"后以"沧海桑田"喻世事变化巨大。时朝鲜、台湾等均沦为日本殖民地，故"麻姑泣数行"也写出词人悲叹疆土沦丧的心情。

【评】

　　沈轶刘、富寿荪《清词菁华》云："叶衍兰《甲午感事词》，揭砭时局，痛伤外患，是词史大文字。鼎芬和之，各有所指。叶之笔重，而梁之辞婉。论概括力，叶较强而梁较疏。然寓事则从同，皆史实也。"

其　四

　　无端横海天风疾[1]，龙愁鼍愤①今何及[2]。夜夜看明星[3]，荒鸡听二更[4]。　　凄凉三月雨[5]，念此芳菲主[6]。鹧鸪一声先[7]，人间最可怜。

【校】

① "愤",杨辑本作"恨"。

【注】

[1] 无端:无因由,无缘无故。《楚辞·九辩》:"蹇充倔而无端兮,泊莽莽而无垠。"王逸注:"媒理断绝,无因缘也。"晋陆机《君子行》诗:"福钟恒有兆,祸集非无端。"揭露日本师出无名,蓄谋已久,故意挑衅的非正义侵略罪行。横海:横行海上。晋木华《海赋》:"鱼则横海之鲸,突扤孤游。"中日之间只相隔一海。此处写中日黄海海战。

[2] 鼍:扬子鳄,亦称鼍龙、猪婆龙。穴居于江河岸边和湖沼底部。《说文·黾部》:"鼍,水虫,似蜥易,长大。"宋苏轼《过江夜行武昌山上,闻黄州鼓角》:"谁言万方声一概?鼍愤龙愁为余变。"何及:追悔不及。《诗·王风·中谷有蓷》:"啜其泣矣,何嗟及矣。"东晋陶潜《读山海经》诗之十三:"临没告饥渴,当复何及哉!"此处感叹中国战事不利,龙鼍也为之忧愁悲愤。

[3] 看明星:古人每观星象以知人事吉凶,推断时势发展的趋向,并把它作为制定政治、军事等措施的依据。汉王充《论衡·命义篇》:"国命系于众星,列宿吉凶,国有祸福,众星推移,人有盛衰。"《易·贲卦·象传》曰:"观乎天文,以察时变。"明刘基《起夜来》诗:"忧愁不寐揽衣起,仰看明星坐待旦。"

[4] 荒鸡:指三更前啼叫的鸡。旧以其鸣为恶声,主不祥。迷信之人以半夜鸡鸣附会为兵起之象。《晋书·祖逖传》:"(祖逖)与司空刘琨俱为司州主簿,情好绸缪,共被同寝。中夜闻荒鸡鸣,蹴琨觉曰:'此非恶声也。'因起舞。"宋苏轼《召还至都门先寄子由》:"荒鸡号月未三更,客梦还家得俄顷。"此处喻战事不祥。表达词人夜不能寐,忧心国运,匡复国家的心情。《金元明清词选》评云:"'荒鸡'二句用祖逖、刘琨闻鸡起舞的故事,当指广大爱国志士奋起救国。"可备一说。

[5] "凄凉"句:以暮春三月,风雨凄凉,景物凋零隐喻当时如风雨飘摇、摇摇欲坠的政局。清政府无心抗战,一再求和,彻底战败,时在甲午次年(1895)三月,随即签订《马关条约》。

[6] 芳菲主:主掌芳菲的春神。芳菲,香花芳草。宋史浩《水龙吟·湖山胜概金沙酴醾同架》词:"更须拼痛饮,年年此际,作芳菲主。"喻光绪帝。光绪帝虽为主战派代表,但慈禧太后却是主和派代表,且掌握实权,

主战派备受压制，国运更不可问。词人每念及此，不免同情悲哀，所以说"人间最可怜"。

［7］鹈鴂：即杜鹃鸟。三月始鸣，夏末而止，鹈鴂先鸣，春光将逝。《离骚》："恐鹈鴂之先鸣兮，使夫百草为之不芳。"汉张衡《思玄赋》："恃己知而华予兮，鹈鴂鸣而不芳。"李善注："《临海异物志》曰：'鹈鴂，一名杜鹃，至三月鸣，昼夜不止，夏末乃止。'"这里指词人敏锐地意识到中日甲午战败，民族危机深重，国家行将灭亡。

【评】

陈永正《岭南文学史》云："词中写黄海海战失利，龙鼍也为之愁愤，暮春三月，风雨凄其，芳菲零落，人们的泪也将流尽了。"

何宝民《中国诗词曲赋辞典》云："通篇比兴手法，词意相映有致，起词史作用。"

贺新辉《清词鉴赏辞典》云："夸张与比喻兼用，写景与抒情结合，是此词艺术上的显著特点。"

周笃文《豪放词典评》云："鼎芬此作步南雪词韵。呕心抉肺，一笔赶下，略无堆砌凑韵痕迹。非才大而情深，何能到此地步。'鹈鴂一声先，人间最可怜'，此与辛稼轩：'绿树听鹈鴂……啼到春归无觅处，苦恨芳菲都歇'用意略同。谓泱泱中华帝国从此风华不再了。用语蕴藉情却悲切。举重若轻，别是一副笔墨。"

张正吾、陈铭《近代诗文鉴赏辞典》云："（其四、其七）这两首词继承了我国诗歌'感于哀乐、缘事而发'的现实主义精神。作者转念国事，悲愤填胸，写来如泣如诉，语语痛切……在艺术上，前首全用比兴，后首则多采赋体，以婉曲之笔，描述芳馨悱恻的情怀，言近旨远，含蓄蕴藉，格韵俱佳。"

褚斌杰《中国历代诗词精品鉴赏》（下）云："全词通篇运用比兴手法，以深沉婉曲之笔，抒发了沉郁悲愤之情，体现了词人爱国主义的精神。"

陆国斌、钟振振《历代小令词精华》附严迪昌赏析云："《菩萨蛮》词牌历来多表现绮丽侧艳的缠绵情怀，很少用以抒写时世政事的感受。梁鼎芬此词一改为悲慨抑郁之格，诚属新变的创作实践。"

葛杰、冯海荣《近代爱国诗词选》云："全词运用借景设譬的艺术手法，表达对时局的看法。从沉郁悲愤之中，见出作者痛斥卖国贼的怒火和反帝精神。"

程观林《万里西风》云:"全篇词情激昂,文势纵放,表达了对清王朝的强烈不满。"

刘树胜、马艳《学子必背:词》云:"此篇写甲午海战的失利以及失利后各阶层的不同表现,触处皆比,喻象环生,富有浪漫色彩……这样的连续用比,自然出于作者投鼠忌器的初衷,但并不显得幽隐难明。结合词题,会使人爽然心会,这与作品中潜流的爱国情脉是有关系的。"

莫立民《近代词史》云:"甲午海战,清军惨败,令龙鼍也为之悲愤。仲春三月,风雨凄凉,芳菲凋零,所以那司春之神,即'芳菲主'——隐指皇帝,也更令人轸念。而尤令人揪心的是,杜鹃先鸣,春光将逝,朝廷的未来着实叫人黯然伤神。"

其 五

钦䲹违旨[1]谁能捍,狐埋狐搰[2]成功罕。几队狭斜儿[3],暑寒犹未知。金铃全付汝[4],一晌花飞去[5]。总是不关情[6],高冈要凤鸣[7]。

【注】

[1] 钦䲹违旨:语出东晋陶潜《读山海经》诗之十一:"巨猾肆威暴,钦䲹违帝旨。"钦䲹:中国古代神话中的神名。《山海经·西山经》载:"又西北四百二十里,曰钟山。其子曰鼓,其状如人面而龙身,是与钦䲹杀葆江于昆仑之阳,帝乃戮之钟山之东……钦䲹化为大鹗,其状如雕而黑文白首,赤喙而虎爪,其音如晨鹄,见则有大兵。"此处指日本侵略者。

[2] 狐埋狐搰:典出《国语·吴语》:"夫谚曰:'狐埋之而狐搰之,是以无成功。'"搰,挖、掘。比喻人顾虑太多,做事不坚定,难以成事。此处指李鸿章于甲午战争中顾虑重重,战争爆发之前,幻想依靠英、俄等国出面"调停",促日本撤兵,但外交活动以失败告终。先迫于光绪帝的压力,不得不匆忙应战,又秉承慈禧太后的旨意,而一味主和。1894年7月25日,丰岛海战后,中日两国政府于8月1日正式宣战,甲午中日战争全面爆发。但李鸿章采取消极的防御战略,海军"保船制敌",陆军"株守以待",及至平壤之战、黄海海战后,李鸿章害怕主动出击有失,反不利于守局,坚持采取单纯的防御方针,直至赴日议和乞降。

[3] 狭斜儿:狭斜子,指居住于陋巷,无远识的人。南朝梁沈约《白

马篇》:"寄言狭斜子,讵知陇道难。"此处指李鸿章的亲信。下句言其见识浅陋,不知时变。胡思敬《国闻备乘·李文忠滥用乡人》:"李鸿章待皖人,乡谊最厚。晚年坐镇北洋,凡乡人有求,无不应之。久之,闻风麇集,局所军营,安置殆遍,外省人几无容足之所……刘铭传与鸿章同县,因事至天津,观其所用人,大骇曰:'如某某者,识字无多,是尝负贩于乡,而亦委以道府要差,几何而不败耶!'"监察御史安维峻《请诛李鸿章疏》:"彼之淮军将领,类皆贪利小人,绝无伎俩。"此外,1894年9月23日,严复《致陈宝琛书》亦批评李鸿章用人不当。均可参看。

[4] 金铃:金属制成的铃。可用作车铃,以节舒急。《周礼·夏官·大驭》:"凡驭路仪,以鸾和为节。"郑玄注:"舒疾之法也。鸾在衡,和在轼,皆以金为铃。"此处指以李鸿章为核心的集团控制了军国的要职。可参阅阿英编《甲午中日战争文学集·文廷式等〈联衔纠参督臣植党疏〉》(北京:中华书局1958年版)及欧阳跃峰著《人才荟萃——李鸿章幕府》(长沙:岳麓书社2001年版)。

[5] "一晌"句:言李鸿章的亲信多被委任军国要职,导致战事频败,不堪收拾。清孔广德编《普天忠愤集》引张罗澄《上李傅相书》:"公所用丁汝昌、卫汝贵、叶志超、卫汝诚、黄仕林、赵怀业、龚照玙诸将,都中皆指为公奥援无一堪任战事者……乃未几而平壤失,未几而旅顺失,未几而金州、凤凰城又失,而水师战舰亦大半委以资敌。"

[6] 关情:谓对人或事物注意、重视。不关情:不关心。唐崔峒《送苏修游上饶》诗:"世事关情少,渔家寄宿多。"此处讥讽李鸿章无意任用贤士。

[7] 高冈要凤鸣:参见前《忆王孙·怀武进费屺怀郎中》词注。

其 六

莺衔蝶弄红英尽[1],松台竹崦[2]潜相引。一处一凄迷[3],相思背烛啼[4]。 冷苔封剑满,犀象[5]知难断。且过赏心亭[6],稼轩[7]无复醒。

【注】

[1] "莺衔"句:当从唐杨凝《残花》诗"莺衔蝶弄红芳尽"化出。红英:红花。南唐李煜《采桑子》词:"亭前春逐红英尽。"19世纪90年

代,中国、朝鲜成为列强争夺的目标。列强在东亚地区的争权夺利,构成错综复杂的局势,刺激日本发动侵朝侵华战争。

[2] 松台:植松的土台。竹崦:竹山,种竹之山。唐王建《题裴处士碧虚溪居》诗:"松台前后花皆别,竹崦高低水尽通。"

[3] 凄迷:悲伤怅惘。唐陆龟蒙《采药赋》:"江仆射之孤灯向壁,不少凄迷。"

[4] "相思"句:当从唐元稹《酬乐天东南行诗一百韵》"暗魂思背烛"句化出。

[5] 犀象:犀角和象牙。秦李斯《谏逐客书》:"夜光之璧不饰朝廷,犀象之器不为玩好。"汉张衡《东京赋》:"贱犀象,简珠玉。"吕延济注:"犀象,牙角也。"

[6] 赏心亭:在建康(今江苏省南京市)西边城楼上。《景定建康志》卷二二载:"赏心亭,在下水门之城上,下临秦淮,尽观览之胜。"

[7] 稼轩:即辛弃疾(1140—1207),原字坦夫,后改字幼安,号稼轩,南宋历城(今山东省济南市)人。其词题材广阔,风格以沉雄豪迈为主,又不乏细腻缠绵、通俗清新之作,风格多样。有《稼轩长短句》。今人辑有《辛稼轩诗文钞存》。稼轩于淳熙元年(1174)作《水龙吟·登建康赏心亭》一词,词作显示了一位报国无门、壮志难酬的失意英雄的满腹悲愤,令人感慨万分。梁鼎芬此时心境亦与稼轩相似,其词作也受到稼轩词风影响。

其 七

缥缥鸾凤[1]扶云下,绿章[2]次第通宵写。不敢负深恩,身危舌尚存[3]。如何无一答?密字银笺合[4]。沧海亦成枯[5],当筵[6]泪更无。

【注】

[1] 缥缥:犹飘飘,轻举貌。《汉书·贾谊传》:"凤缥缥其高逝兮,夫固自引而远去。"颜师古注:"缥缥,轻举貌。"鸾凤:比喻贤俊之士。《楚辞》引贾谊《惜誓》:"独不见夫鸾凤之高翔兮,乃集大皇之野。"此处指主战派官员及其他有见识之士。

[2] 绿章:亦称"青词"。旧时道士祭天写奏章表文时,因用朱笔写在

青藤纸上,故名。唐李贺《绿章封事》诗:"绿章封事咨元父,六街马蹄浩无主。"王琦汇解:《演繁露》:'今世上自人主,下至臣庶,用道家科仪奏事于天帝者,皆青藤纸朱字,名为青词。'绿章即青词,谓以绿纸为表章也。"宋陆游《花时遍游诸家园》诗:"绿章夜奏通明殿,乞借春阴护海棠。"此处指群臣的奏疏。时战事紧急,光绪帝示意亲近的朝臣多上疏主战,企图借清议以压迫以慈禧太后为首的主和派,于是南书房、上书房两处人员每日轮流上奏折,多请停办"点景",主战论高涨一时。

[3] 舌尚存:语出《史记·张仪列传》:"张仪已学而游说诸侯,尝从楚相饮,已而楚相亡璧,门下意张仪,曰:'仪贫无行,必此盗相君之璧。'共执张仪,掠笞数百,不服,释之。其妻曰:'嘻!子毋读书游说,安得此辱乎?'张仪谓其妻曰:'视吾舌尚在不?'其妻笑曰:'舌在也。'仪曰:'足矣。'"此句赞扬群臣为感戴君恩,虽身处险境,犹冒死竭力谏诤。时慈禧太后有意对主战派进行报复,曾言:"今日令吾不欢者,吾亦将令彼终身不欢。"(见《清光绪朝中日交涉史料》)

[4] 银笺合:奏章未拆开阅览。银笺,纸的美称。宋王沂孙《高阳台》词:"怎得银笺,殷勤与说年华。"此处指奏章。时光绪帝虽有亲政之名,但无亲政之实。"归政后,必须永照现在规制,一切事件,先请懿旨,再于皇帝前奏闻。"(见《光绪朝东华录·光绪十二年六月》)因此主战派奏章多无回复。

[5] 沧海亦成枯:泪将流尽。言上疏诸臣的怆痛悲伤。

[6] 当筵:暗指慈禧太后奢侈淫乐如故。

其 八

璇①宫夜半惊传烛[1],西头势重貂相属[2]。桃宴[3]酒酣时,春残[4]那得知? 搴芳情绪各[5],不念花开落[6]。庭院这般荒[7],有人空断肠[8]。

【校】

① "璇",底本原作"旋",据《词学季刊》本、杨辑本、《中国近代文学大系:诗词集》本、《岭南历代词选》本等改。

【注】

　　[1] 璇宫：玉饰的宫殿，帝王所居。晋王嘉《拾遗记》卷一："少昊以金德玉，母曰皇娥，处璇宫而夜织。"唐王勃《采莲赋》："金室丽妃，璇宫佚女。"传烛：指宴饮至夜深，传烛以照。唐韩翃《寒食》诗："日暮汉宫传蜡烛，轻烟散入五侯家。"

　　[2] 西头势重：典出《新唐书·高元裕传》："敬宗视朝不时，稍稍决事禁中，宦竖恣放，大臣不得进见。元裕谏曰：'今西头势乃重南衙，枢密之权过宰相。'帝颇寤，而不能有所检制，人皆危之。"西头：指掌握实权的西宫皇太后慈禧。貂：貂寺，古代内廷宦官以貂尾为冠饰，故以貂寺为宦官的别称。《宋史·赵景纬传》："弄权之貂寺，素为天下之所共恶者，屏之绝之。"相属：接连不断。此句言慈禧太后与宦官李莲英相互勾结，有弄权误国之罪。

　　[3] 桃宴：蟠桃会。相传农历三月三日为西王母诞辰，是日西王母以蟠桃宴请诸仙。1894年，正值慈禧太后六十大寿。慈禧太后不顾内忧外患，热衷筹办生日庆典。此句指责慈禧太后及主和派贪图享受，不以国事为重。

　　[4] 春残：喻当时政局破败，危在旦夕。

　　[5] 搴芳：采摘花草。南朝宋谢灵运《山居赋》："愚假驹以表谷，涓隐岩以搴芳。"此句喻当时主战、主和两派各有打算，互相斗争，争权夺利。

　　[6] 花开落：喻国势。宋戴复古《杜门自遣》诗："闭门不管花开落，避俗唯通燕往来。"此处指主战、主和两派不顾国家兴亡，加重国家的祸患。

　　[7] 庭院：喻朝廷。此句言朝政荒乱，形势危急。

　　[8] 有人：词人自指。此句表现词人对国事万分感慨、悲伤不已的情怀。

其　九

　　峨峨一舰[1]浮东海，春帆楼约[2]千年在。叔宝是何心[3]？真成不择音[4]。　　通人眉语妙[5]，岂避旁观①笑[6]。此恨竟无期[7]，寻春岁岁悲。

【校】

① "观"，杨辑本作"人"。

【注】

[1] 峨峨：高貌。屈原《楚辞·招魂》："增冰峨峨，飞雪千里些。"吕向注："峨峨，高貌。"一舰：指李鸿章所乘的德国轮船。1895年3月14日，李鸿章带着儿子李经方、罗丰禄、马建忠、伍廷芳、于式枚、美国顾问科士达等得力随员十三人，乘德国轮船礼裕号、公义号从天津动身，19日抵达日本下关。

[2] 春帆楼约：指丧权辱国的《马关条约》。春帆楼：位于日本下关红石山脚下，安德天皇祠旁，为中日谈判场所。4月17日，李鸿章与伊藤博文在此签订《马关条约》。

[3] 叔宝：即南朝陈后主陈叔宝，字符秀，小字黄奴。其在位期间，荒废朝政，生活奢侈，沉迷酒色。及南陈被隋所灭，叔宝被俘献长安，隋文帝礼遇之，但叔宝屡求官号于隋，隋文帝曰："叔宝全无心肝。"（见《南史·陈本纪》）"叔宝是何心？"自此化出。此处指朝鲜王李熙。

[4] 不择音："音"通"荫"，指庇荫之处。意谓鹿将死，来不及选择荫蔽的地方。比喻在情况危急时无法谨慎地考虑行动是否妥当。亦比喻只求安身，不择处所。语出《左传·文公十七年》："鹿死不择音。小国之事大国也，德则其人也，不德则其鹿也，铤而走险，急何能择。"1895年7月6日，俄驻朝公使策动宫廷政变，排除亲日派。可见，朝鲜为日本所逼，投靠沙俄。

[5] 眉语：用眉的舒敛传情示意。南朝梁刘孝威《郡县遇见人织率尔寄妇》："窗疏眉语度，纱轻眼笑来。"此处指朝鲜闵妃暗通俄人。

[6] 旁观笑：谓事机外播，已被外人所知。《中东战纪本末·朝鲜乙未之变》："西报乃志其事曰：'朝鲜……王妃闵氏……悯王被逼于异邦，且恚其母族之失势，计欲尽逐新臣，而易以闵氏诸旧吏。机事不密，风声渐播，寄寓朝鲜诸官民皆知祸乱之来又将间不容发，徒以不在其位，不谋其政，相与漠然视之，而日使则思之烂熟矣。'"1895年10月8日，日公使三浦梧楼助朝鲜大院君李昰应，指使日军冲入王宫，杀死闵妃，重建亲日政权，是为"乙未之变"。

[7] 此恨：对甲午之役签订的《马关条约》之恨。无期：唐白居易《长恨歌》："天长地久有时尽，此恨绵绵无绝期。"

其 十

冤禽填海知何日[1]？芳怀[2]惹得秋①萧瑟。莫忆十年前[3]，肠回玉案[4]烟。 采茝轻决绝[5]，唾剩壶中血[6]。无谓[7]过浮生，思君空复情[8]。

【校】

①"秋"，《中国近代文学大系：诗词集》本作"愁"。按：据词意，"愁"字当误。

【注】

[1] 冤禽：精卫鸟。典出《山海经·北山经》："发鸠之山，其上多柘木。有鸟焉，其状如乌，文首、白喙、赤足，名曰精卫，其鸣自詨。是炎帝之少女，名曰女娃，女娃游于东海，溺而不返，故为精卫，常衔西山之木石，以堙于东海。"南朝齐祖冲之《述异记》卷上："昔炎帝女溺死东海中，化为精卫，其名自呼。每衔西山木石填东海，偶海燕而生子，生雌状如精卫，生雄如海燕。今东海精卫誓水处，曾溺于此川，誓不饮其水。一名誓鸟，一名冤禽，又名志鸟，俗呼帝女雀。"此处喻复仇雪耻。

[2] 芳怀：指愁时忧国的情怀。

[3] 十年前：指词人任翰林院编修时，因弹劾重臣李鸿章而被降级罢官之事。

[4] 玉案：玉饰的几案，常为帝王所专用，此处指皇帝座前。南朝梁萧纲《七励》："金苏翠幄，玉案象床。"唐刘长卿《寻洪尊师不遇》诗："道书堆玉案，仙帔迭青霞。"

[5] 茝：兰草。《诗·郑风·溱洧》："士与女，方秉茝兮。"毛传："茝，兰也。"采茝：即采撷兰草。古以采兰赠药比喻男女互赠礼物以表达爱慕之情，此处言对君王的钟爱之情。决绝：决然断绝。此句言忠而见弃之愤。

[6] 唾剩壶中血：典出东晋王嘉《拾遗记·魏》："文帝所爱美人姓薛，名灵芸，常山人也……闻别父母，嘘唏累日，泪下沾衣。至升车就路之时，以玉唾壶承泪，壶则红色。既发常山，及至京师，壶中泪凝如血矣。"此句言贬斥远放之悲。

[7] 无谓：没有意义。

[8] 君：光绪皇帝。此处言空有对光绪皇帝的思念，还有报国无门的无奈与悲哀。

浣 溪 沙

孤山看梅①[1]

　　一点愁心万点苔，满山风露替谁哀？更无人在月初来。　绝代婵娟还出世，断肠心事勿停杯，相思瘦尽有时开。

【校】

①"孤山看梅"，王森然《梁鼎芬先生评传》作"李四梅花调寄小庭花"，杨辑本作"李四梅花为浪公制"。

【注】

[1] 此词的创作时间不晚于民国七年戊午中秋（1918年9月15日），时词人在京。杨辑本词序作"李四梅花为浪公制"。李四即李孺，字子申。按：《节庵先生遗诗续编》有《子申墨荷》"黄三爱画墨荷花，李四才名近更夸"诗句可证。李孺详见后文《菩萨蛮·题子申画松梅，寿李心莲母夫人》词注。浪公即李放。李放（1887—1926）：原名充国，字无放，又字小石，号浪公、词堪（龛）、狷君等，直隶义州（今辽宁义县）人，李葆恂子。曾任清末官度支部员外郎。辛亥后，隐居不仕。与李孺、郭则沄等人均为冰社成员，且命冰社之名。1925—1926年，李放宅是当时冰社集会的主要场所。按：郭则沄《冰社初集追怀浪公》诗云："社寒名亦寒，名者惟李子。"郭则沄《清词玉屑》卷九"王怜卿"条云："乙丑丙寅间，冰社同人恒过李小石词龛夜话。"著有《炊沙词》《锦瑟词》等。

【评】

李广超《鱼台李氏韵语》云："本篇用笔清丽，一'愁'字贯穿全篇。'一点愁心''断肠心事''相思瘦尽'，'愁'不堪言。'有时开'、霾雾尽扫，红霞复现，'愁'减，喜而有望也。"

摸 鱼 儿

题缪艺风[1]《耦耕图》

叹从来、登朝叠叠,几人蓑笠[2]终老?开畦分水真闲适[3],朝晚雨晴俱好。长指爪,合击酒挥镰,陋彼侏儒饱[4]。发犹未皓。趁春汲余光,料量[5]千古,风味似三泖[6]。　人间世,且与流连芳草,不须重问怀抱。野苔生遍青瑶局[7],灵药驻颜难保。携栲栳[8],算托命清奇,并影斜阳道。如何除扫?笑叱犊田间,呼鱼小浜,输我十年早。

【注】

[1] 缪艺风（1844—1919）：缪荃孙,字炎之,一字筱珊（一作"小山"）,晚号艺风,藏书楼名艺风堂。江苏江阴（今江阴市）人。中国近代藏书家、目录学家、校勘家、史学家、方志学家、金石家,中国近代图书馆事业的奠基人,近代教育事业的先驱者之一。同治六年（1867）中举。光绪二年（1876）成进士,改庶吉士,散馆授编修,后任国史馆协修、纂修、总纂、提调等职,曾负责《清史》中部分列传的撰写。曾协助张之洞撰写《书目答问》四卷,主撰《（光绪）顺天府志》,重修《（光绪）湖北通志》,主修《（光绪）昌平县志》等。晚年仍总纂《江苏通志·金石卷》《江阴县续志》。历主南菁、泺源、经心、钟山、龙城等书院讲习。创办江南图书馆、京师图书馆。刊刻甚多,为成都书局刻《朱子全书》、为广雅书局刻《大金集礼》等千余种,为盛宣怀编刻《续经世文编》八十卷等。著述丰富,有《艺风堂藏书记》八卷、《艺风堂藏书续记》八卷、《艺风堂再续藏书》二卷、《艺风堂金石目录》十八卷、《艺风堂文集》十六卷等。

[2] 蓑笠：蓑衣和斗笠的合称。蓑衣指用草或棕毛制成的,披在身上的雨具；笠指用竹或草编成的帽子,以遮阳挡雨。此处借指归隐。《仪礼·既夕礼》："道车载朝服,槁车载蓑笠。"郑玄注："蓑笠,备雨服。"表现词人摆脱世俗、清高孤傲的情怀。

[3] "开畦"句：化用唐王维《春园即事》诗："开畦分白水,间柳发红桃。"开畦：引水入畦。畦,田园中分成的小区。分水：把水引入各块畦

田中。

[4] 侏儒饱：典出《汉书·东方朔传》："东方朔文辞不逊，高自称誉，上伟之，令待诏公交车。俸禄薄，未得省见。久之，朔绐驺朱儒……朱儒皆号泣顿首。上问：'何为？'对曰：'东方朔言上欲尽诛臣等。'上知朔多端，召问朔：'何恐朱儒为？'对曰：'臣朔生亦言，死亦言。朱儒长三尺余，奉一囊粟，钱二百四十。臣朔长九尺余，亦奉一囊粟，钱二百四十。朱儒饱欲死，臣朔饥欲死。臣言可用，幸异其礼；不可用，罢之，无令但索长安米。'上大笑，因使待诏金马门，稍得亲近。"后因以"侏儒饱"谓世道不平，小人得志，贤才受屈之典。唐白居易《得微之到官后书，备知通州之事，怅然有感，因成四章》诗之三："侏儒饱笑东方朔，薏苡谗忧马伏波。"

[5] 料量：本义是称量计算，引申为料想、估量、预料。唐白居易《行简初授拾遗同早朝入阁因示十二韵》诗："老去何侥幸，时来不料量。"

[6] 三泖：即泖湖，在上海市松江区。有上、中、下三泖，又根据其形状分别叫作圆泖、大泖、长泖，合称"三泖"。多已淤积为田。唐陆龟蒙《奉和袭美吴中书寄汉南裴尚书》诗："三茆凉波鱼蕰动，五茸春草雉媒娇。"宋何薳《春渚纪闻·泖茆字异》："今观所谓三泖，皆漫水巨浸，春夏则荷蒲演迤，水风生凉；秋冬则葭苇蓁蓊，鱼屿相望，初无江湖凄凛之色。所谓冬暖夏凉者，正尽其美。"

[7] "野苔"句：化用唐李益《入华山访隐者经仙人石坛》诗："仙人古石坛，苔绕青瑶局。"青瑶局：青石棋盘。青瑶，青石的美称。局，博具，棋盘。

[8] 栲栳：一种用竹篾或柳条编成的圆形盛物器具。亦作"笆斗""巴斗"。北魏贾思勰《齐民要术·作酢法》："量饭着盆中，或栲栳中，然后写饭着瓮中。"唐卢延让《樊川寒食》诗之二："五陵年少粗于事，栲栳量金买断春。"

菩 萨 蛮

画菊

年年抛得红芳瘦,两心遥照东篱寿[1]。淡泊不荣华,人间无此花。神光还一顾,多少参差[2]处。转尽客中肠,临风寄别觞[3]。

【注】

[1] 东篱:典源东晋陶潜《饮酒》诗之五:"采菊东篱下,悠然见南山。"后因以指种菊、赏菊之处,即菊圃。又喻隐士的庄园。亦常用以描写秋天菊花开放的景色。此处称菊花为"东篱"。唐无可《菊》诗:"东篱摇落后,密艳被寒催。"寿:长久。因菊深秋开花,花期很长,不易凋谢,故有"寿菊""菊寿延年"等称。

[2] 参差:蹉跎,错过。唐李白《送梁四归东平》诗:"莫学东山卧,参差老谢安。"

[3] 别觞:送别之酒。唐李咸用《送从兄入京》诗:"多情流水引归思,无赖严风促别觞。"

蝶 恋 花

雨夜

独立苔阶钗自整,燕语斜阳,惆怅音书梗[1]。风细画帘红烛定,相思转尽阑干影。　瑶瑟[2]闲抛非不幸。肠断尊前,酒冷难温性。寂寞西头孤凤[3]命,今生不省来生省[4]。

【注】

[1] 音书:亦称"音翰""音信""音耗",指音讯,书信。南朝梁庾信《拟咏怀》诗之七:"榆关断音信,汉使绝经过。"唐宋之问《渡汉江》诗:"岭外音书断,经冬复历春。"梗:阻塞。《字汇·木部》:"梗,塞也,挠也。"《管子·四时》:"谨祷币梗。"尹知章注:"梗,塞也。"北魏郦道元《水经注·河水》:"其山虽辟,尚梗湍流。"

[2] 瑶瑟:以玉装饰的琴瑟。唐陈子昂《春台引》:"挟宝书与瑶瑟,芳蕙华而兰靡。"宋陆游《月中过蜻蜓浦》诗:"缓篙溯月勿遽行,坐待湘妃鼓瑶瑟。"

[3] 孤凤:典出《论语·微子》:"楚狂接舆歌而过孔子曰:'凤兮凤兮!何德之衰?往者不可谏,来者犹可追。已而,已而!今之从政者殆而!'孔子下,欲与之言。趋而辟之,不得与之言。"唐陈子昂《感遇》诗之三十八:"溟海皆震荡,孤凤其如何。"本指孔子,此自指,寄托自己寂寞感伤、生不逢时之情。

[4] 省:醒悟,觉悟。《广韵·静韵》:"省,审也。"《正字通·目部》:"省,明也。"《列子·杨朱》:"实伪之辩,如此其省也。"

菩 萨 蛮

题子申画松梅,寿李心莲母夫人[1]

佳儿名入梅花社[2],娱亲笑捧仙人斝[3]。姑射[4]炼金沙,人间第一花。天台智者[5]院,松下开清宴。道是佛生朝[6],瑶台吹玉箫。

【注】

[1] 子申:即李孺。生卒不详。原名宝巽,字子申,号龠庵(一作"闇")或约厂,又号五峰山人,自号苦李。河北遵化人,汉军正白旗人。光绪十一年(1885)举人,曾历官广东、湖北候补道,署提学使。1904—1906年被张之洞派往日本做留学生监督。1910年参加北京成立的闲山社。1911年秋,在宜昌陷贼中,屡濒于危,1912年正月方脱险,携眷到上海(此处参阅梁鼎芬诗题)。辛亥革命后定居天津。李孺曾是冰社成员,1930年在天津与郭则澐、陈恩澍、林葆恒、查尔崇等人成立须社(前身是冰社),并有须社词侣题名。善画花卉,尤善画松梅,笔姿豪爽。工治印。著有《龠庵词诗》。李心莲:李宝沅。从化举人。1925年任知事。1899年在张之洞幕府,入幕职衔为候选知县,在幕职事是自强学堂汉文教习。清末与梁鼎芬、李孺、程颂万、罗四峰等人在武昌结闲删诗社于岁寒堂。1912年10月7日被挑选为上海山东会馆五名干事员之一。按:李心莲与黄遵宪等人交游,且与梁鼎芬有姻亲关系。《黄遵宪致黄绍箕》函札:"近日方打迭书箱也。纸二幅求赐柱铭,乞于暇时随意挥洒,他日寄我,以为别后相思之资。友人李心莲并嘱代求,此人梁节庵之姻戚也,附告。"《节庵先生遗诗补辑》有《松庵画松鹿为李心莲母太夫人寿》一诗。

[2] "佳儿"句:此句赞李宝沅参加一些文学团体之事,赞美李宝沅有如梅花高洁的品格,才华出众。

[3] 娱亲:使父母欢乐。三国魏曹植《灵芝篇》诗:"伯瑜年七十,彩衣以娱亲。"斝:古代酒器。圆口,有流、柱、鋬与三足,供盛酒与温酒用。后借指酒杯。《说文·斗部》:"斝,玉爵也。夏曰琖,殷曰斝,周曰爵。"《诗·大雅·行苇》:"或献或酢,洗爵奠斝。"

[4] 姑射：神话传说中的山名。《庄子·逍遥游》："藐姑射之山，有神人居焉，肌肤若冰雪，绰约若处子；不食五谷，吸风饮露；乘云气，御飞龙，而游乎四海之外。"后诗文中以"姑射"为神仙或美人的代称。

[5] 天台智者：智𫖮（538—597），南朝陈、隋时的高僧，世称智者大师，是中国最早的佛教宗派天台宗的开宗祖师。俗姓陈，字德安。祖籍颍川（今河南许昌），生于荆州华容（今湖北潜江）。梁绍泰元年（555），年十八，投湘州果愿寺法绪出家。二十岁受具足戒。初从慧旷律师学律，通方等（大乘教）。后入衡州大贤山，诵习《法华经》《无量义经》《普贤观经》等。陈天嘉元年（560），诣光州大苏山，师事慧思禅师，修习法华三昧。七年后至金陵弘法。太建七年（575），与慧辨等人入天台山隐居实修止观。隋开皇十一年（591），应晋王杨广之请，到扬州为其授菩萨戒，被赐号"智者"。开皇十三年（593），往赴荆州，在当阳县（今当阳市）创建玉泉寺。晚年再至金陵，既而归天台而入寂。著有《法华经玄义》《法华经文句》《摩诃止观》各二十卷，合称"天台三大部"，为天台宗最重要的教典。此外，还有《金光明经玄义》二卷、《金光明经文句》六卷、《观音玄义》二卷、《观音义疏》二卷等。事迹见隋释灌顶撰《隋天台智者大师别传》、《国清百录》卷四附《智者大禅师年谱事迹》等。

[6] 佛生朝：即佛生日。纪念佛祖释迦牟尼诞生，又称浴佛节、佛诞节。但古书对我国浴佛节具体日期的记载多有不同。南朝梁宗懔《荆楚岁时记》以二月八日为佛诞节。《辽史·礼志》以三月二十八日为悉达太子生辰。北宋赞宁《大宋僧史略》载："今东京以腊月八日浴佛，言佛生日。"南宋金盈之《醉翁谈录》云："诸经说佛生日不同，其指言四月八日生者为多。《宿愿果报经》云：我佛世尊生是此日，胡用四月八日灌佛也。南方多用此日，北人专用腊八。"元时多用四月八日。此处借指李宝沅之母生日。

金 缕 曲

题画[1]

　　我说君须听。是通明、当年栖隐,亭台佳胜。吹下人间桃花坞[2],画本嫣然可认。仿佛遇①、数声清磬。碧树红桥谁曾到?有人兮、窈窕荷衣影。一回首、四山暝[3]。　　鸾飘凤泊[4]嗟同命。一作鸳魂凄冷嗟难醒。望天门、群肩历乱[5],晚风方劲。欲挽芳菲无寻处,独向藨芋[6]旧径。任石灶、无烟也定。点点花前相思泪,便今生②、声断来生应。君尚寐、我还病。

【校】

　　①"遇",杨辑本作"过"。

　　②"便今生",杨辑本作"便令今生"。按:据本词谱格律,"令"当为衍字。依底本。

【注】

　　[1] 杨辑本有按语云:"敬安按似系沈乙庵属题。"沈乙庵即沈曾植(一作增植)。沈曾植(1850—1922):字子培,号乙盦(乙庵、乙厂、乙龛),又号巽斋,晚号寐叟。别署寐翁、乙僧、睡庵、巽斋老人、东轩居士、逊斋居士等。室名海日楼、曼陀罗华馆等。浙江嘉兴人。同治十二年(1873)举人,光绪六年(1880)进士。历官刑部主事、刑部贵州司主事、总理各国事务衙门章京、安徽司员外郎、江苏司郎中、安徽提学史、署布政使。1917年复辟,授学部尚书。博古通今,学贯中西,以"硕学通儒"名震中外,誉称"中国大儒"。精通哲、史、地、医、佛、文艺、律令诸学,工书法,富著述,著有《海日楼诗》二卷、《曼陀罗龛词》一卷、《寐叟乙卯稿》一卷、《海日楼丛稿》二十二种、《元朝秘史补注》十五卷等。

　　[2] 桃花坞:位于江苏省苏州市,自古以来,不仅风景秀丽,还是"年画之乡"。这里的年画源于宋代的雕版印刷工艺,并由绣像图演变而来,到明代发展成为民间艺术流派,形成了独特的风格,当时又被称为"姑苏

版"年画。桃花坞木版年画曾被国外誉为"东方古艺之花",兴盛于清代雍正、乾隆年间,衰落于鸦片战争以后,濒于光绪初年,迅速恢复于新中国成立以后。桃花坞木版年画制作工艺复杂,以门画、中堂、条屏为主要形式,题材多为祈福迎祥、驱凶避邪、民俗生活、戏曲故事等,色彩明快,富于装饰。

[3] 四山暝:日晚四方的山色幽暗。暝,昏暗。宋释圆悟《山中四首》诗之二:"坐久四山暝,吟余独鸟飞。"

[4] 鸾飘凤泊:亦作"凤泊鸾飘",原形容书法潇洒,毫无拘束。语出唐韩愈《岣嵝山》诗:"科斗拳身薤倒披,鸾飘凤泊拿虎螭。"此处比喻人离散或漂泊无定。清龚自珍《己亥杂诗》诗之二五五:"凤泊鸾飘别有愁,三生花草梦苏州。"一作"鸾魂凄冷嗟难醒"句,参见《祝英台近·问徐大病徐铸字巨卿》词"舞台鸾镜"条注。

[5] 群肩:指用石块砌成的群肩石,即墙基最下部分,又称护脚石或裙墙。历乱:纷乱,杂乱。南朝宋鲍照《拟行路难》诗之九:"锉檗染黄丝,黄丝历乱不可治。"唐卢照邻《芳树》诗:"风归花历乱,日度影参差。"

[6] 蘼芜:香草名,中药名,又名"薇芜""江蓠""川芎苗"等,多喻指夫妻分离或闺怨。《玉台新咏·古诗》:"上山采蘼芜,下山逢故夫。"南朝齐谢朓《和王主簿季哲怨情》诗:"相逢咏蘼芜,辞宠悲团扇。"这里指词人相思怀人。

水 龙 吟

题画

　　年时恩怨重重，清莹不见些儿影[1]。舞鸾去后，凄凉旧事，那堪重省①[2]？解佩[3]传羞，回波献笑，几多芳兴[4]。漫兽香不断[5]，愔愔[6]雾起，微晕了，妆难整。　莫道深闺昼永[7]，早飘断、一天宫粉。等闲付与，人间儿女，猜量幽恨[8]。小字偷摹，宝奁低护，熨他凉靓。莫画中赢得，花扶楼好，倩谁孤凭。

【校】

　　①"重省"，底本原作"重问"，失韵，据杨辑本改。

【注】

　　[1] "年时"二句：谓当年官场权贵互相勾结利用，排挤攻击，恩怨重重，不见洁净透明之影。
　　[2] "舞鸾"三句：舞鸾，鸾镜照见的孤影。参见《祝英台近·问徐大病徐铸字巨卿》词"舞台鸾镜"条注。凄凉旧事，指1885年词人因弹劾权臣而被贬职罢官之事。此言内心孤独、凄凉，往事不堪回首。
　　[3] 解佩：解下玉佩。佩是古代文官服饰上的饰物，故谓脱去朝服辞官为"解佩"。南朝宋鲍照《拟古》诗之二："解佩袭犀渠，卷帙奉卢弓。"李周翰注："佩，文服也。犀渠，甲也。帙，书衣也。卢弓，征伐之弓。谓弃笔从戎也。"南朝梁钟嵘《诗品》卷上："或士有解佩出朝，一去不返；女有扬娥入宠，再盼倾国。"
　　[4] 芳兴：美好的兴致。唐刘禹锡《春有情篇》诗："纵令无月夜，芳兴暗中深。"
　　[5] "漫兽香"句：谓兽形香炉中冒出来的香烟弥漫不断。宋李清照《醉花阴》词："薄雾浓云愁永昼，瑞脑消金兽。"
　　[6] 愔愔：幽深悄寂的样子。汉蔡琰《胡笳十八拍》："雁飞高兮邈难寻，空肠断兮思愔愔。"宋周邦彦《瑞龙吟》："章台路，还见褪粉梅梢，试

花桃树。悁悁坊陌人家，定巢燕子，归来旧处。"

　　[7] 昼永：白昼漫长。北宋林逋《病中谢马彭年见访》诗："山空门自掩，昼永枕频移。"南宋洪迈《容斋三笔·李元亮诗启》："元亮亦工诗，如'人闲知昼永，花落见春深'。"

　　[8] "人间儿女"二句：与前《浣溪沙》"儿女神仙反自嫌，半生幽恨在眉间"句相似。

五福降中天

介朱年伯母七十寿[1]

桃花一实三千岁[2]，诀荡天门[3]尺咫。玉杖[4]徘徊，金章焜耀[5]，但见慈颜欢喜。二月良辰。听燕语莺歌，春浓如海。酒落霞觞[6]，跻堂共祝无量祉[7]。　岳岳[8]家声鹊起。念柳丸欧荻[9]，母氏劳只[10]。草萦书带[11]，兰苗孙枝[12]，定知丝纶济美[13]。婆娑老福[14]。尽畿甸纵观，板舆戾止[15]。笙歌奏广，微协霓裳宫徵[16]。

【注】

[1] 按：此词迄《梦江南》（西湖好！风义激人群），共十三首词，录自杨敬安辑《节庵先生遗稿》之诗词补遗部分。介：助。《诗·豳风·七月》："为此春酒，以介眉寿。"郑玄笺："介，助也。"朱年伯母：生平待考。

[2] "桃花"句：此句用王母桃典。神话传说，西王母曾赠仙桃与汉武帝，称此桃三千年结实一次，食之可以长生。《太平广记》卷三引《汉武内传》："（王母）又命侍女更索桃果，须臾，以玉盘盛仙桃七颗，大如鸭卵，形圆青色，以呈王母。母以四颗与帝，三颗自食。桃味甘美，口有盈味。帝食辄收其核，王母问帝，帝曰：'欲种之。'母曰：'此桃三千年一生实，中夏地薄，种之不生。'帝乃止。"唐韦斌《送贺秘监归会稽诗》："桃实三千岁，何当献寿来？"

[3] 诀荡天门：诀荡，空旷无际貌。《汉书·礼乐志》："天门开，诀荡荡，穆并骋，以临飨。"颜师古注引如淳曰："诀读如迭。诀荡荡，天体坚清之状也。"王先谦补注："天体广远，言象俱忘，故曰诀荡荡。"唐杜甫《乐游原歌》："闾阖晴开诀荡荡，曲江翠幕排银榜。"

[4] 玉杖：亦称"鸠杖""齿杖""延年杖"等。古代朝廷赐予长者之手杖。杖端作鸠鸟形。鸠者，不噎之鸟，祝愿老人健康长寿，饮食不噎也。据文献载，年过七十者授之，以示优遇。《后汉书·礼仪志中》："仲秋之月，县道皆案户比民。年始七十者，授之以玉杖，铺之糜粥。八十九十，礼

有加赐。玉杖长九尺，端以鸠鸟为饰。"唐李白《夷则格上白鸠拂舞辞》诗："天子刻玉杖，镂形赐耆人。"按：据现有文献及考古资料，汉代所行乃王杖制，而非玉杖制。玉杖当为王杖。《周礼·秋官·伊耆氏》："掌国之大祭祀，共其杖咸。军旅，授有爵者杖。共王之齿杖。"郑玄注："王之所以赐老者之杖。郑司农云：'谓年七十当以王命受杖者，今时亦命之为王杖。'玄谓《王制》曰：'五十杖于家，六十杖于乡，七十杖于国，八十杖于朝。'"可参阅郝树声《武威"王杖"简新考》及魏燕利《"王杖"考辨》二文，载《简牍学研究》（第四辑），甘肃人民出版社2004年版。

[5] 金章：金印，多为皇族高官所佩；古代高级官员的官服。此处指朱年伯母的服饰装束，喻身份高贵。焜耀：明照，光耀。《左传·昭公三年》："不腆之适，以备内官，焜耀寡人之望。"陆德明释文引服虔曰："焜，明也；耀，明也。"

[6] 霞觞：亦称"九霞觞""九霞卮""霞杯"等，指华美的酒杯，亦指仙人所用的酒杯。唐曹唐《送刘尊师祗诏阙庭》诗之二："霞觞共饮身虽在，风驭难陪迹未闲。"后亦为酒的代称。

[7] 跻堂：犹登堂。语本《诗·豳风·七月》："跻彼公堂，称彼兕觥，万寿无疆。"无量祉：不可计算、没有限度的福。祉，福。《尔雅·释诂下》："祉，福也。"邢昺疏："祉者，繁多之福也。"《诗·小雅·六月》："吉甫燕喜，既多受祉。"毛传："祉，福也。"

[8] 岳岳：挺立貌，耸立貌。王逸《楚辞·九思·悯上》："丛林兮崟崟，株榛兮岳岳。"王逸注："岳岳，众木植也。"汉王延寿《鲁灵光殿赋》："神仙岳岳于栋间，玉女窥窗而下视。"李善注："岳岳，立貌。"

[9] 柳丸：唐柳仲郢，字谕蒙，京兆华原（今陕西省铜川市耀州区东南）人。柳公绰子。母韩氏，韩皋之女，善训子。幼嗜学，母常配制熊胆丸，使仲郢夜咀嚼以助勤，世传"丸熊教子"。及长，尚义气，能文章，著《尚书二十四司箴》，为韩愈所赞赏。事亲孝，能报母严教之恩。元和十三年（818）进士擢第，初任秘书省校书郎，迁谏议大夫，累擢刑部尚书，咸通中出为天平节度使。事见《旧唐书·柳仲郢传》卷一六五、《新唐书·柳仲郢传》卷一六三等。欧荻：即欧阳修，字永叔，庐陵（今江西吉安）人。四岁丧父，母郑氏守节自誓，亲诲之学，家贫，无钱购买纸笔，以芦荻杆代替笔，画地教儿学习。欧阳修自幼聪敏颖悟，读书辄成诵。事见《宋史·欧阳修传》卷三一九。此处用母教典故，称赞朱年伯母教育有方。

[10] 母氏劳只：母氏，对母亲的尊称，多用于书面语。《诗·邶风·

凯风》："凯风自南，吹彼棘心。棘心夭夭，母氏劬劳。"只，语气词。《诗·墉风·柏舟》："母也天只，不谅人只！"这是对母亲辛苦操劳的感念之辞。

［11］草萦书带：典出《后汉书·郡国志四·东莱郡》："不其侯国，故属琅邪。"南朝梁刘昭注引晋伏琛《三齐记》云："郑玄教授不其山，山下生草大如薤，叶长一尺余，坚韧异常，士人名曰康成书带。"《太平御览》卷九九四亦载。"康成书带"俗名沿阶草，相传郑玄弟子取其束书，故名"书带草"。典形有"康成带""书带草""草生书带""萦带草""郑草"等。郑玄是东汉著名的经学大师，其后姓郑的人，不论是不是郑玄的后裔，都常用"书带"之典。后多用作传道讲经或治学的处所。南朝陈张正见《秋晚还彭泽》诗："路积康成带，门疏仲蔚蒿。"唐李群玉《经费拾遗所居呈封员外》诗："空余书带草，日日上阶长。"宋苏轼《书轩》诗："庭下已生书带草，使君疑是郑康成。"

［12］兰茁孙枝：兰，木兰。茁，植物刚生长的样子。孙枝，从树干上长出的新枝，后喻孙儿。此处称誉朱年伯母孙辈繁盛出众，后继有人，家道兴旺。宋陆游《三三孙十月九日生日翁翁为赋诗为寿》诗："正过重阳一月时，龟堂欢喜抱孙枝。"

［13］丝纶济美：丝纶，亦称"丹纶""帝纶"等。语本《礼记·缁衣》："王言如丝，其出如纶。"孔颖达疏："王言初出，微细如丝，及其出行于外，言更渐大，如似纶也。"后世常用丝纶喻指帝王的诏令。唐杜甫《奉和贾至舍人早朝大明宫》诗："欲知世掌丝纶美，池上于今有凤毛。"宋晏殊《拂霓裳》词："钿函封大国，玉色受丝纶。"此处用以表示授官、加封。济美，谓在以前的基础上使美好的东西发扬光大。语出《左传·文公十八年》："世济其美，不陨其名。"杜预注："济，成也。"孔颖达疏："世济其美，后世承前世之美。"唐司空图《故盐州防御使王纵追述碑》："代为著姓，人不乏贤，或济美于参墟，或炳灵于沂水。"

［14］婆娑老福：婆娑，逍遥自在、闲散自得。汉班彪《北征赋》："登障隧而遥望兮，聊须臾以婆娑。"李善注："婆娑，容与之貌也。"明张元祯《满庭芳·庆陈太孺人寿调》词："悠哉婆娑老福，不知是、几许修行。"

［15］"尽畿甸"二句：板舆，亦作"步舆""版辕""版舆"等，古代一种人抬的代步工具，多为老人乘坐。戾止：来到。《诗·鲁颂·泮水》："鲁侯戾止，言观其旗。"毛传："戾，来；止，至也。"此处化用晋潘岳《闲居赋》："太夫人乃御板舆，升轻轩，远览王畿，近周家园。"后因以代

指官吏在任迎养父母之辞。

[16] 霓裳:《霓裳羽衣曲》的略称。唐白居易《琵琶行》:"轻拢慢捻抹复挑,初为《霓裳》后《六幺》。"宫徵:古代五音中宫音与徵音的并称,泛指声调。南朝齐陆厥《与沈约书》:"前英已早识宫徵,但未屈曲指的,若今论所申。"

祝英台近

问徐大病徐铸字巨卿[1]

雨无憀,情又困,苔际落花病。香雪词人[2],肯与说凄冷。几回西府[3]沉吟?东阳瘦损[4],休去认、舞台鸾镜[5]。 倩红影[6],一线分荡帘波[7],罗帏薄愁映。我亦伤春,昨夜玉阑凭。欠他药里诗魔[8],便如中酒,浑不觉、今宵初醒。

【注】

[1] 徐大:即徐铸。见前《水龙吟·叶南雪丈属赋并蒂莲,同辛白、香雪》词注。此《祝英台近》二首作年难确考,但据词意,应作于同时。此二首词表达对徐铸的病痛感同身受,体现对友人的思念、关心。

[2] 香雪词人:徐铸一字香雪,有《香雪堂诗稿》。其不独能诗,兼工倚声,故称"香雪词人"。

[3] 西府:官府。宋熙宁间,于京师建东西两府,西府为枢密使所居,因以代称枢密使。宋张端义《贵耳集》卷上:"周益公以内相将过府,寿皇问:'欲除卿西府,但文字之职,无人可代,有文士可荐二人来。'"此处指词人回忆与徐铸共事。

[4] 东阳瘦损:典出《梁书·沈约传》。东阳,指沈约,曾为东阳太守。南朝梁时,沈约曾致书友人徐勉,诉说自己身体病弱,日渐消瘦,有"解衣一卧,肢体不复相关。百日数旬,革带常应移孔,以手握臂,率计月小半分。以此推算,岂能支久"语。后世用作咏生病消瘦的典故。唐李商隐《韩冬郎即席为诗相送,一座尽惊。他日余方追吟"连宵侍坐徘徊久"之句,有老成之风,因成二绝寄酬,兼呈畏之员外》诗之二:"为凭何逊休联句,瘦尽东阳姓沈人。"宋苏轼《临江仙·赠王友道》词:"谁道东阳都瘦损,凝然点漆精神。"

[5] 舞台鸾镜:传说鸾鸟喜群,以镜照之,见影辄舞。鸾镜,即孤鸾照影之镜,后指饰有鸾鸟图案的妆镜。《太平御览》卷九一六引南朝宋范泰《鸾鸟诗》序:"昔罽宾王结罝峻祁之山,获一鸾鸟,王甚爱之,欲其鸣而

不致也。乃饰以金樊，飨以珍羞。对之逾戚，三年不鸣。夫人曰：'闻鸟见其类而后鸣，何不悬镜以映之！'王从言。鸾睹影感契，慨焉悲鸣，哀响中宵，一奋而绝。"事亦见南朝宋刘敬叔《异苑》卷三。唐白居易《太行路》诗："何况如今鸾镜中，妾颜未改君心改。"

［6］倩：借，借助。《方言》卷一二："倩，借也。"红影：落花的影子。五代韦庄《三堂早春》诗："溪送绿波穿郡宅，日移红影度村桥。"

［7］帘波：帘影摇曳如水波。唐李商隐《烧香曲》："玉佩呵光铜照昏，帘波日暮冲斜门。"

［8］诗魔：犹如入魔一般的强烈的诗兴。唐白居易《醉吟》诗之二："酒狂又引诗魔发，日午悲吟到日西。"

前　　调

问徐大[1]病口述己意

　　梦初醒[2]，花正好，残月上帘幕。东海清才[3]，久被病羁缚。最怜香雪庐[4]中，支离瘦鹤，谁偷与？碧天灵药[5]。　　自飘泊。一样分与穷愁，天涯共盘错[6]。我倍销魂，负了可人[7]约。因甚绿酒红镫。引成长恨，把往事、凭君商酌。

【注】

　　[1] 徐大：即徐铸。见前《水龙吟·叶南雪丈属赋并蒂莲，同辛白、香雪》词注。

　　[2] 醒：酒醒、清醒。《说文·酉部》："醒，病酒也。一曰醉而觉也。从酉，星声。"段玉裁注："许无醒字，醉中有所觉悟即是醒也，故醒足以兼之，《字林》始有醒字，云'解酒也'。"汉张衡《南都赋》："其甘不爽，醉而不醒。"

　　[3] 东海清才：东海，指我国东方滨海地区。清才：品行高洁、才能卓越的人。此句高度赞美徐铸。南朝宋刘义庆《世说新语·赏誉》："太傅府有三才：刘庆孙长才，潘阳仲大才，裴景声清才。"唐刘禹锡《裴相公大学士见示答张秘书谢马诗并群公属和因命追作》诗："不与王侯与词客，知轻富贵重清才。"

　　[4] 香雪庐：徐铸字香雪，此当是其斋室名。

　　[5] "支离"三句：谓流离的瘦鹤，与谁偷那青天仙药？化用唐李商隐《常娥》诗："常娥应悔偷灵药，碧海青天夜夜心。"

　　[6] 盘错：纷然杂陈。西汉刘向《说苑·反质》："酒食珍味，盘错于前。"此处指穷困愁苦的心绪交杂在一起。

　　[7] 可人：有才德的人。引申为可爱、称心如意的人，泛指心仪者。典出《礼记·杂记下》："其所与游辟也，可人也。"孔颖达疏："可人也者，谓其人性行是堪可之人也。"宋苏轼《广陵后园题申公扇子》诗："闲吟'绕屋扶疏'句，须信渊明是可人。"

临　江　仙

　　满地落花春去也，有人愁煞[1]东风。可怜心事寂寥中。相思谁遣得？薄醉一镫红。　燕子不来鸿雁去，痴心人负苍穹。琵琶空自语玲珑[2]。西江双眼泪，薄命似飞蓬[3]。

【注】

　　[1] 愁煞：亦作"愁杀"，谓使人极为忧愁。煞，表示程度深。《古诗十九首·去者日以疏》："白杨多悲风，萧萧愁杀人。"五代冯延巳《临江仙》词："夕阳千里连芳草，萋萋愁煞王孙。"

　　[2] 玲珑：指琵琶清越的声音。唐白居易《听曹刚琵琶兼示重莲》诗："拨拨弦弦意不同，胡啼番语两玲珑。"宋范成大《浣溪沙·元夕后三日王文明席上》词："鱼子笺中词宛转，龙香拨上语玲珑。"

　　[3] 飞蓬：枯后根断遇风飞旋的蓬草，比喻行踪漂泊不定。《北齐书·文苑传·颜之推》："嗟飞蓬之日永，恨流梗之无还。"唐李白《鲁郡东石门送杜二甫》诗："飞蓬各自远，且尽手中杯。"

浣 溪 沙

花里箫声梦里人,酒中琴思[1]月中因,海棠开尽可怜春。 蝴蝶醉残深翠院[2],杜鹃啼彻落红辰[3],谁家帘幕绮罗身[4]?

【注】

[1] 琴思:谓琴声凄怨。南朝齐谢朓《奉和随王殿下》诗之七:"高琴时以思,幽人多感怀。"唐卢纶《春日卧病示赵季黄》诗:"语少渐知琴思苦,卧多唯觉鸟声喧。"

[2] "蝴蝶"句:此处似从唐李群玉《三月五日陪裴大夫泛长沙东湖》诗句"草色醉蜻蜓"中化出。宋周密《野步》诗:"羡他无事双蝴蝶,烂醉东风野草花。"言蝴蝶沉醉于野草香花中。

[3] "杜鹃"句:此处用"杜鹃啼血"的典故。典见东晋常璩《华阳国志·蜀志》和北魏阚骃撰、清张澍辑《十三州志》等。后世以此喻指思念故乡、忧国忧民、惆怅感伤的心情,多用来渲染悲凉凄清的气氛,常用以形容哀痛之极。此处表达词人内心的极大痛苦。

[4] "谁家"句:此处似同情贫苦百姓的生活艰难,亦有对豪门富家的不满之意。明杨基《废宅行》诗:"帘幕当年尽绮罗,网丝颠倒腐萤多。"

苏 幕 遮

剪儿风[1],眉样月[2]。宛转春心,惆怅春芳歇[3]。毕竟海棠花是客,埋怨东风,管领太疏忽！ 整青衫[4],簪华发。饯罢花神,转怪花仓卒[5]。此种心情惟燕觉,立尽苍苔,冷露侵罗袜[6]。

【注】

[1]剪儿风：略带寒意的微风,意谓微风轻拂。唐韩偓《寒食夜》诗："恻恻轻寒剪剪风。"清纳兰性德《菩萨蛮·回文》词："风剪一丝红,红丝一剪风。"

[2]眉样月：指新月。唐白居易《天津桥》诗："眉月晚生神女浦,脸波春傍窈娘堤。"

[3]春芳歇：春天的花草凋谢。歇,凋谢、枯萎。唐王维《山居秋暝》诗："随意春芳歇,王孙自可留。"

[4]青衫：唐代文官八品、九品的官服颜色为青色,指官职卑微,后借指失意的官员,又借指微贱者的服色。唐白居易《琵琶行》诗："座中泣下谁最多？江州司马青衫湿！"

[5]仓卒：匆忙、急遽,亦作"仓促""仓猝"。《诗·小雅·巷伯》："岂不尔受,既其女迁。"郑玄笺："王仓卒岂将不受女言乎？"唐韦应物《送终》诗："即事犹仓卒,岁月始难忘。"谓花凋零太快。

[6]"冷露"句：化用唐李白《玉阶怨》诗："玉阶生白露,夜久侵罗袜。"侵：渗透。罗袜：丝织的袜子。

一 剪 梅

　　翠丝红影荡帘波,未遣愁魔[1],又入诗魔。天涯孤负月华多,远念嫦娥,怕见嫦娥。　长安花事[2]近如何?乌帽高歌[3],红袖[4]低歌。慵妆薄酒醉颜酡[5],君渡银河,我隔银河[6]。

【注】

　　[1] 愁魔:愁思。谓如魔缠身。宋苏轼《子玉家宴用前韵见寄复答之》诗:"诗病逢春转深痼,愁魔得酒暂奔忙。"

　　[2] 长安花事:指唐代中期皇帝昏庸误国之事。花事:指游春赏花等事。此处指朝廷帝后沉溺于享乐。明释函可《初闻警友人约同入岭作此答之》诗:"长安花事独相关,荔子丹时尚未还。"

　　[3] 乌帽:即乌纱帽。亦称"乌纱",黑帽。古代贵者常服。隋唐后贵贱通用,多为庶民、隐者之帽,宋时又为幞头所代,成为闲居之服。此处代指男子。古乐府《读曲歌》:"白帽郎,是侬良,不知乌帽郎是谁?"

　　[4] 红袖:原指女子的红色衣袖,代指美女。唐元稹《遭风》诗:"唤上驿亭还酩酊,两行红袖拂尊罍。"

　　[5] 颜酡:醉后脸泛红晕。语出《楚辞·招魂》:"美人既醉,朱颜酡些。"王逸注:"朱:赤也;酡:着也。言美女饮啖醉饱,则面着赤色而鲜好也。"

　　[6]"君渡银河"二句:用牛郎织女相隔银河的典故。后用作夫妻异地、恋人相隔的典故。唐李群玉《感兴》诗之二:"织女了无语,长宵隔银河。"

菩　萨　蛮

人天隔断蘼芜[1]路，琴心[2]不许春风度。独自立天涯，无言惜落花。华年流水去[3]，梦断无寻处[4]。愁重怕调筝，相思恨月明。

【注】

　　[1] 人天：佛教语，六道轮回中的人道和天道，泛指诸世间、众生。《魏书·释老志》："人天道殊，卑高定分。"唐白居易《看梦得题答李侍郎诗，诗中有文星之句，因戏和之》："看题锦绣报琼瑰，俱是人天第一才。"蘼芜：参见《金缕曲·题画》（我说君须听）词注。

　　[2] 琴心：以琴声传达心意、情意，也作"琴挑"，后指爱情的表达。典源《史记·司马相如列传》："是时，卓王孙有女文君新寡，好音，故相如缪与令相重，而以琴心挑之。"南朝宋裴骃《史记集解》引郭璞曰："以琴中音挑动之。"唐白居易《和殷协律琴思》诗："烦君玉指分明语，知是琴心伴不闻。"宋晏几道《采桑子》词："试拂幺弦，却恐琴心可暗传？"

　　[3]"华年"句：宋贺铸《东吴乐》词："枉分将、镜里华年，付与楼前流水。"谓青春年华如流水逝去。

　　[4]"梦断"句：化用唐金昌绪《春怨》诗："打起黄莺儿，莫教枝上啼。啼时惊妾梦，不得到辽西。"

高 阳 台

　　月上花梢,风归柳际,闲情引作春愁。细语商量,鸾胶[1]愿续千秋。也妨好事多磨折[2],奈明珠、无处搜求。忽沧茫、江海天风,促我行舟[3]。

　　腰枝愁瘦春人[4]囚,怅平阳程杳[5],魂再难游。问讯杨花,被风卷过沧洲[6]。琵琶声断琴心死,漫猜疑、艳福难修。苦相思、泪湿青衫,望断黔娄[7]!

【注】

　　[1] 鸾胶:传说中用凤喙麟角合煎制成的一种胶,可黏合断弦。后多用以比喻续娶后妻。亦称"续弦""续胶"或"鸾胶再续"。典源《汉武外传》:"西海献鸾胶,武帝弦断,以胶续之,弦两头遂相着,终日射,不断。帝大悦,名续弦胶。"事亦见《十洲记·凤麟洲》《博物志》等书。五代刘兼《秋夕书怀呈戎州郎中》诗:"鸾胶处处难寻觅,断尽相思寸寸肠。"

　　[2] 好事多磨折:语见宋晁端礼《安公子》词:"是即是,从来好事多磨难。"谓好事情在实现、成功前往往会经历许多挫折、阻碍,常指男女相爱,多经波折,不易如愿。

　　[3] "忽沧茫"二句:化用唐李白《行路难》诗:"长风破浪会有时,直挂云帆济沧海。"

　　[4] 春人:怀春的人。春,指男女情欲。明杨慎《扶南曲》之一:"春人辞曲房,罗绮杂花香。远思河边草,柔情陌上桑。"

　　[5] 怅平阳程杳:此处谓平坦的路途远得看不见踪迹。平阳,犹平坦宽阔。《西游记》第五十六回:"下西坡,乃是一段平阳之地。"程,引申为(旅行)道路、一段路、路途。杳,清段玉裁《说文解字注·木部》:"杳,引申为凡不见之称。"

　　[6] 沧洲:滨水的地方,泛指隐士的居处。三国魏阮籍《为郑冲劝晋王笺》:"然后临沧洲而谢支伯,登箕山以揖许由。"

　　[7] 黔娄:人名。据西汉刘向《列女传·鲁黔娄妻》载,黔娄为春秋鲁人。《汉书·艺文志》、晋皇甫谧《高士传·黔娄先生》则说是齐人。春秋时隐士,安贫自守,拒绝齐鲁之君的重金征聘,不肯出仕,死后衾不蔽体。诗词中多用以喻指操守高洁的贫士。

祝英台近

　　好春归，花事过，香瘦落红少。小客[1]天涯，流水逐年渺[2]。自怜萍转蓬飘[3]，湘云[4]梦绕，只怕听、夕阳啼鸟。　　闲庭悄。冷月勾引离愁，情绪倍分晓[5]。欲检归装，舟滞海天杳。此身嫁与江湖，粤山燕市[6]，几被惯、穷魔相扰。

【注】

　　[1]小客：谦称自己的客人。宋苏轼《与郑靖老四首》（一本题作《与郑嘉会二首》）之一："小客王介石者，有士君子之趣，起屋一行，介石躬其劳辱，甚于家隶，然无丝发之求也。"

　　[2]渺：水辽远无际貌。《玉篇·水部》："渺，水长也。"

　　[3]"自怜"句：谓自怜身世如浮萍飘转无依、飞蓬漂泊不定。

　　[4]湘云：笼罩在湘江上的阴云，比喻词人愁闷的心情。唐李益《鹧鸪词》："处处湘云合，郎从何处归？"宋姜夔《一萼红》词："南去北来何事，荡湘云楚水，目极伤心。"

　　[5]分晓：明白，清楚。宋赵彦卫《云麓漫钞》卷一："此《尚书》疏义，《禹贡》之三江也，但说得不分晓。"

　　[6]粤山燕市：粤山，位于岭南的山。粤，广东省的别称，此处指广州。燕市，指燕京，即今北京市。金元好问《人日有怀愚斋张兄纬文》诗："明月高楼燕市酒，梅花人日草堂诗。"

菩 萨 蛮

题同年梁小山夫人遗集[1]

其 一

芳兰庭院秋阴静，岁寒始识冰霜性[2]。韵格胜夭秾[3]，禁他一夜风。孤弦弹又歇，独自看明月。帘底坐成瘗[4]，幽怀赋若何？

【注】

[1] 此《菩萨蛮》二首约作于民国四年乙卯（1915）。同年梁小山：同年，即光绪二年（1876），词人与梁小山同时中举。梁小山，即梁庆桂（1856—1931），字伯阳，号小山（又作筱山、筱珊），广东番禺县黄埔乡（今广州海珠区新滘镇黄埔村）人，梁肇煌次子。光绪二年（1876）丙子科举人。历任内阁中书、侍读。光绪十二年（1886），遭父丧，回乡守制，潜心文史，与梁鼎芬、康有为等时有来往，成为兰契之交。光绪二十一年（1895）六月，入京应试，参与康有为组织的"公车上书"；八月加入康有为倡导的"强学会"。光绪二十四年（1898）春，加入京师"保国会"。光绪二十六年（1900）庚子之乱，两宫西狩，偕黎国廉、陈昭常等人间关万里，诣赴行在。光绪二十七年（1901）二月抵达西安，贡方物，升补为侍读。此后返粤。光绪三十年至三十二年（1904—1906）曾参加收回粤汉铁路修筑权的运动，因建树功勋，被公众推选为粤汉铁路副总办。光绪三十三年（1907）年初，以内阁侍读身份被派赴美筹办华侨兴学事宜。计在美、加六埠成立侨校八所（归国后侨民陆续呈报成立四所，共计十二所），人称"华侨教育开山祖"。回国后，入学部任参议上行走，旋南返广东，组织"广东自治研究社"。宣统三年（1911），与梁鼎芬、黄节等人重开广州"南园诗社"。民国七年（1918），总纂《番禺县续志》。晚年肆力诗文，志益淡泊。其诗得力于王士祯，文得力于洪亮吉。著有《式洪室诗文遗稿》、《式洪堂诗文集》一卷，辑有《梁氏两世传状》一卷。按：梁方仲撰《先父梁

广照逝世哀启》:"本生考讳庆桂,本生妣张。"又云:"一九一五年(民国四年)正月,本生先祖妣张太夫人弃养。"据张锡麟编《番禺张氏克慎堂家谱》,知梁庆桂夫人姓张,字浣钗,别字馥㠉。她是广东十三行隆记茶行第二代张凤华的长女,于民国四年乙卯(1915)正月二十三日逝世,享寿六十二岁。故推知此词约作于民国四年。遗集不详。

[2]"岁寒"句:化用隋末唐初虞世南《赋得临池竹应制》诗:"欲识凌冬性,唯有岁寒知。"谓一年的严寒时节才识其御冰霜的品性。

[3] 夭秾:指美丽的女子。夭、秾,均为花木美盛的样子,喻年少貌美。《诗·周南·桃夭》:"桃之夭夭,灼灼其华。"《诗·召南·何彼襛矣》:"何彼襛矣,华如桃李。"宋梅尧臣《冬夕会饮联句》:"器皿足缺鬶,捧执无夭秾。"

[4] 瘥:病,疫病。《尔雅·释诂上》:"瘥,病也。"《诗·小雅·节南山》:"天方荐瘥,丧乱弘多。"郑玄笺:"天气方今又重以疫病。"《左传·昭公十九年》:"郑国不天,寡君之二三臣札瘥夭昏。"杜预注:"小疫曰瘥。"

其 二

读书感世真英绝[1],集中屡论岳忠武事。黄龙无命伤豪杰[2]。沧海几栽桑,麻姑泣数行[3]。 愿将风雅意,教子[4]为佳士。长明好学有志行,赖贤母有以教之也。谁雪戴天仇[5],人间满八驼[6]。

【注】

[1] 英绝:英俊卓异,俊美超群。亦兼指人格、诗风。南朝齐张融《戒子文》:"吾文体英绝,变而屡奇。"南朝梁萧纲《与湘东王论文书》:"文章未坠,必有英绝领袖之者,非弟而谁?"

[2] 黄龙:古代传说中的动物名。谶纬家以为是帝王之瑞征。此处指皇帝。《艺文类聚》卷九八引《瑞应图》:"黄龙者,四龙之长,四方之正色,神灵之精也。能巨细,能幽明,能短能长,乍存乍亡。王者不漉池而渔,则应和气而游于池沼。""舜东巡狩,黄龙负图,置舜前。"此句暗用岳飞被秦桧陷害致死的典故,影射当今政局动乱,暗指光绪皇帝无实权。

[3]"沧海"二句:用"沧海桑田"典故。此处喻世事变迁之快,下

言"天雏",故有"麻姑泣数行"之叹。

[4] 子：指梁广照（1877—1951），字公辅，号长明，别号柳斋。广东番禺（今广州市）人。梁庆桂之长子，梁方仲、梁嘉彬之父。自幼聪颖，早年随康有为、朱稚箴、梁鼎芬讲习三传、三礼及古今体诗等。光绪二十二年（1896）丙申科附贡生，任刑部员外郎。次年（1897），任肇庆端溪书院监院。光绪二十五年（1899）报捐主事，签发刑部。光绪三十年（1904），以法部主事身份奋起具奏，力争废约，主张收回粤汉铁路权。晚年从事教育，在香港自办两所中学。著有《中庸撮钞》一卷、《柳斋词选》一卷、《柳斋遗集》四卷、《长明词》一卷等。按：《节庵先生遗诗补辑》有《寄怀长明》诗："吾宗一法部，人海已铮铮。诗写平生志，官题旧日名。思亲泪常在，忧国愤难平。京馆同时月，回看已隔生。"按：据梁庆桂《外姑何太夫人九十寿序》所提内容，知梁广照之母有着良好的家教、家风，故教子有成。张锡麟编《番禺张氏克慎堂家谱》："赋性仁厚，因居长，能佐母抚诸弟妹，祖妣何太夫人特喜之，言若生为男，必光大门间……每事能知大体，内外翕然称之，相夫教子俱成名。"

[5] 天仇：指国仇。《梁书·邵陵王纶传》："即日大敌犹强，天仇未雪，余尔昆季，在外三人，如不匡难安用臣子。"宋刘克庄《端嘉杂诗》之一："幅裂常包割地羞，扫平忽雪戴天仇。"

[6] 八驺：古代贵族高官出行，有八卒骑马前导，称"八驺"。《南齐书·王融传》："车前无八驺卒，何得称为丈夫！"宋陆游《致仕后即事》诗之十五："多事车前要八驺，老人惟与一藤游。"

梦 江 南[1]

西湖好！风义[2]激人群。入庙先参周御史，拜坟争过岳将军。长袖拂晴云。

【注】

[1] 此词作于光绪十年甲申（1884）九月。杨敬安按："甲申九月朔，别京师，往游西湖，五首，叶刻其四，今补其一。"

[2] 风义：犹风操。唐赵元一《奉天录·序》："建中四祀，朱泚作乱，居我凤巢；忠臣义士，身死王事，可得而言者，咸悉载之，使后来英杰，贵风义而企慕。"

满 江 红[1]

云净天高,荡一幅、凉痕如水道希。只今日、琴心正粲,幽兰情思节闇。千古西风吹断梦,惊心落叶轻于纸屺怀。怅关河、萧瑟笛声哀,秋深矣道希。 欲唤酒,长亭醉。欲拔剑,长空倚节闇。问何荣何辱[2],何生何死西蠡。威凤高翔梧实老,文章辽海悲何已[3]道希。便从今、漂泊送平生,奚须比[4]节龛。

【注】

[1] 此联句《满江红》二首,自江庸著《趋庭随笔》中辑得,而其他版本未收。此二首词作于光绪十一年乙酉(1885),时梁鼎芬方罢官。按:江庸《趋庭随笔》云:"家父检示费屺怀丈手书小笺,与文廷式道希、梁鼎芬星海、李智传洛才联句《满江红》二阕。笺盖昔京师像姑,下处所用请客条也。"文廷式,见前《蝶恋花》(酽淡春晴初酒里)词注。屺怀、西蠡,即费念慈,见前《忆王孙·怀武进费屺怀郎中》词注。洛才,即李智俦,见后阕注。

[2] "问何"句:清曹贞吉《霜叶飞·村居》:"绳床高卧听秋风,问何荣何辱。"

[3] "文章"句:化用唐李贺《南园十三首》诗之六:"不见年年辽海上,文章何处哭秋风。"辽海:辽东半岛广大地区,临近渤海,历来为征战之地。何已:用反问的语气表示不已、无尽。此句哀悼穷途文士之悲,抒发怀才不遇、报国无门的激愤之情。

[4] "便从今"句:江庸按:"是词作于光绪乙酉,节庵方罢官,故有'便从今、漂泊送平生'之句也。"

前　　调

　　莽莽乾坤，正寥落、清秋时节洺才[1]。空翘首、银河一线，雁飞瑶阙[2]道希。欲采夫蓉江上暮，清歌字字伤离别屺怀。却一痕、眉月冷窥人[3]，寒无色屺怀。　元武[4]动，瑶光[5]列。北斗柄，南箕[6]舌。与吾侪心焰，光芒相射道希。今日明朝须爱惜，精金良玉无磨灭节堪。剩满腔、热血待他年，谁藏碧[7]屺怀？术者谓余岁在辛丑将以战没，故戏及之。

【注】

　　[1] 洺才：李智俦（？—1899），字鹤侪，号乐才，别署鹿柴居士，江苏仪征人。室名天放阁，自署天放阁主人。监生，光绪间官湖南龙山县知县，光绪二十年（1894）捐款购书五万余卷，赠白岩书院收藏。后入两江总督刘坤一幕。戊戌期间，居江宁，与汪康年多往来书札，时尚办理矿务事宜，与英商福公司稍有渊源。郑孝胥《郑孝胥日记》光绪二十三年三月："廿二日。李洺才（智俦）来拜，与芸阁、徐仲虎皆姻家……谈及李洺才，复生言：'似即武陵县令，李君以赃败，素有才名，湖南藩台极为担保，陈幼民毅然劾罢之是也。'"

　　[2] 瑶阙：传说中的仙宫。五代齐己《升天行》："瑶阙参差阿母家，楼台戏闭凝彤霞。"宋洪迈《夷坚乙志·九华天仙》："瑶阙琼宫，高枕巫山十二。"

　　[3] 眉月冷窥人：宋洪瑹《行香子》："秋衾半冷，窗月窥人。"

　　[4] 元武：即玄武。清代避康熙讳改。古代神话中的北方之神，其形或说为龟，或说为龟蛇合体。与青龙、白虎、朱雀合称"四方四神"。清冯桂芬《释鹑》："以鹑火为凤，方与苍龙、白虎、元武相称。"

　　[5] 瑶光：亦作"摇光"，北斗第七星星名。在斗柄之末端，古以为祥瑞之征。《淮南子·本经训》："瑶光者，资粮万物者也。"高诱注："瑶光，谓北斗杓第七星也……一说，瑶光，和气之见者也。"

　　[6] 南箕：即箕宿。共四星，二星为踵，二星为舌。踵窄舌宽。夏秋之间见于南方，故称。古人观星象而附会人事，认为箕星主口舌，多以比喻谗佞。典出《诗·小雅·巷伯》："哆兮侈兮，成是南箕。彼谮人者，谁

适与谋?"郑玄笺:"箕星哆然,踵狭而舌广。今谗人之因寺人之近嫌而成言其罪,犹因箕星之哆而侈大之。"

[7]"剩满腔"二句:《庄子·外物》:"故伍员流于江,苌弘死于蜀,藏其血,三年而化为碧。"

附录一　《欵红楼词》序跋

《欵红楼词》跋

右梁节庵丈《欵红楼词》一卷，余今岁还乡，于李芳谷处得其稿。是否全璧，未敢定也。丈没不十年，藏书星散。诗之已定稿者，其子匿不示人，仅由亲友掇拾付刊。余惧此稿亦沦于毁灭，故亟付梓人。丈少日入燕，即寓先大父南雪公米市胡同宅，从南雪公学词，与先伯伯蓬公、先严仲鸾公、本生先严叔达公日相唱和。今丈词集中尚有存者，独惜先严昆季所作，竟无一存。遗泽就湮，掩卷增痛。至先生词笔清迥，极馨烈缠绵之况，当世自有定评，固毋庸区区重为扬榷也已。民国二十一年七月，叶恭绰。

《欵红》代序
梁基永

灯下读书，偶尔翻到前后的墨书题跋，仿佛重晤故人，尤其是那些音容不再的师友。对庐诗翁①今夏仙游，他是给我题书最多的老辈诗人。我的喜欢请人在自认为善本上题诗，曾经被书友所刺，说唐突古书。然而我选的都是旧书的空白扉页，请写的也不算俗手，古人倘有知，恐怕亦不会深罪吧。对翁题书，从来都是写七言绝律，唯一的一回，他填了一首小令《忆秦娥》，交还给我时，再三摩挲着书衣，说："我这次不客气，拿去复印了一册，词写得好，写得真好。"

是梁鼎芬的《欵红词》红印本，版心小，开本宽大，字体方正舒服。按照现在旧书通行的规矩，集部比经史贵，词集又比诗集稀罕，红印的词

---

① 徐续（1921—2012），号对庐，广东惠州人。曾任澳门《大众报》副总编辑。生前曾为广东省中华诗词学会常务理事、中国书法家协会会员、广东省楹联学会副会长、广州诗社及荔苑诗社顾问、广州日报书画院顾问。主要著作有《广东名胜记》《岭南古今录》《对庐诗词集》等。

集，当然更加难得。在差不多十年前，旧书还没涨价，读书人能问津的时候，这书就价值一百元一叶，当时为了添置，还很踌躇了一番。买书买画，犹豫的总是那"一时之痛"，往往像容忍自家小孩的顽皮一般，一霎苦恼过去，迎来的喜悦必定加倍补偿。就如现在灯下翻阅，暖红的词句，慢慢流入心目，其愉悦又何可以言语形容。

我题写字幅送人，也常爱用梁鼎芬的诗词，题"家文忠公句"，文忠是辛亥后逊帝溥仪给梁鼎芬的谥号，有朋友便以为文忠公是我的族祖。其实他是番禺梁家，与吾家的祖籍南海不同。梁鼎芬的"番禺"，就是今天广州城东，他的舅舅张鼎华是翰林，自幼失怙的梁鼎芬受到舅家熏陶，对于经义制艺之类的科举门槛驾轻就熟。他成进士那年才二十一岁，入了翰林，还是钻石王老五。按照清代规矩，新科翰林未成家者，可以先不入史馆，请旨准假回家完婚，历史上皇帝是从来不管新科进士婚姻的，只有这种情况属特例，戏曲小说里面经常说"奉旨完婚"，所指即此。古代人成婚早，中进士而未成家者稀如晨星，梁鼎芬的早年运真是好到家了。

《款红词》一卷，就是梁鼎芬在他一生最得意的这段玉堂金马时光所写。诗才高妙，名列"岭南近代四家"之首，梁鼎芬的词却只在早年写下这几十首而已。我常觉得古人的诗词集，取名都很见才思，然而诗集的名字又不如词集那么深婉曲妙，像梁鼎芬为自己的词取的"款红"两字就极有味道。款是挽留，红是春花，是落花，对着落花，文人便不免生出无可奈何的惋惜，大概就是款红的含义吧。

梁鼎芬的学词，是在北京的翰林院学习时，住在番禺名士叶衍兰的家中，与叶家的子侄辈一起唱和的。叶衍兰祖籍浙江，先代落籍番禺，家中筑有南雪堂，藏有法书名画，铜器善本，本身又是翰林出身，是京城有名的学者和诗词家。叶衍兰住的宣南米市胡同，是广州人在京城聚集的中心区，梁鼎芬就寄居在彼，跟随前辈学词，居然日有进境，他对于自己的诗很矜持，自视颇高，然而词却随风扬弃，在生前也没有刊印成集。叶衍兰的孙子——叶恭绰先生在一九三二年回广东时，偶尔在世叔处见到《款红词》的一册抄本，叶恭绰早就折服于梁的文辞，再看到里面有很多与自己父叔辈的唱和作，遂力任刊刻之责，才使文忠词留在天壤之间。

《款红词》所收，都是在北京所写[①]，"缠绵馨烈"，是叶恭绰形容得很形象的特点。少年得志的诗人，每日与名士周旋，游冶之处是都下胜境，

---

① 按：此处"都是在北京所写"有待商榷。

偶尔又留点风流惆怅，笔下的情致不免缠绵，酝酿多了便趋馨烈。他写了几十首的《浣溪沙》，集中只收了一部分：

> 儿女神仙反自嫌，半生幽恨在眉尖，相思极尽转庄严。
> 春景写时三二月，花枝障得几重帘，缠绵蕉萃一时兼。

蕉萃就是憔悴，缠绵与憔悴，一时都来眼底，这是热恋开始时那种患得患失的感觉。儿女神仙，简直就是梁氏与情人的写照了。

光绪十一年，梁鼎芬二十七岁，本该是扶摇直上的年纪，他却选择了上奏章弹劾当朝大学士李鸿章"六大可杀"之罪，其结果比他预想之中还惨重，他被慈禧训斥为"妄劾"，连降五级处分，逐出都门。关于梁鼎芬的这次大胆行动，固然是他生涯中的一个亮点，然而也有传是因为他笃信广东同乡前辈李文田的劝告，断其相中有血光，只能弹劾大臣以消灾。他当时的心境究竟如何，是如释重负，是满怀悲抑？在慈禧下旨严谴的第三天，他和挚友文廷式到南河泡赏荷花，填了一首《蝶恋花》：

> 忆昔荷香香雾里。绝好花时，已是伤秋地。泼水野凫随棹起，满衣湿气沾凉翠。
> 独写新词君有意。补画题诗，重省当时事。欲说情怀无一字，鼓琴莫待钟期死。

从意气风发的少年翰林到奉旨严谴要收拾行囊，他还有闲情去赏荷花写词，也许他真信李文田的罢官避难之说。只有结句"鼓琴莫待钟期死"，隐隐透露了他心目中那一丝灰涩，犹如秋后荷花池上掠过的湿气。

从离开京城，到湖北张之洞幕下教书讲学，再接近三十年后才重新回到京师，梁鼎芬已经是双鬓带霜的中年汉子。昔日出都城时，他将爱妻龚氏托付文廷式，妻子却从此就跟文相好，见了梁鼎芬也只是"行宾主之礼"，昔年笔下的儿女神仙从此是路人。梁鼎芬回到北京，是张之洞一力保举，可惜其狂狷之气不但不改，且不减当年弹劾李鸿章之勇，又再次弹劾当国的庆王奕劻与袁世凯，被慈禧再一次逐出京城。

梁鼎芬余下的生命，几乎都与清室有关。他目睹了李鸿章和张之洞的去世，他眼见慈禧与光绪的宾天，他看到了天朝的覆亡，在"国"已亡后，梁鼎芬却抱紧了忠于清室的信念，并且做出了许多遗民都为之侧目的举动，去河北易县为太后与光绪守陵。

一九一五年前后，几乎所有清遗民都接到过梁鼎芬的来信，有时候还会一同寄来一包干硬的馒头、半斤干枣黄瓜等，信几乎是同一格式的，"先帝（先后）忌日饽饽奉寄太老爷（太夫人）灵前同飨……"这是他拿两宫陵墓寝宫前每日致祭的馒头等供品和陵园里种的出产，分送遗民家祭之用，当然，梁鼎芬的用意还在于为陵园的建筑与维护筹款。易县的冬天苦寒，他亲自带着仆人到光绪陵墓宝顶上收集积雪，装在小瓷瓶中分寄各处筹钱，为光秃秃的崇陵宝顶种下遮荫的陵树。这种"短信"我见过前后大约不下一百件，可见其写信之勤。在近代史所我读过他厚厚几册信，几乎一半都是这时期的短简，本来准备了一本空白笔记的我，竟然一个下午没有记录一笔，我不忍看到昔日荷花池边，斜街树下的年轻诗人，晚年竟然成了一个喁喁自怜的光头老者，不断絮叨着恳求同道们发善心捐钱。

一九一九年（民国八年），当然也是梁鼎芬的宣统十年，他最后看到了张勋复辟的失败，知道清室或许再无中兴的希望了，梁鼎芬病终在易县守陵的梁格庄。临终时，他吩咐儿子梁思孝，不可留一信一字，"我心凄苦"，难怪叶恭绰想求梁思孝拿出父亲的诗稿刊印，其子"匿不示人"，这种怪异的姿态，也很使同时遗民责难他是故作清高。我不喜欢他晚年的诗，一如我不喜欢他晚年的信一样，唯独这一卷薄薄的倚声，却是行匣中经常出入随身的旅伴。叶恭绰所见的梁鼎芬手钞原词稿，后来转入了东莞画家黄般若①手，还请邓尔雅②题了"欷红楼"的篆体大字，用作自己的书房名。黄般若的公子大德兄告诉我，他年轻时不知父亲留存这部手稿的价值，随便就跟其他画册数据一并送给广州美术馆，馆方也只当作普通数据处理，至今仍未从库房中检出。③

对翁为我在书的最后，题的一首《忆秦娥》说：

---

① 黄般若（1901—1968），名鉴波，字波若，号曼千，别号四无恙斋主，广东东莞人，黄少梅侄，邓尔雅婿。作品有《水乡》《归帆》《新界景色》等存世。著有《黄般若美术文集》等。

② 邓尔雅（1883—1954），名溥霖，后名万岁，字季雨，号尔雅，别署绿绮台主，广东东莞人，书法家、篆刻家、考古学家、工诗画。著有《篆刻卮言》《邓斋印谱》《文字源流》《绿绮园诗集》等。

③ 广州美术馆，现为广州艺术博物院。笔者亲往咨询，但被告知手稿在此处的可能性不大，故因条件所限，今未能见到手稿。

楼栏月,款红几度圆和缺。圆和缺,照人今古,倩谁评说。

倚声多在愁时节,阑干倚处花如雪。花如雪,吹香词句,缠绵馨烈。

多愁的京华时节,换来了梁鼎芬如许顽艳的吹香词句,在他自己眼中,也许这一卷,还不如崇陵种下的一棵小树重要。他没有看到二十年后,崇陵竟遭洗劫,还没长成材的松柏,被砍伐净尽,他不会预料到陵谷也会如此变异,只有这一卷薄薄的红字,依然记录着他凄苦的诗肠。

[录自梁鼎芬著、梁基永刊《款红楼词》,甲午(2014)仪清室红印本]

附录二　挽辞悼文（摘录）

祭梁文忠公墓文

岁次庚申，七月己未，馆晚生温肃，谨以清酤庶羞，致奠于故太子少保毓庆宫行走文忠梁公前辈大兄之墓，而致词曰：

余初交公，光绪之季，衙斋盘桓，辱相宾异。（原注：光绪丁未，奉派赴东洋考察学务，道出武昌，谒公臬署，是为订交之始，行后公致书京友，谓前日晤温翰林，能读书，能论世，他日必有以报国，为今年第一可喜之事云云。）公病得告，余还于朝，清心救民，书来是要。（原注：余初入台，公贻书谓局官以清心为主，立言以救民为主。）公才公望，实冠群伦，击奸不遂，遽归海滨。海南五月，酒熟荔香，南园诗社，天山草堂。余时假归，获侍巾屦，余鄂公歌，公驰余骛。此乐难常，公独窃叹，贾患薪燃，梁忧鱼烂。谓余司谏，胡弗尽言，宁知星火，一爇燎原。武昌发难，烽连粤台，奔奏天子，脱身北来。侵晨抵我，面觍心酸，探怀出纸，攘除凶奸。其命自天，京堂宣慰，时方艰虞，义无可避。大盗移国，不操戈矛，逼藩纵寇，祸心是包。公曰：殆哉，大事去矣！一恸出都，留书总揆。（原注：辛亥十月二十日，恸哭出都，留书项城，劝其笃守臣节，勿萌贰志。）犹挽长戈，志回堕日，不鄙谓余，同奖王室。何图薄劣，绠短汲深，隶也不力，因循至今。忆自辛亥，届此十年，其间离合，谁知谁怜。癸丑之春，王师将举，邂逅津桥，一言余许。（原注：癸丑三月，奉新拟起兵讨袁，期以初三发济南，事泄不果，时公适过天津，闻之，锐欲自效，有冯某在旁，力挽登车，挟之南去。）又余居庐，茕茕在疚，不辞越疆，匍匐来救。空山种树，奔走叫呼，村醪饮我，且乐须臾楸庭（原注：公京寓福祥胡同，庭有老楸。）话旧，止余外厢，宵深烛微，语苦心长。凡此往事，历历在目，天未丧斯，胡夺之速！曩祝公寿，以夏靡期，中兴耆耆，天实生之。今公一去，吾道非耶，何须之切，而望之赊。彼苍苍者，孰主宰是，倘独有知，殁应犹视。呜呼公乎，重泉虽隔，一息尚存，余敢辞责。公有令子，肖公生平，今我来此，更挈贤甥。当以暇时，搜公行实，伐石表阡，丐世椽笔。

已矣哉,荒荒白日,郁郁佳城,临风洒涕,庶鉴余诚。

(录自温肃著《温文节公集·檗庵文集》,学海书楼2001年版)

清番禺梁文忠公诔

维宣统己未,番禺梁文忠公以疾卒于京寓,其友闽县林纾,行哭吊诸其庐,而公未大殓也。呜呼!我公在天为日星,在地为河岳,于法宜诔,顾刘勰有言"贱不诔贵",实则公既视我为布衣交,则余之诔公,特朋友之私诔,非破格也。因挥涕为之,辞曰:

岭海之南,天毓贞臣,美髯伟貌,德粹学醇。英年对策,遂职太史,首忤权相,抉其癥疹,同官愕眙,骇为谁氏,公则浩然,长剑天倚,既留清秘,鲠亮是矢,再劾时宰,遂忤圣旨,既弗党顺,纠剧以起,北辞魏阙,南渡瘴水。广雅建节,伸以礼聘,莲节梅候,擘笺分咏。公为永叔,张则文禧,庾岭峨峨,大别嵯嵯,以义友忠,相从节麾。公匪阿尊,广雅录德,道义之契,沦贯金石,琴台初花,汉水既汐,吾友海藏,时与吟席。公既陈臬,我过武昌,公方引疾,款我东厢,蕴义怀忠,发声琅琅,自陈面圣,力弹骄王,无畏恐猲,胡肆狂猖,立储议定,屠王仇洋,漪澜徐刚,狠若虎伥,制敌使鬼,救国以禳,滥用威器,挑边如狂,客兵东莅,林立万墙,天子下殿,关路阻长。我公麻鞋,奔赴行在,泥首帐殿,坚请独对,此座可惜,语见风概。两宫动容,理密旋废,孰则知公,首定大计。龙驭既回,奸焰愈张,鼎湖之痛,继以上阳,公抱苦块,来莅国丧,逻骑四集,张吻如狼,勿听哭临,肆其权强,公望秘殿,肠断欲僵,梓宫奉移,西驻梁庄,公仍麻衣,结庐其傍,三年陵工,实助实襄,大署陵碑,天骨开张,手种陵树,桧柏成行。纾也小臣,恋恩感涕,八度随班,谒陵如礼,公曰来纾,汝权柏树,帝后神灵,必且贲汝,抱瓮跪淋,杂以泪雨,公既婴疴,癯悴独处,今年陵下,树庐乏主,明楼霜严,神桥月曙,泣告先皇,祝公蠲愈,烂尾灿箕,公竟高举。目昏泪尽,我心如刲,君子道丧,来日大难,呜呼哀哉!公之风节,无忝谏官,公之诗笔,直掩后山,公之奖善,自摅肺肝,公之瘅恶,无惮莽瞒。语必宗经,动皆合古,世昧威宝,乃曰酸腐。匪酸匪腐,源本忠孝,耿耿赤心,岩岩道貌。吾年七十,遇公辄拜,公书盈寸,时发异采,前此三年,曾征吾画,永愿庵深,万松成籁,以我劣笔,为公壁疥,署第一流,万目骇怪,知己之感,累劫无杀。呜呼哀哉!我公生死,

214

无玷大清!九鼎既迁,帝制犹行,公处讲筵,诠释群经,待漏五更,骑马禁城,生藐新法,死恋旧京,北吴南梁,羡隧所营,魂依先帝,东西二陵,皓月在天,鬼灯不青,稼轩道邻,地下为朋,喆子侍卫,先业其承,文忠嘉谥,唯公克胜,懿行嘉言,请俟碑铭。

(录自林纾著《畏庐三集》,中国书店1985年版)

梁文忠公挽诗

先帝幽忧极,攀酬有一臣。心枯廿年事,史见十分人。遗孽图仍蔓,崇冈植已新。向来诉冥漠,惨淡忽相亲。

命系三纲重,褒逾九锡荣。易名孚异口,恒性动虫氓。鹃拜伤臣甫,鸾讹痛屈平。区区异微尚,一世诧孤行。

瞻拜思初地,天泉到此时。谁承江汉学,相望柳堂祠。遗祭昭先见,宣哀惜愁遗。深宫终始念,占复九原知。

(录自陈曾寿著《苍虬阁诗》卷三,《近代中国史料丛刊续编》第四十五辑,文海出版社1977年版)

赠太子少保特谥文忠梁公挽歌词三首

海内论忠孝,无如髯绝伦。盛年忧国是,苦口出词臣。屡困屠鲸手,终休饰豸身。平生肝胆在,临老故轮囷。

汉历中衰日,昌陵覆篑余。敷天思复土,一老独驰书。奉橄豚鱼泣,程功象鸟俱。凄凉弘演意,千载为唏嘘!

来从鼎胡观,入直承明宫。任重忘衰疾,恩深饰始终。赠官如故事,谏德冠群公。臣意终何慕,西京澓仲翁。

(录自王国维著、陈永正笺注《王国维诗词笺注》,上海古籍出版社2013年版)

附录三　梁鼎芬年谱简编

叙　例

本谱以吴天任《梁节庵先生年谱》为基础，结合其他史料文献（包括史传、谱主个人著作、同时代人著作及后人著作等）进行整理、鉴别和考订（有补充、指正、案断等，均附于按语之中，按语以楷体标出），按年、月、日编排而成，以期对梁鼎芬的主要事迹、学术教育、思想政论、交游活动等有一个大致的了解，能够对梁鼎芬做出正确和公允的评价，且有助于对其词的理解。

本谱引文皆注明出处。事迹不明或无事可记之年，则暂时跳过。文繁者摘取要点。所记之事，凡有日期可稽者，均系以月、日；无可稽者，则系以季节等。所用月、日，先从农历，后据陈垣著《二十史朔闰表》（《陈垣全集》第六册，合肥：安徽大学出版社，2009年）、万年历编写组编《万年历1841—2060》（北京：气象出版社，1991年）换算为公历日期，附于其后，以便观览。

清文宗咸丰九年己未（1859），一岁

六月初六日（7月5日）生。先世自广东新会潮连乡，迁至广州，遂为番禺捕属人，世居广州小北门内榨粉街。

曾祖智容，字能万，号雪川，湖北按察使司，赠太子少保。曾祖妣郑氏。

祖名国瑞，字希丰，号祝年。内行纯笃，文学湛深，工书，道光二年（1822）举人。会试报罢归，读书玉山草堂，道光五年（1825）病卒，年二十四。祖妣陈氏，事舅姑孝，舅病，割臂以疗。国瑞殁，无子，夫弟国璸举子葆谦立以为嗣。陈氏矢志守节，旌表节孝，咸丰八年（1858）卒，年五十八。

本生祖名国璸，字希俊，号莑生，道光二十六年（1846）举人，官化州儒学训导。本生祖妣杨氏。

父名葆谦,初名汝谦,字遇恭,号吉士,孝友劬学,县试第一人,补县学附生,曾就馆于广东乐昌县,后以主事改捐知府同知,分发湖南。同治九年(1870),卒于长沙,年四十。妣张氏,同邑南山(维屏)公之孙女。

有弟二人:仲弟鼎荀,字仲强;三弟鼎蕃,字叔衍,号衍若。

原配龚氏,有妾二人:区氏、王氏。

有子二人:长子名卧薪,又名学蠡,一名龙驹,字神骏,早殇;次子名劬,又名学赟,字思孝。

有孙一人,名崇裕,思孝之子。

有女二人:长女名学兰,区氏所生;次女名清蕙,王氏所生。

是年,陈澧(兰甫)五十岁,叶衍兰(南雪)三十七岁,汪瑔(芙生)三十二岁,陈树镛(庆笙)三十一岁,李慈铭(莼客)三十岁,谭献(仲修)三十岁,陈宝箴(右铭)二十九岁,李文田(若农)二十六岁,张之洞(香涛)二十三岁,杨守敬(惺吾)二十一岁,邓承修(铁香)十九岁,王先谦(益吾)十八岁,劳乃宣(玉初)十七岁,缪荃孙(筱珊)十六岁,张鼎华(延秋)十四岁,樊增祥(樊山)十四岁,黄遵宪(公度)十二岁,盛昱(伯熙)十岁,于式枚(晦若)七岁,陈三立(伯严)七岁,文廷式(云阁)四岁,康有为(长素)二岁,易顺鼎(实甫)二岁,徐铸(巨卿)一岁。张维屏(南山)卒年八十。

穆宗同治元年壬戌(1862),四岁

受业七叔父竹贤公,读书聪颖,最为叔父所喜爱。

时父在乐昌任乐桂盐阜出官,鼎芬随在任所,始学书,日识经字二十余。

《节庵先生遗诗》卷一《述哀篇》云:"我生四岁始学书,日识经字二十余。"又云:"是时家在乐昌县,大人宾客无时无,闲论诗品说剑术,小子未解心欢娱。"

同治二年癸亥(1863),五岁

是年起,母张太夫人日授《毛诗》数章。

《节庵先生遗诗》卷三《题潘学士丈辑雅堂校诗图》诗注:"鼎芬五岁,先母日授《毛诗》数章。"

同治三年甲子（1864），六岁

母张太夫人日在病中，仍课《毛诗》。

《节庵先生遗诗》卷四《沈乙庵属题葡萄画册三首》其一诗注："鼎芬年六七岁时，先母日在病中课《毛诗》数十字，阶前植葡萄，花果繁密，今已萎矣，追思泫然。"

随母张太夫人过外曾祖南山公清水濠故居。

《节庵先生遗诗续编》之《题画》诗："六龄随母过松卢，老大重来松已无。苦忆孤儿少时月，烟波花竹试相呼。"

同治四年乙丑（1865），七岁

八月二十四日（10月13日），母张太夫人卒，年三十八岁。

《梁祠图书馆章程》第二十条"先母忌日"下注："八月二十四日。"

按：鼎芬将先母忌日设为其中的一个纪念日，纪念日皆不开馆。

《节庵先生遗诗》卷一《述哀篇》："仲秋之月岁乙丑，母病虚紧寒痛俱。少顽不识寿亲法，自此无母悲何如。"

从南海潘潼商先生读书。

《节庵先生遗诗》卷三《题潘学士丈辑雅堂校诗图》诗注："鼎芬七岁，执业丈弟潘潼商先生门下。"

同治五年丙寅（1866），八岁

母张太夫人卒后，七叔母余太夫人抚鼎芬如己出。（《梁节庵先生年谱》）

同治六年丁卯（1867），九岁

随父返潮连省墓。

《节庵先生遗诗续编》有《为关伯衡题白沙先生诗卷》自注："余家自潮连移省城，遂为番禺人，九岁，随父回潮连省墓。"

鼎芬作小诗、古文均能成篇。（一发编《梁文忠公年谱》）

同治七年戊辰（1868），十岁

三弟鼎蕃生。

《节庵先生遗诗》卷四《三弟来省山居书二百三十字》诗云："余年方

十一，弟年仅有二。"

按：据此推知鼎蕃生于同年。

随七叔父游广州城西泮塘之潘氏海山仙馆故址。

《节庵先生遗诗》卷三《彭园》诗自注："地为潘园旧址，十岁时随七叔游此。"

学作时艺。（一发编《梁文忠公年谱》）

同治八年己巳（1869），十一岁

是岁，鼎芬作文成章。

七叔父葆颐卒于湖南茶陵知州，无子，父葆谦命以三弟鼎蕃为嗣。

《节庵先生遗诗》卷四《三弟来省山居书二百三十字》诗云："哀哀孀独居，命弟以为嗣。"

同治九年庚午（1870），十二岁

父改捐知府同知，分发湖南。

随父客长沙，八月二日（8月28日），父卒。

《梁祠图书馆章程》第二十条"先父忌日"下注："八月二日。"

《节庵先生遗诗》卷四《山中逢先君忌日泣书二百六十字》："惊心八月朔，撤奠前。"又云："我父文章杰，清门品望先，频观忠义传，不上孝廉船。"

按：据《题潘学士丈辑雅堂校诗图》自注："先君及四叔父七叔父，皆有文集未镌。"知梁葆谦有遗文，未刊。

鼎芬姑妹适顺德龙寿祺，为凤镳（伯鸾）之母，于先生有饮食教诲之恩。

《节庵先生遗诗》卷一《述哀篇》："五年荏苒忽长大，十二随宦过湘湖。天胡不惠降凶闵，九原从父志罔渝。遗言在耳痛定省，忍死遂受人间污。贫丧千里兼幼弱，更有盗贼横前途。艰难待尽命不尽，家乡乞食从诸姑。"

同治十年辛未（1871），十三岁

秋祭日，鼎芬回外家祭祖，陈澧（东塾）亦亲至张维屏（南山）清水濠故居，因鼎芬为张维屏之外曾孙，故以所编张维屏《听松卢诗略》初刻本亲付鼎芬，焚之外曾祖座前。

《节庵先生遗诗》卷五《答杨模见赠之作》诗注："同治十年，师编外太祖南康公诗略成，秋祭日，师亲至清水濠故居，以初印本焚座前，鼎芬随祭。"

同治十二年癸酉（1873），十五岁

读明代著名谏臣杨继盛（忠愍）遗书，敬其为人，奉之为师，日思拜其墓，不可得。

鼎芬与沈宝枢（云甫）、徐铸（巨卿）、顾朔（宅南）约为文字交，纠察躬行，互相督责。（《梁节庵先生年谱》）

光绪二年丙子（1876），十八岁

是年以国子监生入京应顺天乡试。冯焌光（竹儒）姨丈资助此行，到京住叶衍兰（兰台）宅，衍兰与梁父为道义交，又怜其孤子远来，故待之逾常人。榜发，中举人。

房师为湖南善化（今长沙）人龚镇湘（静园），与志锐（伯愚）同门，鼎芬谒龚师于官菜园上街，师于鼎芬期许甚殷切。（《节庵先生遗稿》《越缦堂日记》《梁节庵先生年谱》）

鼎芬在京，即寓叶衍兰之米市胡同宅，从其学词。（叶恭绰《款红楼词·跋》）

光绪三年丁丑（1877），十九岁

求学菊坡精舍，追师陈澧门下，于书无所不读，而尤信奉朱子及温公通鉴之学。与同门于式枚（晦若）、文廷式（云阁）、陈树镛（庆笙）相交流砥砺。

《节庵先生遗诗》卷五《答杨模见赠之作》诗云："君初渡南海，修礼谒灵光，高第推于文，结交为辈行。"又云："追随逮东塾，得一每十忘。"自注："鼎芬年十九，受业东塾。"

《节庵先生遗诗》卷四《追悼陈三》诗注："庆笙住居大石街，去菊坡精舍百步，先师陈先生课日，余与云阁每诣庆笙家，同往侍座。生平学精三礼，尝著饮食考一篇，云阁叹为精深。"

钱仲联撰《文芸阁先生年谱》光绪三年丁丑（一八七七），二十二岁："先生在广州。番禺梁节庵（鼎芬）始从陈兰甫游，与先生相识。"又云："时先生客广州将军满洲他他拉乐初（长善）幕府。署有壶园，亭馆极美，

花树华蔚。将军又好客,其嗣子伯愚(志锐)、侄仲鲁(志钧),皆英英逾众。宾从多渊雅之士,延秋、节庵、晦若暨先生,皆尤密者。"

徐赓陞为陆丰令,欲聘鼎芬主书院讲席,鼎芬以年少为由辞之。

《节庵先生遗诗》卷一《赠徐赓陞》诗注:"君为陆丰令,聘主院席,余年十九,弗敢任也。"

光绪五年己卯(1879),二十一岁

己卯、庚辰间,与叶佩瑗(伯蘧)、叶佩玱(仲鸾)、叶佩琮(叔达)昆季时有文燕,日相唱和,鼎芬爱《浣溪沙》词调,遂成数十首。(《欵红楼词》之《浣溪沙》词序及叶恭绰跋)

冬,宗室伯兰员外孚馨为其从子宝瑛延鼎芬授经于煤渣胡同。

《节庵先生遗诗》卷六《上元夜饮图沈庵侍郎属题》诗注:"宗室宝瑛为伯兰员外从子,己卯冬延余授经于煤渣胡同……宝瑛字后荪,有志节,早逝。"

光绪六年庚辰(1880),二十二岁

二月,于式枚来京,与鼎芬同居煤渣胡同,旋同应会试,成进士,并入翰林,散馆授职编修。

七月,移居南横街吴柳堂故宅,鼎芬左与周銮诒(荟生)为邻,銮诒左与王仁堪(可庄)为邻,三人往来甚密。(《节庵先生遗诗》卷六《上元夜饮图沈庵侍郎属题》诗注,《节庵先生遗诗续编》之《子申子大居相近用闲山韵投一诗并简佛翼丈》诗注)

按:移居据《上元夜饮图沈庵侍郎属题》诗注称在七月,而《子申子大居相近用闲山韵投一诗并简佛翼丈》诗注则云在六月,兹从《梁节庵先生年谱》。

八月二十一日(9月25日),迎娶原配龚氏,龚氏为龚镇湘之兄女,王先谦(益吾)之甥女。龚氏貌美而工诗,一时传为佳话。

李慈铭《越缦堂日记》光绪六年八月二十一日记:"同年广东梁庶常鼎芬娶妇送贺,庶常年少有文,而少孤,丙子举顺天乡试,出湖南龚中书镇湘之房,龚有兄女,亦少孤,育于其舅王益吾祭酒,遂以字梁,今年会试,梁出祭酒房,而龚亦与分校,复以梁拨入龚房,今日成嘉礼,闻新人美而能诗,亦一时佳话也。"

九月九日(10月12日),与于式枚并骑游慈仁寺。(《节庵先生遗诗》

卷三《悲歌行送于大往天津》诗注）

九月，鼎芬将携新妇南归，李慈铭（莼客）书对联相赠。

《越缦堂日记》九月三十日记："为梁星海书楹联，赠之句云：'珠襦甲帐妆楼记，钿轴牙签翰苑书。'以星海濒行，索之甚力，故书此为赠，且举其新婚馆选二事，为助伸眉。"

光绪七年辛巳（1881），二十三岁

十月，鼎芬安葬父柩于广州东门外白云山莲花台之阡。

《节庵先生遗诗》卷一《己丑十一月远游拜别先陇泣赋》诗注："辛巳十月安葬。"

《节庵先生遗诗》卷六《红梅和乙庵太夷石遗四首》其三诗注："菊坡精舍，先师讲学处，白云山双溪寺旁，先墓在焉。"

《节庵先生遗诗续编》之《送王息存提刑》诗注："先墓在白云山莲花台。"

光绪八年壬午（1882），二十四岁

正月二十二日（3月11日），陈澧师卒，年七十三，卒前亲以遗书付门人陈树镛编录。其后，鼎芬与树镛编纂成《东塾集》八卷。陈澧卒数年后，鼎芬与同门集资百万，为置祭田。（《节庵先生遗诗》卷五《答杨模见赠之作》诗注）

三月，别先墓北行。（《节庵先生遗诗》卷一《己丑十一月远游拜别先陇泣赋》诗注）

六月，初至焦山。（《节庵先生遗诗》卷三《庚寅四月二十八日初宿海西庵》诗注）

八月，到京，供职翰林院编修，仍居米市胡同叶南雪旧宅后园。

十月，招李慈铭围炉小饮。（《越缦堂日记》）

十二月，移居栖凤楼，与宗室盛昱（伯熙）祭酒密迩。《节庵先生遗诗》卷一《腊朔自米市胡同移居栖凤楼》诗作于此时。（此与"八月，到京"条，见于《节庵先生遗诗》卷六《上元夜饮图沈庵侍郎属题》）

是年，鼎芬或乘至焦山时，顺道赴江宁，谒两江总督左宗棠（季高），左宗棠一见，许为天下才，以刘弘（和季）期待陶侃（士行）故事相期许，并书"文章或论到深奥，意气相与接胸襟"。对联赠予鼎芬。（《节庵先生遗诗》卷五《左文襄公祠下作》诗注）

按：据《清史》卷一百九十五《疆臣年表七》，本年左宗棠任两江总督。又据《左文襄公祠下作》诗云："漂摇十二载"，谒祠当在甲午、乙未之间，鼎芬主讲钟山书院时，逆推十二年，则疑鼎芬谒左宗棠在光绪八、九年间。

光绪九年癸未（1883），二十五岁

七月，与盛昱并载，到志锐同听秋声馆论书画。

九月九日（10月9日），与李慈铭、袁昶（爽秋）、朱一新（鼎文）、黄绍箕（仲弢）、沈曾植（子培）、沈曾桐（子封）集崇效寺登高，饯潘存（孺初）归广东文昌。午后登寺中藏经阁阅经，又登寺西偏之西来阁中，祀文昌神，观《青松红杏卷》于静观堂。

按：《梁节庵先生年谱》未载此事，今据《越缦堂日记》《沈曾植年谱长编》等补。

九月，访潘存于雷琼馆，有诗赠之。（《节庵先生遗诗》卷三《访潘孺初丈雷琼馆有赠》）

癸未、甲申花时，辄同先舅张鼎华（延秋）并载访诸寺，清谈竟日。（《节庵先生遗诗》卷五《题邵位西先生遗诗六首》其五诗注）

光绪十年甲申（1884），二十六岁

四月初十日（5月4日），上疏弹劾北洋大臣直隶总督李鸿章（少荃），斥其骄横奸恣，罪恶昭彰，办理洋务无成效，对外隐忍、妥协、求和，弃君恩、国体而不顾；植党营私；外削民膏，内伤国帑；为臣不忠，为子不孝；逞其鬼蜮之术，甘作夷狄之媒；惩一儆百，整顿吏治等可杀之罪六条。（《节庵先生遗诗》卷二《甲申四月十日有封事作诗一首》及杨敬安辑《节庵先生遗稿》卷一，奏疏甲《参劾李鸿章骄横奸恣、罪恶昭彰，有六可杀，请特旨明正典刑折》）

六月二十二日（8月12日），鼎芬听闻台湾鸡笼（今基隆）屿失守，感愤作诗。（《节庵先生遗诗》卷二《六月二十二日闻台湾鸡笼屿不守，感愤书此和蔪盦韵》）

九月初一日（10月19日），请假出都，归省先墓。此行顺道游西湖，有《梦江南》词五阕为约。

按：《梁节庵先生年谱》云："有《梦江南》词四阕为约。"误。杨敬安按："甲申九月朔，别京师，往游西湖，五首，叶刻其四，今补其一。"

今订正。(《节庵先生遗稿》卷三《捐赠京师广东学堂书藏藏书记》,《节庵先生遗诗》卷一《己丑十一月远游拜别先陇泣赋》诗注,《欵红楼词》及《节庵先生遗稿》卷四)

九月十三日(10月31日),复代廷臣等拟折,奏对数事,力陈和议不能重开。(《节庵先生遗稿》卷二,奏疏乙《战事未获大胜和议不能骤开谨承清问敬献刍言折代》)

按:时为中法战争期间,起因是越南危机。中越两国在长期的政治、经济、文化等交往中形成了宗主国和藩属国的关系。而法国却屡屡破坏这种宗藩关系,法国的步步进逼,不但使越南陷入了被吞并的危机,而且也危及中国边疆的安全。清政府内部也发生了主战与主和的激烈争论。

十月八日(11月25日),祭墓有诗。(《节庵先生遗诗》卷三《甲申十月八日祭墓》)

十二月朔,大雪,独登泰山题名。(《节庵先生遗诗》卷六《癸丑浴佛日,伯严于樊园招饯林侍郎游泰山,题诗何诗孙图上》)

是年,为张之洞(香涛)拟折二:其一《为科场滋弊请申明旧例量为变通折》;其二《法船扰边请加调刘锦棠带亲兵赴山海关驻守以卫京畿折》。(《节庵先生遗稿》卷二)

光绪十一年乙酉(1885),二十七岁

五月,于式枚致信鼎芬,述奉先柩,回蜀安葬,顺游峨眉,及谈师友消息颇详细,对鼎芬弹劾重臣之事,大为称佩,谓鼎芬胆气最不可及,与张之洞、易实甫同深赞叹,勉鼎芬守此勿失,幸勿效季布有摧刚为柔之一日也。(《梁节庵先生年谱》)

六月,诏诫建言诸臣,追论妄劾,鼎芬弹劾李鸿章为诬谤大臣,交部严议,降五级调用。(《清史稿》卷四百七十二《梁鼎芬传》)

是年,鼎芬自刻一印曰:"年二十七罢官。"

叶昌炽撰《缘督卢日记》光绪十二年十二月四日记:"梁星海丙子同年,以弹李傅相挂冠,刻一印曰:'年二十七罢官。'"

六月二十四日(8月4日),此日为荷花生日。越八日(8月12日),姚礼泰(柽甫)约鼎芬与文廷式往南河泡赏荷花,各得词一首。鼎芬作《台城路》(片云吹坠游仙影),文廷式作《齐天乐·秋荷》。时鼎芬方奉严谴,即将出都。

按:鼎芬《蝶恋花》词序云"越三日(8月7日),柽甫约云阁与余,

往南河泡赏荷，云阁得词一首。"而《台城路》词序则云"越八日"，钱仲联编《文芸阁先生年谱》亦云"荷花生日后之八日"，兹据"越八日"之说。(参《戬红楼词》之《蝶恋花》《台城路》词序，《文芸阁先生年谱》《梁节庵先生年谱》)

九月九日（10月16日），盛昱、杨锐（叔峤）等三十三人，饯鼎芬于崇效寺静观室，各赋诗赠行，鼎芬亦有《出都留别往还》诗。

《节庵先生遗诗》卷一《出都留别往还》诗："凄然诸子赋临歧，折尽秋亭杨柳枝。此日觚棱犹在眼，今生犬马竟无期。白云迢递心先往，黄鹄飞骞世岂知。兰佩荷衣好将息，思量正是负恩时。"

九月，以眷属托诸文廷式，又与志锐别于栖凤楼，南下经上海，送张鼎华北行后，旋归广州。(《节庵先生遗诗》卷五诗题《乙酉九月罢归，与伯愚别于栖凤楼，自此日后今始再见，时庚戌九月》)

十月，返回广州。(《节庵先生遗诗》卷一《十月到家口占谢亲旧作》)

十一月，汪兆铨（莘伯）招同鼎芬，与王存善（子展）、杨锐、朱启连（埭垞）、陶邵学（子政）集于越秀山学海堂。酒半，同过菊坡精舍，见雁来红盛绝，鼎芬首倡赋《惜红衣》词纪之，汪兆铨因属余士恺（子容）绘《雁来红图》，各题所作词于后。第二年，叶衍兰、文廷式、易顺鼎（仲实）等人均有和作，和作者唯有叶衍兰与鼎芬同调，其余人各自选调，借物抒情一同。戊戌秋，陈庆森（莘阶）又补作焉，并装成册，冀垂永久。(汪宗衍跋《雁来红词录》，《词学季刊》1935年第2卷第3期)

光绪十二年丙戌（1886），二十八岁

正月，杨锐将自广州入都会试，朱启连有打油诗柬鼎芬，戏邀作饯饮东道，与会者有杨锐、朱启连外，有汪兆镛（憬吾）、章琮（梅轩）、郑权（玉山）、于式棱（渊若）。

二月，杨锐起程，鼎芬复有诗相赠行。(《节庵先生遗诗补辑》之《送杨锐赴礼部试》)

三月二日（4月5日），先至莲花台拜先墓，午归，检理书箧，晚访陈树镛，畅论为学之旨，期以风教自任，互相感叹发奋，夜深分别。三日（4月6日），乘东江船启行，舟中读《孟子》、韩诗以自遣。六日（4月9日），泊于惠州府城门外，登岸进丰湖书院。七日（4月10日），署惠州府事夏铭献（子新）来谈院事。八日（4月11日），鼎芬赴府署答谢。九日（4月12日），丰湖书院开课，凡接见生徒，增加斋课奖赏，选定五经读本，

修订学规及日记程序，刊布朱子白鹿洞教条大端，按次第施行。(《节庵先生遗稿》卷三《至丰湖书院日记》)

按：是年，鼎芬主讲丰湖书院，并创建丰湖书藏，自编一套完整的图书管理制度，编有《惠州丰湖书藏书目》一册。

三月二十八日（5月1日），林绍年（赞虞）自西湖来院问疾，鼎芬有诗赠之。(《节庵先生遗诗》卷三《丙戌三月二十八日林赞虞侍御自西湖来问疾感赠》)

五月二十一日（6月22日），鼎芬与张鼎华闻文廷式至广州，邀文廷式往"同兴居"酒馆一叙。王存善、于式枚在座。鼎芬与于式枚、文廷式同宿于张鼎华所寓之烟浒楼，谈至天明。

按：吴天任《梁节庵先生年谱》未载此事，今据文廷式《南旋日记》补。

六月十二日（7月13日），鼎芬与文廷式在上海邀饯张鼎华。十三日（14日），早送张鼎华上船北行，午后与文廷式同乘马车游申园、张园。十四日（15日），下午同文廷式、于式枚乘马车浪游。夜，月色极佳，复与文廷式乘马车到申园、张园一游。十五日（16日），晚，邀文廷式观剧于"天仙"茶园。十六日（17日），早，与文廷式送于式枚开船。早饭于"聚丰园"。饭后，同到张园避暑，午睡。十七日（18日），与文廷式游各书肆。夜，复与文廷式乘马车游静安寺。十八日（19日），以回粤尚未有船，暂留两日。约饯妓者王雅卿家，二更散。十九日（20日），与文廷式联句，得词三首，一寄延秋，一寄仲鲁，一寄实甫。二十日（21日）出城，闻"谏当"船是夜开，约文廷式今日同下船。亥刻，送文廷式上船，谈至夜深，始归。二十一日（22日），文廷式归江西，鼎芬南下。

按：吴天任《梁节庵先生年谱》未载此事，今据文廷式《旋乡日记》补。五月二十一日至六月二十日期间，鼎芬与文廷式、于式枚等人交往较密。

是年，鼎芬会集官绅，倡建范孟博祠与苏文忠公祠于惠州。(《节庵先生遗稿》卷三《祭苏文忠公文》)

是年，于肇庆七星岩拓《包孝肃庆历三年题名》《周见公熙宁二年题名》，以赠张之洞，及朱一新（鼎文）、缪荃孙（筱珊）、杨锐诸子，皆云未见，以为至宝。(《节庵先生遗诗》卷六《癸丑浴佛日，伯严于樊园招饯林侍郎游泰山，题诗何诗孙图上》诗注)

光绪十三年丁亥（1887），二十九岁

立春日，鼎芬蓄须，粤中名流广设春筵贺之，名"贺胡会"。广州诗人黄绍宪（季度）于《在山草堂烬余诗》卷六《丁亥存稿》有《梁节庵太常留须戏调一首》，颇有意致，并附短札于后。（刘禺生《世载堂杂忆》之《梁节庵之胡与辫》及黄绍宪撰《在山草堂烬余诗》卷六）

按：吴天任编《梁节庵先生年谱》据刘禺生著《世载堂杂忆》中《梁节庵之胡与辫》引"香山黄蓉石孝廉"，而著录"香山黄蓉石（玉阶）孝廉，有贺先生蓄胡诗"，今查黄玉阶（1803—1844），字季升，一字蓉石，番禺（今广州）人。道光十六年（1836）进士。有《黄蓉石先生诗集》三卷。黄绍宪（1862—1897），号季度，广东南海（今属佛山）人。光绪十七年（1891）举人，与鼎芬交好，鼎芬尝作诗题其《墨荷图》。有《在山草堂烬余诗》十四卷。此当为黄绍宪，非黄玉阶，故吴天任著录显误。

三月，张之洞延鼎芬主讲端溪书院。（许同莘编《张文襄公年谱》卷三）

四月十三日（5月5日），鼎芬率诸弟子祭范孟博祠及苏文忠公祠。（《节庵先生遗稿》卷三《祭范孟博先生文》《祭苏文忠公文》）

夏，主讲端溪书院。（《梁节庵先生年谱》）

按：吴天任编《梁节庵先生年谱》第61页云："先生于光绪十三年十一月，始主端溪书院。"而在第63页云："惟先生以丰湖书院主讲祭范苏祠，在四月十三日，是接长端溪，必在闰四月后，而又不能定为何月，姑以夏言耳。"两处说法不一，今从后说法。

闰四月，病中作诗。（《节庵先生遗诗》卷二《丁亥闰四月病中不寐作》）

六月六日（7月26日），二十九岁生日有诗。（《节庵先生遗诗补辑》之《丁亥二十九岁初度》）

八月十五日（10月1日），中秋对月，有《菩萨蛮·丁亥八月十五夜对月》词。（《款红楼词》）

按：此词后续有同调词二首，分咏十六、十七两夜，词意缠绵悱恻，似忆龚氏之作。

重九日（10月25日），招学者集宴宝站台，为登高之会。（《江孝通先生遗集》卷八《九日，节庵先生招学者二十人，宴于宝月台，为登高之诗，迟至补赋》）

按：是年，鼎芬有赠门人江逢辰（孝通）诗，期许甚深，逢辰亦呈诗答谢。（《节庵先生遗诗》卷一《归善江生逢辰执业甚恭，考其文行，佳士也，赠之以诗》、《江孝通先生遗集》卷八《端溪集·呈梁节庵先生》）

九月十二日（10月28日），与仲弟仲强、三弟叔衍自新洲返省应院试，徐铸（伯巨）同行，舟中联句，为《八归》词一首。（《款红楼词》之《八归》词序）

十一月二十四日（1月7日），率弟子以一羊一猪祭（宋）朱熹、（明）陈献章（白沙）等先师祠。（《节庵先生遗稿》卷三《端溪书院先师祠祭文》）

是月，鼎芬率诸弟子祭全祖望（谢山）先生。（《节庵先生遗稿》卷三《祭全谢山先生文》）

是年，刊先哲遗书二十种，为《端溪丛书》四集。（详见沈乾一编《丛书书目汇编》，台北：文海出版社，1970年版；黄荫普编《广东文献书目知见录·附补篇》，广州：黄氏忆江南馆，1978年版）

《节庵先生遗诗》卷五《题邵位西先生遗诗六首》其三诗注："鼎芬丁亥主讲端溪书院，刻有丛书，朱先生集其一也。"

光绪十四年戊子（1888），三十岁

春至长沙，有《重至长沙写哀一首》，既有怀念哀悼父亲的悲哀之情，又有报国无门、志向难伸的伤感之情。

《节庵先生遗诗》卷一《重至长沙写哀一首》："浮世蓬根不道怜，秋怀到此更追牵。再寻旧巷悲回辙，独泫愁春泪彻泉。报国未能伸志事，沈湘空自梦婵娟。剪灯暗记当时话，身是孤儿十九年。"

三月十四日（4月24日），文廷式偕鼎芬同访陈三立（伯严）、郭嵩焘（伯琛）、程颂藩（伯翰）。（《湘行日记》《郭嵩焘日记》）

按：《梁节庵先生年谱》未载此事，今据文廷式《湘行日记》、郭嵩焘《郭嵩焘日记》补。

三月二十日（4月30日），曾广钧（重伯）招鼎芬、王闿运（壬秋）、文廷式、陈三立、罗正钧（顺循）等饮第宅。鼎芬有诗纪之。（《节庵先生遗诗》卷五《曾广钧招饮第宅》自注、钱仲联撰《文芸阁先生年谱》、王闿运《湘绮楼日记》）

三月二十四日（5月4日），陈三立偕曾广钧（重伯）等人邀文廷式（云阁）、鼎芬至刘忠庄祠观剧。（《湘行日记》）

按：《梁节庵先生年谱》未载此事，今据文廷式《湘行日记》补。

是年，张之洞聘鼎芬任广雅书院讲席，选两广优秀高材生，进院肄业，并以经史词章课士，师生关系亲密，亲若骨肉。继鼎芬主讲广雅者，为朱一新（蓉生），两公皆因直言被谴，人云："好主人在，不患无书院坐。"以此慰藉。（汪兆镛著《椷窗杂记》、许同莘编《张文襄公年谱》卷三）

六月六日（7月14日），徐铸以双砚为寿，鼎芬有《满江红·戊子六月六日三十初度》词及报谢徐铸诗。（《款红楼词》、《节庵先生遗诗》卷三《徐铸以双砚为寿报谢》）

九月三日（10月7日），舅张鼎华卒于京师旅邸，年四十三。鼎芬赴到之日，设位泣奠于光孝寺，祭者众多。（《节庵先生遗稿》卷三《创建感旧园缘起小引》、《广州感旧园约拜张延秋先生生日启》）

重九前一日（10月12日），追忆枣花寺旧游，有诗寄文廷式京师。（《节庵先生遗诗》卷二《戊子重九前一日，追忆枣花寺之游，书二十字寄文三京师》）

十一月初六日（12月8日），率广雅书院诸弟子祭先师陈澧先生。（《节庵先生遗稿》卷三《祭陈先生文》）

是年，东塾门人陈树镛卒。曾著《饮食考》。尚有《复古述闻》《学礼述闻》《文献通考订误》，未及成书。仅《汉官答问》五卷，被鼎芬刻入《端溪丛书》。有《陈茂才文集》四卷刊行。

光绪十五年己丑（1889），三十一岁

三月，约集同人，于广州城北内外，择地创建感旧园，并建祠宇，此为祭祀纪念先舅张鼎华之所。（《节庵先生遗稿》卷三《创建感旧园缘起小引》）

七月，张之洞任湖广总督，鼎芬送至焦山，赋诗赠别。（《节庵先生遗诗》卷二《张尚书移节湖广送至焦山长歌为别》）

七月二十九日（8月25日），率广雅书院诸弟子致祭于先父母之灵。（《节庵先生遗稿》卷三《祭先父母文》）

十一月，别墓北上，黄埔临发有忆三弟衍若，皆有诗纪之。（《节庵先生遗诗》卷一《己丑十一月远游拜别先陇泣赋》、卷三《黄埔当发有忆三弟》）

光绪十六年庚寅（1890），三十二岁

元旦客上海南园有诗。（《节庵先生遗诗》卷二《庚寅元日客南园书四十字》）

春，江逢辰亦至上海，与鼎芬晤于南园，有《喜见节庵先生于海上南园》诗，鼎芬和之，且续有唱酬。（《江孝通先生遗集》卷十五及附录）

四月二十八日（6月15日），至焦山，初宿海西庵，读书庵中。（《节庵先生遗诗》卷三《庚寅四月二十八日初宿海西庵》）

按：海西庵中有书藏，为清代著名学者、名臣阮元（伯元）首倡，并与焦山诗僧借庵（巨超）、诗人王豫（柳村）等人商榷，于嘉庆十九年（1814）在镇江焦山西麓海西庵焦公祠内建楼五楹，作藏书之所，定名为"焦山书藏"。至鼎芬整理书藏，有《检理焦山书藏讫事口占二首示庵主佛如》，并撰《焦山藏书约》一卷、《书目》一卷、《续》一卷。（《节庵先生遗诗》卷三，《清史稿》卷一百四十六、志一百二十一、艺文二）

八月二日（9月15日），父二十周年忌日，《节庵先生遗诗》卷四有《山中逢先君忌日泣书二百六十字》（《梁节庵先生年谱》）

按：以起首"别墓将周岁，衔哀忽廿年"诗句核之，鼎芬去年十一月，有《己丑十一月远游拜别先陇泣赋》诗，至今年八月，是所谓将周岁也。父卒于同治九年，时鼎芬年十二，距今恰为二十年，正符合"衔哀忽廿年"之语，故将此诗创作年月系于此。

九月，江逢辰落第南归，有《苦怀节庵先生焦山》诗，遂至焦山修谒，流连数日，与鼎芬有对雨联句诗。江逢辰善画，鼎芬属其摹绘杨忠愍公像，雇匠刻石，嵌于庵壁，供人观之。（《江孝通先生遗集》卷十五、《节庵先生遗诗》卷四《对雨同江生联句》、《遗诗》卷三《拜杨忠愍公纪事》注）

江逢辰别鼎芬归里，鼎芬有送行诗及忆逢辰诗。（《节庵先生遗诗》卷四《送江生归惠州》《送江生归里七百字全用侵韵》《十六夜望月忆江生》、《江孝通先生遗集》卷十九《沁园春》词序）

是年，三弟衍若来省山居，有诗。（《节庵先生遗诗》卷四《三弟来省山居书二百三十字》、《梁节庵先生年谱》）

按：诗无创作年月，以"汝兄去一年，孤身托山寺"之语，鼎芬去年十一月，别先陇，至焦山，寓海西庵，至今年冬，正周岁，故系诗于此。

是年，女兰生。

按：《节庵先生遗诗》卷五《玉泉山居思儿女》诗云："阿赞年十二，

阿兰长七年。"据《子申同游玉泉山先归口占送之戊申四月二十四日》，知鼎芬戊申四月隐居玉泉山，即光绪三十四年（1908），时阿赞年十二，阿兰长七年，则阿兰年十九，推知兰当生于本年。

光绪十七年辛卯（1891），三十三岁

寄寓焦山海西庵元日有诗。

《节庵先生遗诗》卷四《辛卯元日》："日月一以迈，志士无穷期。兹长庆岁首，万树迎朝晖。劳生三十三，今是昨未非。山中尔何人，木食而草衣。寒泉彻肝胆，清风醒心脾。指头春鸟鸣，欣欣得所归。故山岂不怀，腥浊辞芳菲。佳人不随世，智者要见微。滔滔江海流，目眇心更违。弹琴以乐道，读书且忘饥。"

二月，汪瑔（芙生）卒于广州，寄诗挽之。（《节庵先生遗诗》卷四《挽汪丈瑔六首》）

二、三月间，张之洞欲聘鼎芬主岳州书院讲席，数书劝行，杨锐、陈三立亦交相督促，鼎芬致书杨锐，托向张之洞婉拒之。（《梁节庵先生年谱》）

秋，江逢辰有《沁园春》词，寄怀鼎芬。（《江孝通先生遗集》卷十九）

十月，表弟龙凤镳（伯鸾）来山居问疾，同游北固山。凤镳又见海西庵内仰止轩供杨忠愍公像，敬仰瞻拜，鼎芬遂劝其并刻杨公集，为《杨忠愍集》四卷，是《杨忠愍公集》之初刻本。（《节庵先生遗诗》卷三《同龙二登北固山》、《节庵先生遗稿》卷三《拜杨忠愍公墓纪事》注）

按：吴天任编《梁节庵先生年谱》误将《同龙二登北固山》诗系于《遗诗》卷四。龙凤镳尝在粤杂钞鼎芬诗，并刊入《知服斋丛书》中，名曰《节庵集》，计四卷（一作五卷）。《节庵集》一说四卷（张昭芹《节庵先生遗诗·跋》，许衍董编纂《广东文征续编》第2册，广东文征编印委员会，1987年，第31页）；一说五卷（参汪宗衍辑《节庵先生遗诗补辑》，1952年铅印本）

光绪十八年壬辰（1892），三十四岁

寓焦山海西庵，元日有诗。（《节庵先生遗诗》卷四《壬辰岁朝》）

二月，文廷式北上，鼎芬有诗赠送。（《节庵先生遗诗》卷四《壬辰二月送文三北上》）

秋，张之洞邀请甚切，鼎芬乃勉至武昌，张之洞聘主两湖书院讲席，并参其幕府事，成为其幕府高参、得力助手。"之洞锐行新政。学堂林立，

言学事，惟鼎芬是任。"（《清史稿》卷四百七十二）"佐张之洞筹设湖北文武各级学校，及派遣留学，成材甚众。其自题门联，有'楚材必有用，教成君子六千人'。实录也。"（《节庵先生遗稿》卷首《节庵先生事略》）因此，两湖学堂林立，人才辈出，冠于全国。

按：据《节庵先生遗诗》卷六《题子申画春心秋心冬心图卷八首》其六诗自注云："壬辰游鄂"，吴天任《梁节庵先生年谱》云："据《遗诗》卷四，《题子申春心等图卷》诗自注"，误将《题子申画春心秋心冬心图卷八首》系于《遗诗》卷四，且引用诗题过于简略。又《遗诗》卷四《戒庵自山东来省山居，遂偕至武昌衍若家夜坐，同赋二首》其一："十年涕泪飘秋雨，九日茱萸惜异乡。"知鼎芬至武昌年期在是年秋后。

九月十九日（11月8日），张之洞招同鼎芬、陈三立、陈维垣、杨锐、江逢辰于八旗馆露台登高展重阳作。张之洞有诗纪之，鼎芬亦有继作。（《张文襄公诗集》卷三《九月十九日八旗馆露台登高赋呈节盦、孝通、伯严、斗垣、叔峤诸君子》、《节庵先生遗诗》卷四《孝达尚书招同陈三立、陈维垣、杨锐、江逢辰集八旗馆露台展重阳作九月十九日》）

同月，杨锐、纪巨维招集两湖书院，饯送江逢辰南归，鼎芬、张权、刘君符等同席。（《节庵先生遗诗》卷四《杨叔峤纪香驄招同陈伯严、张君立、刘君符、江孝通集两湖书院楼上望雨作》）

十月二十七日（12月15日），子龙驹生，生时骨壮而鬓长，七叔母喜谓鼎芬曰："他日此子当如汝耳。"（《节庵先生遗诗》卷四《四月朔日哭龙驹四首》其一、其三诗自注）

十二月二十日（2月6日），张之洞招宴鼎芬及陈三立、易顺鼎、杨锐于凌霄阁有诗，鼎芬亦次韵和之。（《节庵先生遗诗》卷四《十二月二十日孝达尚书宴集凌霄阁，有诗奉和》）

是年，邓承修（铁香）病卒于惠州，年五十二，鼎芬时位于焦山，以诗哭之。（《节庵先生遗诗》卷五《哭邓鸿胪承修五首》）

光绪十九年癸巳（1893），三十五岁

正月，陈宝箴（右铭）招邀乃园赏梅，陈三立小病新愈，亦与之。（《节庵先生遗诗》卷五《乃园梅花陈提刑招酒赏赋》、陈三立《乃园赏梅和梁大》及《散原精舍诗文集补编·诗录第三》）

二月十九日（4月5日），陈三立偕鼎芬、范钟、易顺鼎等酒集琴台，饮后泛湖并登梅子山。

范钟《我行枯冢千累累》序云："清明二日，偕陈伯严、梁节庵、易硕甫宴集琴台，长乐郑刑部寿彭工相人术，是日亦集。"（《蜂腰馆诗集》卷一）

三月三日（4月18日），陈三立偕鼎芬、范钟、易顺鼎等人修禊曾公祠，张之洞因事未赴，惠馈酒食。（《节庵先生遗诗》卷五《上巳集曾公祠修禊赋诗孝达督部饷以酒食赋谢兼示同游》、范钟《蜂腰馆诗集》卷一《三月三日修禊曾公祠南皮尚书拟集不果既而惠酒食同节庵石甫伯严赋谢》）

按：1893年正月至三月三日事，《梁节庵先生年谱》未载，今据李开军撰《陈三立年谱长编》卷三补。

三月初九日（4月24日），谭献（复堂）抵达武昌，留居数月，与鼎芬往来至密，鼎芬请谭献审定近诗，谭献亦请鼎芬审定其词录、杂文及所辑《箧中词续》。

谭献《复堂日记》续录（光绪十九年）："二月廿五日，登舟赴鄂，三月初九日，抵武昌，十七日，审定星海近诗三十余首，廿二日，星海又送诗十纸来。点阅竟，殊有高唱。廿五日，又定节庵诗十叶，盖已五十叶矣。四月初四日，阅节庵第八次诗，有《绿阴》七言律四章、《小孤山》七古，皆绝佳。望日，星海来，还《复堂词录》写本二册、《箧中词续》卷四稿本一册……十七日，星海又校《词录》一册来……五月十二日，星海为予审定《文续》卷二，札来，答之。"

按：二、三月间，鼎芬与陈三立、汪康年（穰卿）、易顺鼎、纪巨维等在鄂贤达多所交游。

四月朔，子龙驹殇，鼎芬有诗哭之。（《节庵先生遗诗》卷四《四月朔日哭龙驹四首》）

六月初一日（7月13日），张之洞招饮，鼎芬、谭献、陈三立、汪康年、纪巨维等同席。初二日（7月14日）重返海西庵有诗。（《节庵先生遗诗》卷四《癸巳六月重返海西庵口占一首》）

谭献《复堂日记》续录六月一日："赴南皮先生之招，同星海、伯严、穰卿、香骢集饮。自午正至酉初，谈宴始终，虽文酒清集，究非多事封疆之所宜也。出节府，至星海寓话别。星海明日又归焦山旧隐矣。"

六月初六日（7月18日），三十五岁生辰有诗。（《节庵先生遗诗》卷四《三十五岁初度》）

八月三日（9月12日），张之洞五十七岁生辰，鼎芬有诗祝寿。（《节庵先生遗诗》卷四《八月三日寿孝达督部》）

同月，陈三立为鼎芬诗集撰序。

十月二十日（11月27日），王仁堪（可庄）卒于苏州知府官舍，年四十六。时鼎芬在武昌养病，二十五日闻噩耗，二十六日即东下赴丧。（《梁节庵先生年谱》）

同月，张之洞于湖北省城铁政局旁设立自强学堂。将方言商务学堂改为自强学堂，分方言、格致、算学、商务四门，每门学生人数暂定为二十人，方言在堂肄业，余按月考课。（许同莘编《张文襄公年谱》卷四，苑书义等主编《张之洞全集》第二册、卷三十四、奏议三十四《设立自强学堂片》）

十一月三日（12月10日），作《与江生逢辰伍生铨萃书》，述其哀悼追思之意。（《节庵先生遗稿》卷三《与江生逢辰伍生铨萃书》）

光绪二十年甲午（1894），三十六岁

春，过黄州，访杨守敬（心吾），同游东坡所迁居的临皋亭，并观守敬邻苏楼藏书。

按：《节庵先生遗诗》卷五《黄州二首》其一诗云"春晓过黄州"，知过黄州之季节。其二诗自注："去秋八月，伯严、叔峤、静山、穰卿、社耆来游杨惺吾邻苏园，余以病未至。"又陈三立《散原精舍诗》卷下有《过黄州因忆癸巳岁与杨叔乔屠敬山汪穰卿社耆同游》一诗，知陈三立等人癸巳之游，鼎芬原亦有约，因病未赴。因知此游在今年春也。

五月一日（6月4日），陈三立录旧诗送鼎芬还焦山海西庵。

陈三立《丁丑岁长沙闲园饯别隆观易游肃州》诗后跋："节厂诗家以甲午五月朔遁还焦山，恨极，录劣诗送之。"

按：《梁节庵先生年谱》未载此事，据《散原精舍诗文集补编·诗文补遗》补。

六月，缪荃孙（艺风）至镇江，访鼎芬于海西庵，已病还鄂。

按：《梁节庵先生年谱》未载此事，据《艺风老人年谱》补。

六月二十三日（7月25日），中日甲午战争爆发，这场战争以当时的中国清政府战败、北洋水师全军覆没而告结。

按：鼎芬次年有和叶衍兰《菩萨蛮》词十首，皆有感于甲午之战。

七月初二日（8月2日），朱一新（蓉生）病逝于广雅书院，年四十九。鼎芬急赴上海迎哭其丧。

《节庵先生遗稿》卷五《挽朱蓉生》："斯人甚贤，未报君父恩，如何瞑目。视吾犹弟，便倾江海泪，难罄伤心。"

七月初四日（8月4日），鼎芬招饮，打诗钟，陈三立、缪荃孙、沈瑜庆（涛园）、志钧（仲鲁）、杨锐等同席。

缪荃孙《艺风老人日记》七月初四日："晴。校济南集。梁星海招饮，沈艾苍、赵惠卿、陈伯年、余尧衢、志仲鲁、双松如、杨叔乔同席，并诗钟。"

按：《梁节庵先生年谱》未载此事，今据《艺风老人日记》补。

秋，杨守敬至武昌，复与鼎芬等同登黄鹤楼，鼎芬有诗纪之。（《节庵先生遗诗》卷五《鹤楼吟》）

叶衍兰招邀鼎芬、冒广生等谳集于秋梦盫。冒广生于光绪三十一年（1905）九月作《寄梁节庵》诗，末句云："沉思江浒红云宴，愁共春潮满酒杯。"注："谓甲乙间叶南雪师招节庵及余辈谳集秋梦盫。"

按：《梁节庵先生年谱》未载此事，据谢永芳《叶衍兰年谱》补。

十月，张之洞迁署两江总督。欲辟鼎芬幕府，仍坚辞，张之洞责以大义。（《梁节庵先生年谱》）

同月，来白下，雪后同纪巨维（悔轩）、杨锐（钝叔）、沈塘（陶宦）游南京的莫愁湖。风景凄冷，感触万分。陶宦归作图，鼎芬有《貂裘换酒》词。

按：吴天任《梁节庵先生年谱》中"悔轩"前脱"纪"，"陶宦"前脱"沈"，今据《同声月刊》1944年第4卷第2号补。

光绪二十一年乙未（1895），三十七岁

主讲钟山书院，实参与张之洞幕府事。刘世珩（葱石）、徐乃昌（随庵）皆富藏书，时以相借。所刻丛书皆精本，并赠鼎芬。（《节庵先生遗稿》卷三《梁祠图书馆借书约》第五条）

按：是年编刻《钟山书院乙未课艺》，鼎芬鉴定，肄业诸生校字。

正月十四日（2月8日），鼎芬偕陈三立招饮，缪荃孙、杨守敬、余肇康（尧衢）志钧等人来赴。二十九日（23日），赴缪荃孙云自在龛招饮，陈三立、吴德潇（小村）、丁秉衡等同席。三十日（24日），赴余肇康招饮，陈三立、缪荃孙、邹代钧（沅帆）等人同席。（《艺风老人日记》）

按：《梁节庵先生年谱》未载正月十四日、二十九日、三十日事，今据《艺风老人日记》补。

三月二十三日（4月17日），《马关条约》签订。是日有书与马季立言此次中日战局形势。（手札可参《梁节庵先生年谱》）

四月，二楞招鼎芬及张佩纶（绳庵）游蒋陵湖，云气苍莽，雨色沉黯，感慨不知何世，鼎芬有《念奴娇》词纪之。(《同声月刊》1944 年第 4 卷第 2 号所辑的《欵红楼词未刊稿》、《节庵先生遗稿》卷四《诗词补遗》)

　　按：《梁节庵先生年谱》未考出"二楞"姓名。"二楞"为朱二楞，《艺风老人日记》多有提及"朱二楞"，即朱滫（1859—?），字子涵，浙江仁和（今杭州）人。

　　五月，文廷式以奏参李鸿章被斥，乞假南归，五月抵达金陵，与鼎芬及黄遵宪（公度）、王德楷（木斋）饮集吴船，各赋《贺新郎》词以抒悲欢，并有《吴船听雨图》纪之，又曾联句填《摸鱼儿》词一阕。时文廷式有《贺新郎·赠梁节庵》《贺新郎·赠黄公度观察》词。(钱仲联撰《黄公度先生年谱》《文芸阁先生年谱》，谢永芳著《广东近世词坛研究》)

　　六月十八日（8 月 8 日），张之洞荐举人才，称赞鼎芬。

　　《荐举人才折并清单》："志节清竣，学行敦笃，平日究心经济，伉直敢言，颇能识微见远，众论称之；其治事之才，亦甚精敏。使处侍从论思之职，必能献纳竭忠，念念不忘君国。"①

　　同月，回粤省墓。(《节庵先生遗稿》杨敬安跋)

　　九月十五日（11 月 1 日），率弟子致祭于钟山书院飨堂诸先生之位。(《节庵先生遗稿》卷三《钟山书院飨堂祭文》)

　　同日，康有为（长素）至江宁（南京），谒张之洞，与鼎芬及黄绍箕（仲弢）商议章程，合请张之洞为发起人。张之洞颇以自任，首捐银一千五百两兴办上海强学会。鼎芬又代黄遵宪签名为会员，时黄遵宪未识康有为。康有为在南京留居二十余日，张之洞与之隔日一谈，然张之洞不信孔子改制，频劝康有为勿言此学，又托鼎芬言之，康有为未许。(参康有为撰、楼宇烈整理《康南海自编年谱（外二种）》，北京：中华书局，1992 年，第 31 页)

　　按：十月（11 月），上海强学会成立，并发行《强学报》。十二月（1896 年 1 月），北京、上海两地强学会相继被禁止。

　　十一月十八日（1896 年 1 月 2 日），上谕张之洞回任湖广总督，鼎芬力辞钟山书院讲席。(《张文襄公年谱》卷五)

---

　　① 张之洞：《荐举人才折并清单》（光绪二十一年六月十八日），载苑书义、孙华峰、李秉新主编《张之洞全集》卷三十八，河北人民出版社 1998 年版，第 2 册，第 1013 页。

光绪二十二年丙申（1896），三十八岁

三月，文廷式至汉口，与鼎芬、黄绍箕、志钧、顾印愚、纪巨维、张权（君立）作琴台宴集，文廷式有诗。（钱仲联编《文芸阁先生年谱》）

五月，龙凤镳北上，鼎芬有诗送之。（《节庵先生遗诗》卷四《丙申仲夏龙二表弟凤镳北上作此送之》）

八月三日（9月9日），张之洞六十生日，鼎芬有诗祝寿。（《节庵先生遗诗》卷四《南皮尚书六十生日四首》）

八月初九日（9月15日），陈宝箴上折密荐鼎芬、于荫霖、赵尔巽、黄遵宪、志钧等十三人。（汪叔子、张求会编《陈宝箴集》卷七《遵旨密荐人才折》上册，第227页）

按：《梁节庵先生年谱》未载此事，今据《遵旨密荐人才折》补。

是年，鼎芬佐张之洞所办学务甚多。（《张文襄公年谱》卷六）

光绪二十三年丁酉（1897），三十九岁

子劭生，劭字思孝，小名赟。

按：《节庵先生遗诗》卷五《玉泉山居思儿女》诗："阿赟年十二，阿兰长七年。"前文已证女兰生于光绪十六年，推知子思孝本年生。

七月，扩充经心书院课程，分设讲堂，兼课时务。（《张文襄公年谱》卷六）

九月，筹设农务学堂，翌年二月正式成立。（《张文襄公年谱》卷六）

是年，三弟衍若卒，年三十。盛昱有《哀两生诗》，其一为番禺梁鼎蓍。（盛昱撰《郁华阁遗集》卷二）

《节庵先生遗稿》卷三《捐赠广东学堂书藏藏书记》："三弟衍若，爱国朝掌故，书工楷，兼学篆，钞予文诗词最多，予料理焦山书藏，远来相助。两弟无年，往事如昨，今理此堂书藏，是两弟生平最喜之事，为之捐书题名。悲夫，人天虽隔，心梦可通，孤立孑存，潸然何已。"

十一月，有书致汪康年，勉其勿惑邪说，须时时自警，自是鼎芬与康、梁政见已趋歧义。（上海图书馆编《汪康年师友书札》第2册，上海古籍出版社1986年，第1900页）

按：时梁启超（任公）在上海《时务报》刊发《变法通议》，以鼓吹变法为宗旨，提出"变法之本，在育人才，人才之兴，在开学校，学校之立，在变科举，而一切要其大成，在变官制"的政治主张。文中多诋纪昀

（晓岚）、倭仁（文端）之言，更诋及张之洞，鼎芬虽主开新，而伦常君国之心终不可变。

是年起书院学科，增加西学，使中西并重，以期成明体达用之学。自光绪二十三年至二十八年，属旧教育与新教育之过渡时期。此时期书院、学堂改章情况，详见吴天任《梁节庵先生年谱》。

是年，叶衍兰卒，年七十五。

光绪二十四年戊戌（1898），四十岁

二月，又创办工艺学堂，延日本教习二人，一人教理化学，另一人教机器学，招募制造工师二人。（《张文襄公年谱》卷六）

三月，张之洞撰《劝学篇》成，分内外篇，大旨在正人心、开风气。同时，创办《正学报》，主旨为昌明正学、弘扬圣道。编撰人员除鼎芬外，还有沈曾植（子培）、陈衍（叔伊）、纪巨维（悔轩）等多人。鼎芬为总理，核定一切事宜及各人撰述文字。（《张文襄公年谱》卷六、《劝学篇》序、《正学报》叙例）

四月，简朝亮（竹居）有再寄鼎芬言兵书。（《读书堂集》卷二《再寄梁星海言兵书》）

是年，康有为、梁启超在京师，黄遵宪在湖南，分别推动变法，而朝政实权皆在慈禧太后手中，康、梁欲独奉光绪帝以行急变。鼎芬与张之洞虽亦主张新法以富强，而不尚偏宕激进之言行，仍欲维持名教，以保圣道。鼎芬于闰三月至四月间，先后致电黄遵宪、汪康年及陈宝箴，对康梁变法之事有远识之见。（《梁节庵先生年谱》）

六月二十五日（8月12日），张之洞宴客于工程队营外，前临东湖，令工程兵搭一桥入湖中，携客观之。鼎芬、钱恂（念劬）、沈曾植、郑孝胥在座。二十六日（8月13日），鼎芬招饮，钱恂、沈曾植、郑孝胥在座。（《郑孝胥日记》）

按：《梁节庵先生年谱》未载六月二十五日、二十六日事，今据《郑孝胥日记》补。

同月，上谕改上海《时务报》为官报，派康有为做督办。汪康年改办《昌言报》，聘请鼎芬为主笔。（戈公振著《中国报学史》）

按：《昌言报》前身为《时务报》，是戊戌变法运动期间维新派的刊物。光绪二十四年七月初一日（1898年8月17日），汪康年改为现名，以副光绪帝广开言路、据实昌言之谕，并自任为总理，延鼎芬为总董。戊戌政变

后，鼎芬辞，同年 11 月 19 日停刊，共出十册。

秋，致书王先谦祭酒，指斥康、梁煽乱变教，祸害湖南，请合湘中诸君齐力声讨。(《翼教丛编》卷六《梁节庵太史与王祭酒书》)

八月(9 月 21 日)，戊戌变法失败，光绪帝被幽禁，大捕新党，康有为、梁启超逃亡海外，谭嗣同(复生)、康有溥(广仁)、杨深秀(漪邨)、刘光第(裴村)、林旭(暾谷)、杨锐(叔峤)，此六君子被杀。

十二月，张之洞欲明经例以正人心，续编纂经学明例，嘱咐鼎芬物色通经之士，分任纂述。鼎芬有《致广州杨惇甫户部电》。(《张文襄公年谱》卷七)

是年，廖廷相(泽群)卒，年五十五。鼎芬有挽联哀悼。(《节庵先生遗稿》卷五《挽廖泽群》)

光绪二十五年己亥(1899)，四十一岁

正月，改定两湖、经心、江汉三书院课程。(详见《张文襄公年谱》卷七)

杨锐遗柩回籍过湖北，鼎芬有诗吊之。(《节庵先生遗稿》卷四《叔峤京卿遗柩回籍过鄂吊之》)

五月，黄体芳(漱兰)卒，年七十二。

八月二十三日(9 月 27 日)，鼎芬招饮，同席沈曾植、沈曾桐、刘家立(坚伯)、罗振玉(叔蕴)、王同愈(栩缘)、钱恂、张权等。

按：《梁节庵先生年谱》未载此事，今据王同愈《栩缘日记》补。

十二月二十日(1 月 20 日)，盛昱卒于京师，年五十。盛昱藏精本书甚富，不轻易借人，而于鼎芬则无所吝惜。(《节庵先生遗稿》卷三《梁祠图书馆章程》第四条"借书约"注)

十二月二十一日(1 月 21 日)，赴青山观操练军队。夜，张之洞招饮楚材船，沈曾植、郑孝胥、纪巨维在座。(《郑孝胥日记》《沈曾植年谱长编》)

按：《梁节庵先生年谱》未载此事，今据《郑孝胥日记》《沈曾植年谱长编》补。

光绪二十六年庚子(1900)，四十二岁

在武昌。

正月十二日(2 月 11 日)，郑孝胥来。十三日(12 日)，郑孝胥约十八日(17 日)琴台午饭。十八日，赴郑孝胥琴台午宴，沈曾植、陈衍、岑春

冀（尧阶）在座。

按：《梁节庵先生年谱》未载正月十二日、十三日、十八日事，今据《郑孝胥日记》补。

二月十八日（3月18日），沈曾植约同人，鼎芬、张之洞、郑孝胥、纪巨维、钱恂在座。十九日（19日），赴岑春蓂约，沈曾植、郑孝胥、纪巨维在座。二十五日（25日），赴张之洞约，沈曾植、郑孝胥、程仪洛在座。三十日（30日），沈曾植招同人观海棠，鼎芬、郑孝胥、纪巨维、朱克柔（强甫）、王仁俊（捍郑）等在座。

按：《梁节庵先生年谱》未载二月十八日、十九日、二十五日、三十日事，今据《郑孝胥日记》补。

四月（5月27日），义和团运动爆发。

五月十六日（6月12日），设宴饯沈曾植，郑孝胥未赴。二十一日（17日），赴张之洞邀饭，沈曾植、郑孝胥、黄绍箕在座。

按：《梁节庵先生年谱》未载五月十六日、二十一日事，今据《郑孝胥日记》补。

五月二十五日（6月21日），鼎芬自鄂来粤电，略告联军犯京情形，以为辱极忆极，后患忧极。（《梁节庵先生年谱》）

六月，八国联军侵犯，连陷天津、北京。

六月六日，四十二岁生辰，因念两宫方在围城，故寝食难安，谢绝酬酢。（《答马季立札》，详见《梁节庵先生年谱》）

七月二十一日（8月15日），慈禧太后携光绪帝奔西安。鼎芬首倡进呈方物之议。（《西巡大事记》卷一《清季外交史料》附刊之一，《清史稿·德宗纪》《清史稿·梁鼎芬传》）

闰八月，张之洞从鼎芬建议，会同湖北巡抚于荫霖（次棠），派督粮道谭启宇，夹折驰赴行在，恭请圣安，并进方物。（《张文襄公年谱》卷七）

十二月十五日（1901年2月3日），鼎芬奉上谕，着赏还原衔。

伍铨萃撰《北游日记》："两湖书院院长降调翰林院编修梁鼎芬，训课精勤，卓著成效，着赏还原衔。"

光绪二十七年辛丑（1901），四十三岁

二月，粤绅黎国廉（季裴）、梁庆桂（小山）、陈昭常（简墀）、谭学衡（人凤）等，赴西安行在，进呈方物，遵鼎芬之议。十六日，奉谕时升叙有差。（《清史稿·德宗纪》《北游日记》）

三月二十五日（5月13日），张之洞上奏《保荐人才折并清单》，鼎芬于保荐九人中名列第三。

《保荐人才折并清单》称鼎芬："品行方严，才力强果，心存忠爱，出于至诚，平日讲求经济之学，尤能通达时势，不为迂谈，在湖北主讲书院有年，崇尚品行，力求实学，造就人材不少，众论翕然。"①

是年，鼎芬复入仕途，初以端方（午桥）荐，起用直隶州知府，张之洞再荐，认为其才华堪用，诏赴行在所。（《清史稿·梁鼎芬传》）

八月，密陈太后，请废大阿哥（溥儁），西太后为之动容，不数日而废大阿哥之议遂定。

八月初二日（9月14日），鼎芬奉上谕以知府发往湖北，遇缺即补。（以上两条参《清史稿·梁鼎芬传》，《节庵先生遗稿》卷首事略及卷三《辛丑西安行在奏对私记》《奉旨以知府发往湖北，遇缺补用谢恩折》）

八月初四（9月16日），张之洞致电西安，劝鼎芬回湖北补缺，并论《性理九通》，全是假门面，不如《四书朱注》，请设法劝阻。（详见苑书义等主编《张之洞全集》第十册，卷二百四十六，电牍七十七《致西安梁星海太史》）

按：吴天任编《梁节庵先生年谱》与苑书义等主编《张之洞全集》关于《致西安梁星海太史》中"性理九通全是假门面四书朱注岂不能包括性理九通卒业须十年"这段文字有标点的不同。主要区别如下：《梁节庵先生年谱》在第一次出现的"性理九通"后断，而《张之洞全集》在第一次出现的"性理"后断。即吴天任先生认为"性理九通"为一书，《张之洞全集》标点者认为《性理》《九通》为二书。《梁节庵先生年谱》在"岂不能包括"后断，而《张之洞全集》在第二次出现的"性理"后断。

八月初九日（9月21日），张之洞以鼎芬仍迟迟未行，续致电西安戴鸿慈（少怀）侍郎，托其就近力劝，总以朝命为重。（参苑书义等主编《张之洞全集》第十册，卷二百四十六，电牍七十七《致西安戴少怀侍郎电》）

八月二十日（10月2日），鼎芬谢恩，复召见。鼎芬涕泣，奏事甚详，两宫称赞其声名甚好。

八月二十四日（10月6日），太后与光绪帝自西安返京，鼎芬恭送至临

---

① 张之洞：《保荐人才折并清单》（光绪二十一年六月十八日），载苑书义、孙华峰、李秉新主编《张之洞全集》卷五十二，河北人民出版社1998年版，第2册，第1389页。

潼。(以上两条参《梁节庵先生年谱》)

冬,署理武昌府知府。(《张文襄公年谱》卷七,《梁节庵先生年谱》)

光绪二十八年壬寅(1902),四十四岁

四月,补授汉阳府知府。(《张文襄公年谱》卷七,《梁节庵先生年谱》)

四月二十六日(6月2日),张之洞就数月与鼎芬的筹商定议,应兴办及改制之学堂,有公牍《札学务处专设办公处所》,以学务文牍繁杂、图书荟萃、人员众多,应专设学务处一区。札饬学务处切实执行,刊刻湖北学务处关防,并将经费筹议详办等。(参《张文襄公全集》卷一百〇四,公牍十九;《张文襄公年谱》卷七)

按:《札学务处专设办公处所》,苑书义等主编《张之洞全集》第六册,卷一百四十八,公牍六十三作《札北善后局刊呈学务处关防备发并将该处经费筹议详办》。

同日,张之洞有《札委梁鼎芬充师范学堂监督》。(《张之洞全集》第六册,卷一百四十八,公牍六十三)

十月初一日(10月31日),张之洞有《筹定学堂规模次第兴办折》,其中将第一之师范学堂委托鼎芬为监督,并为学务处文学堂总提调。(详见《张之洞全集》第2册,卷五十七,奏议五十七)

光绪二十九年癸卯(1903),四十五岁

正月,兼署武昌盐法道。(《清史稿·梁鼎芬传》、《节庵先生遗稿》卷首《节庵先生事略》及《张之洞全集》第十一册,卷二百五十五,电牍八十六《致武昌端署制台、梁署盐道台》)

按:据《致武昌端署制台、梁署盐道台》原注:"光绪二十九年正月二十八日丑刻发",已称鼎芬署盐道台,故将署盐道志于此。

五月十三日(6月8日),张之洞在京致电鼎芬,以近来东洋及上海、京师学风不安定,请劝谕湖北诸学生,守法率教,专心力学,以保全良好名声。(详见《张之洞全集》第十一册,卷二百五十六,电牍八十七《致武昌梁太守》)

夏,龙氏姑妹卒,表弟龙凤镳远来商量丧事,鼎芬追怀姑妹有饮食教诲之恩,悲不能止。(《节庵先生遗诗》卷五《癸卯秋同年鲜庵学士以三夷陵洞口山谷题名寄赠,文闱之暇漫成三绝,末首自况又不如也》诗注)

六月初六日（7月29日），鼎芬四十五岁生辰，张之洞致电鼎芬，提添募新军事及练兵一事为其身心性命之学。（《张之洞全集》第十一册，卷二百五十七，电牍八十八《致武昌梁署盐道》）

秋，黄绍箕（鲜庵）以三夷陵洞口山谷题名寄赠，鼎芬题诗三首，末首自况，为追悼龙氏姑妹。（《节庵先生遗诗》卷五《癸卯秋同年鲜庵学士以三夷陵洞口山谷题名寄赠，文闱之暇漫成三绝，末首自况又不如也》）

十二月，日俄以中国辽东为战场，北京迫近东北，朝廷下旨命各省调兵入卫，张之洞于十一日致电端方及鼎芬，云宜留兵镇压长江匪徒，不可调张彪一镇出。（《张之洞全集》第十一册，卷二百五十八，电牍八十九《致武昌端兼院、武昌府梁太守》）

按：日俄战争爆发于1904年2月8日，终于1905年，战争以沙俄战败而告终。这是日本与沙俄为了侵占中国东北和朝鲜，在中国东北的土地上所进行的一场帝国主义战争。

冬，湖北方言学堂开学，鼎芬代端方撰演说词，阐明强调外语之功用，训勉学生，以成德达材，体用兼全，可备国家任使。（《节庵先生遗稿》卷三《湖北方言学堂开学演说癸卯代端方》）

是年起，至光绪三十三年间，遵照张之洞去年四月二十六札，所列湖北应兴办及改革各种学堂，是新学制时期，较光绪二十三年至二十八年之书院改章时期，更进步了。（详见《梁节庵先生年谱》）

光绪三十年甲辰（1904），四十六岁

二月十四日（3月30日），张之洞回任湖广总督。（《张文襄公年谱》卷九）

六月，整理制定湖北营务处职掌，并分列四门：参谋、执法、督操、经理。此与北洋营务处的章程节目大同小异。参谋、执法两所，各设提调三员，鼎芬均为首席提调。（《张之洞全集》第六册，卷一百五十，公牍六十五《札司道酌定营务处新章》）

八月十三日（9月22日），广西巡抚于荫霖卒于南阳，鼎芬以于荫霖及已故广东巡抚马丕瑶的政事节行足以风世，而又同被张之洞所深许，因代张之洞拟折，奏请加恩赐恤，并将生平事迹，宜付国史馆立传，可吏治人心，有所激劝。（《节庵先生遗稿》卷二《已故大员马丕瑶、于荫霖，节行可以风世，仅胪列上陈，吁恳恩施折代张之洞》）

八月二十四日（10月3日），文廷式卒于里第，年四十九。（钱仲联编

《文芸阁先生年谱》）

九月，厘定学务处职掌，分设六科为审订、普通、专门、实业、游学、会计。鼎芬原任文武管理提调，张之洞令改为学务处总提调。（《张之洞全集》第六册，卷一百五十，公牍六十五《札学务处分设六科》）

光绪三十一年乙巳（1905），四十七岁

秋初，鼎芬重访汉阳鹦鹉洲，谒东汉文学家祢衡（正平）墓，有怀贤叹世之感，故有建祠之意，张之洞语人曰："此千年未有之事也。"（《节庵先生遗稿》卷三《建祢祠设学堂文》、《节庵先生遗诗续编》之《为关伯衡题陈白沙先生诗卷二十首》诗注）

秋，沈曾植（乙庵）来武昌，旋即北上，鼎芬有诗送行。[《节庵先生遗诗》卷五《乙巳与乙庵别》、《乙巳秋送乙庵北上》（一作《车上别乙庵》）]

《乙巳秋送乙庵北上》："沧海若（一作'已'）干吾泪在，西（一作'秋'）风不冷酒怀春（一作'新'）。劳劳车马闲闲柳，肠断人间晚嫁人。"（引自《清代诗文集汇编》七八七，上海：上海古籍出版社，2010年，第59页）

按：吴天任编《梁节庵先生年谱》引《乙巳秋送乙庵北上》，既未标出原异文，且"闲闲柳"引作"闲闲客"。

九月九日（10月7日），张之洞登洪山宝通寺，还饮曾文公正祠，为鼎芬饯行，且有诗相送，陈三立、易顺鼎、纪巨维等同集。

《送梁节庵之官襄阳道》："此去提封楚北门，几年江国悴兰荪。谤书那得浑公，远谪终然念至尊。健笔凌秋花未晚，停杯感世酒无温。三雍莘方兴学，台省旬周伫异恩。"（引自《张之洞诗文集》卷四诗集四，上海：上海古籍出版社，2008年，第183页）

按：是年三月以武昌知府补授安襄勋荆道。

同月，署湖北按察使。（《清史稿·梁鼎芬传》）

光绪三十二年丙午（1906），四十八岁

三月，鼎芬奉委至江西南昌，查访知县江召棠（云卿）被法国天主教传教士王安之刺死之案。（《节庵先生遗稿》卷三《奉委查南昌教案江令兆棠被戕事件到赣启事丙午》）

按：《致南昌胡抚台、余臬台》（光绪三十二年三月十五日亥刻发）：

"敝处现奉廷寄有饬查江西事件,兹特派委梁署臬司前往确查,约明日可到南昌。"则推知鼎芬于三月十六日(4月9日)到达南昌。

三月二十二日(4月15日)至二十九日(4月22日),鼎芬查明江召棠被杀案,先后致电张之洞。随后,张之洞电奏外务部、军机处。〔详见《张之洞全集》第十一册,卷二百六十四,电牍九十五《梁署臬司来电》(光绪三十二年三月二十二日未刻到)、《梁署臬司来电》(光绪三十二年三月二十九日辰刻到)、《致外务部、军机处》(发后照录致梁署臬司,光绪三十二年三月二十六日巳刻发);《节庵先生遗诗》卷五《子贤以先世所藏江南昌牡丹属题,为赋三绝句哀之,此花可宝,此人可悲,前事在眼,不胜黯然》诗注〕

三月二十八日(4月21日),鼎芬于公务之暇,曾赴新建青山,拜陈宝箴墓,有诗。(《节庵先生遗诗》卷五《新建青山拜陈抚部丈墓》)

按:四月五日(4月28日),陈三立入西山,至墓上祭扫,方知鼎芬七日前曾来拜墓。(《陈三立年谱长编》卷八)

四月,鼎芬应湖北布政使安县李珉琛之聘请,允为武昌四川旅学堂监督。(《节庵先生遗稿》卷三《复李珉琛允就聘武昌四川旅学堂监督启丙午》)

八月,奉上谕真除湖北按察使,上折谢恩,并请求准许来京陛见。(《节庵先生遗稿》卷一《真除鄂臬吁恳陛见折附朱批》)

八月二十四日(10月11日),张之洞致鼎芬札,商议驳刑部诉讼法与审讯案犯应酌用刑责事。(《张之洞全集》第十二册,卷二百八十七,书札六《致梁节庵先生》)

是年冬,鼎芬上折请建曲阜学堂,有附片三:一、请饬下张之洞、黄绍箕招集通经守正之士,尽心经理;二、请重修曲阜县志;三、保举陈澧、马贞榆、陈树镛。(《节庵先生遗稿》卷一《请建曲阜学堂折附朱批并谕旨》及附片)

十一月十五日(12月30日),鼎芬陛见,面劾庆亲王奕劻及袁世凯(慰亭),随后上折,请追录已故直臣黄体芳、张佩纶、邓承修等十二人,又附片请召见录用王先谦、陈宝琛(弢庵)、吴兆泰(星阶)三员。(《节庵先生遗稿》卷一《请追录直臣以维风化折》及附片一《保举王先谦、陈宝琛、吴兆泰》)

按:《节庵先生遗稿》卷一《请追录直臣以维风化折》前已称十一月十五日蒙恩召见,而折末却署十一月十二日,后先倒置,使人生疑。吴天任先生疑"末署十二日为二十日，植字时倒误"①，可备一说。

光绪三十三年丁未（1907），四十九岁

兼署湖北布政使。（《清史稿·梁鼎芬传》）

六月二十四日（8月2日），鼎芬上折，请化除满、汉界限，以固邦本。旋朱批会议政务处知道。

七月初二日（8月10日），上谕，以满、汉界限究应如何全行化除，着内外衙门各抒所见，将切实办法，会议具奏，即予施行。（《节庵先生遗稿》卷一《恳请化除满汉界限以固邦本折附片一及谕旨》）

七月二十八日（9月5日），张之洞上奏陈鼎芬办理学务成绩卓著，称鼎芬"学术纯正，待士肫诚，于教育事体大纲细目擘画精详，任事多年，勤劳最著……"② 请准将鼎芬赏加二品衔。

是年七月，鼎芬上奏陈预备立宪为第一要义，劾庆亲王奕劻通贿赂，请每月加给庆亲王奕劻养廉三万两，使其得以专心办事，免受外官应酬。又附片有弹劾直隶总督袁世凯。（《节庵先生遗稿》卷一《奏陈预备立宪第一要义请每月加给庆亲王奕劻养廉银三万两折附片三》、《清史稿·梁鼎芬传》）

是月，担任礼学馆顾问。（《礼学馆顾问纂修官绅衔名单》，载上海《大同报》第8卷第23期）

八月初八日（9月15日），奉朱批，着赏加鼎芬二品衔。（《张之洞全集》第三册，卷七十，奏议七十《请奖梁鼎芬片》）

八月二十日（9月27日），张之洞抵达京城后有电致鼎芬及黄绍箕，请托举人才。（《张之洞全集》第十一册，卷二百六十九，电牍一百《致武昌梁署藩台、黄学台》）

九月，上折奏报交卸兼署湖北布政使事，并谢赏加二品衔。又附片奏劾奕劻、袁世凯、徐世昌、载振等人。朱批则言"此时局日棘，乃不察时势之威迫，不谅任事之艰苦，辄有意沽名，摭拾空言，肆意弹劾，尤属非时，着传旨申饬"。（梁鼎芬著、杨敬安辑《奏报交卸兼署鄂藩，并附片奏劾奕劻、袁世凯、载振、徐世昌等折附片一及朱批》，《节庵先生遗稿》卷

---

① 吴天任：《梁节庵先生年谱》，艺文印书馆1979年版，第221页。
② 张之洞：《请奖梁鼎芬片》（光绪三十三年七月二十八日），载苑书义、孙华峰、李秉新主编《张之洞全集》卷七十，河北人民出版社1998年版，第3册，第1816页。

一，香港排印本，1962年版，第19页）

十一月十三日（12月17日），鼎芬引疾乞辞湖北按察使，呈请湖广督臣赵尔巽（次珊）代奏开缺。

十二月二十六日（1908年1月29日），奉上谕，着准开缺。鼎芬有乞病纪恩诗。（《节庵先生遗稿》卷一《奏报交卸鄂臬折》《附两湖总督赵尔巽代奏因病呈请开缺原折》、《节庵先生遗诗》卷五《光绪三十三年十二月乞病纪恩一首》）

是年，鼎芬倡捐先贤祠墓祭田多处。（详见《节庵先生遗稿》卷三《捐置杨忠烈公墓祭田文丁未，公讳涟，明应山人》《捐置谢万二公祠祭田文丁未》《捐置熊襄愍公祠墓祭田文丁未，公讳廷弼，明江夏人》《捐置温墓祭田文丁未，温公名待考》）

光绪三十四年戊申（1908），五十岁

正月，祢衡祠建成，内设正平学堂。（《节庵先生遗稿》卷三《建祢祠设学堂文，建祢祠设学堂事》）

正月二十九日（3月1日），张之洞在京，致电时任湖广总督赵尔巽，劝留鼎芬为存古学堂监督，谓其辞官而为师，于义未尝不可。（《张之洞全集》第十一册，卷二百六十九，电牍一百《致武昌赵制台》）

四月，与李孺（子申）同至杭州，游玉泉山，二十四日，子申先归，鼎芬有诗送之。自是隐居玉泉山养疴。（《节庵先生遗诗》卷五《戊申四月初宿玉泉寺同子申作》《子申同游玉泉山先归口占送之戊申四月二十四日》《题邵位西先生遗诗六首》其五诗注）

六月六日（7月4日），五十生辰。陈三立有《节庵五十生日诗》为寿。（《散原精舍诗》卷下）

六月二十六日（7月24日），万寿节，鼎芬在武昌，集百人于织布局，置酒奏乐，庆寿达旦。（《节庵先生遗诗》卷五《德宗景皇帝诞辰，集广州府学官明伦堂行礼，凡四五百人。礼成，敬告父老兼示学生。时宣统元年六月二十六日》诗注）

九月，陈宝琛至上海，鼎芬自焦山往会，有赠答之作。（《节庵先生遗诗》卷五《上海喜晤陈伯潜前辈赋赠》）

按：九月十一日（10月5日），赴陈宝琛洋务局招饮，并作诗钟。十三日（7日），赴郑孝胥花如兰家招饮，陈三立、陈宝琛等人同席，席罢，邀至红冰馆。十四日（8日），赴陈三立燕春楼招饮，为陈宝琛饯行。（《郑孝

胥日记》)

十月二十一日（11月14日），德宗景皇帝驾崩，年三十八。次日（11月15日），慈禧皇太后升遐，年七十三。鼎芬奔赴京师哭临，越日即行。（《清史稿·梁鼎芬传》）

逊帝宣统元年己酉（1909），五十一岁

元旦，有口占诗及春词。（《节庵先生遗诗》卷五《己酉元旦口占》《己酉春词》）

按：鼎芬自去岁解职，曾至杭州玉泉山小住，先还武昌，再至焦山。

三月，有山居怀两湖书院等诗。（《节庵先生遗诗》卷五《己酉三月山居有怀两湖书院诸子》）

同月，还乡省墓。（《节庵先生遗诗》卷五《己酉三月还乡省墓》）

五月二十九日（7月16日），坐感旧园竹窗下，题江逢辰遗画，园南小屋为江逢辰昔日住处，题其额曰密庵。（《节庵先生遗诗续编》诗题）

按：江逢辰，字孝通，号密庵，广东归善县人（今广东省惠州市惠城区桥东人）。从鼎芬学于丰湖书院、广雅书院，经鼎芬举荐，得张之洞赏识和周济，与鼎芬入为张的幕僚。卒于1900年，年四十一。精工诗词、书画、刻印等，有《江孝通先生遗集》（一作《江孝通遗集》）十九卷行世。

六月二十三日（8月8日），鼎芬以礼学馆顾问官的名义致书广东自治研究社，恳劝省会绅商诸公，凡遇太后、德宗寿诞忌辰，均不宴会、不嫁娶。又以德宗寿诞期近，宜有所纪念，同维护忠义之邦，识君臣之分，有利于世道，可止邪心云云。（《节庵先生剩稿》卷上《致广东自治研究社函》）

六月二十六日（8月11日），德宗景皇帝诞辰，集广州府学官明伦堂行礼，凡四五百人。礼成，敬告父老兼示学生。（《节庵先生遗诗》卷五诗题）

八月二日（9月15日），父忌日，上坟。（《节庵先生遗诗》卷五《玉山草堂作》）

八月二十一日（10月4日），张之洞卒于京邸，年七十三。鼎芬北上，亲自送葬至南皮。（《张文襄公年谱》卷十，《清史稿·梁鼎芬传》，《节庵先生遗稿》卷五《挽张文襄公之洞》）

九月九日（10月22日），鼎芬招陈宝琛、潘清荫（吾刚）、伍铨萃（叔葆）、江孔殷（霞君），集广化寺陈曾寿（仁先）斋中，为重阳之会，陈宝琛有和鼎芬诗。（陈宝琛《沧趣楼诗集》卷六《九日节庵招集广化寺

同陈仁先曾寿潘吾刚清荫伍叔葆铨萃江霞君孔殷感和节庵并怀伯严江南》诗题）

按：鼎芬原诗，今不见其集中。

冬，张之洞之丧，既归南皮，鼎芬与张之洞之子张权（君立）、仁侃谋辑刊其遗著，设广雅书局于地安门内，由许同莘、王孝绳商榷遗书体例，就鼎芬与陈宝琛质正。（《编辑〈张文襄公全集〉叙例》）

宣统二年庚戌（1910），五十二岁

晚春有诗。

《庚戌晚春》："中庭嘉树有晴阴，怅触芳菲已往心。窗几安闲身世外，图书零乱病春深。闭窗弱燕逡巡入，绕槛新莺得意吟。一炷炉香天未晓，碧苔划地玉笙沉。"（《节庵先生遗诗续编》）

六月六日（7月12日），五十二岁生辰，有口占诗。（《节庵先生遗诗》卷五《庚戌六月六日口占二首》）

八月十八日（9月21日），李孺招鼎芬与顾印愚、杨觐圭（锡侯）、程颂万（石巢），集远山簃，各呈所为诗互赠，因属汪洛年（社耆）作桐馆钞诗图，分题于上，并限"闲、删、关、还、山"五韵。（《节庵先生遗诗》卷五诗题、《梁节庵先生年谱》）

按：本年闲山社在北京成立，因首次集会赋诗限"闲、删、关、还、山"五韵而得名。成员主要有梁鼎芬、程颂万、顾印愚、李孺等。不久，因社员分散而集会停止，但一些社员之间仍有唱和。（《节庵先生遗诗》卷五诗题、《梁节庵先生年谱》；卓如、鲁湘元主编《二十世纪中国文学编年1900—1931》，石家庄：河北教育出版社，2013年，第107页）

九月九日（10月11日），陈曾寿招鼎芬与陈宝琛集北京广化寺，述张之洞去年今日事，鼎芬感而有作。（《节庵先生遗诗》卷五《九月仁先招集广化寺述张文襄去年今日事感赋》、《梁节庵先生年谱》按语）

同月，捐赠京师广东学堂书藏藏书。（《节庵先生遗稿》卷三《捐赠广东学堂书藏藏书记》）

十一月，鼎芬南归，适天山草堂落成，与同人倚栏拍照。题曰："斜阳衰柳，如此栏何，问吾庵九弟。"盖自比于辛弃疾，乃用其"休去倚危阑，斜阳正在、烟柳断肠处"词意，作题语以贻盛景璇。（《岭南学报》1950年第11卷第1期）

按：《梁节庵先生年谱》未载此事，今据《岭南学报》1950年第11卷

第1期补。

十二月二十日（1911年1月20日），盛昱忌日，鼎芬早起往意园独祭，有诗纪之。（《节庵先生遗诗》卷五《十二月二十日伯兮忌日，意园独祭，感赋》、《节庵先生遗诗续编》之《庚戌十二月二十日，伯希祭酒忌日，早起往意园祭之，旋道上斜街庙前得二十八字，遂题此卷》）

同月二十七日（1911年1月27日），乞病南归上坟，翌日谒感旧园，祭告先舅张鼎华。（《节庵先生遗稿》卷三《广州感旧园约拜张延秋先生生日启》）

按：鼎芬祭盛昱后，南归上坟，并谒感旧园，随即又北上焦山。

宣统三年辛亥（1911），五十三岁

正月，在焦山，于滩上坠石，俯见觅得宋儒陈襄（古灵）题名石刻，乃屡年求之不得者，自是世间始有揭本。（《节庵先生遗诗》卷六《癸丑浴佛日，伯严于樊园招伐林侍郎游泰山，题诗何诗孙图上》诗注）

清明日（4月6日），领弟、儿等省先墓。（《节庵先生遗诗续编》之《宣统三年清明省墓》）

省墓归后，先书《梁祠图书馆启》，并附《梁祠图书馆章程》二十三条，还附有"观书约"八条、"钞书约"五条、"借书约"七条、"读书约"八条、"捐书约"十四条。拟定四月初一日（4月29日）开设梁祠图书馆，以承先志，为省会各学堂学子求益之用。（《节庵先生遗稿》卷三《梁祠图书馆启》《梁祠图书馆章程五约附》）

五月二十九日（6月25日），约集同人于广州感旧园，拜先舅张鼎华生日。（《节庵先生遗稿》卷三《广州感旧园约拜张延秋先生生日启辛亥》）

六月六日（7月1日），五十三岁初度，子思孝（劬）画双松扇为寿。（《节庵先生遗诗续编》之《甲寅六月六日口占寄劬儿》）

闰六月初一日（7月26日），集议重开学海堂。（《节庵先生遗稿》卷三《重开学海堂启》）

闰六月十七日（8月11日），鼎芬约同姚筠（俊卿）、李启隆（襄文）、沈泽棠（芷邻）、吴道镕（玉臣）、温肃（毅夫）、汪兆铨（莘伯）、黄节（晦闻），发起重开南园诗社于广州抗风轩，与会者百数十人，以号召振兴广东诗学。（详见汪宗衍《广东文物丛谈》之《南园诗社杂谈》、《节庵先生遗诗》卷五《南园诗社重开赋诗，会者百数十人》）

是年夏，与同人集饮孔园烟浒楼，有《饮食宴乐精义》之作。（详见

《梁节庵先生年谱》）

七夕（8月30日），辑刻《后南园诗社摘句图》一册。（《节庵先生遗稿》卷三《后南园诗社摘句图题记辛亥》）

八月十九日（10月10日），武昌起义爆发，次日黎元洪（宋卿）被迫出任湖北军政府都督，汉阳、汉口也相继成立了革命政权，湖广总督瑞澂（莘儒）弃城而逃，袁世凯被清政府起用为湖广总督，以节制长江水陆军。时革命军声势大振，全国各省纷纷响应，宣告独立。鼎芬深忧之。

九月，与两广总督张鸣岐（坚白）商议仿庚子东南自保事，划岭而治，已有誓约。（据《梁节庵先生年谱》引《致张坚白手札》）

同月十一日（11月1日），致电黎元洪，劝其仍归服朝廷（《节庵先生剩稿》卷上《电劝武昌革命军黎元洪文》）。十五夜（11月5日），对月有诗。（《节庵先生遗诗》卷六《辛亥九月十五夜》）

十月甲辰日（11月30日），赏鼎芬三品京堂，命其会合李准，收复广东。（《清史稿·宣统皇帝本纪》）

十一月十三日（1912年1月1日），孙中山（逸仙）在南京宣誓就任临时大总统，宣告中华民国临时政府成立，改用阳历，以是日为中华民国元年元旦。

十二月二十五日（1912年2月12日），清政府颁布清帝退位诏书，清朝宣告结束。鼎芬即日穿孝，终身如此。（《梁节庵先生年谱》引《与马季立手札》）

按：《苌楚斋三笔》卷一"本自江海人"条云："自宣统辛亥国变后，为人书件，后钤一印，文曰：'本自江海人'五字。声木谨案：此五字本六朝谢灵运诗，诗云：'韩亡子房奋，秦帝鲁连耻。本自江海人，忠义动君子'云云。钤此印文，隐寓黍离麦秀之痛，伤心人诚别有怀抱，非随波逐流者所能比拟也。"

中华民国元年壬子（1912），五十四岁

正月，病咯血，寓居上海爱文义路，以卖字为生。（《梁节庵先生年谱》引《哀启·人往风微录》）

同月，樊增祥（樊山）以鼎芬所投诗次为三品，鼎芬有诗答之，邀沈曾植（乙庵）、陈籛园、易顺鼎（实甫）、杨钟义（留垞）同赋。（《节庵先生遗诗续编》之《樊山以三品次所投诗答一首招乙庵籛园实甫留垞同赋》）

四月十六日（6月1日），与陈三立、李瑞清（梅庵）、秦树声（右

衡)、左绍佐（笏卿）、麦孟华（蜕庵）、樊增祥、陈曾寿、朱祖谋（古微）、郑孝胥、胡思敬等二十七人于愚园集会。晚归，宴六合春，约各赋一诗，未成而散。（胡思敬《退庐文集》卷二《吴中访旧记》）

按：《梁节庵先生年谱》未载此事，今据《沈曾植年谱长编》《陈三立年谱长编》引《吴中访旧记》补。

端午日（6月19日），樊增祥和沈曾植诗有五言律六首，以示鼎芬，鼎芬亦次其韵奉简二公。（《节庵先生遗诗续编》之《壬子端午樊山示和乙厂诗因次韵奉简两公》）

六月六日（7月19日），五十四岁生辰。顾印愚有诗祝寿。（《成都顾先生诗集》卷九《六月六日寄清士》）

七月，端方无首灵柩运抵武汉，鼎芬西上迎之，经理丧事，有诗表哀。后在焦山建归来庵祭祀之。（刘成禺《世载堂杂忆》之《梁节庵之胡与辫》、《节庵先生遗诗》卷六《忠敏公端方槥归重来鄂渚迎之，口占一首》）

按：1911年辛亥革命，端方时为川汉铁路督办，在入川镇压保路运动中，为起义新军杀于资州，年五十一。

九月，北上京城，遂至梁格庄，叩谒德宗景皇帝梓宫。时崇陵工程因费用被克扣而停顿经年，鼎芬愤切忧深，即回上海与同人陈小石、程庆霖等，广邀诸遗臣集款报效，稍有成效。旋又自上海北上与时任内务总长赵秉钧（智庵）商得继续拨款，使得工程早日完成。再到梁格庄，露宿寝殿旁，瞻仰流涕。（《节庵先生剩稿》卷上《梁格庄私议三条》，《清史稿·梁鼎芬传》）

十月，还上海，与王秉恩（雪澄）宅酒集，备述行踪劳苦，陈三立有诗纪之。（《散原精舍诗续集》卷上《雪晴王雪城宅酒集坐客梁髯北游初还述行踪甚苦感赋》）

孔教会于本年10月在上海成立，鼎芬为发起人之一。

旋以病入院。十二月三日（1月9日），致书于端方之弟仲纲，杂陈病院生活，作诗甘苦等。（《梁节庵先生年谱》引手札）

是年，顾印愚有一再过栖凤楼寄鼎芬诗。（《成都顾先生诗集》卷十《过栖凤楼》）

民国二年癸丑（1913），五十五岁

正月二日（2月7日），访王闿运（壬秋）上海寓斋。王闿运回湘，鼎芬赠以崇陵石，并有诗赠送。（王闿运著、马积高主编《湘绮楼日记》，长

沙：岳麓书社，1997年，第3222页；《节庵先生遗诗》卷六《王检讨闿运回湘赋别》）

正月十三日（2月18日），招饮于王子展寓宅，陈三立、王闿运、易顺鼎、樊增祥等同集。（《湘绮楼日记》《陈三立年谱长编》卷十）

按：《梁节庵先生年谱》未载此事，今据《湘绮楼日记》《陈三立年谱长编》补。

正月十七日（2月22日）凌晨，清隆裕太后薨逝，旋移崇陵暂安殿，鼎芬北上哭临。自此有三良之志却不得遂，手书遗言，谓其生孤苦，学无所成，一切皆不刻。所作诗文，多烧之，勿留一字于世，凄苦之心，文字不可传出云。（《清史稿·后妃传稿》、《节庵先生遗诗》余绍宋叙略）

自崇陵还京，以祭余羊果赠陈宝琛，陈宝琛作长篇古诗报之。（《沧趣楼诗集》卷七《节庵自梁格庄以崇陵祭余羊，果见饷感赋》）

四月，返上海。浴佛日（即四月八日，5月13日），陈三立于樊园主持超社第四集，招饯林绍年（健斋）游泰山，与会者除鼎芬、林绍年外，有瞿鸿禨（子玖）、周树模（孝甄）、王仁东（完巢）、缪荃孙（炎之）、林开謩（贻书）、沈曾植、沈瑜庆（涛园）、吴庆坻（子修）、吴士鉴（絅斋）、何维朴（诗孙）等人。诗孙为图，鼎芬题诗其上。（《节庵先生遗诗》卷六《癸丑浴佛日，伯严于樊园招饯林侍郎游泰山，题诗何诗孙图上》自注）

按：吴天任编《梁节庵先生年谱》中，关于此次社集活动的一些与会者的名字信息未全部列出。姚达兑《民初清遗民的身份认同和文化想象——何维朴〈登岱图〉及其题咏研究》一文认为现有的研究称"超社第四次雅集到场的遗民诗人，共有十二人"这种说法是错误的。他提出："事实上本次社集时，还有一些遗民诗人在场，是为历史的在场者和历史书写的缺席者，被遗老排除在其圈之外。"① 列举了何维朴、林开謩、冯煦、郑孝胥，还有一些在场的遗少，所以参会者不止十二位。

四月十五日（5月20日），招集沈瑜庆寓宅，题陈宝琛《听水斋图》，沈曾植、陈三立、瞿鸿禨、樊增祥、沈瑜庆、吴庆坻等同集。此为超社第五集。鼎芬有社作《题陈师傅听水斋图十首》（《艺风堂友朋书札·沈曾植第四十七函》、《节庵先生遗诗》卷六、《陈三立年谱长编》卷十）

四月十六日（5月21日），陈三立、樊增祥、周树模、吴庆坻、沈曾植

---

① 姚达兑：《民初清遗民的身份认同和文化想象——何维朴〈登岱图〉及其题咏研究》，载《兰州学刊》2017年第7期。

于樊园公宴林绍年，鼎芬、瞿鸿禨、沈瑜庆、王仁东等同集，此为超社第六集。众人看花观画，鼎芬提议合咏所观郑所南画兰和倪鸿宝画精忠柏。（《樊山集外》卷二《四月既望沈观补松乙庵伯严及余公宴健斋参政于樊园止庵涛园节庵旭庄诒书俱来会园中芍药玫瑰盛开辅以西洋杂花烂如云锦酒罢作歌》、《郑兰倪柏歌》、《陈三立年谱长编》卷十）

按：《梁节庵先生年谱》未载四月十五日、十六日事，今补。

六月，顾印愚卒，年五十九。二十七日（7月30日），鼎芬为位哭之于上海翠竹庵。（《节庵先生遗稿》卷三《哭顾诗人印伯纪事寄程康》）

七月十五日（8月16日），赴蔡乃煌提篮桥寓园诗钟之招，陈三立、樊增祥同集，打诗钟两课。十六日（17日），赴樊增祥寓园诗钟之招，蔡乃煌、陈三立、杨钟羲、张彬等同集，打诗钟四课。十七日（18日），赴蔡乃煌樊园诗钟之招，樊增祥、陈三立、杨钟羲等同集，打诗钟五课。十八日（19日），陈三立假樊园宴客，鼎芬、樊增祥、蔡乃煌、杨钟羲、吴士鉴、张彬等同集，打诗钟五课。十九日（20日），赴张彬樊园诗钟之招，樊增祥、陈三立、蔡乃煌、杨钟羲等同集，打诗钟五课。（《陈三立年谱长编》引樊增祥《樊园五日战诗纪》）

按：《梁节庵先生年谱》未载七月十五日、十六日、十七日、十八日、十九日事，今补。

秋，还粤，倡修《广东通志》，旋复携带所书崇陵碑字北行。（《梁节庵先生年谱》引《致盛季莹札》）

十月，康有为自日本归香港，以奔母丧。鼎芬与康有为自戊戌政见不合，遂绝往来，至温肃规劝，何藻翔又为双方媒介，至香港亲晤康有为，自此关系复合。（康同璧编《南海康先生年谱续编》、《梁节庵先生年谱》按语）

是时，崇陵工程已被续修将竣，鼎芬旋奉崇陵种树之命，于十月二十二日（11月19日），乃率同兼署崇陵内务府郎中遐龄等，带领人员前往崇陵勘察地势，规划种树之事。（《节庵先生剩稿》卷上《谨拟崇陵种树办法附陈报效经费衔名数目折》）

十一月十六日（12月13日），德宗景皇帝隆裕皇太后，奉安崇陵，鼎芬奔赴哭临，哭之最痛，恭送如礼。（《清史稿·后妃传稿》《清史稿·梁鼎芬传》）

十一月二十四日（12月21日），奉到崇陵种树谕旨，鼎芬以自揣病躯，难胜此任，恳请收回成命。

同月二十七日（12月24日），复奉谕旨，仍遵前旨妥为办理，毋庸固辞。(《节庵先生剩稿》卷上《谨拟崇陵种树办法附陈报效经费衔名数目折》)

按：鼎芬既奉崇陵种树之命，仍恐经费不足以开销，又劝旧日遗臣，与同乡亲友，前后捐资报效，共得三万余元。更抱病亲自督理种树事，寒暑不断，不辞劳苦。三年竟成活树株十余万本，为公家省费十五万元。(《节庵先生遗稿》卷首《节庵先生事略》)

十二月十四日（1914年1月9日），樊园雅集，送鼎芬诣崇陵种树，陈三立、沈曾植、缪荃孙等同集。(《艺风老人日记》《陈三立年谱长编》《沈曾植年谱长编》)

民国三年甲寅（1914），五十六岁

正月，奉逊帝溥仪颁赏御书"穆如清风"匾额一方。

二月初六日（3月2日），上折答谢。(《节庵先生剩稿》卷上《奉给穆如清风匾额恩折》)

二月二十七日（3月23日），招饮葵霜阁，观全谢山画像，陈三立、缪荃孙、樊增祥、周树模、沈瑜庆等同集，此为超社第二十二集。(《艺风老人日记》、《陈三立年谱长编》卷十一)

按：《梁节庵先生年谱》未载此事，今据《艺风老人日记》，《陈三立年谱长编》补。

春，还粤。二月，亲访温肃于顺德之龙山，吊奠其母之丧。鼎芬有挽温母联。(《温侍御毅夫年谱》)

五月二日（5月26日），赴超社第二十四集。陈三立、缪荃孙、沈瑜庆等同集。(《艺风老人日记》、《陈三立年谱长编》卷十一)

按：《梁节庵先生年谱》未载此事，今据《艺风老人日记》《陈三立年谱长编》补。

五月十二日（6月5日），赴周树模招饮，缪荃孙、沈曾植、樊增祥、沈瑜庆等同席。(《艺风老人日记》《陈三立年谱长编》)

按：《梁节庵先生年谱》未载此事，今补。李开军按："十二日"缪荃孙日记误作"十三日"，此处径正之。

五月，以杨继盛（忠愍）、杨涟（忠烈）二公集付杨履瑞。(《节庵先生遗诗》卷六《甲寅五月，惟杨忠愍、忠烈二公集付杨生履瑞》)

八月十五日（10月4日），逊帝溥仪赏银一千两，江绸二端，鼎芬上折

辞谢。(《节庵先生剩稿》卷上《辞谢秋节赏赐银两绸缎折》《奉准辞赏银两绸缎谢恩折》)

十一月二十日（1915年1月5日），李孺画松梅分贶陵官，又为文兰亭画松，鼎芬分别题诗。(《节庵先生遗诗》卷六《甲寅十一月二十日，子申画松分贶陵官，各题一诗》《子申为文兰亭画松题二十八字甲寅冬至》)

十一月二十七日（1915年1月12日），奉旨准在光绪帝几筵前随班行礼。(《梁节庵先生年谱》)

十二月二十一日（1915年2月4日），与温肃、林纾（琴南）同谒崇陵。(林纾著《畏庐续集》之《三谒崇陵记》)

是年，袁世凯派刺客行刺鼎芬于种树庐，鼎芬不为所惧，反感动刺客，下不得手。(爱新觉罗·溥仪著《我的前半生》第二章第四节《毓庆宫读书》)

按：此事以鼎芬是年始于崇陵旁筑种树庐，故系于此。

民国四年乙卯（1915），五十七岁

寒食日，以《祢正平祠墓图》赠送温肃，请其题诗。鼎芬于原图署宣统七年寒食，即民国四年。(《梁节庵先生年谱》)

正月十七日（3月2日），逊清孝定景皇后二周年忌日，鼎芬参祭，并致函沈曾植。(《上海崇源2003春季艺术品拍卖会图录》之《梁鼎芬与沈曾植书》)

正月十九日（3月4日），沈曾植于上海为公子颎完婚，宴于海日楼，鼎芬请汪洛年画《海日楼春宴图》，并题诗祝贺，沈曾植又有和鼎芬诗。(《节庵先生遗诗续编》之《赠沈乙庵》、《海日楼诗注》卷七《和藏翁寄赠〈海日楼春宴图〉诗韵》)

五月六日（6月18日），自梁格庄南归，经上海，以崇陵祭品馎馎一枚赠叶昌炽。(叶昌炽《缘督卢日记钞》第四册)

夏，还粤。(《温文节公集》之《题梁文忠公札稿》)

七月，有写哀示儿诗。诗云："负土成坟昔所为，崇陵今日倍凄其。孤臣身世孤儿泪，千载无人识此悲。"(《梁节庵先生年谱》)

十一月，自焦山致书郑孝胥（苏戡），称其先人之考功词，已被送入焦山书藏。(《海藏楼诗》卷九《正月廿二日先考功忌日适梁节庵自梁格庄祭贻 崇陵祭品遂以设供》诗自注)

十一月初六日（12月12日），袁世凯接受帝位。十九日（12月25日）

申令从1916年起取消民国纪元,改为洪宪元年,时云南独立,誓师讨袁。

是年,至河北定兴县拜杨继盛墓。(《节庵先生遗稿》卷三《拜杨忠愍公墓纪事乙卯》)

是年,鼎芬或在梁格庄度岁。

按:据《节庵先生遗诗》卷六《乙卯雪夜》《庄西海棠》《蔬园绝句七首和放翁寄黄孝廉》诸诗推知。

是年,成立广东通志馆,设馆于广州南园故址(今广东省立中山图书馆),以重修《广东通志》。聘鼎芬为总纂,为总纂十三人之首,鼎芬未就。(《梁节庵先生年谱》;陈泽泓著《岭表志谭》,广州:广东人民出版社,2013年,第582页)

是年,杨守敬卒,年七十七。

民国五年丙辰(1916),五十八岁

正月十七日(2月19日),孝定景皇后三周年忌日,崇陵大祭,鼎芬随班行礼,再诣隆恩门外痛哭。(《梁节庵先生年谱》引《致陈公辅(庆佑)札》)

同月,以崇陵祭品寄赠郑孝胥,郑孝胥有诗答之。(《海藏楼诗》卷九《正月廿二日先考功忌日适梁节庵自梁格庄祭贻崇陵祭品遂以设供》)

二月,以崇陵雪泉玉兰寄陈宝琛,陈宝琛有诗答谢,并题鼎芬葵花画扇次韵诗。(《沧趣楼诗集》卷七《二月八日节庵寄饷崇陵桥下雪泉》《谢节庵惠寄玉菌》)

清明日(4月5日),林纾南来谒崇陵,宿葵霜阁,有诗赠鼎芬。(《畏庐诗存》卷上《宿葵霜阁赠梁节庵》)

四月十日(5月11日),赴陈夔龙花近楼社集,陈三立、沈曾植、瞿鸿禨、邹嘉来、刘锦藻、胡嗣瑗在座。(《花近楼诗存三编·丙辰集》卷一《浴佛后二日柬约止庵紫东澂如节庵乙庵伯严铭伯琴初花近楼雅集以饭后钟为起句各赋一律得句呈诸公教》。自注:乙庵、节庵诗最工。又可参《陈三立年谱长编》《沈曾植年谱长编》)

按:《梁节庵先生年谱》未载此事,今补。

同月,在上海,作诗送陈三立还南京,陈三立亦有诗答寄。(《节庵先生遗诗》卷六《丙辰四月送伯严还金陵散原别墅》、《散原精舍诗续集》卷下《为嫁女客沪上两月,四月二十四日,移还白下别墅,节庵、止庵、乙盦诸公咸题扇赠别,依依答寄,凡三首》)

五月十七日（6月17日），赴刘承干（翰怡）招饮，叶昌炽、吴庆坻、沈曾植、杨钟羲、曹元忠在座。叶昌炽云："节庵不见二十余年矣，神观奕奕，谈兴甚豪，犹如畴曩，但颔下长髯亦白矣。"（叶昌炽《缘督庐日记》）

八月二十七日（9月24日），钦奉谕旨，着在毓庆宫行走，为逊帝溥仪授读，并加恩在紫禁城内骑马，每月赏给养廉银六百圆。

九月初四日（9月30日），上折谢恩。（《节庵先生剩稿》卷上《奉派毓庆宫行走赏紫禁城骑马谢恩折》）

十月二十一日（11月16日），林纾南来与鼎芬、毓廉同谒崇陵。（《畏庐诗存》卷上《十月廿一日先皇帝忌辰，纾斋于梁格庄清爱室，五更具衣冠同梁鼎芬毓廉至陵下》）

十一月十四日（12月8日），奉逊帝赏阎立本画孔子弟子像一卷。（爱新觉罗·溥仪著《我的前半生》第二章第四节《毓庆宫读书》）

是年，朱庆澜为广东省省长，与鼎芬等主持修通志，却因时局动荡而中辍，最终完成《续修广东通志》未成稿十九册。（《广东地方志纪事》）

按：《梁节庵先生年谱》中未提本年此事。

是年，西南各省反对袁世凯称帝，并相继独立，袁世凯被迫取消帝制，废止洪宪年号。袁于五月初六（6月6日）病卒。

民国六年丁巳（1917），五十九岁

正月初五日（1月27日），康有为六十生辰，鼎芬拟奏逊帝，请加崇典，后未施行。（《温文节公集》之《跋梁文忠札》）

同月初七日（1月29日），庆亲王奕劻卒，逊帝溥仪因争论赐谥法一事，被鼎芬称为真英主。（爱新觉罗·溥仪著《我的前半生》第二章第四节《毓庆宫读书》）

同月十七日（2月8日），以崇陵祭品寄赠张勋（绍轩），张勋有书报谢。（《温文节公集》之《谢梁节庵馈崇陵祭品书代》）

三月初十日（4月30日），奉逊帝赏《唐宋名臣相册》一册。（爱新觉罗·溥仪著《我的前半生》第二章第四节《毓庆宫读书》）

五月十三日（7月1日），张勋拥立逊帝溥仪复辟帝制，又称丁巳复辟。时鼎芬已卧病，强起周旋，甚忧事变。张勋派鼎芬等入总统府劝黎元洪退位，黎元洪避难于日本公使馆。十九日（7月7日），宫中被投弹，鼎芬立托日友含泽转请日本林公使致书令停攻。二十四日（7月12日），鼎芬复劝段祺瑞，令军人勿犯皇室。（详见《梁节庵先生年谱》《清史

稿·梁鼎芬传》)

按：此次复辟于7月12日结束，仅持续了12天，是一次社会倒退的复辟活动。

十月，足病加剧，请朱益藩（艾卿）师傅诊视，服药十余帖。(《梁节庵先生年谱》引《哀启》)

是年，王先谦（益吾）卒，年七十六。

民国七年戊午（1918），六十岁

二月初，入德国医院，住十日，出院。此后常住院诊视，至六月，病已良。(《梁节庵先生年谱》引《哀启》)

六月六日（7月13日），六十岁生辰，逊帝面赏绿玉朝珠一盘、寿扁一面、寿联一副、银一千五百两等，敬懿皇贵妃等亦各有赏赐。鼎芬上折谢恩。温肃、林纾为寿序，海内亲知弟子多有诗联祝寿。(《节庵先生剩稿》卷上《六十赐寿谢恩折》、《梁节庵先生年谱》)

按：时鼎芬居京师，赋诗文以寿者颇多。

九月九日（10月13日），招陈宝琛等集觉生寺遥集楼有诗。(《节庵先生遗诗》卷六《戊午九日遥集楼》、《沧趣楼诗集》卷九《过觉生寺，观华严钟庭中盘松亦数百年物也，戊午九日节庵招集其下》)

按：《沧趣楼诗集》卷九作品的创作被系为起丙寅（1926）讫庚午（1930）年间。且《过觉生寺，观华严钟庭中盘松亦数百年物也，戊午九日节庵招集其下》诗云："曾陪髯叟作重九，不扣禅扃经十冬"[1]，则可知鼎芬于重九日招集，而陈宝琛此诗似作于十年后的1928年。

九月二十日（10月24日），忽然中风昏跌，家人即约朱益藩来寓所诊治，并托代请假。旋入德国医院诊治数日无效，乃回家调养，渐有起色。

十二月，奏请开去毓庆宫差使，奉谕旨毋庸开去差使，着赏假一月，安心调理。鼎芬上折谢恩。(《节庵先生剩稿》卷上《因病赏假一个月谢恩折十年十二月》)

民国八年己未（1919），六十一岁

正月，病假期满，尚未复原，多次上折，请求开去毓庆宫行走之职务，

---

[1] 陈宝琛著，刘永翔、许全胜校点：《沧趣楼诗文集》上册，上海古籍出版社2013年版，第218页。

逊帝谕令赏假慰留，故鼎芬亦有多次谢恩之折。(《节庵先生剩稿》卷上《假期届满，病仍未痊，恳请开去差使折十一年一月》《谢再赏假两个月折十一年二月》《谢再赏假两个月折十一年四月》《谢再赏假两个月折十一年六月》《谢再赏假两个月折十一年闰七月》)

是年，病中有口占示儿诗及训语。

《节庵先生遗诗》卷六《己未病中口占》："往事都成梦，愁来只赋诗。梦残诗尚在，真是断肠时。"

十一月十四日（1920年1月4日），病卒。

按：关于鼎芬的卒年、卒日有不同的说法，《清史稿·梁鼎芬传》谓卒于民国七年（1918），有一些研究论文、专著等标为1919年，还有如陈谊著《夏敬观年谱》云："1月9日（己未十一月十九），梁鼎芬卒于北京，年六十一"[1]，谢永芳著《广东近世词坛研究》谓："己未十二月，梁鼎芬卒，年六十二"[2]，陈永正笺注《王国维诗词笺注》："梁鼎芬卒于己未十二月，即1920年1月"[3] 等，此处遵从《梁节庵先生年谱》的考证，采用己未十一月十四日，即1920年1月4日的说法。《大公报》1350号，阴历十一月廿四日（1920年1月14日）"梁鼎芬逝世余闻"条云："梁鼎芬于本月四号逝世，五号大殓"，亦可证。

---

[1] 陈谊：《夏敬观年谱》，黄山书社2007年版，第98页。
[2] 谢永芳：《广东近世词坛研究》，上海古籍出版社2008年版，第364页。
[3] 王国维著、陈永正笺注：《王国维诗词笺注》，上海古籍出版社2013年版，第301页。

参考文献

一、著作

[1] 梁鼎芬. 款红楼词［M］. 叶恭绰，辑. 民国二十一年（1932）刻本.

[2] 梁鼎芬. 节庵先生遗诗续编［M］. 叶恭绰，辑. 民国铅印本.

[3] 梁鼎芬. 节庵先生遗诗补辑［M］. 汪宗衍，辑. 民国印本.

[4] 梁鼎芬. 节庵先生遗稿［M］. 杨敬安，辑. 香港翻印本，1962.

[5] 梁鼎芬. 梁节庵（鼎芬）先生剩稿［M］//沈云龙. 近代中国史料丛刊：第六十三辑. 台北：文海出版社，1973.

[6] 梁鼎芬. 节庵先生遗诗［M］//《清代诗文集汇编》编纂委员会. 清代诗文集汇编：第787册. 上海：上海古籍出版社，2010.

[7] 梁鼎芬. 款红楼词［M］. 梁基永，刊. 甲午（2014）仪清室红印本.

[8] 梁鼎芬. 节庵先生遗诗［M］. 黄云尔，点校. 上海：华东师范大学出版社，2012.

[9] 吴天任. 梁节庵先生年谱［M］. 台北：艺文印书馆，1979.

[10] 陈宝琛. 沧趣楼诗文集［M］. 刘永翔，许全胜，校点. 上海：上海古籍出版社，2013.

[11] 陈三立. 散原精舍诗文集（增订本）［M］. 李开军，校点. 上海：上海古籍出版社，2014.

[12] 陈三立. 散原精舍诗文集补编［M］. 潘益民，李开军，辑注. 南昌：江西人民出版社，2007.

[13] 陈水云. 明清词研究史［M］. 武汉：武汉大学出版社，2006.

[14] 陈永正. 岭南文学史［M］. 广州：广东高等教育出版社，1993.

[15] 陈永正. 岭南历代词选［M］. 广州：广东人民出版社，2009.

[16] 陈泽泓. 广东历史名人传略［M］. 广州：广东人民出版社，1998.

[17] 龙沐勋. 词学季刊［M］. 北京：国家图书馆出版社，2015.

[18] 段晓华，龚岚. 清词三百首详注［M］. 南昌：百花洲文艺出版社，2002.

[19] 管林, 等. 岭南晚清文学研究 [M]. 广州: 广东人民出版社, 2003.
[20] 何大进. 近代广州城市与社会 [M]. 天津: 天津古籍出版社, 2009.
[21] 黄濬. 花随人圣庵摭忆 [M]. 李吉奎, 整理. 北京: 中华书局, 2008.
[22] 黄绍宪. 在山草堂烬余诗 (十四卷) [M] //《清代诗文集汇编》编纂委员会. 清代诗文集汇编: 第791册. 上海: 上海古籍出版社, 2010.
[23] 江庸. 趋庭随笔 [M]. 沈云龙. 近代中国史料丛刊: 第九辑. 台北: 文海出版社, 1967.
[24] 金梁. 光宣列传 [M]. 沈云龙. 近代中国史料丛刊续编: 第十辑. 台北: 文海出版社, 1974.
[25] 金梁. 近世人物志 [M]. 北京: 北京图书馆出版社, 2007.
[26] 李春光. 清代名人轶事辑览: 第3册 [M]. 北京: 中国社会科学出版社, 2004.
[27] 李开军. 陈三立年谱长编 [M]. 北京: 中华书局, 2014.
[28] 梁启超. 清代学术概论 [M]. 朱维铮, 校订. 北京: 中华书局, 2011.
[29] 林葆恒. 词综补遗 [M]. 张璋, 整理. 上海: 上海古籍出版社, 2005.
[30] 林增平, 李文海. 清代人物传稿 [M]. 沈阳: 辽宁人民出版社, 1987.
[31] 刘禺生. 世载堂杂忆 [M]. 钱实甫, 整理. 北京: 中华书局, 1960.
[32] 刘继才. 中国题画诗发展史 [M]. 沈阳: 辽宁人民出版社, 2010.
[33] 刘梦芙. 二十世纪名家词述评 [M]. 合肥: 安徽文艺出版社, 2006.
[34] 刘梦芙. 二十世纪中华词选 [M]. 合肥: 黄山书社, 2008.
[35] 龙榆生. 唐宋词格律 [M]. 上海: 上海古籍出版社, 2010.
[36] 莫立民. 近代词史 [M]. 北京: 人民文学出版社, 2010.
[37] 钱仲联. 广清碑传集 [M]. 苏州: 苏州大学出版社, 1999.
[38] 钱仲联. 梦苕庵清代文学论集 [M]. 济南: 齐鲁书社, 1983.
[39] 钱仲联. 近代诗钞 [M]. 南京: 江苏古籍出版社, 1993.
[40] 钱仲联. 清诗纪事 [M]. 南京: 江苏古籍出版社, 1987—1989.
[41] 钱仲联. 中国近代文学大系: 诗词集 [M]. 上海: 上海书店出版社, 1991.

[42] 清代名人书札编写组. 清代名人书札［M］. 北京：北京师范大学出版社，2009.

[43] 上海图书馆. 汪康年师友书札：第2册［M］. 上海：上海古籍出版社，1986.

[44] 邵镜人. 同光风云录［M］//沈云龙. 近代中国史料丛刊续编：第九十五辑. 台北：文海出版社，1983.

[45] 沈轶刘，富寿荪. 清词菁华［M］. 合肥：安徽文艺出版社，1986.

[46] 释慧能. 坛经校释［M］. 郭朋，校释. 北京：中华书局，1983.

[47] 石理俊. 中国古今题画诗词全璧［M］. 石家庄：河北教育出版社，1994.

[48] 孙克强. 清代词学批评史论［M］. 上海：上海古籍出版社，2008.

[49] 唐圭璋. 词话丛编［M］. 北京：中华书局，1986.

[50] 汤志钧. 戊戌变法人物传稿［M］. 北京：中华书局，1982.

[51] 汪辟疆. 光宣诗坛点将录笺证［M］. 王培军，笺证. 北京：中华书局，2008.

[52] 汪叔子. 文廷式集［M］. 北京：中华书局，1993.

[53] 汪泰陵. 清词选注［M］. 贵阳：贵州人民出版社，1992.

[54] 王森然. 梁鼎芬先生评传［M］//近代名家评传：二集. 北京：生活·读书·新知三联书店，1998.

[55] 王揖唐. 今传是楼诗话［M］. 张金耀，校点. 沈阳：辽宁教育出版社，2003.

[56] 王奕清，等. 钦定词谱［M］. 北京：中国书店，2010.

[57] 王兆鹏. 词学史料学［M］. 北京：中华书局，2004.

[58] 文廷式. 云起轩词笺注［M］. 何东萍，笺注. 长沙：岳麓书社，2011.

[59] 文廷式. 云起轩词钞：一卷［M］//《清代诗文集汇编》编纂委员会. 清代诗文集汇编：第781册. 上海：上海古籍出版社，2010.

[60] 沃丘仲子. 当代名人小传［M］//沈云龙. 近代中国史料丛刊三编：第八辑. 台北：文海出版社，1986.

[61] 夏承焘，张璋. 金元明清词选［M］. 北京：人民文学出版社，1983.

[62] 谢永芳. 广东近世词坛研究［M］. 上海：上海古籍出版社，2008.

[63] 许全胜. 沈曾植年谱长编［M］. 北京：中华书局，2007.

[64] 许同莘. 张文襄公年谱［M］. 上海：商务印书馆，1947.

[65] 严迪昌. 近代词钞 [M]. 南京：江苏古籍出版社，1996.
[66] 严迪昌. 清词史 [M]. 南京：江苏古籍出版社，1990.
[67] 杨子才. 民国五百家词钞 [M]. 北京：线装书局，2008.
[68] 叶恭绰. 全清词钞 [M]. 北京：中华书局，1982.
[69] 叶恭绰. 广箧中词 [M]. 傅宇斌，点校. 北京：人民文学出版社，2011.
[70] 叶恭绰. 遐庵小品 [M]. 姜纬堂，选编. 北京：北京出版社，1998.
[71] 叶衍兰. 叶衍兰集 [M]. 谢永芳，校点. 上海：上海古籍出版社，2015.
[72] 尤振中，等. 清词纪事会评 [M]. 合肥：黄山书社，1995.
[73] 余绍宋. 余绍宋集 [M]. 王翼飞，余平，编校. 杭州：浙江人民美术出版社，2015.
[74] 苑书义，孙华峰，李秉新. 张之洞全集 [M]. 石家庄：河北人民出版社，1998.
[75] 庄周. 庄子 [M]. 郭象，注. 上海：上海古籍出版社，1989.
[76] 张伯驹，黄君坦，注. 清词选 [M]. 黄畬，笺注. 郑州：中州书画社，1982.
[77] 赵尔巽，等. 清史稿 [M]. 北京：中华书局，1977.
[78] 钟贤培，汪松涛. 广东近代文学史 [M]. 广州：广东人民出版社，1996.

二、方志、工具书

[1] 陈旭麓，等. 中国近代史词典 [M]. 上海：上海辞书出版社，1982.
[2] 陈玉堂. 中国近现代人物名号大辞典 [M]. 杭州：浙江古籍出版社，1993.
[3] 傅璇琮，等. 中国诗学大辞典 [M]. 杭州：浙江教育出版社，1999.
[4] 傅璇琮. 中国古代诗文名著提要：明清卷 [M]. 石家庄：河北教育出版社，2009.
[5] 管林主. 广东历史人物辞典 [M]. 广州：广东高等教育出版社，2001.
[6] 广州市地方志编纂委员会. 广州市志：卷十九 [M]. 广州：广州出版社，1996.

［7］惠州市地方志编纂委员会．惠州市志［M］．北京：中华书局，2008．
［8］柯愈春．清人诗文集总目提要［M］．北京：北京古籍出版社，2001．
［9］李灵年，杨忠．清人别集总目［M］．合肥：安徽教育出版社，2000．
［10］梁淑安．中国文学家大辞典：近代卷［M］．北京：中华书局，1997．
［11］番禺市地方志办公室．番禺县志［M］．广州：广东人民出版社，1995．
［12］番禺市地方志编纂委员会办公室．番禺县续志［M］．广州：广东人民出版社，2000．
［13］钱仲联，等．中国文学大辞典［M］．上海：上海辞书出版社，2000．
［14］吴海林，李延沛．中国历史人物生卒年表［M］．哈尔滨：黑龙江人民出版社，1981．
［15］杨廷福，杨同甫．清人室名别称字号索引（增补本）［M］．上海：上海古籍出版社，2001．

三、期刊论文

［1］陈水云．常州词派的"根"与"树"：兼论常州词学的流传路径与地域辐射［J］．文学遗产，2016（1）．
［2］陈永正．粤词概述［J］．学术研究，1986（5）．
［3］范松义．常州词派地域拓展初探：兼说清代词派地域拓展的研究［J］．中国社会科学院研究生院学报，2014（2）．
［4］范松义．岭南词风"雅健"辨［J］．文学遗产，2009（6）．
［5］范松义．论清词中心区与边缘区的关系：以江浙对广东的影响为个案［J］．南京社会科学，2008（10）．
［6］郭文仪．甲午变局与词坛新貌［J］．文学遗产，2015（6）．
［7］焦宝．《清议报》重要诗人毋暇为梁鼎芬：兼论变法失败后梁鼎芬与康有为的隐秘关系［J］．西北师范大学学报（社会科学版），2016（4）．
［8］李丹．晚清广东遗民群体初探［J］．五邑大学学报（社会科学版），2014（4）．
［9］李吉奎．因政见不同而影响私交的近代典型：康有为梁鼎芬关系考索［J］．广东社会科学，2006（2）．
［10］梁鼎芬．欵红楼词未刊稿［J］．同声月刊，1944（4）．
［11］刘镇伟，郑淑秋，王英波．甲午战争诗歌探析［J］．东北师大学报，

1995（5）.
［12］陆其国. 梁鼎芬性格的两重性［J］. 中国档案，2015（5）.
［13］钱仲联. 近代古典诗词蠡测：《近代文学大系·诗词集》弁言［J］. 社会科学辑刊，1989（2、3）.
［14］钱仲联. 文芸阁先生年谱［J］. 同声月刊，1942，2（11）.
［15］钱仲联. 文芸阁先生年谱续［J］. 同声月刊，1943，2（12）.
［16］钱仲联. 文芸阁先生年谱补正［J］. 同声月刊，1943，3（1）.
［17］孙爱霞. 羁旅人生付小词：梁鼎芬《欸红楼词》研究［J］. 理论月刊，2011（7）.
［18］孙爱霞. 梁鼎芬性格论［J］. 社会科学论坛，2010（15）.
［19］孙爱霞. 论梁鼎芬交游诗的价值［J］. 名作欣赏，2009（26）.
［20］魏中林，宁夏江. "普天忠愤"铸诗魂：论甲午战争爱国诗潮［J］. 学术论坛，2006（1）.
［21］武增锋，韩春英. 试论梁鼎芬与张之洞的关系［J］. 历史档案，2005（1）.
［22］谢永芳. 近世广东词人与旗人词人词学交游考论［J］. 广东工业大学学报（社会科学版），2007（3）.
［23］罗达夫. 题画诗词汇钞（一）［J］. 海珠星期画报，1928（3）.
［24］谢永芳. 论禁体物语词［J］. 江苏师范大学学报，2016（2）.
［25］谢永芳. 叶衍兰的词学贡献及其文化意义［J］. 江西师范大学学报（哲学社会科学版），2011（1）.
［26］谢永芳. 叶衍兰年谱［J］. 词学，2012（1）.
［27］一发. 梁文忠公年谱［J］. 北平私立木斋图书馆季刊，1937（2）.
［28］赵维江，谷卿. 粤词研究的学术史回顾［J］. 学术研究，2013（7）.
［29］赵维江，郑平. 粤词研究：岭南文化开发的一个重要课题［J］. 广州大学学报（社会科学版），2013（3）.

四、学位论文

［1］范松义. 清代岭南词研究［D］. 北京：中国社会科学院研究生院，2006.
［2］韩春英. 论梁鼎芬：晚清忠君卫道型知识分子的典型代表［D］. 保定：河北大学，2001.

[3] 何艺梅. 梁鼎芬文学创作研究［D］. 广州：暨南大学，2011.
[4] 胡翔龙. 梁鼎芬书法研究［D］. 广州：暨南大学，2015.
[5] 刘晓娥. 梁鼎芬藏书活动与藏书思想研究［D］. 长沙：湖南大学，2009.
[6] 秦佳妮. 梁鼎芬诗歌研究［D］. 广州：华南师范大学，2011.
[7] 孙爱霞. 清遗民诗词研究［D］. 天津：南开大学，2008.
[8] 谢斐. 广雅书院文人群体诗歌研究：以梁鼎芬、曾习经、罗惇曧、黄节为中心［D］. 广州：暨南大学，2013.
[9] 谢燕. 近世京津词坛研究［D］. 上海：华东师范大学，2014.
[10] 于静. 梁鼎芬人际关系探析：与清末民初主要政治人物关系的考察［D］. 长春：东北师范大学，2010.
[11] 朱兴和. 超社逸社诗人群体研究［D］. 上海：华东师范大学，2009.

后 记

　　岁月无情，人间有情。研究生毕业已快三年了，我没想到我的硕士毕业论文《梁鼎芬词笺注》竟然能被收进"岭南文献丛书"中。此刻，怀念与感恩占据了我的头脑，填满了我的心房。

　　首先，最应感谢的是导师左鹏军教授。研究生三年，蒙左师不弃，忝列门下，在恩师的引领、教导下从事中国古典文献学专业的学习。恩师学识渊博、治学严谨、谦虚勤勉、为人正派、育人有方！每次上恩师的课，我都受益匪浅、感悟颇多。犹记得恩师在课堂上讲起历代岭南诗人的崖山书写、记忆、象征，以及与崖山精神密切相关、传承发展的岭南遗民精神所蕴含的内容价值、历史影响；讲起屈大均以遗民悲慨之心，以诗存史之笔，慷爽沉郁之风，写兴亡沧桑之感；讲起梁启超小说戏曲中的粤语现象，反映了他具有鲜明时代特征和地域特征的文学创作观念、文体选择、语言运用意识及其文体意义……这些授课内容使我对近代岭南作家文献产生了兴趣。王季思先生对岭南文化和岭南文献的整理做了形象的描绘："岭南文化，蔚为国光。融通中外，莽莽苍苍。韩潮苏海，奔腾千载。崛起康梁，笼盖近代。取精用宏，继往开来。资我长辈，育我英才。"而我身为岭南人，能够阅读岭南人士的著述，既倍感荣幸和骄傲，也肩负责任和使命！

　　我家位于惠州市西湖丰湖景区内，旁边就是重建后的丰湖书院景点。它是惠州最具代表性的古代书院，久负盛名，名人荟萃。现存清代名士宋湘的撰联"人文古邹鲁，山水小蓬瀛"就是书院最好的写照。梁鼎芬曾在丰湖书院担任山长，他通过培养人才，引进名儒学者讲学，创建"书藏"，建"苏公祠""范孟博祠"等多项举措促进了丰湖书院的发展。这些因素让我开始留意关于梁鼎芬的文献资料。记得恩师当时强调了关于选题的要求：难度、眼光与见识，注意把握目的性、针对性、创新性、可行性等方面，要选择具有前沿性、具有足够学术含量的研究课题。梁鼎芬的词不仅在晚近岭南，而且在清末词坛都是比较有名的，但目前尚未有一个对其现存词做全部系统整理笺注的本子。王兆鹏在《词学史料学》中也说："虽然词别集的笺注在20世纪已取得比较辉煌的成就，但需要笺注的词别集还有很多，'同志仍须努力'。"基于以上考虑，我选择梁鼎芬的词作为研究对象。论文的撰写过程中，虽然遇到了很多困难，比如一些词的人名、本事等，很难注出，但恩师一直耐心地鼓励、细心地指导我，才使我克服障碍，完成论文的写作。

此外，恩师在繁忙的教学、科研、行政工作之暇，坚持给我们开中国传统经典讲读课，这不仅有助于我们熟悉经文，而且锻炼了我们讲课和评课的能力。每次恩师的点评都是一针见血、深刻中肯，所以每次读经课的讲授与讲义都在不断地改善、进步。

研究生三年的学习，离不开众位老师的关怀和帮助。陈一平、戴伟华、李静等老师的授课给了我很多启迪，开阔了我的学术视野；马茂军、张巍等老师在开题报告会时提出了许多宝贵的建议；梁基永老师还赠送了其于甲午（2014年）仲夏所刊的《欸红楼词》仪清室红印本等，以示支持、激励；董运来、曹辛华等老师在我所遇到的版本问题方面也做了耐心的解答。在此谨表示衷心的感谢！

另外，感谢我的同门、同窗对我的鼓励和帮助。特别要感谢我的家人对我求学的鼎力支持和无私付出！感激之情，难以尽言，定当铭心刻骨，感恩一生！

辛丑二月修订